失格媽媽特訓班

Jessamine Chan
陳濬明——著
呂奕欣——譯

The School for Good Mothers

獻給我的雙親

推薦序

無論我失格或及格，我都會永遠愛你

許菁芳（作家）

讀者若是身為母親，這本書是一本驚悚小說。

主角斐莉妲的生活是幼兒母親的日常，細節斐然，令人有強烈的既視感。斐莉妲因為留置女兒單獨在家，被判定為失格，失去親權。在旁人看來，這是明顯的失職，不可想像的錯判，怎能把小小孩丟在家裡出門辦事？但是，任何曾經一打一的照護者都知道，這是世間最辛苦的工作，沒日沒夜，沒有休假，沒有自我，進入以小孩為中心且只有小孩的異世界。對於無後援的母親來說，別人看到的是這兩個半小時的母職失能；但別人看不到的是，她已經有上千萬個小時不得閒、身心俱疲、瀕臨滅頂。母職並不只是扮演那個小孩的母親，母職是關於那個小孩所衍生出來的成千上百件任務。小孩的吃喝拉撒全仰賴母親，但食物不會自動煮熟切碎，餐具不會自動清潔消毒，散落滿地的殘渣也不會自動消失——這還只是吃。全戶家事，包括母親本人自己的生存需求，也都不會自動完成。

我特別感同身受的，不只是育兒艱辛，還包括斐莉妲欲振乏力的分裂。其實做媽媽就是個左右為難，媽媽本人就是個充滿矛盾的情結（complex）。一方面非常愛小孩，時時刻刻都想陪伴小孩左右；但另一方面，又深切渴望能保有自己。所有小孩都長得好快：彷彿昨天才剛驗到兩條線，今天已經躺在懷裡哼哼嗨嗨。在月子中心的嬰兒，晚上推回嬰兒室早上再回來，已經長得不太一樣。出差回家，小孩一日千里獲得新技能：會抓握了，知道怎麼開門了，甚至是放手走路了，說第一個字或第一個句子。變化都是一瞬間。不能陪伴在小孩旁邊見證他的變化，是媽媽深刻的遺憾；但如果從未離開小孩，難以喘息，難以獲得空間時間心量，消化孩子為母親帶來的身心巨變。

離開了小孩，還是一直滑手機照片。在小孩身邊時，又忍不住滑手機放空。這就是媽媽。

當然，本書最令人動容的是斐莉妲對女兒哈莉葉的思念；而最毛骨悚然的，是學校之荒謬。其荒謬之中又捕捉到深刻的真實：世上所有對母親的完美投射、嚴酷要求，都在學校裡幻化為真。

在意外發生之後，斐莉妲的生活變成了編年體。所有日子都以其為分水嶺，紀錄她有多久沒見到哈莉葉，有多久沒擁抱她。為了回到哈莉葉身邊，斐莉妲接受入校訓練的要求，辭去工作、搬入集體住宿的校舍，在講師、諮商師與其他「失格母親」環繞下，開始練習照顧被指派給她的機器娃娃。這是學校的企圖——以客觀的標準衡量愛——從字彙量，從語速，聲音頻率，從肢體與眼神接觸，計算母親對孩子的關懷，並透過客觀且不錯漏任何細節的機器記錄。最終在完善資訊與標準架構底下，評估母親是否合格。

我認為這完全狗屁不通。要求人類對機器娃娃表現愛，本質上違反人性。我想起年輕時準備托福考試，要求一群外國人考生對著機器講英文。完全不合理且必然失真。語言發展源於人有溝通的企圖；但人為什麼要跟機器溝通？對著溝通不能的機器，怎能表達自我，還要用外語表達自我？這簡單的邏輯幾乎不用動腦：母親之所以為母親，是因為她的孩子才成為母親，任何一個不是那個孩子的孩子，都不必然能觸發母親的愛。何況是機器。

但神奇的是，機器娃娃雖不是可愛的（unlovable），但母親的愛卻也不是可限制的。故事發展到最後，斐莉妲竟然也對她的機器娃娃付出了愛。斐莉妲照顧機器娃娃發燒，為她更換機器冷卻液，給她說故事，帶她散步玩耍，與她分享家庭歷史，以及無數無數，斐莉妲流露害怕，委屈，擔憂，牽掛的真實情緒——她雖不是這個娃娃的母親，也不可能是任何其他人的母親，但在這些時刻，她確實展現了她是一位母親。

學校對母親有諸多投射。假設母親是完人，而任何母親都必須以此為標準，努力符合完美典範。失格媽媽們不斷拿這些不可能的完美期待鞭打自己，反覆叨念，反覆批判，我是自戀狂，我是個差勁的母親，我為我的孩子帶來危險。這些虛假的投射當然不正確；但卻非常真實。人人都知道母親不可能完美，但人人都不可控制地期待母親無所不能，全力付出，全心接納。整個社會，乃至於全人類的集體意識，都對母親有深切的期待。學校令人毛骨悚然之處在此：它雖是虛構，卻再真實不過。做母親，只要犯下一個錯誤，便是千夫所指、千古罪人；而所有母親心裡也都有無數個自我批判，任何自己犯過的錯誤、可能犯而沒有犯的錯誤、以前沒有犯但未來不排除會犯的錯誤，都會在心裡引發一句話：「我是個壞媽媽」。

無論好壞，無論失格及格，身為母親，真正值得放在心上的是：媽媽不是永恆不變的一種狀態。媽媽的一天，必然有好有壞，會在失格與及格之間來回擺盪。事實上，同一個行為，對媽媽而言是及格，對孩子而言可能失格，反之亦然。甚至，同一個媽媽，對不同的子女來說，感受到的媽媽也不是同一個人。因此，做媽媽，是好是壞，是否真能有及格的分數能打，是否真有任何人能打這個分數，大概永遠沒有標準答案。而且，更關鍵的是，此事沒有標準其實一點也不重要——因為愛沒有標準。做媽媽重要的是愛。媽媽的行為即使可以被評斷為失格，媽媽的愛卻很難冠以形容詞。愛不需要及格，愛無所謂失格。

無論我失格或及格，我都會永遠愛你。這是媽媽的真心話。這是真實、永恆且無需被衡量的真理。

失格媽媽特訓班

我想找一條能涵蓋所有生命的定律，於是發現了恐懼。
我的惡夢清單，就是離開這裡的道路地圖。

——加拿大詩人安・卡森（Anne Carson），《清水》（*Plainwater*）

一

「妳女兒在我們這。」

那是九月第二個星期日的下午。對斐莉妲來說，這是倒楣的一天。她開著車，試著保持在路面上。警官在語音信箱中留言，要她馬上來警局。她暫停查看訊息，放下手機。那時是下午兩點四十六分，她本來該在一個半小時前到家的。她把車並排停在葛雷渡口旁的第一條小路。她回電道歉，解釋她沒發現時間過這麼久了。

「她還好嗎？」

警官說，孩子很安全。「女士，我們剛剛一直在設法聯絡妳。」

斐莉妲掛電話之後，打給葛斯特，留下語音訊息，要他到第十一街與華頓街的警局與她見面。「出了點事，是哈莉葉。」她的聲音悶悶的。她重複警官的保證，說他們的女兒很安全。

她重新上路，提醒自己別超速、別闖紅燈，記得呼吸。整個勞動節週末，她覺得忙到發狂。上星期五、六，她如平常一樣失眠，每晚只睡兩小時。星期天，葛斯特把哈莉葉交給斐莉妲，讓她行使三天半的撫養權時，女兒正飽受耳朵感染之苦。那一夜，斐莉妲睡了九十分鐘，昨夜睡一個小時。哈莉葉哭個不停，小小的身體竟能發出那麼大的哭聲，小房子的牆面根本無法吸收。斐莉妲能做的都做了。她唱搖籃曲，揉揉哈莉葉的胸膛，餵她喝更多奶。斐莉妲就躺在哈莉葉嬰兒床旁的地板上，握著寶寶穿過圍欄的手。那隻手完美無比，而斐莉妲親親寶寶的指節、指甲，感覺哪些指甲該剪了，同時祈禱哈莉葉快闔上眼。

斐莉妲在警局停車時，午後驕陽如火燃燒。斐莉妲住在南費城的老義大利區，距離警局兩個街區。她停好車，奔向接待台，詢問接待員有沒有看見她女兒：一個十八個月大的學步兒，半是華人、半是白人，有大大的棕色眼睛、深棕色捲髮和瀏海。

「妳一定就是母親。」接待員說。

接待員是個年長的白人女子，嘴上隨興塗著桃紅色口紅。她從接待台後走出，目光從頭到腳打量斐莉妲，最後落在斐莉妲腳上磨損的勃肯鞋。

警局似乎空蕩蕩的，接待員腳步蹣跚，偏好以左腳走。她帶領斐莉妲穿過走廊，把她留在一間無窗的訊問室，薄荷綠的牆壁令人望之生膩。斐莉妲坐下。她看過警匪片中，燈光會閃閃爍爍，但這裡的燈光一直亮得刺眼。她起了雞皮疙瘩，要是有夾克或圍巾就好了。雖然哈莉葉在身邊的那幾天，斐莉妲常精疲力竭，現在卻有一股重量壓在胸口，讓她疼痛入骨，感到麻木。

她搓揉手臂，注意力時而集中，時而渙散。她從手提包底部撈出手機，咒罵自己沒在第一時間看到警官的訊息。她今天早上受夠沒完沒了的自動語音電話，於是把電話關靜音，卻忘了回復設定。過去二十分鐘，葛斯特打了六通電話，發了一連串憂心忡忡的文字訊息。**到了**，她終於寫道，**快來**。她應該要回電，但她很害怕。在她負責照顧的那半個星期，葛斯特每晚都會打電話，看看哈莉葉是不是學會新字彙或新運動技巧。要是沒有，葛斯特的失望之情會溢於言表，這實在令她反感。不過，哈莉葉倒是在其他方面出現變化：握東西更有力，看書時會留意到新的細節，而斐莉妲跟她親親道晚安時，她也會凝視媽媽更久。

斐莉妲前臂放在金屬桌上，頭趴下來，睡了不到一秒。她抬起頭，瞥見天花板角落有攝影機。她馬上想到哈莉葉。她要買一桶哈莉葉最愛吃的草莓冰淇淋。等她們回到家，就讓哈莉葉想在澡盆玩多久就玩多久。要睡覺時，她會多唸一本書給哈莉葉聽，包括《我是小兔子》（*I Am a Bunny*）、《小熊可可》（*Corduroy*）。

警官沒敲門就直接進來。打電話來的是布魯諾警官，一個人高馬大的二十多歲白人，嘴角有痘痘。哈里斯警官則是中年黑人，鬍子修剪得乾乾淨淨，肩膀魁梧。

她起身與兩人握手。他們要求斐莉妲出示駕照，確認她是斐莉妲．劉。

「我的寶寶呢？」

「坐下，」布魯諾警官說，瞄了斐莉妲的胸部。他把筆記本翻到空白頁。「女士，妳幾點離開家的？」

「大概中午吧，十二點半？我去外面喝咖啡，之後到辦公室。我不該去的。我知道。實在是蠢，我累壞了。很抱歉，我不是故意的……可以跟我說她現在在哪裡嗎？」

「別在我們面前裝蒜，劉女士。」

「我沒有，我可以解釋。」

「妳把寶寶留在家裡，讓她獨自一人，鄰居聽到她在哭。」

斐莉妲需要碰觸冰冷堅硬的東西，遂把手掌張開，按在桌面。「是我不對。」

警官是大約兩點抵達，穿過有屋頂的走廊進來。斐莉妲的廚房與後院之間的玻璃滑門開著，只有單薄的紗門保護孩子。

「所以妳的幼女……叫哈莉葉是吧？哈莉葉獨自在家兩個小時，對吧，劉女士？」

斐莉妲坐在手上。她已和身體脫離，正飄浮在高高的上方。

他們說，哈莉葉現在在兒童危機中心接受檢查。「有人會帶她——」

「什麼意思？接受檢查？事情不是你們想的那樣，我不會——」

「女士，等等，」布魯諾警官說，「妳看起來是個聰明的女子，回到剛剛的話題吧。為什麼妳一開始會把小孩單獨留在家？」

「我去買咖啡，之後去辦公室，我需要一份檔案，實體的檔案。我一定是沒注意到時間。我看到你們打電話時已在回家的路上。很抱歉，我幾天沒睡了。我得去接她。我可以走了嗎？」

哈里斯警官搖搖頭說：「還沒結束。妳今天應該在哪裡？今天誰要負責照顧這孩子？」

「我。剛剛說了，我去辦公室，我在華頓商學院上班。」

她解釋，她負責編製教職員的研究文摘，把學術報告重寫成提綱挈領的短文，讓商業界的人閱讀。就像寫一份期末報告，但她完全不了解主題。她星期一到三會在家工作，這幾天的撫養權是交給她的——這是特殊的安排。在哈莉葉出生之後，這是她第一份全職工作，才剛做六個月。在費城很難找到像樣的工作，事實上，要找到任何工作都不容易。

她告訴警官，她的老闆相當嚴格，還有截稿日要應付。她正為現年八十一歲的教授工作，這位教授從來不以電郵寄出資料。她上週五忘了把他的資料帶回家，但要完成手上這篇文章，就需要這些資料。

「我本來取回檔案就要馬上回家，但又卡在回覆電郵。我應該要——」

「妳就這樣去上班嗎？」哈里斯警官朝著斐莉妲的素顏努嘴，還有平紋布扣領襯衫，上頭沾了牙膏與花生醬。長長的黑髮隨便紮了個凌亂的髮髻，穿著短褲，臉上有汙漬。

她吞口水。「老闆知道我有個寶寶要顧。」

警官在筆記本草草寫下資料。他們正在做背景調查，如果她有前科，現在應該要告訴他們。

「我當然沒有前科，」她的胸腔緊縮，開始哭起來。「這是失策。拜託，你們一定要相信我。我被逮捕了嗎？」

警官說沒有，但他們已聯絡兒童保護服務局，社工已在路上。

◎

斐莉妲獨自待在薄荷綠的房間內啃手指。她記得把哈莉葉從嬰兒床抱起，幫她換尿布。她想起給哈莉葉泡了一瓶早上該喝的牛奶，還有優格與香蕉，讀一本貝貝熊系列

（*Berenstian Bear*）的書，內容是訴說在別人家過夜的故事。

她們從凌晨四點就睡睡醒醒。斐莉妲的文章上週就該交稿了。整個早上，她就在哈莉葉的遊戲角落和客廳沙發之間來來回回，資料就攤在茶几上。她一直重寫同一個段落，設法以外行人的詞彙來解釋貝氏模型。哈莉葉不停尖叫，想爬上斐莉妲的大腿，她想要抱抱。她抓起斐莉妲的文件，扔到地上，還一直摸鍵盤。

斐莉妲應該打開電視，讓哈莉葉看。她一直在想，要是寫不完這篇文章，進度趕不上，老闆就會撤除她在家工作的特殊待遇，這樣她得把哈莉葉送到托育中心，但斐莉妲想避免這情況發生。她想起自己之後把哈莉葉放進跳跳學習椅；幾個月前，哈莉葉開始會走路時，這育兒法寶就應該退役了。後來，斐莉妲給哈莉葉水和動物餅乾，檢查一下哈莉葉的尿片。她親親哈莉葉的頭，聞到油膩膩的氣味。她捏捏哈莉葉胖嘟嘟的手臂。

她心想，哈莉葉在跳跳學習椅上很安全。跳跳學習椅不會移動，一個小時哪能發生什麼事？

在訊問室的刺眼光線下，斐莉妲咬著指甲邊緣，撕下一點皮膚。方才見到的人，真是要她的命。她從手提包裡拿出粉撲盒，查看自己的黑眼圈。以前人家都說她好看，個子嬌小玲瓏，有圓圓的臉蛋和瀏海，五官猶如瓷娃娃，大家都以為她才二十多歲。但現在三十九歲的她，雙眉之間有了深深的皺紋，還有法令紋，那些皺紋都是產後出現的，而哈莉葉三個月時，葛斯特拋下她，和蘇珊娜在一起，之後她的皺紋就更深了。

今天早上她沒沖澡或洗臉，擔心鄰居會抱怨哭聲。她應該把後門關起，應該馬上回家。她不該離家，起初就該記得帶回檔案，或者週末去拿。她應該趕上原本的截稿日。

她應該告訴那兩位警官，她不能失去這工作。她應該說，葛斯特找了調解員來決定孩子的撫養費。他不想花錢在打官司。葛斯特的工作看似亮眼，實則薪資不高，加上還有學貸要償還，斐莉妲又有賺錢能力，加上兩人都有撫養權，因此調解者建議，葛斯特應該每個月給她五百美元。然而這根本養不起她和哈莉葉，尤其是她放棄了紐約的工作。她沒辦法強迫自己開口要求葛斯特支付更多，甚至沒有要求贍養費。如果她開口，父母會出手相助，但她沒說，不然會恨死自己。在夫妻分居期間，雙親都一直在資助她。

四點十五分。斐莉妲聽見走廊有聲音，於是打開門，看見葛斯特與蘇珊娜和警官在商談。蘇珊娜過來擁抱斐莉妲，抱著不放，而斐莉妲渾身僵硬，被蘇珊娜濃密的紅髮與檀香香水包圍。

蘇珊娜揉著斐莉妲的背，彷彿兩人是朋友。這女孩的任務是以故作友善的姿態，將她逼入絕境。這是一場消耗戰。蘇珊娜才二十八歲，原本是個舞者。在蘇珊娜出現之前，斐莉妲不了解二十八歲和三十九歲的差距，可以這麼有力，這麼要命。這女孩有張骨架細緻的精靈臉龐，還有大大的碧眼，散發出故事書中柔弱女子的氣質。即使在只要顧孩子的日子，她還是會畫上貓眼眼線，讓眼線往上翹，打扮得像青少年，散發出斐莉妲從未擁有過的自信。

葛斯特和其他人握手。斐莉妲盯著地面等待。以前的葛斯特會大吼，就像她躲在浴室裡哭泣，沒有抱著寶寶的時候。但現在葛斯特已改頭換面，即使她有過失，他仍會溫柔擁抱她——蘇珊娜的愛與無毒無害的生活方式，讓他變得溫和。

「葛斯特，很抱歉。」

他請蘇珊娜到外頭等，然後拉著斐莉妲的手臂，帶她回到薄荷綠房間。他坐到她身邊，將她的手捧在掌中。他們已經好幾個月沒有單獨相處了。她覺得好羞恥，竟然在這一刻想要個吻。他的個子高而精瘦，還有肌肉，她不該得到這麼俊美的人。四十二歲的他臉龐稜角分明，日曬過度而出現皺紋，而沙灰色的波浪狀頭髮也留得更長，這讓蘇珊娜開心。現在的他好像年輕時的那個衝浪手。

葛斯特抓她的手更緊一點，她覺得痛。「顯然，今天發生的事……」

「我太久沒睡，無法思考。我知道不該有藉口。我以為離開一個小時，她不會有事。我只是出去一下，馬上就回來。」

「為什麼做這種事？這樣不行。妳知道，妳不是獨自一人撫養，妳可以打電話給我，給我們其中哪個都行。蘇珊娜可以幫妳。」葛斯特抓著她的手腕說，「她今晚會和我們回家。看著我。妳在聽嗎，斐莉妲？事情很嚴重，警方說妳可能會失去撫養權。」

「不。」她抽回手，房間在旋轉。

「暫時的，」他說，「親愛的，妳沒在呼吸。」他搖搖斐莉妲的肩膀，叫她呼吸，但她沒辦法，否則會嘔吐。

門另一邊傳來哭喊聲。「我可以進來嗎？」

葛斯特點點頭。

蘇珊娜抱著哈莉葉，給她幾片蘋果切片。看見哈莉葉和蘇珊娜輕鬆相處，總令斐莉妲心痛不已；今天哈莉葉又是生病，又是害怕，又遇見陌生人，但終究能放鬆下來。今天早上，斐莉妲幫哈莉葉穿上紫色的恐龍T恤、條紋緊身褲，還有莫卡辛鞋。現在她穿破舊的桃紅色毛衣、太大的牛仔褲，有穿襪子，但是沒穿鞋。

「麻煩了。」斐莉妲說，把哈莉葉從蘇珊娜手上抱過來。

哈莉葉抓著斐莉妲的脖子。現在，她們又在一起了，斐莉妲的身體放鬆。

「餓不餓？他們有沒有給妳吃東西？」

哈莉葉吸吸鼻子。她的眼睛又紅又腫，借來的衣服聞起來有酸臭味。斐莉妲想像有州政府的人褪去哈莉葉的衣服，檢查她的身體。有沒有人不適當的碰觸她？以後她怎麼彌補孩子？會不會要花上幾個月、幾年，或是一輩子？

「媽咪。」哈莉葉的聲音沙啞。

斐莉妲把太陽穴靠到哈莉葉的頭上。「媽咪很抱歉。妳要和爸爸與蘇蘇住一段時間，好嗎？寶寶，對不起，我真的搞砸了。」她親親哈莉葉的耳朵，「還會痛嗎？」

哈莉葉點點頭。

「爸爸會給妳吃藥。答應我要乖喔！」斐莉妲本來要說她們很快會見面，只是又把這句話吞回肚裡。她勾勾哈莉葉的小手指。

「銀河。」她悄聲說道。那是她們最愛的遊戲，是就寢前的承諾。**我答應給妳月亮和星星。我愛妳比愛銀河的星星還遠還多。**她說著，就把哈莉葉摟進懷裡。女孩同樣有月亮般的臉，一樣的雙眼皮，一樣心事重重的嘴。

哈莉葉開始在她的肩上進入夢鄉。

葛斯特拉拉斐莉妲的手臂，「我們得帶她回家吃晚餐。」

「還沒。」她抱抱哈莉葉，搖搖她，吻著她鹹鹹的臉龐。他們得幫她換掉這噁心的衣服，幫她洗個澡。「我會很想妳，快想到發瘋。愛妳喔，寶貝。愛妳，愛妳，愛妳。」

哈莉葉抖動了身體，但沒有回答。斐莉妲看了哈莉葉最後一眼，然後閉上眼，讓葛斯特帶走她的寶寶。

◎

社工在尖峰時間的車流中塞車。斐莉妲在薄荷綠的房間等。過了半小時，她打電話給葛斯特。

「忘了跟你說。我知道你們在減少乳製品攝取，但請讓她今晚吃甜點。我本來要讓她吃冰淇淋。」

葛斯特說他們已經吃了，哈莉葉太累，吃不下多少。蘇珊娜正在幫她洗澡。斐莉妲再度道歉，知道接下來幾年都得道歉。她挖了坑給自己跳，但恐怕永遠出不來。

「跟他們講話時保持冷靜，」葛斯特說，「別抓狂。我相信事情很快就會平息。」

她抗拒說我愛你，抗拒感謝他。她說晚安，開始踱步。她應該問警官是哪個鄰居打電話的。是不是那對把教宗若望保祿二世的褪色明信片貼在紗門上的老夫婦？或是住在後院籬笆另一邊的女子，她的貓老是在斐莉妲的院子裡拉屎。還是她臥室牆壁另一邊的夫妻，那響亮奢侈的叫床聲令她更顯得孤單。

這些人的名字，她一個也不知道。她曾試著打招呼，但每次說哈囉，對方不是當作沒聽見，就是自行過街。去年，她在帕斯楊克廣場附近的連排屋租了間三房的屋子，成了這街區唯一不是白人的居民，也是唯一沒在這裡住幾十年的唯一的租屋者、唯一的雅痞、唯一有孩子的人。這是她在短期內能找到的最大空間了。她得讓父母一起在租賃契約上簽名，那時她尚未在賓州大學找到工作。西費城上班雖然很近，但是租金太高。費希頓、貝拉維斯塔、皇后村與研究生醫院都太貴。他們從布魯克林搬過來，因為身為景觀建築師的葛斯特，獲得費城知名的綠屋頂公司聘僱。他公司的計畫案聚焦於永續性：濕地復育、雨水系統。葛斯特說，在費城，他們可以存錢購屋。他們還是離紐約夠近，想去就去。這裡比較適合養育孩子。結果，她就在這城市動彈不得。這是她住過最小的城市，宛如玩具城市一樣，沒有支援網路，沒認識多少人，沒有真正的朋友。現在更因為聯合撫養，她得留在這裡，直到哈莉葉十八歲。

頭上有一盞燈在嗡嗡響。斐莉妲想要讓頭休息一下，卻甩不掉被監視的感覺。蘇珊娜會告訴朋友，葛斯特會告訴他父母，她也必須告訴自己的雙親。她左手大拇指的指甲邊緣幾乎都被她剝光了。她感覺到自己頭痛，口乾舌燥，想馬上離開這房間。

她打開門，請求讓她去洗手間、吃點點心。她到販賣機買花生醬餅乾和巧克力棒。從早餐之後，她什麼都沒吃，只喝咖啡，整天手都在顫抖。

她回來時，社工已經在等她。斐莉妲吃到一半的巧克力棒掉下來，她尷尬的撿拾，趁機看清楚社工穿著黑色七分褲的緊繃小腿，還有運動鞋。這女子年輕亮眼，大概二十五、六歲，顯然是直接從健身房過來的。她穿著坦克背心，罩著彈性纖維夾克，乳溝上有金色十字架墜飾。透過衣服，她的手臂肌肉清晰可見。她的頭髮染成金色，綁成馬尾，兩眼距離寬，看起來像爬蟲類。她皮膚很美，卻塗了厚厚的粉底，臉上輪廓明顯、重點突出。她一微笑，斐莉姐就看見她露出如電影明星般的皓齒。

她們握握手。社工托雷斯小姐指了指斐莉姐嘴唇上的巧克力碎屑。斐莉姐還沒抹掉，這位社工就開始拍照。她瞥見斐莉姐撕爛的指甲邊緣，於是請她出示雙手。

「為什麼？」

「有問題嗎，劉女士？」

「沒有。沒事。」

社工拍了張斐莉姐的手部特寫，然後拍她的臉。她端詳斐莉姐上衣的汙漬，然後抽出平板電腦，開始打字。

「妳可以坐下。」

「我前夫說，我的撫養權可能會終止，真的嗎？」

「對，哈莉葉會留給爸爸照顧。」

「但這種情況不會再發生了，葛斯特知道。」

「劉女士，這次是因為有立即危險，所以緊急撤除撫養權。妳讓女兒無人監護。」

斐莉姐臉紅了。她總覺得自己在搞砸事情，這下子有證據了。

「我們沒發現任何身體虐待的跡象，但妳女兒脫水了，而且肚子餓。根據報告，她的尿布已漏了。她哭了好久，身處危險。」社工翻翻筆記，揚起眉毛說：「他們說，妳的屋子很髒。」

「我通常不是這樣，我本來週末會打掃家裡，我從來不會傷害女兒。」

社工冷笑。「但妳確實傷害到她了。告訴我，妳怎麼沒帶她和妳一起出門？哪個媽媽不明白，如果我想出門或必須出門，我的寶寶也得跟著去？」

社工等待斐莉妲回答。斐莉妲想起今天早上挫折與焦慮感不斷攀升，她自私的想要片刻寧靜。大部分時候，她可以告訴自己要從那處懸崖走下來。想到他們開始建立她的檔案，實在讓她覺得屈辱，好像她毆打哈莉葉，或是讓哈莉葉老是待在髒兮兮的環境，也讓她像是那種會在大熱天把寶寶留在汽車後座的媽媽一樣。

「那是不小心的。」斐莉妲終於說。

「對，妳講過了，但我認為妳有事隱瞞。妳為什麼突然決定要去辦公室？」

「我去買杯咖啡，之後開車到賓州大學，我有個檔案忘了帶回家，我只有實體檔案。我要幫商學院一名最資深的教授寫篇文章。他之前向系主任抱怨過我，因為我引用錯誤。他想開除我。我一到辦公室，就開始回電郵。我應該要留意時間，我知道自己不該把她留在家裡。我知道，我搞砸了。」

斐莉妲拉拉頭髮，讓頭髮掉了幾根。「我女兒都沒睡。她一天應該小睡兩次，但她完全不睡。我在地上陪她睡，除非我握著她的手，否則她不會睡覺。如果我試著離開房間，她會馬上醒來，大發脾氣。過去幾天都一團亂，我實在沒輒。妳曾度過那樣的日子嗎？我累到胸口一直覺得好痛。」

「哪個父母不累？」

「我本來打算馬上回來。」

「但妳沒有，妳上了車就開走了，這就是遺棄，劉女士。如果妳希望想離開家就離開，那養狗就好，不是養孩子。」

斐莉眨眨眼，不讓眼淚掉下來。她想說，自己和新聞裡的那些壞媽媽並不一樣。她沒放火把家給燒了，她沒把哈莉葉留在地鐵月台上。她沒把哈莉葉固定在汽車後座，開進湖裡。

「我知道自己捅了大簍子，但我不是故意的。我了解這樣做實在太扯了。」

「劉女士，妳有精神病史嗎？」

「什麼？我以前有過憂鬱症，起起伏伏，但和這次沒有關聯。我不是——」

「我們是否該假定這次是精神病發作？狂躁狀況？妳有受到任何物質影響嗎？」

「沒有。我沒用藥物，沒喝酒。我沒有發瘋，我沒有要假裝自己是完美的媽媽，但父母難免犯錯。相信妳見過一些更嚴重的狀況。」

「我們不是在談論其他父母，我們在談的是妳。」

斐莉試著讓聲音穩定。「我必須見見她。這樣要多久？我們從來沒分開超過四天。」

「沒有事情能這麼快解決。」這位社工解釋了過程，好像在一口氣唸出購物清單。斐莉姮要先進行心理評估，哈莉葉也是，哈莉葉會接受治療。接下來六十天會進行三次監督探視。州政府會收集資料。兒童保護服務局正在推出新方案。「我會提出建議，」社工說，「法官會決定要採用哪種撫養方案，以符合孩子的最佳利益。」

斐莉姮正要開口，社工就阻止了她。「劉女士，妳該慶幸還有孩子的父親在。如果沒有親人可選，就得把她安置到緊急寄養。」

◎

今晚，斐莉姮再度徹夜未眠。她得告訴家事法庭的法官，哈莉葉沒有遭受虐待，沒有遭到忽視，只是她母親那天很倒楣。斐莉姮必須問問法官是否有過不順遂的日子。在不順遂的日子，她必須離開心靈之屋，心靈之屋困在身體之屋，身體之屋又困在另一間屋子，在那間屋子裡，哈莉葉坐在跳跳椅上，面前有一盤動物餅乾。葛斯特常常會這樣解釋這個世界：心靈是一棟屋子，存在於身體之屋中，身體之屋又存在於這棟房屋中，而這棟房屋又是在城鎮這座更大的房子裡，城鎮位於州這座更大的房子，州位於美國、社會和宇宙的房子中。他說，這些屋子一個個套疊起來，就像他們買給哈莉葉的俄羅斯娃娃。

她無法解釋，不願承認，也不確定是否正確記得的是：她關上門，上了車，於是離開心靈、身體、房子與孩子時，為何突然感到欣喜。

她趁著哈莉葉沒看到時速速離開。此刻想來，這該不會像在別人背後開槍吧？會不會是她做過最不公平的事？她在附近咖啡店買了杯冰拿鐵，隨後走到車旁。她發誓要馬上回家。但是十分鐘的買咖啡行程變成三十分鐘，接下來又延長為一個小時、兩個小時，最後變成兩個半小時。這趟開車行程的快樂驅動著她。這不是性愛、愛情或觀賞夕陽的快樂，而是遺忘身體與人生的愉悅。

凌晨一點，她起床了。已三個星期沒打掃，真不敢相信讓警方看到她家是此等模樣。她撿起哈莉葉的玩具，清空資源回收桶，以吸塵器吸毯子，洗堆積如山的衣服，清理骯髒的跳跳椅。沒能早點清理，想來實在羞愧。

她打掃到五點，消毒劑和漂白水讓她頭暈目眩。水槽擦洗過，浴缸已刷洗，硬木地板也抹過。警方沒看到爐具多麼乾淨。他們沒看到馬桶亮晶晶，哈莉葉的衣服都摺好收起，空了一半的外帶餐盒也都丟棄，所有東西的表面都一塵不染。但只要她繼續移動，就不必在沒有哈莉葉的情況下睡覺，也不會期待聽到她在叫喊。

她躺在乾淨的地上，頭髮與睡衣汗濕，後門吹來的微風帶來些許涼意。通常在睡不著時，且哈莉葉又在身邊的話，她會把女兒從嬰兒床抱起來，讓哈莉葉趴在她肩上睡覺，就這樣抱著她。寶貝女兒啊！斐莉妲想念女兒的體重和溫暖。

◎

斐莉妲十點醒來，她流鼻涕、喉嚨痛。好想告訴哈莉葉，媽咪終於睡著了，今天可以帶她去遊樂場玩。然而一股恐懼蔓延開來，她明白，哈莉葉不在家。

她坐起身，轉動發疼的肩膀，想起社工、薄荷綠的房間，感覺自己像個罪犯被對待。她想像警官進來這狹窄陰暗的房子，在一團凌亂中發現嚇壞的哈莉葉。或許他們看見空了一大半的櫥櫃與冰箱，或許他們看見桌面上的麵包屑、揉成一團的紙巾、水槽裡的茶包。

斐莉妲與葛斯特各自保留著自己帶進婚姻的家具。大部分比較好的家具都是他的，大部分的裝飾與藝術品也是他的。他搬走時，他們的舊家正在重新裝潢。她現在的房子由屋主漆成了粉色調，客廳是淡黃色，廚房是橘色，樓上是薰衣草紫與淡藍色。斐莉妲的家具和裝飾品與牆面很不搭，例如黑色相框、深紫與海軍藍的波斯地毯、橄欖綠的矮椅。

她養不活任何植物。客廳和廚房牆面空空的。樓上的走廊上，她只掛了幾張父母、奶奶與外婆的照片，想提醒哈莉葉她有哪些祖先，只不過斐莉妲的華語不夠好，沒辦法好好教她這語言。在哈莉葉房間，除了掛了一串鮮豔的布旗之外，還有一張葛斯特八年前的照片。她希望哈莉葉看見爸爸在這裡，即使只是照片，不過，她也知道葛斯特不會比照辦理。共同撫養就是有這缺點，孩子本該天天看到母親。

她檢查手機，發現錯過老闆的來電。老闆想知道她為何還沒回覆電郵。她回電道歉，說自己食物中毒，請老闆再讓她延一下。

她沖個澡，之後打電話給當初離婚時請的律師芮妮。「拜託，今天擠出一點時間給我好嗎？情況緊急。」

◎

這天下午，斐莉妲家附近的狹窄街道空蕩蕩的，不像在晴朗的日子，年長的鄰居喜歡搬出椅子，在這街區小小人行道的草坪上聚集。但願他們現在會把她放在眼裡了。她穿著西裝長褲、絲質襯衫、楔形跟鞋。她鋪上粉底，戴上玳瑁粗框眼鏡，隱藏浮腫的眼皮。警方與社工應該看看她現在的模樣：能幹、優雅、值得信賴。

芮妮的辦公室在栗樹街一棟建築的五樓，從里滕豪斯廣場往北邊走兩個街區就到了。去年有一段時間，這辦公室感覺像斐莉妲的第二個家，而芮妮就像大姊。

「斐莉妲，請進。怎麼了？妳看起來好蒼白。」

斐莉妲感謝芮妮答應這麼臨時見面。她環顧四周，想起哈莉葉在皮椅上流口水，撿起地毯上的所有線頭。芮妮是年近五十歲的女子，身材結實，有一頭深棕的頭髮，喜歡穿垂墜領毛衣，戴搶眼的綠松石珠寶。芮妮也是從紐約遷居而來，兩人能一拍即合，因為她們都是外來者，進入了彷彿人人從幼兒園就彼此認識的城市。

芮妮倚靠在辦公桌前，抱著胸傾聽斐莉妲解釋來龍去脈。她比葛斯特與蘇珊娜還生氣、震驚、失望。斐莉妲覺得自己好像在和爸媽說話。

「妳昨晚怎麼不打電話給我？」

「我不懂自己陷入多嚴重的麻煩。我搞砸了。我知道，但不是故意的。」

「妳不能說不是故意的，」芮妮說，「這些人才不管妳的本意。兒童保護服務局愈來愈侵門踏戶。」去年有兩名兒童在他們的監督下仍死亡。州長說，他們沒有犯錯的餘地。這下子就實行了新的法規，而上一回地方選舉時還進行公投。

「妳在說什麼?這不是虐待。我和那些人不同,哈莉葉只是小寶寶,她不會記得的。」

「斐莉妲,把小寶寶獨自留在家可不是小事,妳懂吧?我知道母親們有時會因為壓力太大而走出家門,但妳被逮了。」

斐莉妲低頭看著手。她傻傻的期盼芮妮能安慰她,鼓勵她,就像離婚期間那樣。

「我們要稱這次是判斷失誤,」芮妮說,「不能再說不是故意的,妳得承擔起責任。」

芮妮認為,要取回撫養權可能得花幾個星期,最糟的情況得花幾個月。她聽說兒童保護服務局現在動作比以前快得多,更著重透明度與課責,會牽涉到資料收集,給父母更多機會來證明自己。他們想讓全國的流程簡化,這麼一來各州差異就不會這麼大。各州之間的差異向來是一大麻煩。不過,多半還是得看法官怎麼判。

「我以前怎麼都沒聽過這些事?」斐莉妲問。

「或許沒注意吧,因為跟妳沒關係,那何必注意呢?妳就過著自己的生活就好。」斐莉妲的重心應該是把眼光放遠:和哈莉葉重聚,結案。就算她重新獲得撫養權,或許還會有一段觀護期,亦即可能還有一年的時間會受到進一步監控。法官可能會要求斐莉妲完成一整套計畫——家庭訪視、親職課程、治療。電話與監督探視總比什麼都沒有來得好。有些家長什麼都沒有。遺憾的是,即使她完成每一步,也無法保證一定要得回孩子。只盼別發生最嚴重的狀況,亦即州政府認為她不適合,判決不予重聚,終止她的親權。

「但我們不會碰到這種事吧?妳為什麼要跟我說這?」

「因為從現在開始,妳得非常小心。不是想嚇唬妳,斐莉妲,但我們講的是家事法院系統。我希望妳知道自己正在對付什麼人。認真說，我不希望妳加入那些親權論壇留言板，現在不是為自己主張的時候，妳會把自己搞得像是神經病。現在沒有什麼隱私可說了。妳得記住這一點，他們會監視妳，而且他們還沒把這種新方案的細項公諸於世。」

芮妮在斐莉妲身邊坐下。「我保證，我們會把她要回來。」她把手放在斐莉妲手臂上，「聽我說，抱歉，我還有個約。我晚一點打電話給妳，好嗎？我們一起想辦法。」

斐莉妲想辦法站起來，卻動彈不得。她摘下眼鏡，眼淚忽然冒出。

下班時間，里滕豪斯廣場出現許多人，有人在慢跑、溜滑板，也有醫學生及住在這的無家男女。在這座城市中，這裡是斐莉妲最喜歡的地方，有建築師路・康（Louis Kahn，譯註：二十世紀建築大師，曾在耶魯與賓州大學任教）設計的經典公園，有噴水池、動物雕塑、修剪整齊的花壇，周圍則有商店，以及在人行道設立座位的餐廳。這個地標讓她想起紐約。

她找張空的長椅坐下，打電話給葛斯特。他問，她有沒有睡覺。她告訴他，自己剛和芮妮見面，並要求和哈莉葉說話。她想打開FaceTime，可是連線品質不佳。一聽到哈莉葉的聲音，她就開始掉眼淚。

「我很想妳。妳好嗎，寶寶？」

哈莉葉的聲音仍沙沙的，口齒不清的唸了一串母音，聽起來都不像「媽咪」。背景傳來葛斯特說她耳朵感染的情況好轉了，今天早上蘇珊娜還帶她去「請觸摸博物館」參觀。

斐莉妲開始問些關於這間博物館的事，但葛斯特說他們要吃晚餐了。斐莉妲重提要讓她吃冰淇淋的好話。

「斐莉妲，我知道妳是好意，但別教她情緒性進食。來吧，兔兔熊，說再見囉。」電話掛斷了。斐莉妲用手背抹去鼻涕。雖然回家要走四十分鐘，肯定會讓腳長出水泡，但總不能在地鐵列車上淚眼汪汪，讓大家盯著她吧。她考慮過叫車，但不想和任何人閒聊。她到星巴克，擤擤鼻涕，清潔眼鏡。別人一定認為她剛被甩或被炒魷魚。沒有人會料到她的罪行。她看起來太花俏、太得體、太亞洲。

她往南走，途中遇見兩個帶瑜伽墊的年輕女子，還有身上有刺青去托育中心接孩子的家長。昨天晚上的事彷彿不是發生在自己身上。法官會明白她沒有酒癮、沒有藥癮、沒有前科。她有工作收入，是個和平盡責的共同撫養人。她有布朗大學和哥倫比亞大學的文學學士與碩士學位，還有401（k）退休福利計畫（編註：美國於一九八一年創立一種延後課稅的退休金帳戶計畫，美國政府將相關規定明訂在國稅法第401(k)條中，故簡稱為401(k)計畫）帳戶，也幫哈莉葉存了上大學的基金。

她相信哈莉葉年紀太小，什麼都不會記得，但或許隱約會有受傷的感覺，並在成長過程中鈣化。那是哭泣卻無人回應的感官記憶。

◎

隔天早上八點，門鈴響了。斐莉妲還在床上，但是門鈴響三聲之後，她抓起袍子速速下樓。

來自兒童保護服務局的人是身材高大、胸肌發達的白人。兩人身穿淺藍色的扣領襯衫，衣服塞進卡其褲裡。他們的表情神祕莫測，有費城口音，棕色頭髮剪成平頭。其中一個人有啤酒肚，另一人則下巴不明顯，兩個人都帶著金屬手提箱。

下巴不明顯的那人說：「女士，我們要來裝攝影機。」他出示了公文。

「這是家庭訪視嗎？」

「現在有新的辦事方法。」

斐莉妲得知，每一間房間都要裝攝影機，只有衛浴例外。他們也會視察事發現場。那個下巴不明顯的人視線越過她頭部，看看客廳。「看來妳整理過了，什麼時候整理的？」

「前天夜裡。跟我的律師討論過嗎？」

「女士，妳的律師恐怕無能為力。」

對街女子掀起窗簾。斐莉妲咬住臉頰內側。芮妮說過，別抱怨。恭敬一點、合作一點，別問太多問題。所有和兒童保護服務局的互動都會被記錄下來，一切都能用來對付她。

他們解釋，州政府會從現場錄影來收集畫面。他們會在每間房間的天花板角落裝設攝影機，後院也裝一架攝影機。他們會追蹤通話、訊息、語音留言、網際網路與應用程式的使用情況。

他們把一份表格交給斐莉妲，要她簽名，她必須同意監視。

鄰居還在看。斐莉妲關上前門，在袍子上擦潮濕的手掌。芮妮說，目標是把哈莉葉要回來，輸了就什麼都沒了。這種痛苦或許難以忍受，但從人的一生來看，幾週甚至幾個月並不算什麼。芮妮說，想像一下，要是發生另一種情況，那會多痛苦。斐莉妲沒辦法，要是發生那種情況，她也不想活了。

她到屋裡找支筆，在表格上簽名。兩名男子進入屋內，打開監視設備，她小心詢問，他們要測量什麼。

有啤酒肚的那人說：「我們要了解妳。」

她問，他們會不會要在她車上或辦公室隔間裝設任何東西。他們向她保證，焦點是在她的家庭生活，彷彿在說州政府只是觀察她吃喝睡和呼吸，她不必覺得那麼糟。他們說，等取得足夠的資料，相關單位就會以這些畫面來分析她的感受。

這什麼意思？怎麼可能？她在網路上找到的文章說，兒童保護服務局的代表表示，新方案會排除人為錯誤，做決定會更有效率。他們會修正主觀性或偏見，執行一套一致的標準。

那兩人為每一間房間拍照，偶爾暫停下來指指點點，輕聲說話。斐莉妲上班要遲到了。他們檢查她的櫥櫃與冰箱，每個抽屜、每個櫃子、小小的後院、浴室、地下室。他們用手電筒照洗衣機和烘乾機。

他們翻找她的衣服，掀起珠寶盒的蓋子。他們碰了她的枕頭與床鋪。他們搖動哈莉葉嬰兒床的欄杆，並把手伸向床墊，翻過來。他們對哈莉葉的毯子與玩具動手。他們在視察每一間房間時，斐莉妲就在門口徘徊，努力克制，不要抗議對方入侵。感覺上，他們好像隨時要對她搜身。他們可能會要她張開嘴巴，記下她牙齒的狀況。州政府可能需要知道她有沒有蛀牙。

男子帶了梯子進來，他們清理天花板的蜘蛛網。等裝好最後一架攝影機，他們就打電話回辦公室，並打開現場畫面。

二

斐莉妲今晚不想回家，想在校園會館找個房間，或在 Airbnb 找個晚鳥訂房，臨時走一趟布魯克林，造訪久未聯絡的朋友。在自己的辦公室隔間睡覺也行，只是今天下午，老闆注意到她桌上的哈莉葉照片都翻面朝下，於是詢問是怎麼回事。

「我想要專心。」她扯謊。

她趁著老闆沒注意時把照片擺正，撫摸著照片道歉。照片上有哈莉葉剛出生時全身裹得緊緊的模樣，哈莉葉抓著她第一個生日蛋糕，哈莉葉來到海邊，戴著心形墨鏡，穿著格紋連身泳裝。瞧瞧那張臉，她是斐莉妲做過唯一正確的事。

她待到十一點，大樓早已空無人影，直到在校園遭搶劫的恐懼，超過家中有東西在等的恐懼。她整天都打電話給芮妮，而芮妮一聽到攝影機的事也提高警覺，但她深深嘆口氣說，法規老是變來變去。迴避回家不是辦法，找一堆資訊來自我防衛也不是。這並不表示，斐莉妲在線上找到許多資訊。她只找到常見的討論文章，談及運用大數據的實驗、社交媒體上癮、政府與科技公司之間不名譽的關係，分娩與暴力犯罪的現場直播，YouTube 上的嬰兒網紅所引起的爭議，隱藏式攝影機是否違反公民權利，以智慧型襪子與毯子，衡量寶寶的心跳、含氧量與睡眠品質，可幫著寶寶睡眠訓練，要價兩千美元的智慧型嬰兒籃。

每個人都被他們的裝置觀察過。兩年前，美國大多數城市都裝設了閉路電視攝影機，這是因為政府受到倫敦與北京犯罪率下降所啟發。誰沒使用臉部辨識軟體？但芮妮說，這些至少是妳看得到的攝影機。斐莉姐應該要假定，他們在監聽。任何正常人能做的事，現在都可能被詮釋為蔑視。芮妮說，別留下太多足跡，所以別在 Google 上搜尋。他們也能潛入斐莉姐工作用的電腦。她不該在電話討論她的案件。

芮妮聽到兒童保護服務局在改造教育部門的謠言，他們在更新親職課程。矽谷應該是捐了錢和資源。兒童保護服務局卯起來僱人，提供比以前更高的薪資。不幸的是，斐莉姐就身處在展開測試階段的州與郡。

「要是能了解更多詳情就好了，」芮妮繼續說，「如果是一年前，甚至幾個月前，我就更能引導妳。」她暫停一下又說：「我們面對面談吧。斐莉姐，請試著保持冷靜。」

◎

這棟房子感覺不屬於她，今晚更是如此。吃了微波晚餐，整理每間房間，擦淨兒童保護服務局的人員帶進來的髒汙，關上抽屜，摺好哈莉葉的床鋪，重新排好玩具之後，斐莉姐退避到狹窄的浴室，期盼餘生都癱在這空間就好，在這裡睡，在這裡吃。她沖澡，搓洗臉，塗上化妝水、保濕乳液、抗老精華。她梳理濕濕的頭髮，修剪磨光指甲，把撕破的指甲邊緣貼上繃帶。她夾除眉部與上唇的雜毛。她坐在浴缸邊緣，戳戳　桶泡澡玩具：有發條的海象、鴨子、眼球不見的橘色章魚。她玩弄哈莉葉的袍子，在手上抹抹哈莉葉的乳液，這樣就能帶著椰子香入眠。

雖然是溫暖的夜晚，她還是在睡衣外面罩著連帽運動衫。一想到那些男人碰過她的枕頭，她就覺得不舒服，決定換床單。

她上了床，戴上帽子，在下巴打個結，要是有裹屍布可用就好了。不久之後，州政府會發現她沒什麼訪客。離婚後，她就和紐約的朋友斷了聯繫，沒有交新朋友，也試都沒試，夜晚大多孤單度過，只有手機相伴。她有時候會吃穀片當晚餐。如果睡不著，她就會做仰臥起坐與抬腿幾個小時。要是失眠更嚴重，她會吃優眠爽（Unisom，編註：非處方睡眠輔助工具）和喝酒。如果哈莉葉在，就只喝一小杯波本酒。如果只有獨自一人，就一口氣連喝三四杯。感謝老天，那些人沒發現任何空瓶。每天早上，在早餐之前，她會量自己的腰圍。她捏捏自己鬆弛的三頭肌與大腿內側。她對鏡子裡的自己微笑，想起自己也曾是美女。她必須戒除所有壞習慣，不能看起來沒用、自私或不穩定，如果不能好好照顧自己，或許就代表還沒準備好顧孩子，即使到了這年紀也一樣。

她翻身側躺，面對窗戶。她一手放到嘴邊，然後停止。她看看那一閃一閃的紅燈。難道告訴他們的還不夠多嗎？她還不夠抱歉、不夠害怕嗎？二十多歲時，有個治療師曾要她列出恐懼，那過程很可怕，最後只透露出她的恐懼是多麼天馬行空、無邊無際。不知道現在在觀察她的是誰，但應該要知道她害怕森林、大片水域、莖與海草，還有長距離泳者，因為那些人通常知道如何在水底下呼吸。她也怕懂跳舞的人。她怕裸體的人，怕北歐風格的布置，一開頭就有女孩死亡的電視節目，日光太強，日光太弱。她曾害怕在她身體裡長大的寶寶，也害怕寶寶停止生長，害怕死去的寶寶得被吸出來，害怕要是發生這種事，她就不願再嘗試，這樣葛斯特可能會離開她。她害怕自己說不定會改變主意，去了診所，聲稱那是自然出血。

今天晚上，她害怕攝影機、社工、法官、等待。葛斯特與蘇珊娜可能會告訴別人什麼。女兒或許已不那麼愛她。要是父母發現這件事，會多麼難以承受。

她在腦中重複這些新的恐懼，設法濾出有意義的文字。她的心臟跳得太快，背部滿是冷汗。或許差勁的母親不是該被監視，而是該被扔進壑谷。

◎

斐莉妲是去年五月初發現那些照片的。當時三更半夜，失眠再度襲來。她想查看時間，遂拿起葛斯特放在床頭櫃的手機。剛過三點，有人傳訊來。**明天過來**。

她在標示著「工作」的相簿中發現這女孩。蘇珊娜在陽光普照的客廳，拿著蛋白霜檸檬塔。蘇珊娜把派砸到葛斯特的鼠蹊。蘇珊娜舔去他身上的派。拍照時間是同年二月，當時斐莉妲懷了九個月的身孕。她不明白葛斯特怎有時間和這女子見面，為什麼要追求她，不過，他會在辦公室待到很晚，週末也會和朋友共度，而她臥床休息，儘量不當那種把指甲插進他袖子裡的人。

她坐在廚房幾小時，端詳蘇珊娜頑皮的笑容、骯髒的臉、手握著葛斯特的陰莖，還有潮濕的小嘴。這女子有前拉斐爾派（pre-Raphaelite，編註：目的為發展自然的藝術風格，遠離學院派強壓於學生的制式規格）的膚色，身體蒼白有雀斑，還有巨乳和男孩般的臀部。她的手臂與腿部肌肉細緻，鎖骨和肋骨凸出。她以為葛斯特討厭骨感的女子，以為他會愛著她的孕體。

她沒把葛斯特叫醒或怒吼，就這樣等待日出，無論自己看起來多糟，還是拍了張自拍，然後傳給那女孩。

某天早上，斐莉妲餵哈莉葉喝完奶，把哈莉葉安放回嬰兒床之後，就爬到葛斯特身上，以臀部摩他，讓他硬起來。自從醫生批准她可以性交之後，他們只做了兩次，每回都痛得要命。但願他和那女子做的時候有戴套，但願那女子反覆無常。或許婚戒或嬰兒擋不住那個女子，但她一定會厭倦他。斐莉妲看紐約的朋友和二十多歲的女子交往時，就發生過這種情況。先是天雷地火、重燃活力，然後閃電訂婚，接下來呢，女孩決定逃到加拉巴哥島。冒險旅程通常是藉口，正如靈性覺醒。

完事後，她告訴他：「甩掉她。」

他嗚咽道歉，有幾個星期，他們似乎能挽回婚姻。不過，他拒絕放棄她，聲稱自己陷入愛河。

「我得遵從己心。」他說，並在她準備退讓之前，就開始在她面前討論共同撫養。

他說：「我還是愛妳，會永遠愛妳。我們永遠是一家人。」

斐莉妲開始理解，蘇珊娜就像藤壺，而葛斯特則是高桅帆船。雖然她從沒想過蘇珊娜會贏，至少不是寶寶在自己手上時。斐莉妲會想，只要有機會證明自己能當母親就好了。哈莉葉才剛會笑，剛能睡三小時。斐莉妲整天身上都是寶寶吐的奶或流的口水，忙著在好幾輪的餵奶與換尿布之間整理家裡、烹煮或洗衣。她還來不及產後瘦身，肚子上的傷口還沒復原。

她認為蘇珊娜很野，會讓葛斯特射在她臉上，也可能把肛門交給他。斐莉妲不讓他射在臉上或肛門，雖然她現在後悔了。她滿腦子在想，應該把屁股打開給葛斯特，就像她該付出一切，把他留下。

要是她更健康，更容易一起生活就好了。要是她繼續吃樂復得，沒讓憂鬱症再度發作就好了。要是他沒經歷過她歇斯底里大哭、焦慮每況愈下就好了。要是她不曾對他大叫就好了。但醫生說，沒有任何事情是百分之百安全。斐莉妲真的想要承受那些風險嗎？她的產科醫師警告，母親使用抗憂鬱劑與孩子的青少年憂鬱症有關，也與自閉症有關。寶寶可能會緊張不安，寶寶可能不好餵，寶寶可能出生時體重輕，阿普伽新生兒評分（Apgar，譯註：由美國醫師維吉妮亞．阿普伽〔Virginia Apgar〕提出的新生兒健康評估方式，可快速評估產程使用麻醉劑對嬰兒的影響，項目包括嬰兒膚色、呼吸心跳、肌肉張力等）較低。

葛斯特對於她斷藥感到很驕傲，似乎更加尊敬她。「我們的寶寶應該認識真正的妳。」他說。

她對抗憂鬱藥的需求，導致父母總覺得好像辜負了她。她不會與他們談論抗憂鬱藥。即使到了現在，她還是沒有請醫生開立新處方，也沒嘗試尋找精神科醫師或治療師，不想讓任何人知道她的心靈之屋自行運作得多糟。

她讓葛斯特說服她，進行無過失離婚。他說服她，要是法律文件有婚姻不當行為，會對哈莉葉有害。葛斯特說，等哈莉葉年紀大一些，他們會向她解釋，爸爸媽媽決定當朋友比較好。

在得到葛斯特之後不久，蘇珊娜開始發表意見。她在高中時是營隊輔導員，上大學後也當保母，花許多時間陪伴侄子侄女。電郵出現了，然後是簡訊。蘇珊娜說，斐莉妲應該把家裡的所有塑膠丟掉。接觸塑膠和癌症有關。她應該安裝濾水系統，這樣哈莉葉才不會在飲水或洗澡時接觸到重金屬和氯。她應該要確定，哈莉葉所有的衣服都是來自有機棉工廠，且這些工廠都有提供工人生活工資。她應該要買有機護膚品、尿布、拍嗝巾與寢具，以及無化學物質的濕紙巾。斐莉妲要不要考慮換布尿布呢？蘇珊娜的姊姊有許多媽媽朋友都會用布尿布。她應該試試排泄溝通（譯註：排泄溝通是指，父母應解讀寶寶大小便的訊息，這樣可以減少使用尿布的需求，且培養親子默契）。在中國不就是這樣嗎？斐莉妲應該在育兒房放些有療癒效果的碎水晶。蘇珊娜樂於給斐莉妲一些粉色水晶，給她一個好的起點。斐莉妲家的嬰兒床是IKEA的，難道斐莉妲不知道塑合板是用木屑和甲醛做的嗎？等到蘇珊娜開始囉唆一些關於長期親餵、揹巾與親子同床共眠的好處時，斐莉妲走去拿電話，大罵葛斯特——葛斯特說：「別忘了，那是出於好意。」

她要他承諾，別讓蘇珊娜對他們的寶寶做實驗。不要太早學如廁，不要水晶，不要同床，不要先咀嚼過每一口要哈莉葉吃的東西。過去一年，蘇珊娜獲得營養師執照，想搭配她偶爾為之的皮拉提斯教練工作。斐莉妲常擔心蘇珊娜把綠球藻和螺旋藻混入哈莉葉的食物，或是在哈莉葉流鼻涕或耳朵感染時，蘇珊娜以精油或排毒泥浴來治療。他們曾對於疫苗和群體免疫激烈爭吵。葛斯特已去除填牙的銀粉，蘇珊娜也是。不久之後，他們會試著有自己的孩子，但首先，他們得運用草藥、冥想和善念來治療蛀牙。

這兩名女子是在去年六月初次相見，那時斐莉妲在週末把哈莉葉託給他們。葛斯特已經搬進蘇珊娜位於費希頓的閣樓，而斐莉妲仍住在他們位於貝拉維斯塔的第一間房子。他們才剛分開幾個星期。夜裡，她可以把哈莉葉留下來餵奶，不過葛斯特在週六與週日下午都能得到這個寶寶，斐莉妲得把寶寶和擠出來的奶交給他們。那天，蘇珊娜應門時，只穿著葛斯特的上衣。那種驕傲又慵懶的視線，讓斐莉妲真想抓傷她。斐莉妲不想把孩子交給這個剛被幹過的女子，但葛斯特來了，把哈莉葉從她懷裡抱走，而他看起來挺快樂的，不是像剛找到新歡的男人那種快樂，而是像狗一樣快樂。

當蘇珊娜要拿冰桶裡的奶時，斐莉妲厲聲說，只有父母可以碰母奶。

「拜託，斐莉妲，講理好嗎？」葛斯特說。

他們帶著哈莉葉走上樓梯時，斐莉妲期盼他們別在寶寶面前接吻。但她步行離開時，她明白他們會在哈莉葉面前接吻、打情罵俏、搓揉身體，甚至趁寶寶睡著時在同一個房間做起來。哈莉葉會在父親家中，看到愛情茂密生長。

星期六晚上，時間還早，是哈莉葉的晚餐時間。斐莉妲坐在廚房餐桌邊，看著爐子上的數位時鐘一分一秒過去。她踢哈莉葉高腳椅的一支椅腳。葛斯特和蘇珊娜或許沒有給哈莉葉足夠的食物。蘇珊娜今天可能帶她去公園，吱吱喳喳講個不停，描述她的每一個動作。蘇珊娜從來不關上話匣子。她讀過一些書，談到寶寶從出生到五歲一天需要聽到一萬個字，這樣才能為上幼兒園做好準備。

斐莉妲向來認為美國母親要會說「寶寶語」，實在是很可悲的事，雖然她後來也只能屈服。她曾靜靜推著哈莉葉盪鞦韆，或是坐在沙坑邊緣，讓哈莉葉獨自玩耍，自己則瀏覽《紐約客》雜誌。這時，其他母親會對斐莉妲投以不苟同的眼光。她有時候會被當成不專心的保母。在哈莉葉七個月大時，在遊樂場到處爬，這時有個母親就直接罵她，怎麼沒看著寶寶？要是寶寶撿起石頭，想吞進肚子裡卻噎住怎麼辦？

斐莉妲並不想為自己辯護。她一把抱起哈莉葉速速回家，再也不去那處遊樂場，即使那是最近、最乾淨的一處。

遊樂場上的母親們嚇壞她了。她無法與她們的熱情或技能相比，她沒有做足夠的研究，五個月就停餵母奶，而這些女人還開開心心幫三歲孩子哺乳。

她以為，成為母親就代表加入一個群體，但她所遇見的母親就像剛成立的姊妹會成員一樣小心眼，她們自封為特遣部隊，堅守母職的強硬路線。只討論孩子的女子令她厭煩。她對於幼兒平庸、重複的世界沒多少興趣，但她相信，等到哈莉葉上幼兒園、等到她們能對話時，情況就會改善。這不是因為斐莉妲對養兒育女沒有概念。她喜歡談論法式育兒的書，但葛斯特不敢恭維三個月就要對哈莉葉進行睡眠訓練的想法，亦即把大人的需求放在前面。那本書的道德思想太自私。

「我已做好無私的準備了，」葛斯特說，「妳還沒嗎？」

她今天還沒出門。芮妮告訴她，不要再打電話給葛斯特，要求與哈莉葉用 FaceTime 通話，等著和社工通話就好。今天早上，她在育兒房憔悴的撫摸哈莉葉的玩具與毯子。所有的東西都該洗一洗。等她負擔得起時，也該換掉。那些男人沒有留下任何痕跡，卻留下壞運。哈莉葉永遠不會知道，她的育兒房曾被當成犯罪現場對待。

斐莉妲坐在搖椅上哭泣，很氣自己得假裝哭，畢竟她已沒有眼淚。沒有眼淚代表沒有悔意，而沒有悔意就代表她這個母親比州政府想像得還糟。於是她抓起哈莉葉的粉紅色小兔捏捏，想像哈莉葉驚慌失措，獨自一人。她在培養自己的羞恥心。她的父母總說，她需要一個聽眾。

她起身走到玻璃滑門前，開門瞄鄰居的院子。北邊鄰居正在蓋格狀籬笆，整天都在敲敲打打。她想點燃火柴，丟到籬笆外，看看會怎樣。她想燒掉那棵捲曲棕鬚已垂到她家院子的樹，但她還是不知道那人是不是打電話報警的好撒馬利亞人。

她的冰箱已比上次別人來視察時還空。冰箱裡，裝在容器裡的番薯塊開始發霉，花生醬剩一半，一盒牛奶已過期三天，幾包番茄醬收在冰箱門上。她吃幾根哈莉葉的乳酪條當零嘴。她應該要準備營養的晚餐，讓州政府知道她會煮飯，但一想到要去雜貨店，想到攝影機如何記錄她出門與返家的時間、她烹煮食物的方式、吃東西的優雅程度，她就想要離開，去遠一點的地方。

她會把手機留在家，不讓人追蹤。要是他們問起，她就說是去見個朋友，雖然威爾和葛斯特的交情比她還深。威爾是葛斯特最好的朋友，也是哈莉葉的乾爹。斐莉妲已好幾個月沒見到他，但是在離婚期間，他倒是說過，需要時可打電話給他。

攝影機應該不會偵測到任何可疑行為。她沒有換洋裝、梳頭、化妝或戴耳環。腿部和腋下隱約有毛碴。她穿著有洞的鬆垮紅色T恤，搭著牛仔短褲，套上綠色風衣和涼鞋。她看起來像個不值得打擾的女子，她不會帶來什麼好處。威爾最後一個交往的女子是個空中飛人。不過，她提醒自己，她不想和威爾約會，時間到了就會回來。她只是需要個伴。

◎

合理推測，威爾星期六晚上應該不在家。他是個三十八歲的單身漢，在這座城市，沒有多少像他這年紀的單身漢，且他還熱衷網路交友。女人愛他溫和的舉止、捲度緊密的黑髮（如今夾雜著些許灰髮），還有厚厚的鬍子，他笑稱自己胸毛濃密是性功能強大的證據。他把頭髮梳得很高，帶著細框眼鏡，鼻子長長的，雙眸深邃，和二十世紀初的維也納科學家挺像的。他沒有葛斯特那麼帥，身體比較軟，聲音又高，但斐莉妲向來喜歡他的關注。要是他不在家，她反而覺得慶幸。她不確定自己記不記得是哪個交叉路，也不記得門牌號碼，只知道是第四十五與四十六街之間的奧賽吉大街。然而渴望猶如燈塔，帶領她前往正確的街區，來到西費城，停車位就距離威爾家幾扇門而已。他在雲杉丘租了一間破舊的維多利亞式住宅一樓。他家的燈亮著。

大家曾取笑威爾對她的迷戀。他曾在葛斯特面前對她說：「要是和這個人沒辦法在一起……」她走上他家的門前台階按門鈴時，想起當年他的讚美、他如何碰觸她後腰。她塗上紅色口紅時，他如何挑逗她。斐莉妲聽見腳步聲時，感覺到希望、絕望，以及一股野性，她以為那股糟糕的野性早已永遠消失。除了悲傷，她已沒有任何迷人之處，但是威爾喜歡他的女人傷心。她和葛斯特曾批評威爾的品味很糟糕，愛上一堆弱女子，例如渴望成為殯葬業者的女子、一個受到前男友虐待的脫衣舞孃，還有需求如無底洞的裁剪工與詩人。他正努力做出更好的選擇，但是她希望他仍能犯下最後一次錯誤。

威爾應門，一臉困惑的對她微笑。

「我可以解釋。」她說。

他們曾告訴他，如果再像大學生那樣生活，就不可能得到像樣的女人。沙發和地毯上看得見一層狗毛，客廳只有一盞燈會亮，還有一堆報紙與馬克杯，鞋子就踢在門口，零錢隨便扔在咖啡桌上。威爾正在攻讀文化人類學博士，也就是他的第三個高等學位。他已取得教育和社會學碩士學位，還曾短暫從事「為美國而教」。他已在賓州大學讀了九年的博士班，打算如果能爭取到經費，就要延長到第十年。

「抱歉一團亂，」他說，「我本來——」

斐莉妲告訴他別擔心，人人標準不同，如果她有標準或顧忌就不會來這裡了。她不會想吃燉扁豆或來杯紅酒，不會在他廚房餐桌邊坐下，並滔滔不絕傾訴那倒楣的一天、警察局、失去撫養權，還有男子來到她家什麼都碰觸，安裝攝影機，以及前幾晚她躲在被子下哭泣，才能保有隱私。

她等著威爾與她一鼻孔出氣，不然就是批評她，問她為何這麼蠢。不過威爾保持靜默。

「斐莉妲，我知道，葛斯特跟我說了。」

「他說什麼？他一定很恨我。」

「沒有人恨妳。他很擔心妳，我也是。我的意思是，他當然很生氣，但他不希望這些人惡搞妳。妳得告訴他這情況簡直是狗屁倒灶的圓形監獄。」

「不行，拜託，不能跟他講。我沒有選擇。這些人就像可惡的史塔西（譯註：東德的情報機構，是當時最有效率的祕密警察機構）。我的律師說，可能會花上幾個月的時間。你該聽聽前幾天晚上他們怎麼跟我說話。」

威爾幫他們多斟些酒。「很高興妳來了，我本來想打電話給妳。」

斐莉妲以前不知道見到熟面孔是多美好的事。她再度訴說來龍去脈時，威爾很仔細聆聽。她談到哈莉葉耳朵受到感染、哭到失控。她談到把檔案遺忘在辦公室，以及前往辦公室的不智之舉。她就是應付不過來，必須把工作完成，從來無意要讓哈莉葉身陷危機。

「我好像欠人懲罰似的，」她說，「我真是恨死自己了。」來到這裡是個錯誤，造成他負擔是不對的。她看得出來，威爾努力想說些支持的話，卻辦不到。他把椅子搬到她身邊坐下，擁抱著她。

要是有人在那一晚擁抱她就好了。她仍想念著葛斯特的氣味，還有溫暖。那是一種溫度與感受，而不是香氣。威爾的上衣聞起來有燉扁豆與狗的氣味，但她想要把臉靠在威爾脖子上，就像以前靠在葛斯特的脖子上一樣。她應該珍惜並尊重他的友誼，卻開始對他的身體想入非非。葛斯特曾說，他在更衣室看過威爾。威爾肯定有大雞雞，他安靜的自信就是源自於此。她好奇自己能不能碰，無論那些弱女子有沒有傳染無法治癒的疾病給他。從二十多歲以來，斐莉妲就不曾陷入此等狀態：她那時曾去網路上認識的男人家中，離開時傷痕累累、頭暈目眩。

她盯著從威爾領口探出的胸毛，開始玩弄。「我可以親你嗎？」

威爾往後坐，滿臉通紅。「親愛的，這點子不好。」他用手指撥撥髮間說，「妳會覺得很糟。我這是經驗之談。」

她的手依然放在他膝上。「葛斯特不會知道的。」

「我不是從沒想過。我想過，而且想過很多次，但我們不該這麼做。」

斐莉妲沒有回答，也沒看著他。她還沒準備回家。她傾身吻威爾，即使他試著掙脫，她還是繼續親吻。

已有一年多的時間，沒有男人正經的碰觸她。葛斯特搬走之後，他倆還是會繼續做。每次他送哈莉葉回來，如果哈莉葉睡著了，他們就會做。葛斯特總會宣揚他的愛，說想念她，說自己犯了錯，有朝一日或許會回來她身邊。他們在出席離婚裁決法庭的那個早上也做了，當時，他才剛離開蘇珊娜的床。

能擁有蘇珊娜不知道的祕密、從她那邊偷人的感覺不錯，雖然這表示葛斯特會一而再、再而三的離開她。她想過，若能懷孕，他就會回心轉意。有幾個月，她甚至會在排卵期想見他。她依然很訝異自己怎能這般愚蠢。她會教女兒不能這樣。要勇敢有智慧，要有尊嚴。那個渣男不愛妳，也決定不要妳，即使他是妳孩子的父親，但和他做的話跟被騙沒兩樣。

治療師喜歡把問題怪到她母親身上。他們說，她母親太有距離了。斐莉妲從來不接受這樣的解釋，她從來沒想要檢視母親的行為，光是解釋都不可能，要大聲說出更是可怕。如果有人對她有欲望，她只會覺得更有生命力，好像被拉進更好的不同未來，再也不會孤單。認識葛斯特之前，她會隱藏自己，麻木以對，深信自己想要的就只是幾小時的撫摸而已。她記不住許多名字，但她記得身體及稀少的讚美，還有一個人曾讓她幾乎窒息。她在幫那人口交時，他在播放色情片。把她的手腕綁得超緊，讓她的手失去感覺。而她拒絕參加雜交派對，那人就說她膽怯了。那次她拒絕了，設下界線，她為自己感到驕傲。

她走到客廳，拉上窗簾。過了十年，在離婚與寶寶事件之後，她可能表現得多狂野呢？

「斐莉妲，認真說，我覺得受寵若驚。」

或許威爾認為，斐莉妲還是屬於葛斯特。或許他只把斐莉妲視為一個母親，而且是不擅此道的母親。她靠近他時覺得緊張又無趣。她開始解開威爾的上衣扣子時，他並沒有抗議。

總有一天，她會教哈莉葉絕不可有這樣的行為。別讓自己的身體像最低等的肉塊那樣送出去。她會教哈莉葉什麼是完好與自尊，她會給予夠多的愛，讓她不必去乞討。她母親從來沒和她談過性、身體或感受。斐莉妲不會犯這樣的錯誤。

「妳看到的不是最好的。」威爾說。他需要減個十公斤左右，需要先鍛鍊身子。她摸摸他腰圍上的游泳圈，跟他說他很俊美，而發現他身側與後腰也有擴張紋時，不禁暗自竊喜。如果威爾要求她離開，她就會離開。但是威爾沒有這樣要求，於是她解開胸罩、褪去內褲，盼自己的悲傷能閃閃發光。威爾的弱女子總是散發出自己的光芒，有大大的眼睛和骨感身材。在晚餐宴會，她會想去碰她們的喉嚨，玩弄她們糾結的長髮，好奇把悲傷穿戴在這麼表面而獲得關愛的感受是如何。

威爾端詳著斐莉妲時，她感覺到侷促不安。他看著她手臂在下垂的乳房前交叉，恥毛上有彎曲的粉紅色疤痕。她吸氣到腹部，看著自己的大腿，還有膝蓋上可恨的皺紋。在燈還亮著時，他不該看著她，不該沒有浪漫愛情或儀式。年輕時，她可以立即忽視這樣的尷尬，但威爾曾見過她的身體變得龐大，感覺過哈莉葉在踢。**外星人入侵**，他笑說，**這個生物**。

葛斯特和蘇珊娜一定準備好讓哈莉葉睡覺了。斐莉妲照顧哈莉葉時，會一起度過沐浴時光，還會唸一本書，擁抱，燈光調暗，對哈莉葉整個世界中的每一樣東西說晚安。**晚安，牆壁。晚安，窗戶。晚安，窗簾。晚安，椅子。晚安，小羊。晚安，被被。晚安，睡衣褲。**晚安，哈莉葉的眼睛、鼻子、嘴巴。向嬰兒床上的每個玩具道晚安，最後終於說，**晚安，哈莉葉**，並聊聊銀河。

威爾勃起的陰莖壓在斐莉妲的腹部。她必須知道哈莉葉怎麼睡覺。斐莉妲的手指勾住威爾的皮帶環，卻無法讓自己碰觸應該很大的陰莖，甚至無法把手伸進牛仔褲裡。要是有人發現她來過這裡怎麼辦？

「我是個爛人，」她輕聲說，拾起衣服，蓋著身軀。「很抱歉。」

「喔，斐莉妲，噓——沒關係，沒關係。」他把她拉到胸前，粗硬胸毛碰到她的臉頰。

「我在調戲你，」她說，聲音聽起來悶悶的，「我到底在搞什麼鬼？」她不知道成年女子是可能調戲成年男子的，但她做了這件事。誰給了她權利，讓她來到這裡，把衣服脫光？

「斐莉妲，別對自己這麼嚴苛。」

她在找衣服時，要威爾別過身去。當葛斯特決定搬走時，她打電話給他最好的朋友們，期盼有人能跟他講講道理。那時她又哭又喊，威爾是唯一真正傾聽她的人。她注意到他幾度沉默不語，她明白威爾已經知道蘇珊娜的事，而且可能知情一段時間了。他說，他並不贊成葛斯特離開。他告訴斐莉妲，她依然年輕美麗，這實在是甜蜜的謊言。

她把頭髮紮好馬尾，但上衣內外穿反了。她回到廚房拿手提包，那時是八點十七分。

「答應我，不要告訴別人。」

「斐莉妲，不要大驚小怪。妳沒做錯任何事。」

「才不是，我真的錯了。你試著體貼我，我不該做到那種地步。我發誓，我不是愛占人便宜的那種人。」她想要留在這裡。她可以睡沙發，住在儲藏室裡。要是每天都能看到善意的臉就好了。

在門邊，威爾親了她臉頰，之後捧起她下巴。「我挺喜歡看見妳裸體的。」

「你不必為了讓我好過一點才這樣說。」

「我是認真的，」他說，「改天再來吧，或許我也會讓妳瞧瞧我的裸體。」他笑著說，讓斐莉姐倚在門上並吻了她。

◎

她尾椎下的陶瓷冰冰冷冷。浴缸接縫周圍的上面有黑點點，是她幾天前刮除的黴菌所留下的影子。斐莉姐拿下眼鏡，仰躺休息，膝蓋彎曲，雙手在胸前交扣，指甲陷入手的皮膚。隔壁兩戶的大嗓門家族出來抽菸，彼此碰撞啤酒瓶。大嗓門的美國白人占據了空間。她從未主張自己的空間。葛斯特曾告訴她不必道歉，要像中西部居民那樣大呼小叫，阻止那些人。但或許有人不該主張自己的空間。她要的只是兩個半小時，於是失去了自己的寶寶。

她掀起睡衣，回想和威爾互道再見時他看待她的模樣。她和葛斯特曾譏笑他，要他在晚餐時展現那種眼神。他以那種掌控人的眼神，勾引著別人。她永遠無法給葛斯特那樣的眼神卻不發笑。以他們的例子來說，永遠是葛斯特的手放在她頸背，永遠是葛斯特在控制。她懷念人妻時光，懷念自己曾是某事物的另一半。母親和孩子不一樣，但她記得哈莉葉出生時，她以為自己不會再孤單。

她差點就跟著威爾回到室內。除了葛斯特，上一次有人好好親吻她是什麼時候？

她必須回房間，讓他們觀察。她已離開太久。但她還想要一兩分鐘，屬於自己的一分鐘。芮妮說，要克服重重難關。

斐莉姐的手撫過胸部與腹部。她脫掉內衣，閉上眼睛，開始搓揉，讓自己一次又一次高潮，直到暈眩疲軟，內心空空如也。

三

法院指派的心理師看起來像是無精打采的有錢人，不修邊幅，相當冷漠。有貴族特質，沒有腔調，或許是來自費城主線區。他有雙下巴，鼻子周圍的血管破裂。嗜酒，無婚戒。他看斐莉妲的檔案看了老半天，差點沒察覺到她已經來了。他引導斐莉妲入座，然後繼續按電話。斐莉妲原以為對方會是女人，但現在交由一位五十多歲的白人男子評估，不知道是好是壞。他似乎不像是家長，兒童福利似乎也不像與他切身相關。話說回來，社工或兒童保護服務局派來的男子，看起來也和兒童福利扯不上邊。

斐莉妲六天沒和哈莉葉說話，一個星期沒有見到她或抱抱她，只能不斷滑照片，重看每一支影片，聞聞仍保留著她氣味的泰迪熊。她應該拍更多影片的，但是要在哈莉葉面前揮舞手機，卻要非常小心。葛斯特常說，拍照就是偷走某人的靈魂，但是他對蘇珊娜的標準就不同，她一千四百九十八個追蹤者都看過只包尿布的哈莉葉，哈莉葉的背後裸照，哈莉葉在醫師診間，哈莉葉在洗澡，哈莉葉在尿布台上，哈莉葉早上做的第一件事，還有腳步不穩、相當脆弱的哈莉葉。自拍照也不缺：哈莉葉在蘇珊娜的肩膀上睡覺，#幸福。那些人都知道今天早上哈莉葉吃什麼。斐莉妲好想看，但芮妮要她關閉社交媒體的帳號。

樟腦球的氣味讓她頭痛。自從上一輪求職面試之後，就沒穿過黑色套裝了。她塗了更多的腮紅與粉紅色的唇膏，頭髮梳了低低的包頭，戴著外婆的珍珠。在這地方戴著珍珠實在是糟蹋。外婆已去世，她對外孫女最大的心願，就是結婚生子。

心理師的辦公桌上有個手掌大小的攝影機，就放在牛皮紙卷宗堆上的三腳架勉強平衡。「劉女士，在我們開始之前，先請問一下，英文是妳的母語嗎？」

斐莉妲身體一縮。「我在這裡出生的。」

「抱歉。」心理師操弄著攝影機，「啊，在這邊。」紅燈開啟了。他開始翻閱法令文件，攤開一張新頁面，打開自來水筆的筆蓋。他們先從斐莉妲的家族史談起。

斐莉妲的雙親是退休的經濟學教授。是移民。父親來自廣州，母親來自南京。他們二十多歲來到美國，在研究所相識，已結婚四十四年。斐莉妲在安娜堡出生，於芝加哥郊區的埃文斯頓長大，是家中獨生女。他們家現在過得挺舒適，但父母是兩手空空前來美國。她父親當年一貧如洗。她還小的時候，祖父母會在不同時間點來同住，姑姑也會，之後還有另一個阿姨與表親。父母會支援所有的親戚，贊助他們的簽證。

「當年還辦得到。」她說。

心理師點點頭。「他們對這次事件有何感受？」

「我還沒告訴他們。」她低頭看自己的指甲。塗上粉紅色指甲油，指甲邊緣也修剪整齊，快復原了。她一直不接父母的來電，他們以為她忙於公事。一整個星期沒和哈莉葉說話肯定很折騰。但斐莉妲不想聽他們提問，無論是關於哈莉葉或是任何問題。每一次通話都會以華語問同一個問題：**吃飯沒？有吃飽嗎**？這是他們說**我愛妳**的方式。今天早上，她喝了咖啡，吃了無花果能量棒。她的胃部翻滾。要是父母知道發生什麼事，一定會搭機前來，設法收拾殘局。但是他們不能看見她的房子空蕩蕩的，還有一堆攝影機，不能讓他們知道在逃離了共產主義之後，卻只得到像她這樣的女兒。

孩子的爸爸是白人嗎？有沒有文化問題？

「我想，就和所有華人家長一樣，他們希望我上史丹佛大學，認識優秀的神經外科醫師，那人也會是個ＡＢＣ——你知道，就是在美國出生的華裔——但是他們也愛葛斯特。他和我父母相處融洽。他們認為葛斯特對我很好，因此聽到我們離婚時很不高興。大家都這樣。我們的寶寶才剛出生。」

芮妮說，只要告知必須資訊就好。心理師不必知道在斐莉妲與葛斯特之前，她父母的家族各只有一次離婚紀錄。嫁給白人男子已經夠糟了，更別提還失去他，連孩子的撫養權都沒了。

她說，孩子的祖父母因為距離太遠，因此照顧起來挺辛苦的。葛斯特的父母住在加州的聖塔克魯茲，她的父母則住在埃文斯頓，都是透過 FaceTime 與 Zoom 看哈莉葉長大。

「這國家太大了。」她說，想起上一趟搭機飛往芝加哥時，她讓哈莉葉坐在小桌板上，面對著其他旅客。一想到父母萬一知情，就讓她想用刀子刺臉頰，但她不需要現在告訴他們。在這新世界裡，女兒是可以有祕密的。

她看了一眼攝影機，問今天的畫面會如何利用。既然他會提交報告，為什麼還要拍攝？

「你們要分析我的感受嗎？」

「劉女士，不必那麼多疑。」

「我不是多疑，只是想理解……你們用哪些評分指標來評斷我。」

「評分指標？」心理師輕笑道，「妳還真是聰明呢。」

他繼續笑，斐莉妲的肩膀悄悄往上挺。

「來談談妳為什麼來到這兒。」

芮妮告訴她要表現出懊悔。她是個要工作的單親媽媽，平凡又疲憊，不會傷人。

她列舉了一堆造成她不穩定的因素：失眠、哈莉葉耳部感染、五夜沒能好好睡覺、神經緊張。「我不是要找理由，我知道自己做的事情是完全不能為人接受的。相信我，我實在羞愧極了。我知道我讓女兒身陷危險，但是上星期發生的事情以及我的作為，並不能代表我是誰，或我是怎樣的母親。」

心理師啃著筆。

「我上一次靠著這麼少的睡眠度日，是她剛出生的時候。你知道新手父母是多麼精神錯亂。那時我還沒工作，照顧她就是我唯一的工作。而我先生，就是前夫，也仍和我們在一起。我原本打算在頭兩年，與她一起留在家裡，不必工作。那是我們的規畫。我目前仍在設法應付所有的事。我保證，這件事情不會再發生。這是嚴重的判斷疏失。」

「在事發當天，妳離開家之前在做什麼？」

「工作。我為教職員的刊物撰文與編輯。在華頓商學院。」

「所以妳是居家辦公？」

「只有哈莉葉在家的時候。我接了薪資較低的職位，才有辦法兼顧。這樣時間比較彈性。我希望能更常這樣工作，不然怎麼顧她？我的工作有許多都是瞎忙。電郵，催教授核准草稿。他們大部分把我當成祕書。這樣雖不理想，但哈莉葉與我有一套行事系統。我工作一下，之後休息一下，餵她吃東西和遊戲，然後再工作一下，之後把她哄睡，趁著她小睡時完成一些工作。我等她上床之後繼續工作到很晚。她很會自己玩，不像其他學步兒那麼黏人。」

「但不是所有的孩子天生都很黏人嗎？畢竟他們完全依賴照護者才能生存。想必妳會讓她看電視？」

斐莉妲發現自己右膝的長統襪後面有破洞。「對，有時會看電視。我讓她看《芝麻街》（*Sesame Street*）與《羅傑斯先生》（*Mister Rogers*），或是《小老虎丹尼爾》（*Daniel Tiger*）。我寧願整天陪她玩，但我得工作。這樣比送她到托育中心好。我不想讓陌生人照顧她。我現在已很少見到她了，要是把她送到托育中心，這樣我一個星期在醒著時候見到她的時間，或許只有十二個小時。這樣不夠。」

「妳經常讓她自己玩嗎？」

「沒有經常，」她說，克制自己語氣中的苦澀。「有時候她會在客廳自己的角落玩耍，有時候會在我身邊玩。至少我們在一起，這不是最重要的事嗎？」

心理師默默的潦草寫下筆記。在離婚之前，斐莉妲曾與母親爭論她何時該回歸職場、應該找兼職或全職工作、是不是要自由接案。他們不必送她去上好學校，這樣她就可以當個全職媽媽。母親說，靠著葛斯特的薪資度日是幻想。

心理師問，斐莉妲覺得養育孩子會不會吃不消或壓力很大。他問道，她有沒有攝取藥物或酒精，是否有藥物濫用史。

「托雷斯小姐的筆記上提到憂鬱症。」

斐莉妲拉一拉她長襪上的洞。她怎麼會忘記他們可以用這項不利條件來對付她？「我在大學時被診斷出憂鬱症。」她抓住膝蓋，以免腿部抽搐。「但我症狀輕微。我本來有吃樂復得，但很久以前就沒吃了。那是在打算懷孕之前。我可不讓寶寶接觸到那些化學物質。」

她復發過嗎？是否經歷過產後憂鬱或焦慮？產後精神病？有沒有想過傷害自己或寶寶？

「沒有，從來沒有。寶寶療癒了我。」

「她很難帶嗎？」

「她很完美。」這人不需要知道寶寶出生後第一個月的事。哈莉葉到小兒科醫師診間檢查體重，當時斐莉妲的泌乳量不夠，寶寶花了太長的時間才恢復至出生時的體重。兒科醫師在她每次餵奶之後又要她擠奶。她好羨慕那些在候診室的媽媽，頭髮乾乾淨淨，面容看起來是好好休息過。她們的乳房肯定是乳水滿溢。她們的寶寶含乳一定完美，還會發出幸福的呼嚕聲。哈莉葉從來沒有對斐莉妲發出心滿意足的呼嚕聲，即使一出生也沒有。對斐莉妲來說，哈莉葉似乎遭到遺棄，不屬於這個地球。

在問及以身體表現親密情感時，斐莉妲承認，她的父母很少擁抱她或說「我愛妳」之類的話語，但隨著年紀增長，也愈來愈會表現關愛。華人家庭比較保守，她不會因此而怨恨父母。她沒在哈莉葉身上重複這一套模式，反而擁抱與親吻哈莉葉太多次了。

「妳父母聽起來很壓抑。」

「這樣說未必公平。平常多半是我外婆在照顧孩子——我叫她**婆婆**。她在十二年前去世了，但我仍時時想念她，好希望她能見到哈莉葉。我童年的泰半時光是與她同住一房。婆婆很疼我。你得了解，我父母的職業要求很高，必須承受很大的壓力，別以為他們是教授就過得輕鬆自在。他們不光是要照顧我們，還要照顧他們的父母與手足。他們得幫助大家自立自強，有些親戚還負債。我父親壓力大到罹患胃潰瘍。他們沒有時間時時看顧我，不能以美國的標準來評斷他們。」

「劉女士，我覺得妳的防衛心愈來愈重。」

「我的雙親給了我美好的人生，為我付出一切。是我自己把事情搞砸的，我不希望任何人責怪他們。」

心理師擱下這主題，開始討論起斐莉妲對哈莉葉哭泣的反應，以及她是否覺得照顧哈莉葉很有趣，她會不會帶她到外頭玩，她如何運用讚美。斐莉妲在回答時，想像遊樂場的母親們會如何反應，描述著由耐心與歡樂主導的生活，而她的聲音變得高亢，像個女孩。如果有哪個媽媽和她有相同處境，她知道她們會把自己弄瞎或喝漂白水。

「妳說妳先生離開了。」

斐莉妲身體僵硬。她說，她和葛斯特是在一場皇冠高地的晚宴上，由共同友人介紹認識的。他們在一起八年，度過三年的婚姻生活。

「葛斯特說他一見鍾情，但我花了比較久一點的時間。」

這段婚姻幸福美滿，葛斯特曾是她最好的朋友，讓她有安全感。她避免說出他們以前有比較多共同點，葛斯特以前是有幽默感的，避免說出是因為想要**他的**孩子，她才決定生孩子，避免說出他曾是個信賴科學與醫學且講理的人，後來他們為了生育計畫而爭吵。她拒絕考慮居家生產或找陪產員。她對無痛分娩無所謂的態度。

她說明了懷孕、哈莉葉出生、發現蘇珊娜及短暫嘗試和解的時間軸。

「我是在哈莉葉兩個月大時發現這段婚外情。我們沒機會成為一家人。我在想，如果葛斯特給我們機會——」她望向窗外。「我一個晚上要起來餵奶三次。抱歉，這話題是不是太私密了？」

「請繼續說，劉女士。」

「我們處於岌岌可危的狀態。這份壓力影響我的泌乳量。我尚未從剖腹生產復原。我們是有計畫生這個孩子。我們搬來這裡的一大原因，就是共組家庭。」

心理師遞了張面紙給她。

「我本來希望他回心轉意，希望我們能嘗試諮商，但他不願意停止與她見面。離婚是葛斯特的決定。他沒有為我們而戰。葛斯特是個好爸爸——我知道他會是好爸爸——但他表現得彷彿整件事情都超出他的掌控，好像他和蘇珊娜是命中注定要在一起。」

「說說妳和那個情婦之間的關係？」

「用這個詞？情婦？嗯，我會說情婦在界線拿捏上有問題，她不尊重我。我設法建立界線，但什麼都沒改變。我的女兒不是一項專案，蘇珊娜也不是她母親。蘇珊娜總是干預，發揮影響，好像那是她營養師的工作，但她也沒有更健康。她是個舞者，你知道他們的樣子。」

斐莉妲有和別人交往嗎？有把哈莉葉介紹給任何男友嗎？

「我還沒準備和人交往。我不打算介紹任何男人給我的女兒認識，除非這段關係很認真。我認為，葛斯特太快把蘇珊娜介紹給哈莉葉了。」

在被催促多說一些之後，斐莉妲變得焦躁。「他一離開我們，就搬去和她住。突然間，我就得帶著剛出生的寶寶到那女人的公寓，一直和她互動。看見她和我的寶寶……」

斐莉妲捏捏眉心。「我不希望哈莉葉和蘇珊娜共處一室，之後又得在那邊半個星期。葛斯特說，他會僱一名保母。我說，我會幫他找個保母。他不該把照顧孩子的責任塞給女友。我從來沒有同意過。我真的不在乎她的時間是否彈性。我不在乎她**想不想**照顧孩子。我的女兒和那女子共度的時間，比和真正的父母親還多，這根本不對。」

◎

威爾的鞋子排列得整整齊齊，地毯用吸塵器吸過，信件與零錢都收拾起來，整間公寓的灰塵也清掃過了。狗兒被趕去後院。斐莉妲不該來這，在星期五夜裡惹上更多麻煩。不過，既然已出了這麼多麻煩，再多一項似乎也沒什麼大不了。

威爾刮過鬍子，看起來更年輕帥氣。斐莉妲從未見過他刮淨鬍子，沒料到他下巴有一道溝縫。久了之後，她也會欣賞起這張臉孔。陷入愛河或許對她有幫助，社工或許會見到她眼神中的溫柔，哈莉葉也會。

明天早上就是第一次監督訪視。斐莉妲和威爾坐在一起時，坦承她可能會失去理智。她不斷猜測自己會做何反應。她應該準備得更周全，忽略蘇珊娜的問題，把焦點放在哈莉葉，她對哈莉葉的愛。

「我只能和她相處一個小時。」

「妳行的啦！」威爾說，「只要和她玩就好，對吧？他們要觀察妳？想像一下他們也要處理其他媽媽。」

「要是這樣對我沒幫助呢？」

昨天，她和社工會面。社工的辦公室以兒童繪畫來裝飾，有蠟筆、彩色筆、粉彩筆畫出的圖案，有火柴人和線條簡單的樹木、幾隻貓和狗。這地方看起來挺詭譎，她好像進入了戀童癖的巢穴。

社工辦公桌後方的牆面上嵌入一架攝影機。有人在鏡頭周圍畫上黃色花瓣，讓它成為向日葵壁畫中的一部分，彷彿孩子不會注意到似的。

他們重複相同的問題，包括斐莉妲的動機、心理健康狀態，她是否了解家長的基本責任，她對於安全的概念、整潔的標準。社工也問了哈莉葉的飲食。斐莉妲冰箱裡有外帶餐盒、一些地瓜、一包芹菜、兩顆蘋果、些許花生醬、乳酪條、調味料、只剩一天存量的牛奶。櫥櫃裡幾乎是空的。為什麼她沒注意到哈莉葉的營養？

她的自我約束如何？如何執行規則？她認為怎樣的限制是適當的？會以體罰來威脅哈莉葉嗎？

哈莉葉是在雙語環境成長嗎？斐莉妲說自己的華語只算熟練，是什麼意思？她和父母說的是中式英文嗎？這樣會不會否定哈莉葉文化資產的關鍵部分？

她們最愛的遊戲是什麼？有玩伴聚會嗎？她多常聘僱保母，或她多近距離審視？她對裸體與成人性愛的暴露限制為何？她對於插嘴、禮貌、整潔、上床時間、噪音、看電視時間、服從、好鬥的態度如何？

這些問題比芮妮預期的還要細。斐莉妲再度模仿遊樂場的其他母親，但是有太多猶豫、太多不一致之處。她聽起來不夠專注、不夠有耐心、不夠投入，不夠中式做法，也不夠美式作風。

沒有人認為她很自然。在社工辦公室，她穿著黑裙套裝，看起來太嚴肅。她不該帶最好的手提包，或戴上紅寶石耳環。在等待區，她是唯一一個不貧窮、沒有隨意穿著的母親。

社工需要和她的父母談談。斐莉妲終於在昨夜打電話給他們。她速速自白，請他們別說太多，因為這通電話會被錄音。他們就和其他人一樣，想知道原因。疑惑如果她很累，為何不打個盹？如果她承受不住，為何不請葛斯特幫忙，或是蘇珊娜？即使她討厭蘇珊娜也沒辦法呀！為什麼不請保母？

她何時可以再見到哈莉葉？他們不能打電話給哈莉葉？為什麼不行？誰決定這些事？這樣合法嗎？

「這本來是不必發生的事。」父親說。

「妳到底惹上什麼麻煩？」母親大叫，「為什麼不跟我們講？」

威爾問斐莉妲餓不餓？他們可以點泰式料理或衣索比亞料理來吃，也可以看電影。

「你不必餵飽我。」

明天，她就得展現出自己是最稱職的母親。她會值得信賴。她依然有能力掌握這些事。如果她真的魯莽，就會去找個陌生人。如果她真的魯莽，威爾就不必整理、不必刮鬍子。如果她真的魯莽，他就會和她在地板上做，不必把她帶到現在乾淨整潔的臥室，也不必請求允許就為她解衣。

他拒絕關燈。「我想看著妳。」他說。她的手指梳過他腹部深色的毛髮。他的陰莖大得令人擔憂，她從沒親眼見過這麼大的陰莖，嘴裡只裝得下前端。

等威爾找到保險套，他們先開始嘗試多次交合。他們嘗試讓斐莉妲在上位、斐莉妲跪著、斐莉妲躺著、腳放在威爾肩上。她小女孩般的身體所造成的限制令她尷尬，還需要動用好些潤滑劑與深呼吸，他才有辦法進入她，他的陰莖不是第三條腿，而是一隻手臂，這手臂直往上鑽，連手肘都快探入。

「我覺得我的老二已探入妳的顱骨了，」威爾對於自己的好運很讚嘆，「天啊，妳有夠緊的。」

葛斯特以前曾說，這身段簡直和少女一樣。比蘇珊娜還緊。

斐莉妲以腿勾住威爾的腰。她想起在醫院的手。三十四小時有五雙不同的手：三位住院醫師的手、兩位產科醫師的手。他們的手會探進來到處挖，確認寶寶頭部的位置。她在第十五個小時，違背葛斯特的意願，進行硬脊膜外麻醉，到第三十二個小時，她獲准把孩子往外推。但是過了兩個小時，寶寶頭部仍在一模一樣的位置。他們說，產程沒有進展，寶寶的心率往下掉。更多醫師與護士出現了。她依然在抽搐的身體被匆匆送進手術室，迎向十幾張戴著口罩的臉孔。有人幫她把手臂往下綁好固定，有人掛起藍色布簾，她的身體成了消毒區。

手術室的燈光明亮刺眼，麻醉劑令她的牙齒打顫。**妳感覺得到這個嗎**？臉頰上有碰觸感。**這個呢**？肚子上有碰觸感。**沒有**？**很好**。

「親愛的，妳還好嗎？」威爾問。

「繼續吧。」

醫生們聊著他們看過的電影，她聽見儀器碰撞聲。葛斯特坐在她旁邊，累得無言，沒有看她。她告訴他，她該更努力試試看的。她等待他否認她的話，說她勇敢。有個男人把手放到她肩上。她喜歡這男人沙啞的聲音，還有他手部令人安心的力量。她會為了那男人付出一切。他繼續碰觸她，撫摸她的頭髮。他說：「妳會感覺到些許壓力。」

◎

斐莉姐抬起手放在眉間遮著，抬頭望向葛斯特與蘇珊娜住宅的凸窗。她提早二十分鐘到。去年，他們在費爾蒙特買下一間寬敞公寓，距離美術館只有幾個街區，是春園區一處剛都更的地段。蘇珊娜是來自維吉尼亞州的富有家庭，繼承著家族的財產，她的父母以現金買下這公寓，每個月也給她零用錢。斐莉姐每次來這裡都忍不住比較。他們家有明亮的自然採光、挑高天花板，每間房間都有摩洛哥地毯，屋內還有一套午夜藍的絲絨沙發。窗台上都種著植物，二手老桌上的花瓶插著鮮花，也看得到蘇珊娜朋友的畫作及傳承兩代的家具。斐莉姐會在半夜看蘇珊娜在 Instagram 張貼的文章來折磨自己。她圓滾滾的可愛寶貝窩在羊皮毯上，或被輕輕抱起時，身上裹著的名牌毯子堪稱是完美的配件。

與社工約定的時間已過了四分鐘，然後是五分鐘、九分鐘，之後十二分鐘。今天早上，社工會看到葛斯特和蘇珊娜的家總是一塵不染。她不會知道，他們家每個星期都請人打掃。

葛斯特昨夜傳簡訊說，蘇珊娜感到抱歉，因為她有事不在家。她到伯克郡去禁語靜修。她送出愛與支持給斐莉姐。**妳行的！**蘇珊娜在簡訊中寫道。

斐莉姐看看自己在車窗上的倒影。在電影中，她看過母親們試著贖罪，差勁的母親會穿素樸的絲質襯衫，塞進土裡土氣的裙子中，隱藏著內心的罪惡。她們會穿低跟鞋，還有裸色系絲襪。她儘量讓自己穿上這樣的服飾：灰色絲質無袖上衣、小圓領紫色開襟羊毛衫、及膝黑裙、中跟鞋。她的瀏海剛剪過，化淡淡的妝，頭髮梳成低馬尾。她看起來是個端莊、不冒犯人的中年人，像是幼兒園老師或全職媽媽，認為吹簫是必要之惡。

社工說要維持面對面互動，有一個小時的遊戲和對話時間。斐莉妲不能單獨和哈莉葉相處，不能帶她到外頭，不能帶禮物。社工會確保哈莉葉身體與情緒的安全。

有人拍了她肩膀。「早安，劉女士。」社工取下鏡面飛行員墨鏡。她看起來好健康，淡粉色的貼身洋裝顯示出古銅色肌膚、精瘦的手臂與蜂腰。她穿的是裸色系、有花紋的皮製細跟靴。

她倆客氣的聊聊天氣，那天晴朗乾燥，溫度接近二十九度。社工為了停車，在附近繞圈好久，最後停在四個街區外。「我不常來這一帶。」

斐莉妲問，她能不能延長和哈莉葉的見面時間，畢竟開始會面的時間已延遲。「妳說我們有一小時。」

「我還有其他約，沒辦法改時間。」

斐莉妲沒再追問。到了前門，她建議用她的鑰匙開門，但是社工說不行。她按下三樓的門鈴。上樓後，社工要斐莉妲在走廊上等待，讓社工先跟葛斯特說話。

斐莉妲查看手機，發現已經比預定時間晚了十八分鐘。但願葛斯特已經幫哈莉葉做好心理準備。不是媽咪不想留久一點，不是媽咪不想帶禮物。媽咪都沒辦法決定，也覺得沒道理。或許哈莉葉也覺得沒道理。他們告訴哈莉葉，媽媽暫時去隔離。社工要求葛斯特以孩子能懂的方式來解釋。社工說，就算葛斯特與蘇珊娜不提到暫時隔離的事也沒關係，哈莉葉會了解的。

斐莉妲把耳朵貼在門邊，她聽到社工開始處理孩子的登記表。哈莉葉則開始哀怨呻吟，葛斯特試著予以安撫。

「沒有什麼好怕，只是媽咪呀。托雷斯小姐和媽咪。」

斐莉妲不希望她們的名字相連。不該有人陪同她來到這裡。葛斯特打開門，社工站在他後方，已經開始拍攝。

葛斯特擁抱她。

「她還好嗎？」斐莉妲問。

「有點黏人，一頭霧水。」

「葛斯特，我很抱歉。」她希望他看不出自己不久前才剛跟人做過。她要威爾什麼都不說。昨天晚上，她的內褲有血跡，現在還在發疼。

「劉女士，我們開始吧。」

葛斯特說，他會在書房，說完就在斐莉妲臉上單純一吻。

哈莉葉躲在茶几下。斐莉妲回頭瞥看社工。她們不該這樣開始的。社工跟著她進入客廳。斐莉妲在哈莉葉匍伏的身體旁邊跪下來，小心謹慎的揉揉她的肚子。

「寶寶，我在這裡喔。媽咪在這。」斐莉妲的心不在喉嚨，而是在眼神、在指尖。**拜託**，她心想，**拜託**，**寶貝**。哈莉葉探頭出來，露出笑臉，之後捲成一顆球似的，以手遮臉。她不動。

「媽咪，來。」哈莉葉呼喚斐莉妲，加入她在桌底下的行列。

斐莉妲拉住她的腳，但她又把兩腿一縮。

「妳還剩下三十五分鐘，劉女士。妳們兩個為何不開始玩？我要看到妳和她玩。」

斐莉妲搔搔哈莉葉的赤腳。葛斯特和蘇珊娜怎麼讓她穿顏色這麼黯淡的衣服呢？哈莉葉穿灰色的襯衫和棕色緊身褲，像是末世的孩子。不久之後，她會買新衣服給哈莉葉，有條紋，有花朵。她們會找新房子、新社區，沒有不好的回憶。

「一、二、三！」她拉哈莉葉的腿，哈莉葉樂得尖叫。

斐莉妲把她抱起來。「寶寶，讓我看看妳。」

哈莉葉笑了，露出剛長出來的新乳牙。她以黏黏的手拍拍斐莉妲的襯衫。斐莉妲用力親吻著孩子，手指沿著哈莉葉的睫毛撫摸，掀起哈莉葉的襯衫，朝她的肚子吐舌噴氣，讓她咯咯笑。只有這樣的歡愉才算數。一切都得看她是否能碰觸到孩子，見到孩子。

「媽咪好想妳。」

「劉女士，不可以說悄悄話。」

社工僅半公尺之遙。斐莉妲能聞到這女人的香草香水味。

「劉女士，請不要遮住孩子的臉。妳們怎麼不開始玩？她這邊有沒有玩具？」

斐莉妲以身體護著哈莉葉。「請給我們一分鐘。我們已經十一天沒有相見了。她又不是海豹。」

「沒有人把她和海豹相比，是妳用這樣的語言。我告訴妳，妳最好趕快開始玩，才最符合妳的利益。」

葛斯特和蘇珊娜把哈莉葉的玩具放在沙發旁的木箱，哈莉葉不肯走幾步到玩具箱那邊，她巴著斐莉妲的腿不放，要求這樣帶她走。斐莉妲就這樣讓她攀在腰上，拿出絨毛娃娃與動物，還有寫著童謠的木製積木。她設法以套圈圈和有輪子的木雕恐龍來引誘哈莉葉。

哈莉葉不讓斐莉妲把她放下，還揚起眉毛，害怕的打量社工。

斐莉妲知道這眼神。她把哈莉葉放回地板上。「寶寶，抱歉喔，我們得玩。我們可以玩給這位好人小姐看嗎？拜託，寶寶。拜託，一起玩。」

哈莉葉設法爬回斐莉妲的大腿，而斐莉妲只快速擁抱一下，堅持要她選個玩具。這時，哈利葉開始哭。她的悲傷開始以令人警覺的速度攀升，旋即變成全面崩潰。她整個人撲向地毯，搓手頓足，驚天動地的哭聲足以傳到海洋對岸。

斐莉妲讓她翻過身仰躺，親吻她，請她平靜下來。

哈莉葉氣得發抖，指著社工。「走開！」她尖叫道。

「這樣不乖喔，」斐莉妲把她扶起來站好，按著她肩膀，「馬上跟托雷斯小姐道歉，不可以這樣講話。」

哈莉葉打斐莉妲，抓她的臉。斐莉妲抓住哈莉葉手腕。「看著我，我不喜歡這樣。妳不可以打媽咪。我們不可以打人。妳必須道歉。」

哈莉葉踩腳尖叫。社工又逼近了幾呎。

「托雷斯小姐，可以請妳坐在桌邊嗎？妳讓她很緊張。妳可以把鏡頭拉近，不行嗎？」

社工忽略這項請求。哈莉葉不道歉，想要更多抱抱。「來吧，寶寶，我們得玩遊戲，托雷斯小姐要看到我們在玩。媽媽沒剩多少時間了。」

社工放下攝影機，用甜甜的聲音說話：「哈莉葉，可以玩給我們看嗎？和媽媽一起玩，好嗎？」

哈莉葉弓起背，扭動掙脫斐莉姐的掌握，直往前衝。斐莉姐根本來不及抓住她，只能驚恐的看著哈莉葉的牙齒往社工的前臂咬下去。

社工大喊：「劉女士，控制好妳的孩子！」

斐莉姐把哈莉葉拉走。「馬上跟托雷斯小姐道歉。不可以咬人，不可以咬任何人。」

哈莉葉跺腳，發出尖銳的叫聲：「不要不要不要不要不要！」

葛斯特過來看個究竟，社工告訴他哈莉葉充滿仇恨的攻擊。

「葛斯特，她很緊張。」斐莉姐說。

葛斯特請社工讓他看看手臂，問她痛不痛。哈莉葉留下齒痕。他連連道歉。哈莉葉從來沒有這樣。「她不會咬人。」他說。

他把哈莉葉帶到沙發邊談談，斐莉姐躲到廚房，倒杯水給社工。她用密封袋裝了些冰塊，以毛巾包好。她過意不去，卻感覺很驕傲。這是她的惡魔小孩，她的盟友，她的守護者。

社工冰敷受傷處。但無論父母怎麼努力，哈莉葉就是不肯道歉。

「劉女士，還有五分鐘，準備結束吧。」

斐莉妲懇求哈莉葉玩個遊戲，但現在哈莉葉只想要爸爸了。她不想放開葛斯特，開口閉口就是爸爸。

斐莉妲在他們旁邊呆若木雞，只能無奈看著他們玩哈莉葉的木製馬玩具組。她們剛剛不是盟友嗎？每個孩子都像她這麼暴躁易怒嗎？還有兩次探視。葛斯特下次會教她，解釋這些訪視多重要。法官會了解哈莉葉才不到兩歲，會看得出來哈莉葉愛著她，想和她在一起。法官會看出她女兒狂野的心。

四

九月底的星期五下午，天氣潮濕，距離上次見到哈莉葉已六天，也距離那倒楣的一天快三週。斐莉妲還在辦公室，她躲到女廁，聽社工口氣那樣隨意內容卻令人發狂的留言。明天早上的訪視要延後。社工有兩個約撞期了。

「常有的事。」托雷斯小姐說。等情況明朗，她會再打電話來告知新的日期和時間。

斐莉妲再度播放留言，心想自己錯過了一個從未出現的道歉。她手掌往廁所隔間門一拍。整個星期，她都以這次訪視來算時間。和哈莉葉見面過了幾天，還有幾天可以見到哈莉葉，距離贏回寶寶又接近一個小時。

她早該知道自己會受懲。上星期六說再見時，她偷了額外的時間，給哈莉葉更多擁抱和親吻。她仍可感覺到社工抓著她手肘，聽到那女人說：「夠了，劉女士。」

一到屋外，社工就開始談起何謂界線。孩子顯然準備好說再見了。孩子不想要更多擁抱。

「妳要能看出妳自己想要的和她想要的不同。」社工說。

斐莉妲握起拳頭，腳趾在鞋裡捲起。她低頭，看著社工腳踝的念珠刺青。要是她看著社工的眼睛，可能會揮出人生第一拳。

洗手間的門打開，兩名學生在洗手台旁聊八卦，其中一人今晚有約會，兩人是靠著會依照費洛蒙來配對的應用程式而相識。

斐莉妲傳簡訊給芮妮，說明天的訪視取消。她想稱托雷斯小姐是世上最變態的人，但是她的通訊內容務必謹慎。**明天取消**，她寫道，**第二次訪視**？？？

沒有任何地方可以自由發言。不，芮妮說，她不該買一次性手機。她不該設立新的電郵帳號，不該在圖書館研究，也要留意對父母、朋友或同事說的話，這些人可能都會被詢問。

「妳必須沒有什麼可隱瞞，」芮妮說，「重複一遍給我聽，斐莉妲：我沒什麼好隱瞞。」

斐莉妲聽見口紅與粉餅盒的開闔聲。女孩又討論起以人聲來配對的應用程式有何好處。還有應用程式會依照通勤模式來配對，模仿在列車上遇見陌生人的可能性。

她本來可以笑的。想到又是個平凡的週末，她以衛生紙擦擦眼，回到桌邊。

進入辦公室會感受到的舒緩，現在都消失了，隔間只不過是另一個想念哈莉葉、思索自己過錯的地方。要是對托雷斯小姐更殷勤就更好了。要是她們能在一起幾個小時，而不是只有一小時就好了。要是從沒造訪威爾家就好了。要是能說服哈莉葉一起玩，要是哈莉葉沒有大發脾氣、沒有咬人就好了。要是只有兩人，沒有時鐘、攝影機，也沒有那個叫她們**表現如常**的女人就好了。

今天早上該把修改過的頁面回給老闆。她把頁面攤在桌上，確認沒有打錯的逗號，教職員姓名職稱沒有拼錯字。她向來自豪自己的目光銳利，但現在只能勉強看出字意，無心留意檔案要送印。她需要葛斯特替她道歉。哈莉葉必須知道母親分分秒秒都想著她。這不是媽咪的選擇，不是媽咪的錯。托雷斯小姐可以取消另一個家庭的約。

◎

晚餐之後，斐莉妲退回到哈莉葉的育兒房。自從訪視之後，她每天晚上都來到這裡。她面對鏡頭，在黑暗中跪下，心思飄到過去與未來，不願接受這難以承受的當下。芮妮認為，州政府應該要看到她在贖罪。她應該工作、祈禱或運動。她可以打掃。她不該看電視，或浪費時間在電腦或手機。她必須讓他們看見，她在對抗罪惡感。她吃愈多苦、流愈多淚，他們就會愈尊重她。

房間聞起來充滿化學味，是很人工的檸檬馬鞭草。這裡聞起來不再有哈莉葉的氣味，加上其他林林總總的因素，令斐莉妲覺得很抱歉。有些玩具洗著洗著就褪色，有一條被子的填充物也這樣毀了。她擦亮嬰兒床與搖椅，清理踢腳板與窗台，清洗牆面。她一週刷洗浴室和廚房兩次，從不戴手套，手因而變得粗糙，龜裂的手掌與破碎的指甲，宛如懲罰人的剛毛襯衣（hair shirt，編註：由毛髮製成的襯衣，穿著很不舒服）。

芮妮擔心孩子咬人在法庭會造成影響。她擔心社工沒觀察到任何遊戲。但她打算說，哈莉葉是遭到挑釁，在這種情況下，哈莉葉的反應很自然。母女倆分開這麼多天，哈莉葉的日常作息被打斷了。她從來沒有在葛斯特與蘇珊娜家和母親玩，從來沒有聽過命令，從來沒有計時器。

斐莉妲的腿累得無法動彈。她在想，身體應該擺出什麼樣的姿勢，是不是有人或機器在觀察她，是否在尋找某種表情或姿勢。她可以向他們叩頭，用手掌和額頭在地上叩三次，她家族就是這樣祈求佛祖護佑。

現在誰來保護她？她希望家事法庭的法官是個有感情的人，要是這位法官膝下無子，至少也養了貓或狗，養了有靈魂、有臉孔的東西，這樣他就會感受到無條件的愛，知道什麼是懊悔。兒童保護服務局應該對人員有此要求。

她移動一下，好讓攝影機能拍攝到她的輪廓。她的臀部發疼，下背部好痛。最近，她設法想起最初的時光。把哈莉葉帶到醫院房間的窗戶旁，讓她第一次看見日光。哈莉葉粉紅的皮膚初次接觸到空氣，開始脫皮。她忍不住不停撫摸哈莉葉的臉，訝異這女孩有這麼大的臉頰，還有西方人的鼻子。她怎麼生出有藍眼的寶寶呢？一開始，感覺好像在照顧還不是人類的善良生物。創造出一個新人類，感覺好沉重。

斐莉妲開始哭泣。她必須告訴法官，在她身體之屋裡的心靈之屋，那些房屋現在比較乾淨了，不那麼害怕了。她不會再那樣留下哈莉葉，再也不會。

◎

社工不斷更改下一次訪視的日期。九月變成了十月，而在第四次延後時，斐莉妲的衣服已經小了一號。她晚上睡四個小時，有時睡三小時，有時兩小時。她沒有胃口，早餐就喝杯咖啡，吃一把杏仁。中午喝綠色蔬果昔，晚餐就是一個蘋果，配上兩片奶油果醬吐司。

她在校園見過威爾兩次，一次是在書店遇見，一次則是在美食廣場。她要他別叫她，不讓他在公開場合擁抱她。她的工作狀態緩慢且零碎，有時出現在辦公室時，顯然才在廁所哭過，這些情緒讓她的老闆很不自在。在另一回遲交文章之後，老闆收回她在家工作的權利。他說，很抱歉讓她減少和哈莉葉相處的時間，但是組織必須優先。

「我不想驚動人資部門。」主管說。

「我保證，不會再發生這種情況了。我最近……」她想說的是，家裡出了點問題。

她想過找其他職位，也考慮過離職，但她需要醫療保險。賓州大學福利不錯，當初她父親還打過電話聯絡人脈，協助她獲得這份工作。

她沒對工作場合的每個人說實話。教授不會問她私人問題，但是行政人員多半是已結婚生子的女性，只要一有機會，大家聊的都是孩子。大家從來不問，**你好嗎？**而是**湯米好嗎？斯隆好嗎？貝芙莉好嗎？**

她會跟別人說：「哈莉葉新學會的字是『泡泡』。」

「哈莉葉一直說要去動物園。」

「哈莉葉迷上奶油餅乾。」

她沒告訴別人，哈莉葉正在接受治療。在法院指派的兒童心理師診間，哈莉葉應該正在痊癒中。芮妮說，兒童心理師可能會使用一座娃娃屋，要哈莉葉以代表媽媽的娃娃和代表寶寶的娃娃，來演出她的感受，也會讓她畫畫，看看她多用力按下蠟筆。心理師會尋找跡象。他們有創傷檢查表，不過，每個人對創傷的回應並不一樣。斐莉妲聽來，簡直和猜的一樣糟糕。

她沒告訴別人，父母匯給她一萬元當訴訟費用，必要時還會從退休儲蓄帳戶拿錢出來，匯更多給她。父母的慷慨解囊讓她更加愧疚，覺得不配當他們的女兒、哈莉葉的母親，甚至不配在早上醒來。

她沒有請求，父母就送錢過來。他們與托雷斯小姐的訪談，讓他們很緊張。她不斷問重複的問題，要他們說話慢一點，好像聽不懂他們的腔調。父母說，托雷斯小姐說話不像正常人。她裝出友善的語氣，實際上和科學家一樣冷漠。她把養兒育女講得像修車似的：飲食部分、安全部分、教育部分、紀律部分、愛的部分。他們告訴社工，哈莉葉是斐莉妲的喜樂，是她的**寶貝**，她的珍愛。

母親說，斐莉妲在「**吃苦**」。斐莉妲好幾年沒聽到「吃苦」這個詞，意思是承受著困境。父母曾用這個詞來描述她的祖母——**阿嬤**——在文化大革命時期所忍受的事。父親有時候會訴說阿嬤在半夜差點遇害的故事。她是地主的遺孀，紅衛兵來到村裡找她。他們要她跪下，兒子們則是躲在房間的木床下，這房間就是他們的家。那一夜，兩個孩子聲嘶力竭，喊得聲帶都破了。他們看著紅衛兵把槍抵著母親的頭，威脅要射殺她。

斐莉妲每每聽到這故事，都感到罪惡。她覺得自己被寵壞，一點用處也沒有。她沒學會阿嬤的方言，幾乎只會向她說**妳好**和**早安**。她沒辦法問問最愛的阿嬤究竟發生了什麼事。

不過，沒有人拿槍指著斐莉妲的頭，沒有軍人用靴子踢她的脖子。她是自討苦吃。

◎

訪視應該在五點開始。現在是十月底的星期二夜晚，他們把哈莉葉帶走八個星期，距離斐莉妲上一次抱到她也過了快六週。社工只提早一個小時通知他們。

斐莉妲在水窪之間踩著步伐，昨晚的大雨注入了路邊擺放的南瓜燈，假蛛網也垂下。現在的暴風雨季節比較長。同事問哈莉葉會打扮成什麼？她對其中一名女子說獅子，對另一人說瓢蟲。

四點五十八分，她看見社工從計程車下來。她走過去，謝謝她安排這次見面。她沒時間回家換裝，幸好層層毛衣能掩飾她體重下降的情況——她穿著灰黑色條紋毛衣洋裝，圍著一條拉得高高的紫色圍巾，遮掩越漸尖銳的下巴輪廓。

社工並沒有為取消那麼多次的訪視道歉，也不覺得干擾哈莉葉的晚間作息有何不妥。她們只聊聊交通，還有昨夜的龍捲風情報。

葛斯特和蘇珊娜的公寓有浪漫燈光、溫暖爐火，還散發著肉桂的香氣。他們的門上掛著樹枝與乾燥莓果做成的花環，餐桌上擺著一只碗，裡頭裝著各種南瓜。

斐莉妲抱持著警覺姿態，看著蘇珊娜與社工彼此擁抱的模樣。蘇珊娜在擁抱斐莉妲時，和過去一樣強悍而不屈，並親吻斐莉妲的雙頰，問問她近來可好。

「我還活著。」斐莉妲看著社工，確保她有注意。「謝謝妳讓她與我見面，我知道時間緊迫，但願妳知道我很感謝——」

「這沒什麼，我很樂意。」葛斯特和哈莉葉在育兒室。「她脾氣不太好，」蘇珊娜說，「今天只小睡二十分鐘。我們想讓她早點吃晚餐，但她沒吃多少，妳可能得讓她吃點東西。」

蘇珊娜拿走她們的大衣，邀她們坐下，端上茶與甜點，她做了無麩質的蘋果奶酥。

斐莉妲說，她們沒時間，但是社工倒是樂於接受。光是喝茶、吃點心、閒聊，十分鐘又溜走了。

蘋果奶酥確實美味，斐莉妲也忍不住吃起來。她討厭蘇珊娜和社工之間友善的視線，說話時一堆簡稱，還討論起哈莉葉留在托雷斯小姐辦公室的夾克，以及哈莉葉下次與哥德堡女士見面時，蘇珊娜該為她準備小點心。社工讚美蘇珊娜身上變形蟲圖樣的鄉村風絲質洋裝及金色手鍊。

蘇珊娜說，他們會在星期四帶哈莉葉到西費城，參加「不給糖就搗蛋」的活動。克拉克公園周圍的房子裝飾得最好看，還有兒童遊行，小歐塞奇大街則有派對。哈莉葉會扮演桃樂絲，而他們會與威爾等朋友們見面。

聽到威爾的大名，斐莉妲心頭一驚。她咕嚕吞下更大口茶，燙到上顎。「你們會讓她吃糖？」

社工放下叉子，開始寫筆記。

「我對糖沒有概念，只是想讓她體驗。希望妳也能來。」蘇珊娜會扮演錫人，葛斯特則扮稻草人。「真可惜……」她說，「妳本來可以當……抱歉，珍妮，我去看看他們倆。」

斐莉妲把小盤子裡剩餘的蘋果奶酥聚起。她舔舔叉子。她的父母稱蘇珊娜為壞蛋，是個白鬼。等這件事情結束之後，她要問父母怎麼用華語說 whore（婊子），以後就這樣稱呼蘇珊娜。

等哈莉葉出現時，時間只剩下二十三分鐘了。哈莉葉揉揉眼睛。她在注意到斐莉妲之前，暫時沒有動靜，就在這片刻，斐莉妲的夢魘瞬間出現，社工開始錄影。

「過來。」斐莉妲張開大大的雙臂。哈莉葉比她朝思暮想中更大但也更小。感覺她好像長大了一歲，頭髮更多了，顏色更深、更捲、更糾結。她打著赤腳，穿著無袖的米色棉質洋裝，以這季節來說，這樣穿未免太過單薄。

「大女孩囉，」斐莉妲說，聲音輕鬆活潑，也帶著哽咽，「超想、超想妳的。」她親親哈莉葉，摸摸她臉頰上的濕疹疤痕，「妳好啊，美女。」

她們彼此碰碰前額和鼻子。斐莉妲為打斷哈莉葉今晚的作息而道歉，並問哈莉葉懂不懂發生了什麼事，媽咪為什麼在這裡，她們要做什麼，為什麼她們得玩一下下。

「訪視。」哈莉葉說道，用力發出子音。

她不希望女兒學這些字，至少不要以這種方式學習。

「想媽咪。」哈莉葉說。

斐莉妲再度擁抱她，然而美夢的時間實在短暫。社工要求葛斯特和蘇珊娜讓她倆獨處，下午六點整再回來。哈莉葉看到他們往門邊走，她立刻跑過去，撲向他們腳邊。

她抓住蘇珊娜腳踝，社工建議葛斯特和蘇珊娜速速離開。他們就在哈莉葉的喊叫聲中趕緊脫離，並保證會很快回來，一面小心不讓門夾到哈莉葉的手指。

哈莉葉用力拍打門，要求爸爸和蘇蘇回來。斐莉妲懇求她合作。她試著把哈莉葉帶回客廳，看起來好像要徒手抓魚般。

「劉女士，她會走路。」社工說，「妳應該讓她走路。」

那天晚上持續的面對面互動，盡是協商、拒絕、追逐、懇求，惹得哈莉葉的怒氣持續上升。她把玩具箱的東西扔得地板到處都是。哈莉葉的行為像是暗中遭到毆打的孩子，醞釀著瘋狂，最後終於爆發出鼻血。

「寶寶，拜託冷靜一下，拜託，喔拜託。」

哈莉葉揮舞手腳，被淚水嗆到。她用手把血抹得整臉都是，之後又把血抹到象牙白的地毯上。鼻血不斷冒出，社工拍攝斐莉妲如何處理哈莉葉，把衛生紙揉成細條，塞進哈莉葉的鼻孔。她一手按著哈莉葉的額頭，確保孩子頭部往後仰。她設法想起父母與婆婆的做法。這是哈莉葉第一次流鼻血。

等鼻血終於止住，斐莉妲請社工准許，讓她帶哈莉葉到廚房喝點水。

「只要讓她自己走就行。」社工說。她們一拐一拐的走，尋找喝水用的學習杯，裝水之後，哄哈莉葉用杯子喝水，然後擦擦她濕濕的下巴，這樣又耗掉更多時間。哈莉葉的洋裝濕透了，她在顫抖。

斐莉妲拿下自己的圍巾，圍在哈莉葉肩上。「不，寶寶，別這樣。」哈莉葉在舔手上的血跡。「妳很快就可以去睡覺了喔。別哭，別哭。跟媽咪坐下。」

她們盤腿坐在廚房地板，背靠著爐子，斐莉妲坐在一灘溢出的水中。社工說，還剩下五分鐘，可以玩一場遊戲。

「她累壞了，」斐莉妲說，「看看她。」

「難道妳要這樣利用妳的訪視？」

「拜託，托雷斯小姐，講理一點，我們都盡力了。」

斐莉妲問哈莉葉餓不餓，哈莉葉搖搖頭。她口齒不清嘟囔著寶寶語，而不是使用好懂的語言。她爬上斐莉妲的大腿。斐莉妲一直夢想這一刻，哈莉葉把母親的懷抱當成家，把她的身體當成家，就像一開始母女相連的時刻。她親親哈莉葉滾燙的額頭，以口水沾濕指尖，設法清除乾掉的血漬。哈莉葉閉上雙眼。

「劉女士，請把她叫醒，這樣並不妥當。」

斐莉妲不理會警告。她喜歡感覺到哈莉葉蠕動身子，讓自己舒適。哈莉葉信賴她，哈莉葉原諒她。如果她不覺得安全，就不會在母親的懷抱中入眠。

◎

隨著日子過去，斐莉妲好像把社工當成了新的情人，無論上哪兒去都要帶著手機，把鈴聲音量開到最大。社工隨時都會打電話來，事實確實也是如此，然後再取消。

社工聲稱陷入困境，說不定沒有第三次訪視。「別擔心，」她說，「他們把她照顧得很好。」

每個夜裡，斐莉妲跪在陰暗的嬰兒室，想到從她身上切割出來的孩子。這孩子應該在她身邊的，但過去七個星期沒有真正在她身邊。八個星期，九個。現在十一月，哈莉葉二十個月大。

◎

聽證會那天早上，斐莉妲冷得醒來。被子踢到床下，床單在她腳邊亂成一團。她睡覺時窗戶開著，讓寒氣進入她的心靈之屋與身體之屋，進入這個她夜復一夜、等待女兒歸來的房間。現在是五點十四分，她關上窗戶，穿上袍子，輕輕下樓，強迫自己吃東西。一整個奶油乳酪貝果、十片薄脆餅乾、一條巧克力海鹽蛋白營養棒、咖啡與綠茶。昨天，她在冰箱放進有機全脂牛奶與乳酪條、在地種植的蘋果、有機雞胸肉、藍莓。她買了酪梨、寶寶磨牙餅乾，還有米製穀片。

芮妮告訴她，要抱持希望。最糟的狀況，就是之後仍是監督訪視。但是法官可能允許無監督訪視、過夜探視、共同撫養。

斐莉妲花了很長的時間沖澡，以絲瓜絡刷洗身體，讓渾身粉粉嫩嫩。她小心的吹乾頭髮，以圓梳把瀏海吹蓬鬆。她在鏡子裡練習笑容。芮妮說，臉上要用淡色系，把頭髮放下，戴小的耳環。斐莉妲買了新衣，帶有正式感的合身連衣裙裝是灰色，而不是黑色。開襟毛衣不僅是象牙白，而且是安哥拉羊毛。

在完整打扮之後，她把早餐都吐出來了。她刷牙，喝一瓶氣泡水，並重新塗上口紅。

芮妮說，等法官做完決定，事情就會加速前進。今天哈莉葉會和蘇珊娜留在家，但斐莉妲或許今晚或明天就能見到哈莉葉。

第二次訪視若是順順利利，應能抵銷掉上一次咬人的狀況，但碰上咬人加上流鼻血，就得看看法官有沒有孤注一擲的信心。法官通常不會孤注一擲，但芮妮說她們還是有勝算。雖然她不想粗魯的以偏概全，但還是得說，法官或許不會把斐莉妲視為有色人種。她不是黑人、棕色皮膚，不是越南人或柬埔寨人。她不貧窮。多數法官都是白人，白人法官基本上會姑且相信白人母親，而斐莉妲夠白。

她搭汽車前往城中區，芮妮和葛斯特正在家事法庭建築的大廳等，這是一棟新的玻璃與鋼構建築，占了半個城市街區，就在市政廳與迪爾沃思公園旁，對面則是華麗的艾美酒店。

他們把皮包、皮夾與電子裝置放到掃描儀中，再走過金屬探測器。她心想，要是葛斯特別穿西裝就好了。自從婚禮那天之後，她就沒見過他穿西裝，而他今天的帥勁真令人分心。

不過，他看起來挺疲憊的。她問，哈莉葉睡得如何，今天早上乖不乖，他們有沒有向她解釋今天很重要，媽咪暫時隔離的時間很快就會結束。

「我本來要說的，」葛斯特說，「但珍妮叫我們別給任何承諾。」

芮妮告訴斐莉妲要安靜，在這裡講話並不安全。在電梯裡，他們和疲憊的州政府員工與不快樂的家長並肩。葛斯特設法盯著斐莉妲。她則設法想起自己在哪、為何來到此處，以及無論多需要擁抱，也不能要求他抱一下。葛斯特和她在離婚法庭牽著手，讓芮妮不敢恭維。芮妮問，牽手顯然會讓他覺得更好，卻讓斐莉妲覺得更糟，那麼何必要牽手呢？為什麼要赦免他的罪呢？

電梯在四樓開門，托雷斯小姐正在報到處等待，斐莉妲按指紋簽到。這裡有四間法庭，各有各的等待區，而每間法庭旁還有較小的房間，讓律師與客戶可以私下會面。這裡有展示櫥，裡頭有諮詢服務、就業服務、福利辦公室、庇護中心的手冊。這層樓有高階醫院的感覺，雖然明亮，卻又陰鬱，悲傷已寫入牆面。晨光從一排窗戶中照進，成排的橘色凹背座椅拴在地板上，到處都有電視，每一台都在播放居家與園藝頻道。

就斐莉妲看來，她是唯一的亞洲人。葛斯特是唯一穿著西裝卻不是律師的白人。電視正在播放浴室改造計畫。加州的一對夫婦想在主浴室加裝按摩浴缸。

斐莉妲和葛斯特選擇坐在最後一排。社工與芮妮分別坐在他們兩邊。斐莉妲感謝葛斯特今天請假。她想要請求有更多時間和哈莉葉相處。葛斯特可以讓她和哈莉葉共度感恩節，而不是等到耶誕節，或者看在過去兩個月經歷的分上，可讓哈莉葉與斐莉妲共度兩個節日。

他們上方的電視螢幕，播放著新墨西哥州的庭園造景案、康乃狄克州莊園有泳池的住宅、治療陽痿、屋主保險與手持攪拌棒的廣告，還有副作用包括死亡的止痛藥物。

她看著對街的飯店員工換床單。隨著早晨過去，排排座椅漸漸坐滿人。家長被告知要放低音量。更多社工、律師出現了。有些家長似乎是第一次見到律師。有些孩子爬上座椅，先和媽媽說話，再和爸爸說話。父母坐在不同排。

斐莉妲每個小時都會去洗手間洗手，在額頭上補更多蜜粉。她沒辦法止汗，感覺到胃潰瘍在形成。芮妮有時會跟她到洗手間，叫她回來。她們到對街吃午餐，那油膩膩的三明治讓她的胃裡更不舒服。

法院指派的兒童心理師到了。哥德堡女士是個四十多歲的白人孕婦，有往內捲的金髮侍童短髮，還有寧靜的鵝蛋臉，像莫迪利亞尼（Modigliani，譯註：二十世紀初期的義大利表現派畫家，人物肖像以優美的弧線著稱）的筆下人物。她溫暖的和斐莉妲打招呼，說很高興終於見到她。

「哈莉葉是個特別的孩子。」她說。

哥德堡女士在斐莉妲與葛斯特這一排坐下，州檢察官也是。斐莉妲後悔沒讓父母搭機來陪伴。芮妮不希望他們出現在聽證會。她打算以單親母親的角度來辯護。法官不需要知道斐莉妲有資源，可以請父母支付日間托育費用及房租，這樣她就只需要兼職工作就好。

不過，他們已幫她支付研究所的費用，也幫她付布魯克林區的房租。在分居期間，他們還幫她付了律師費，給她錢買車、買家具。她都快四十歲了。父母在她這年紀已有終身教職，擁有房子，也肩負起照顧半打親戚的責任。

他們在等消息，只要獲得准許，他們會馬上來見哈莉葉。斐莉妲看見人們淚眼汪汪離開法庭。她聽見有人尖叫，有一名父親則是戴著手銬被送出，夫妻吵架，警衛對社工無禮，社工對父母無禮，律師在傳簡訊。

外頭天色漸漸昏暗，她看著窗戶上出現自己的映影。房間漸漸空了。芮妮說，或許他們得明天早上再來。托雷斯小姐被喚去為其他案例作證幾次，葛斯特從販賣機買了幾瓶水和零食給斐莉妲，勸她吃點東西。他傳簡訊給蘇珊娜，發現哈莉葉沒睡午覺。他打電話給老闆，問問明天可不可以請假。

「對，是和女兒有關的事。」

斐莉妲看著四扇門。她要知道自己會被分配到哪間法庭，會面對哪個法官，那位法官會對她嚴格或仁慈，托雷斯小姐會說什麼，兒童心理師會說什麼，州政府對她有何看法。她需要抱抱女兒，需要親親她，告訴她過去兩個月的情況。她的房間打點好了，屋子很乾淨，冰箱補滿了。不久之後，她就不需要和更多陌生人見面。媽咪不會再消失幾天、幾個星期。

斐莉妲繼續等，她看著時鐘，大樓會在五點關閉。四點十七分，警衛叫了她的名字。

五

斐莉妲小時候沒什麼方向感。北邊代表往上，南邊代表往下，東邊與西邊則勉強有印象。她認路認得很辛苦，到了三十六歲才重新學開車，之前二十年皆以不了解空間座標、對變換車道恐懼無比，當成不開車的藉口。她喜愛紐約的原因之一，就是不必開車。她沒想過會想念開車，但在這趟巴士的過程中，卻開始羨慕起隔壁車道的駕駛：帶著三個在尖叫的小孩的女子、一個在傳簡訊的青少年，還有一名開貨車的男子。十一月底了，這天是感恩節前的星期一，距離上次見到哈莉葉四週，距離倒楣的一天十二週，現在斐莉妲將要改變她的人生。

家事法庭的法官說，她必須這麼做。

這些母親在日出前出發。清晨六點，她們在家事法庭大樓集合，向親友說再見，並把電子裝置都交出來。除了一個手提包之外，什麼都不能帶。不可以帶行李箱、衣物、盥洗用具、化妝品、珠寶、書或照片，不可以帶武器、菸酒或藥物。她們的手提包會被搜過，她們也會被搜身。她們會通過掃描儀。有個母親在肚子裡塞了一包大麻，另一個母親吞了一包藥。這兩人不能搭上巴士。

坐在斐莉妲旁邊的母親要求看看窗外。「還要搞多久啊？」斐莉妲不知道。她沒戴手錶，但此時天色已亮。她沒有注意路標，心裡只掛念著飢渴、皮膚乾裂、流鼻涕，還有對哈莉葉的思念。

坐在她旁邊的母親是個二十多歲的白人女子，神情疲憊，有深褐色頭髮，還有輕浮的藍眼，手上有玫瑰與蜘蛛網的刺青。她努力剝除指甲油，在椅背摺板上留下一堆紅碎片。

斐莉妲從手提包裡拿出一張待辦清單，再度檢視。她找出一支筆，開始畫螺旋與愛心——這是這麼多天來第一次靜靜坐著。過去一週，她辭去工作，房子退租，收拾家當，把自己和哈莉葉的東西放到儲物空間。她付清帳單，凍結信用卡與銀行帳戶，把珠寶和文件交給威爾保管，車子租給威爾的朋友，向父母道別。

今天早上，威爾陪她報到，擁抱著她，直到上車時間到。她最後一晚的自由之夜是在威爾家的沙發上度過。要不是她哭個不停，就會親吻他，或睡在他床上。她不希望威爾褪去她的衣服，看到她如蜂巢般遍體孔洞的身體。他想要探視她、寫信給她、寄送關懷包，但這些事情都不在許可範圍內。

昨晚，威爾燉了魚，要她吃塗好奶油的麵包和一片巧克力蛋糕，好像一個晚上就能補回失去的體重。

坐在斐莉妲旁邊的母親脫下外套，披在身上。斐莉妲扶著扶手，和她同座的女人開始打呼，斐莉妲看著她手上的圖案，現在詢問問題或樹敵似乎太早了，但她想問這女人關於她孩子的事。她失去一個孩子還是好幾個孩子的撫養權？孩子幾歲？是交給寄養家庭，還是親戚？她想知道這位母親做了什麼事，是度過倒楣的一天、一週、一個月，還是一輩子？她遭到的控訴是真有其事，或是事實遭到扭曲與誇大，變得聽起來像個病變？

她想在聽證會上，朝著那些認同席拉．羅傑斯法官的人怒吼。這位法官說：「我們要修復妳，劉女士。」

她很驚訝自己沒有血管爆裂、昏倒，也很訝異葛斯特哭喊得比她更大聲。

「我們要給妳一個機會，參加新的矯治方案，」法官說，「妳要接受一年的指導與訓練，與和妳一樣的女子住在同一處設施。」

法官說，她可以選擇。

為了帶回哈莉葉，斐莉妲得學習當個更好的母親。她必須表現出自己真的有母性情感的能力，鍛鍊母性直覺，顯示自己值得信賴。明年十一月，州政府會決定她是否進步夠多。如果沒有，就會終止她的親權。

「妳必須通過我們的考驗。」法官說。

羅傑斯法官有一頭毛躁灰髮，並以塑膠髮箍往後梳。斐莉妲認為這髮箍不專業，相當羞辱人。她想起這位法官鼻子旁邊的美人痣，還有藍色絲質方巾。她想起法官的嘴在動。

法官幾乎不讓芮妮有機會發言。州政府的律師說，斐莉妲的疏忽很嚴重。警方提出罪證確鑿的報告，指出她把工作視為比兒童安全還重要的事，這樣什麼事都可能發生。有人可能會帶走哈莉葉、性騷擾她、殺了她。

兒童保護服務局針對斐莉妲的性格製作了一篇報告。他們發現，六十天來，她沒有任何訪客。在監視開始之後不久，她與工作無關的電郵、簡訊與電話大幅減少。有幾次，她似乎刻意把手機留在家。

他們對她的飲食、體重減輕與睡眠表達疑慮。他們說她的行為飄忽不定，起初說事情多到受不了的說詞，和出事後的行為不一致，屋子可以在一夜之間就乾淨無瑕。如果分析她的表情，可看出怨恨與憤怒，令人訝異的是她缺乏悔意，並有自憐傾向。她的情感導向是往內，而不是導向兒童與社區。

「我不欣賞劉女士的態度，」社工說，「在我面前，她不好相處、有摩擦。在哈莉葉面前，她則是相當黏人。」

社工說斐莉妲愛唱反調，無法遵循指示，一直要求特殊待遇。她無法設定界線。哈莉葉咬人、流鼻血與倒退行為都是例子：她用爬的，而不是用走的；她失去說話能力，想要擁抱，會爬進母親的懷裡，行為較像嬰兒，而不是學步兒。此外，這母親在事發當天把孩子放在跳跳椅中，利用不適合發育的設備來困住孩子，讓她不受妨礙。

「我不認為能完全排除身體、情緒或言語虐待的可能，」社工說，「該如何確定她從沒打過哈莉葉？或許只是沒留下瘀傷。鄰居告訴我，他們曾聽過大聲吼叫。」

法院指派的心理師在報告中指出，斐莉妲不夠懊悔。她對共同撫養者有敵意。她有自戀傾向，有憤怒管理的問題，控制衝動的能力不佳。他們取得了她的病歷：十九歲時有憂鬱症的臨床診斷，服用抗憂鬱藥超過十七年。有恐慌症發作、焦慮症與失眠的病史。這位母親並不穩定。她對自己的心理健康都說謊，何況是其他事？

巴士駛上一座橋。這裡車流量不少，司機緊跟前車。斐莉妲俯視結冰的河。現在很少這麼冷了，去年，櫻花甚至在一月綻放。

明年十一月，哈莉葉就是三十二個月大，乳牙都長齊了，也會說句子。斐莉妲會錯過她兩歲生日、進入幼兒園的第一天。法官說，每週日可以有十分鐘的視訊通話。「相信我，」法官說，「我是個母親，有兩個孩子、四個孫子。我清清楚楚知道妳正在經歷什麼，劉女士。」

斐莉妲的頭倚著窗戶。蘇珊娜得確保哈莉葉今天有戴帽子。她太輕忽天冷時哈莉葉的穿著了。斐莉妲的臉充血了起來。她想要知道今天哈莉葉幾點起床、正在做什麼、吃什麼當早餐，葛斯特是不是依照承諾，每天傳達訊息。**媽咪想妳。媽咪愛妳。媽咪很抱歉，不能陪妳。媽咪很快就會回來**。

◎

下車後，母親們瞇起眼睛，身體打哆嗦，也伸伸腿，揉眼睛，擤鼻子。巴士一輛接著一輛駛進體育館的停車場。這裡會有多少母親呢？在家事法庭建築中，斐莉妲算了算，有八十六名女子。芮妮向她保證，真正的罪犯——殺人犯、綁架犯、強暴犯、性侵犯、兒童人口販子與色情販子——還是會被送進監獄。芮妮說，多數兒童保護服務局所處理的父母都是遭控疏忽，幾年來都是這樣。

「監視或許可以保障妳的安全，」芮妮告訴她，「相信大家都是行為端正的人。」

斐莉妲也把這想法轉告給憂心忡忡的雙親。

警衛伴隨這些母親從停車場走到光禿橡樹排列的壯觀步道。這裡感覺好像法國。走這段路花了十分鐘。斐莉妲聽到警衛說，他們要去皮爾斯館。前方有一棟灰色石造建築，有白色窗戶、高大的白色柱子與灰色圓屋頂。

入口處有個衣著整齊的白人女子，穿著粉紅實驗衣站在門口，左右各有一位警衛。

芮妮以為她們會被送到某個隱僻之處，但這群母親來到一處古老的文學院，是過去十年破產的文學院之一。斐莉妲二十二年前和父母走訪諸多學院時，就來過這座校園，她還記得當年的細節，父母經常掛在嘴邊。這學院是他們給她的首選，校區面積有四百畝，供一千六百名學生使用，還有兩座森林，一座池塘。有戶外露天劇場、植物園、健行步道、一條小溪。

這所學院是由貴格會創立，如今仍見得到腳踏車架。這裡有資源回收桶、布告欄，也有木條椅背的白色戶外扶手椅、藍色緊急照明與電話亭。斐莉妲感到鬆了口氣。她一直想像無窗房間、地下碉堡、單獨囚禁與挨打。但這裡距離主要高速公路只有幾分鐘。這校園是她所知道的世界。警衛沒有持槍，母親沒有上銬，仍是社會的一部分。

母親得排成一直線。身穿粉紅實驗衣的女子詢問每個母親的名字與罪行。斐莉妲踮腳傾聽。

「疏忽。」

「疏忽與遺棄。」

「疏忽與言語虐待。」

「疏忽與營養不良。」

「體罰。」

「肢體虐待。」

「遺棄。」

「遺棄。」

「疏忽。」

「疏忽。」

「疏忽。」

隊伍快速移動，這位身穿粉紅實驗衣的女子，姿勢無可挑剔。她看起來三十出頭，留著棕色捲髮鮑伯頭。她的皮膚上有雀斑，牙齒小小的，大大的笑容露出了牙齦，那快活的模樣令人有些壓迫感。她的聲音尖銳，咬字過分清楚，好像和非英語母語者或小寶寶說話。她的實驗衣是淡淡粉紅色，也就是女寶寶常穿的顏色。她的名牌上寫者：吉布森女士，助理主任。

「請拿下眼鏡，」吉布森女士告訴斐莉姮，「我得掃描妳的眼睛。」

斐莉姮拿下眼鏡，吉布森女士扶著她的下巴，用筆狀的裝置掃描她的視網膜。

「麻煩告訴我姓名與罪行。」

「斐莉妲．劉。疏忽。」

吉布森女士燦笑。「歡迎，劉女士。」她查了平板電腦。「其實我們這邊寫的是疏忽與遺棄。」

「一定是搞錯了。」

「喔不，不可能，我們不會搞錯的。」

吉布森女士給了她一只帆布袋，告訴她要填寫標牌，等她在宿舍安頓好之後，就把個人衣物放進這帆布袋裡，稍後這些帆布袋會收集起來。所有的母親都會住在坎普宿舍。今天之後，大家都要穿制服。

好，開始了。斐莉妲心想。她是個差勁的母親，身處於其他差勁母親之中。她忽視與遺棄自己的孩子。她沒有過去，沒有身分。

她進入皮爾斯館，行經鋪著地毯的門廳，來到有金色水晶吊燈的大廳，還有巨大的玻璃圓桌，以前這裡一定有花藝裝飾。舊辦公室的標誌還在：就業服務、助學金協助、海外就讀、財務主管辦公室、招生。

在大廳，她尚未看到攝影機就感覺到其存在，隱隱約約有種發癢的感受，好像有人的手指滑過她的頸背。攝影機裝在天花板。她知道每一條走廊、每一間房間、每棟建築物外都有攝影機。

她在牆邊找個地方數人頭，儘量不去盯那些臉。她玩弄著圍巾，手不知擺哪好，記不得上次在陌生人之間卻沒有手機的情況。

她以年齡和種族將這些母親分門別類，認為州政府就是這樣做，也總是懷疑自己是唯一的那一個。在剛搬來費城時，葛斯特曾揶揄她，說她會計算一個星期遇見幾個亞洲人。

母親們警覺的看著彼此。有些人坐在通往院長辦公室的階梯上，有些人緊抓手提包、抱胸、甩或撥弄頭髮，並且急促的兜著小圈。斐莉妲覺得彷彿回到初中時期，會打量新臉孔，盼能看見另一個亞裔，但那人始終沒有出現。幾個拉美裔的母親移到大廳的一邊，黑人母親到另一邊。三位穿著高級羊毛大衣的中年白人母親擠在遙遠角落，就在警衛旁邊。

這三個白人母親擺著臭臉，斐莉妲後悔自己穿緊身牛仔褲和及膝靴子，戴毛線帽、滾毛邊的派克大衣和文青眼鏡，她身上的一切都飄著資產階級味。

等所有的母親都完成報到，穿著粉紅實驗衣的女子帶領她們到皮爾斯館的另一邊，從旁邊的出口出去。她們經過石造中庭、有鐘塔的禮拜堂、兩三層樓的灰岩教室建築。到處都有樹木，高低起伏的草坪上已裝設高高的圍籬，上面還有鐵絲網。

這些樹木有英文與拉丁文名稱標示，斐莉妲讀著標示：美洲椴樹、大果櫟、日本紅楓樹、北美梓木、喜馬拉雅喬松、北美鵝掌楸、加拿大鐵杉。

要是她的父母看到這樣就好了。要是葛斯特看到呢？要是能告訴威爾就好了。但她無法告訴任何人。母親們簽下保密合約，離校後不得談論這所學校，不能在每週電話中談到這裡的課程。若是違反，無論訓練結果如何，名字都會被登記到「疏忽家長名錄」。屆時若想租屋或購屋、替孩子在學校註冊、辦信用卡或貸款、應徵工作或申請政府福利，以及任何要動用社會安全碼的時刻，都會顯示她們的疏忽罪行。這份名錄會警告社區，有個差勁的家長搬到附近。她們的名字與照片會被張貼到網路上。只要她說出任何事、遭到開除或退學，那倒楣的一天將如影隨形。

昨晚，威爾一直說哈莉葉不會記得的。沒錯，這一年會很糟糕，但總有一天，這段經歷就只會化為一段往事，就像斐莉姐去參戰、遭到綁架。她認為，斐莉姐應該開始倒數與哈莉葉重聚的日子，而不是計算失去的時間。

「她依舊是妳的寶貝，」他說，「她不會忘記妳。葛斯特和蘇珊娜不會讓這種事發生。」

她們來到一棟圓形建築，這裡以前是學院的劇場。母親們開始發牢騷，她們覺得挨餓受凍、疲憊不堪，得上廁所。警衛讓她們五人一組，送她們去洗手間。

斐莉姐在觀眾席的倒數第二排找了座位。舞台中央有講台，後方則是巨大螢幕。她聽見有人說，說不定她們得在腳踝戴上監控器。另一人認為，她們以後會以數字來識別，而不是姓名。吉布森女士在報到時似乎太樂在其中。

斐莉姐過去一小時都想小解，但她還是等待。她雙腳交叉，足部開始拍打地板，那是由看不見的節拍器所啟動：回憶著哈莉葉，想起法官自認高人一等的語調，擔憂起父母的血壓，想像蘇珊娜和哈莉葉在一起。

巴士上的鄰座母親認出了斐莉姐，於是在距離兩個位子的同一排坐下。她的妝容哭花了，現在看起來年輕許多。斐莉姐與她握手。「抱歉，應該早一點和妳打招呼的。」

「沒關係，又不是在露營。」

這名女子叫做艾普羅，她有青少女弓起的肩膀，還有寬大有彈性的嘴巴。她倆閒聊起天氣多冷，又聊到那麼強烈想念手機還真蠢。

接著聊到她們失去的孩子，艾普羅來自馬拉揚克。「他們逮到我在雜貨店打小孩屁股。某個老太太跟蹤我到停車場，記下我的車牌號碼。」

斐莉妲點點頭，不知該說什麼，或許有什麼隱藏裝置在記錄她們。她不認識任何打過小孩屁股的人，也想相信打小孩比讓小孩落單嚴重。她以為自己不同，比較優秀，但法官說她讓哈莉葉留下創傷，哈莉葉的大腦可能就因為這**兩個多小時**，導致發育出現不同。

吉布森女士進入禮堂，登上舞台，她敲敲麥克風。「測試，」她說，「測試。」

今天早上她們見到這學程的執行董事奈特女士。她是高大的金髮女子，穿著米色裙子套裝，肌膚在十一月還這般黝黑，頗不自然。奈特小姐脫下外套，露出調教出來的骨架。她有蓬鬆的長髮，宛如上了年紀的花瓶妻子。

母親們侷促不安。奈特女士的鑽石戒指在燈光下閃閃發光。她讓大家看看圖表，說明不稱職的家長和青少年犯罪、學校槍擊、少女懷孕、恐怖主義的關聯，更別提高中與大學的畢業比例，也別提預期收入。

「修補家庭，」她說，「就是修補社會。」

奈特女士報告，全國都有訓練中心陸續開設，而最早開始營運的兩間，就是這間給母親的學校，以及河對岸的父親學校。沃倫州長贏了第一回合。明年會有幾個時段讓父母一起受訓，他們還在努力規劃男女合班的課程細節。

「妳們很幸運。」她說。幾個月前，她們會被送去上親職課程，讀過時的手冊。但是抽象學習親職有什麼好處？差勁的家長必須從內到外改造。要有正確的直覺、正確的感受，要在瞬間就有能力做出安全、能支持孩子並給予愛的決定。

「現在，跟我重複。**我是個差勁的母親，但正在學習當個好母親。**」

一張投影片上出現了這句子，全以大寫字母書寫。黑色的背景上，是粉紅色的字母。斐莉姐在椅子上坐得更低，艾普羅假裝以槍射頭。

奈特女士一手擺到耳邊。「各位女士，我聽不到妳們的聲音。讓我聽到妳們說這句話。大家想法一致很重要。」她慢慢說，每個字都咬字清晰。「我是個差勁的母親，但正在學習當個好母親。」

斐莉姐看看別人是否假裝應和，這整年可能都得假裝順從。芮妮說，要用微小而不是宏觀的方法，每一天、每一週，一步一步接近哈莉葉。

後面有人說這一定是玩笑，還稱奈特女士是「獨裁芭比」。

奈特女士叫大家唸大聲一點。斐莉姐感覺尷尬，但終究以嘴形無聲唸出這段話。

奈特女士總算滿意之後，開始說明行為規範。「妳們要妥善對待州政府的財產。如果設備損壞，就要賠償。房間要保持乾淨，對室友、同學與每一個人，以最高的尊重和體貼相待。要有同理心，同理心是我們課程的基石。」

她繼續說：「持有或使用藥物與酒精，或是抽菸，都會導致自動開除，因此終止親權。每個星期都要向諮詢師報到，諮詢師會監測妳們的進展，協助處理妳們的感受。女士們，我們在這裡會提供協助。藥物與酒精支援團體在每天晚餐後聚會。妳們還有一些打扮的特權。

我們知道妳們在這裡仍想要覺得像自己。」

奈特女士說，當然不可以打架、偷竊或情緒操縱。「我知道我們女人可能有競爭心，可以玩上千種的心理小把戲。但妳們應樂見同為母親的人能成功。」她們應該把這所學校視為姊妹會，彼此投資。

「我不想聽見任何霸凌事件，或散布流言蜚語。如果看見姊妹們自我傷害，要立刻通報。心理健康人員一天二十四小時，全年無休待命。坎普宿舍的每層樓都有熱線電話。妳們或許覺得很沮喪，但別讓自己停留在絕望的狀態。別忘了，隧道的盡頭有光，那道光就是妳的孩子。」

校方依照孩子的性別與年齡為母親分班訓練。把青少年的母親和嬰兒的母親一起訓練是行不通的。班級暫時為小班制，每個母親會依年紀最小的孩子來分班。女孩母親和男孩母親會在不同建築內訓練。「女孩和男孩有不同的需求。」奈特女士說。有男孩和女孩的媽媽，每週有三個晚上與隔週週末會有額外訓練。如果某個母親有女兒和兒子，又有藥癮問題，那就會非常忙碌。

訓練過程非常辛苦，但媽媽們必須抗拒離開學校的念頭。州政府在她們身上投入資源。奈特女士提醒道，圍籬有通電。

◎

校園占地廣大，母親們在建築之間移動時得團隊行動，斐莉妲覺得像在趕羊。在前往餐廳的路上，她聽見有人聊起紐西蘭。這麼多空地讓她們想起紐西蘭。有錢人不是都在世界盡頭買土地嗎？

「我的孩子會喜歡這個地方。」一名女子傷感說道。

餐廳可容納得下上千人，母親們於是分散在偌大的空間。有人獨自坐著，有些四五成群，共坐一桌。穿著粉紅實驗衣的女子穿梭在走道上觀察，並於裝置上做筆記。

餐廳有挑高天花板和彩繪玻璃窗，牆上的輪廓是以前院長肖像留下的痕跡。黏黏的桌面上有名字、數字與線條的痕跡。斐莉妲小心翼翼，別讓手肘碰到木頭。她心中滿是瑣碎的想法。她覺得住在滿是灰塵、共用衛浴的地方著實是蠢行，渴望有自己的面霜也同樣蠢。

母親們輕輕說話，好像說外語似的斷斷續續對話。她們說話時暫停良久，猶豫後又把話吞回肚裡。大家愈來愈安靜，視線望向遠方。她們的眼睛變得濕潤，心中的渴望足以供應小城鎮發電。

斐莉妲這桌的母親輪流自我介紹，有人從北費城來，有人從西費城，還有從釀酒城、北自由區與葛雷渡口。愛麗絲則是來自千里達，她沒讓五歲的女兒克萊莉莎按規定打疫苗，就送到幼兒園上學。另一名女子則是在大麻測試時，結果為陽性。有人讓兩歲的兒子在自家後院獨自玩耍。還有一名有幾撮紫色頭髮的媽媽說，她有三個孩子被帶走，因為公寓裡的兒童防護措施不足，她失去一歲雙胞胎男孩與五歲女兒的撫養權。一名叫做梅麗莎的女子說，她六歲的兒子雷蒙趁她睡著時到公寓外遊蕩，離開建築物，走了十五分鐘，在公車站牌被發現。她們都看起來好年輕。一位名叫卡洛琳的母親年紀看似和斐莉妲相近，她說，她因為把三歲女兒發脾氣的影片傳到臉書上，所以失去了撫養權。

「我是全職媽媽，」卡洛琳說，「我當然會貼關於孩子的訊息。這是我唯一和成年人接觸的方式。幼兒園的某個母親看到我的貼文，就舉報了我。他們檢查我每一則講到孩子的貼文，說我在推特上太常抱怨她。」

斐莉妲把盤子上的通心粉集結成堆。要是父母在社交媒體上都被監控，這校園明年將人滿為患。她插起一塊濕軟的青花菜，她還沒準備好要吃機構準備的食物，或是和成群的人一起吃。

輪到她時，她說：「斐莉妲。來自費城，之前住在布魯克林和芝加哥。疏忽與遺棄，我把女兒哈莉葉留下來一下子。她現在二十個月大，我讓她獨自一人兩個半小時。我那天很倒楣。」

海倫是這桌唯一的白人女子。她碰碰斐莉妲的手臂。「不必有防衛心，我們不會批評妳。」

斐莉妲抽離她的手臂。

「海倫，」她說，「栗樹山，之前住在愛達荷。情緒虐待我十七歲的孩子亞歷山大。他的治療師舉報我過度照料，顯然過度照料也是情緒虐待的一個次分類。」

卡洛琳問，要怎麼過度照料一個十幾歲的男孩。「他個頭不是比妳大嗎？」

「我幫他把食物切成小塊。」海倫承認。

這桌人投出不以為然的眼光。

「我會幫他拉起夾克拉鍊。我喜歡幫他綁鞋帶，這是我們之間的特別之處。我要他和我一起看過所有的回家作業，有時候會幫他梳頭。我幫他刮鬍子。」

「妳先生覺得可以嗎？」卡洛琳問。

「沒有先生。我以為亞歷山大喜歡我們的例行公事，但他告訴治療師，我讓他覺得自己是個怪胎。他認為，如果他帶朋友過來，我會在他們面前用湯匙餵他。他告訴治療師，我滿腦子只有他。他說想逃家。我打算無論他到哪裡上大學，就跟著搬過去。我可能還是會這樣做。」

卡洛琳和坐在她旁邊的母親不懷好意的竊笑，斐莉妲則別開目光。

午餐後，她們得知自己被分派到哪間寢室，斐莉妲與過度照料的母親海倫住在一起。寢室位於校園另一端的坎普宿舍，奈特女士說大家都分配在同一棟建築，這樣清掃人員行事比較方便，其他宿舍日後會啟用。

在前往宿舍的途中，海倫試著和斐莉妲聊天，抱怨其他母親們嘲弄她。「每個家長都不同，」海倫說，「每個孩子都不同。」

「相信妳會這樣把他當個寶寶，一定是有理由的。」斐莉妲不喜歡海倫走這麼近。她不喜歡海倫侵略性的眼神接觸，海倫像是友誼吸血鬼，只要一有小小的機會都會予取予求。她想像得到海倫親吻兒子的嘴，牽著兒子的手，看著他淋浴。

她渴望獨處，想把手指咬到流血，也想打電話給父母和威爾。在報告中，來自兒童保護服務局的人說她缺少朋友。要是別人問起，她會解釋多年前就和大學的女性朋友失去聯絡。多數人大約三十歲有了寶寶，逐漸消失在她的生活中。她厭倦設法打電話給她們，週末造訪臨時取消，和她們的對話總是被打斷。她們說，寶寶第一。她發誓自己不要像她們一樣。

坎普宿舍（Kemp）入口的燈柱繫著粉紅色的絲綢蝴蝶結，標誌上的K氧化了。這棟建築物比斐莉妲預期的還要文明，和校區其他部分一樣以閃亮灰岩打造。一樓窗戶下有繡球花樹叢，現在花朵已脆弱發黃，沒有修剪，在校內幾乎無可挑剔的景觀中算是異數。大廳桌上有水果籃，裡頭還剩下一顆梨子。斐莉妲和海倫的房間在三樓，可眺望曠野。斐莉妲測試窗戶，看到能打開便鬆了口氣。她們兩人各有一張木桌與椅子、一個櫃子，裡頭有兩套毛巾和兩條格紋毛毯。櫥櫃有四件海軍藍的棉質連身衣，一人兩件。斐莉妲填寫的表格有詢問衣服與鞋子尺寸，雖然他們給了她七號的靴子，但是連身衣無尺寸之分。櫃內還有幾包塑膠袋包好的胸罩與內衣褲：五件胸罩和十件內褲、三件白色棉質坦克上衣及兩件長袖發熱衣、七雙襪子，還有一組盥洗用具，包括牙刷、牙膏、沐浴精、乳液和梳子。

海倫打開政府發放的內衣褲時笑了出來，高興的說這些衣服似乎是新的，沒有任何汙漬。

斐莉妲把自己的大衣和鞋子塞進帆布袋，填寫標牌。她對自己的東西過度依戀，原本還想從衣櫃帶來木佛像、外婆的金手鍊、自己的婚戒。今晚無法看哈莉葉的照片，真不知如何入眠。

她轉身背對海倫，更換連身衣，兩隻褲管都捲了三摺。這裡沒有鏡子。她大概很像一袋馬鈴薯加個頭吧。櫥櫃裡有一件粗粗的灰羊毛開襟衫，衣襬長到膝蓋，還有一件尺寸過大的海軍藍派克大衣、一頂海軍藍羊毛帽及灰色壓克力纖維圍巾。

拜託，她心想，別讓我感染任何東西。別出現蟲子、蝨子、經由空氣傳播的疾病。她希望能自己清洗內衣褲，每天洗澡，校方一定要發放牙線、鑷子、除毛刀與指甲剪。

門口上方有攝影機，也有瞄準每一張床的攝影機。至少還有門，至少窗戶沒有橫條，至少，她們還有毯子。

「專注於正向的事。」威爾說。她有家庭，有人關愛。她還活著，知道自己的孩子住在哪裡。

◎

晚餐前，母親們可在校園自由漫遊。奈特女士鼓勵大家靜靜反省，朝天空沉思。六點時，晚餐鐘聲會敲響。有個穿粉紅實驗衣的女子來收集個人物件。斐莉妲要求看最後一眼她的東西，把手伸進麻布袋摸自己的圍巾，說不定在明年十一月之前，她不會摸到這麼柔軟的東西了。

「可以和妳一起走走嗎？」海倫問，「我心浮氣躁的。」

「以後一定還有很多更好的時機。」斐莉妲以快速的步伐跑下樓梯，海倫來不及追上。

有些母親一起走路，有幾個在慢跑，還有幾個和斐莉妲一樣，守護著最後珍貴的獨處時光。

斐莉妲必須放慢腳步，靴子會以錯誤的角度撞到足背，而且靴子太重。她一直踩到連身衣的邊緣，邊走得邊拉著褲腳。帽子太大，派克大衣也太大。風愈來愈強，把連身衣搞得像風洞，她在此可能永遠感覺不到溫暖。她需要另一件毛衣、衛生衣、長袖內衣。她把手插在口袋深處，咒罵學校沒提供手套。

母親與警衛、粉紅實驗衣的女子人數比例是多少？這裡的工作人員太多，土地也太廣闊。下一回預計有多少母親還有多少孩子會被帶走？

她朝著一片松樹林前進。葛斯特、蘇珊娜與哈莉葉早上出發前往聖克魯斯，蘇珊娜的追蹤者會看到哈莉葉搭飛機，哈莉葉坐在葛斯特的肩上，在加州紅杉林之間散步，哈莉葉享用感恩節晚餐，哈莉葉和祖父母在海灘上。斐莉妲不想知道葛斯特的父母會怎麼說她、可能在哈莉葉面前說些什麼、會和家族的其他人說什麼。州政府可以選擇在一年中比較不那麼敏感的時間點，雖然她認為，對失去孩子的女人來說，每一天都很敏感。

她抓下一把松針，在指尖搓揉。她告訴威爾，請葛斯特多拍些哈莉葉的照片和影片。她需要每一天的紀錄，她的父母也是。

芮妮設法讓斐莉妲的父母能得到通話權益，但法官說，這樣會造成混淆。看到劉家人會讓哈莉葉想起斐莉妲，干擾復原。

斐莉妲一屁股坐在戶外的扶手椅上。她父親喜歡造訪校園。即使在前往巴黎或波隆那的旅程中，他們也會找時間在每座城市至少造訪一座大學。他們造訪這座校園時，父母曾想像在這樣的學院教書，住在教職員宿舍。他們說，這是個夢想中的世界。

她需要葛斯特告訴她的雙親最新消息，以免他們憂心傷神。有人得提醒他們去看醫生，吃足夠的蛋白質。他得提醒母親要服用高血壓藥，喝足夠的水，得提醒父親要戴太陽眼鏡。

「妳小時候有感覺到被愛嗎？」心理師問。告訴這人任何關於父母的事情，她都會覺得愧疚。她不該在他們七月造訪時和他們吵架，不該責罵父親沒有把哈莉葉的尿布貼緊，不該在母親弄壞哈莉葉推車的杯架時對她怒吼。

斐莉妲雙手冰冷，喉嚨發疼。天色已暗，遠處傳來晚餐鐘聲。母親們從石造庭院、曲棍球場、禮拜堂出現。有人到太遠的地方探索。她們朝著餐廳前進。

輪到斐莉妲來到取餐隊伍的前頭時，剩下的食物不夠了。她得到一小份豬里肌，還有三塊紅蘿蔔。

海倫向她揮揮手。她找到那三位中年白人婦女。「這是我的室友斐莉妲，」海倫說，「她因為疏忽與遺棄，所以來到這裡。」

「嗨，斐莉妲，嗨，斐莉妲。」母親們齊聲說道。

◎

母親們匆匆忙忙淋浴，她們在等待輪流洗澡時竊竊私語。她們聊到人數，約有兩百個女人。如果惹麻煩，應該會被送去「談話圈」，每次到談話圈都會被列入檔案。

斐莉妲住的樓層有二十六位女子和四間淋浴間。斐莉妲慶幸有夾腳拖鞋可穿，有盥洗用具、乾淨的毛巾及法蘭絨睡衣，監獄是不會有夾腳拖或睡衣可穿的。

她洗到一半，熱水用盡，她很快把身體沖淨、擦乾、穿衣，以烘手機吹乾頭髮。下一個母親在尖叫，斐莉妲趁有人責怪她之前先離開。

海倫只圍著浴巾就回到寢室，在身體每一吋抹乳液，小小一罐乳液用了半瓶。她的胸部像軟趴趴的及膝襪，大腿和腹部有圈厚厚的皮下脂肪。

她看見斐莉妲在瞄她的胸部，於是微笑道：「別尷尬，我們外表底下都是相同的動物。」

「抱歉。」斐莉妲說。海倫似乎是一輩子自我感覺良好的人。她的身體柔軟、衰敗但閃耀發光。吉布森女士敲門時，她依然沒穿上衣。

「女士們，三十分鐘後熄燈。」

斐莉妲鑽進被窩，至少毯子夠厚，她可以讓自己變小，以毯子裹住身體，只露出臉蛋。她飢腸轆轆，認為如果把自己變得溫暖嬌小，或許就能趕走飢餓。她對聖人生活寥寥無幾的認知，此時全浮現在腦海，而她想，說不定這一年自己也會變得神聖。

海倫拍拍枕頭。「還醒著嗎？」

「正試著入睡。」

「妳好不好奇爸爸們的情況？聽說他們沒有制服，可以穿普通服裝。」海倫認為，父親學校的警衛或許比較少，看護者或許沒穿實驗衣。如果看守者是女子，說不定實驗衣還有性暗示。

「他們說不定吃得更好。」海倫說，「我敢說，他們可以保留孩子的照片，或可以有訪客。說不定根本沒有攝影機。」

「大家都會遇到攝影機的，海倫。我們的手機也有攝影機，還會聽我們講話，現在說不定就有人在聽我們講話。」

「如果只有五個爸爸，說不定就不需要攝影機。」

「不只五個，一定有更多。」

「我懷疑。」海倫說，「那我們呢？妳覺得誰會先走？」

「先通過？」

「不是，是中輟。」

斐莉妲翻個身，盯著牆壁。她也在想同樣的事。她認為是那群中年白人婦女的其中一個。可能有人打賭是她。她說，每個人都該要回自己的孩子。

「或許有人不夠格。」

「海倫，別這樣說，不可以再這樣說。我不希望有誰要不回孩子。難道妳認為誰該來這裡嗎？搞什麼鬼！抱歉，我不是在抱怨，別跟任何人說我剛剛講的話。」

母親們的衣服發出沙沙聲，宣示她們的存在。大家在前往吃早餐的途中紛紛抱怨連身衣尺寸很大，沒有女人味，把她們變得像小寶寶。母親們想要更好的制服、更好的靴子、更柔軟的浴巾、更多乳液、不同室友、不要室友、淋浴時間要長一點、窗戶要窗簾、門要能上鎖。她們要孩子，她們要回家。

她們每經過一棟建築，泛光燈就會打亮。斐莉妲兀自想著事情。她匆匆走向餐廳，思考這是不是降落在新行星的情況。今天早上鐘聲響起時，她不知道自己身處何方。

她在托盤上放一碗燕麥、兩片吐司、一杯咖啡、一杯牛奶、澳洲青蘋果。膳食比昨晚的乾淨新鮮，是她長久以來第一頓真正的早餐。她要把所有的東西吃完。但願穿粉紅實驗衣的女子會注意到。要是她今年秋天吃得比較正常，更常煮飯，讓冰箱有食物就好了，這樣容易呈現出更好的情景。她拿著餐盤，暫停腳步。不出意料，母親們自行種族隔離。有幾桌是黑人母親、幾桌是拉美裔母親，還有三兩成群的白人母親，也有些孤狼。

吉布森女士看見斐莉妲準備找張空桌子，於是引導她到黑人年輕母親的小團體。她說：「用餐時間應該用來建立群體的歸屬感。」

這些母親看起來挺酷的，有幾個人相當漂亮。她們不像斐莉妲這種年紀較大的女子那麼憔悴洩氣。有人對她投以尖刻視線，有人以手遮嘴，說悄悄話。

斐莉妲雙頰滾燙。她坐下來。把幾包糖包全倒入燕麥粥裡。在餐桌對座的母親是個瘦而結實的女子，頭髮幾乎理光，兩眼距離寬闊，還有好打聽的姿態。她來替斐莉妲解圍。這女人和勞琳・希爾（Lauryn Hill，譯註：美國黑人歌手與演員，大約在一九九〇年代最活躍）很像，不過斐莉妲沒有提到她倆的神似之處。或許她太年輕，根本不認識這號人物。

「露克麗霞，危害。」

「斐莉妲，忽視與遺棄。」她倆握手。

「嗨，斐莉妲。」那些母親們頭抬也不抬的咕噥。

「斐莉妲？和芙烈達・卡蘿（Frida Kahlo，譯註：二十世紀墨西哥畫家，自畫像相當馳名，是二十世紀影響力最深遠的女性畫家之一）同名？」露克麗霞問。「她是我很喜歡的畫家，我很愛她的風格，曾在萬聖節扮過她幾次。」

「我媽從寶寶命名書上挑的，她在斐莉妲或艾瑞絲之間挑一個。」

「妳不適合艾瑞絲——這是稱讚喲。我要稱妳為斐莉妲・卡蘿，好嗎？妳可以叫我小露。」

露克麗霞輕鬆的笑容彷彿屬於更大個子的女子。她把制服的領子豎起，說話時會碰到她的頸背。她告訴斐莉妲，她在來到這邊之前把捲髮剃了，以為這樣會比較輕鬆，但是頭髮這麼短，讓她覺得自己好赤裸。短髮又不能戴耳環，感覺不好看。

「妳做什麼？」斐莉妲問。

「對我的小孩？」

「工作，在來到這裡之前。」

露克麗霞的笑容不自然。「我教小學二年級。在日耳曼敦。」

「抱歉。」斐莉妲想問露克麗霞明年會不會回去教書，但大家在桌邊又繼續東家長西家短，聊起警衛及穿粉紅實驗衣的女子。聊著室友，也聊她們多想念父母、姊妹、男友，多想打電話給孩子。校園到處都是愚蠢的花俏植物。

如果學校有錢造景，就應該開暖氣。他們應該讓母親們戴隱形眼鏡，也該讓母親有自己的房間。

有人問，誰是最爛、最賤的賤女人。露克麗霞指著一個有張豐滿娃娃臉的拉美裔母親，那人獨自坐在出口附近。她叫琳達，來自肯辛頓區，是露克麗霞堂哥的朋友的朋友，而那位堂哥的朋友過去曾跟她上床。這位女士發現家中有個祕密通道通往地下室，於是把六個孩子塞進地洞，結果孩子肺部被黑色黴菌搞爛，還遭老鼠咬。

「妳們該看看那些孩子走在路上。」露克麗霞說。琳達的每個孩子皮膚是不同深淺的棕色，因為爸爸是不同人，走在一起實在是怪胎秀。

「真替他們難過。」露克麗霞說。母親們瞪大眼睛，交頭接耳。琳達身材渾圓，看起來也不錯，沒想到有此罪過之舉。她額頭高且乾淨，肩膀自信挺起，頭髮梳成緊緊的圓髻，眉

毛揚起誇張的弧度

「本來很辣，」露克麗霞說，「所以才有那麼多孩子。」

她們沒好心的聊起琳達的身體，以手做出粗魯的圓圈。她下面一定跟太妃糖一樣，就像水床。想想她的妊娠紋，她的皺紋。

斐莉妲撕塊吐司，覺得自己像個間諜、太空人、人類學家、入侵者。她現在說什麼都不對——是不識相，是冒犯。她從來不認識哪個人有六個小孩，每個小孩的父親都不同，也不認識有哪個人會把小孩放到地洞。她和葛斯特與蘇珊娜最嚴重的爭吵，是關於濾水器的品牌。

◎

餐廳外的布告欄貼著教室的分配情況。母親們你推我擠，爭相查看。穿粉紅實驗衣的女子分發校園地圖，有女兒的母親要到有粉紅圓點標示的大樓，而有兒子的母親則是前往粉藍圓點標示處。大部分母親的孩子是五歲以下。十二個月到二十四個月大女童的母親共有四組。

斐莉妲的手指在名單上滑，找到了「劉」。莫里斯館２Ｄ教室。她獨自出發，不久就遇到最壞的賤人琳達，她跟著斐莉妲離開建築物，並大聲喊著哈囉，直到斐莉妲轉身。

「妳姓劉，對吧？眼鏡很好看。」

「謝謝。」她們分到同一班。斐莉妲勉強露出笑容。她們走在地圖上標示的小徑查賓步道，朝莫里斯館前進，途中行經鐘樓及石造庭園。

琳達想知道她們在早餐時說了些什麼關於她的事。「我看見妳們都在看我。」

「我不知道妳在說什麼。」

「露克麗霞那女人說我孩子生病之類的嗎？」

斐莉妲加快腳步。琳達說，露克麗霞不知道自己在說什麼。不是每個晚上都這樣，只有孩子打架，從食物儲藏櫃偷食物時才這樣。她得把食物儲藏櫃上鎖，否則他們一天就會把所有的食物全掃光。是大樓管理員打電話給兒童保護服務局的，那人好幾年前就想擺脫她了。現在她的孩子在六個不同的寄養家庭。

「妳不用向我解釋任何事啊。」

「他們為什麼要妳來這？」

斐莉妲沒回答，只尷尬的沉默以待。琳達說，露克麗霞自命清高，把她當成性感的狗屎。她會知道，是因為她倆是臉書朋友。

她們經過音樂舞蹈圖書館及藝廊，兩棟建築物都空蕩蕩的。

斐莉妲繼續往前走，但琳達追了上來。

莫里斯館是壯觀的五層樓石造建築，位於校園西側，是唯一超過三層樓的純教室建築物。這棟大樓曾經重新裝修，有一扇幾乎推不開的現代玻璃門，建築物正面朝向四方形庭院，背面則朝向森林。在大樓後方，可以看見通電圍籬。

母親們在一樓大廳通往二樓的階梯閒晃，但是迴避琳達，並以質疑和好奇的眼光看著斐莉妲。斐莉妲在後面逗留，想澄清自己不是琳達的狐群狗黨，而這裡也不是女子監獄。別讓人以為她已成了賤人。

她們的所在地是以前的生物大樓，2D教室曾是實驗室，現在仍有福馬林的氣味，觸動她對青蛙與胎豬的回憶。有一扇毛玻璃門上寫著「設備」，還有白板、講師桌、時鐘及安裝在牆上的櫃子，但是沒有椅子或其他家具。母親們把大衣放在教室後方的角落，仰望時鐘。門上方有攝影機，白板上方也有，四扇高拱窗能眺望森林。日光溫暖了教室與母親，講師要母親盤腿坐在地上。

「和幼兒園一樣。」琳達說，她依然很靠近斐莉妲。

母親們圍成圓圈，講師是盧索女士與柯瑞女士，兩人年紀和斐莉妲相仿，都穿著粉紅實驗服，裡面則是深色毛衣、西褲及拖鞋式護士鞋。盧索女士比較高，是個身材圓潤、聲音做作的白人女子，有棕色的小精靈短髮，說話時比手畫腳。柯瑞女士嬌小骨感，並有中東人的外觀，看起來有尖尖的顴骨，還有黑灰斑駁的的及肩捲髮，說話有抑揚頓挫的腔調，體格像東方集團（譯註：指冷戰期間，中歐與東歐的前社會主義國家）的芭蕾大師。

講師要母親自我介紹，說自己的名字、罪行及幾個如何傷害孩子的相關細節。這組有五個女人，包括斐莉妲與琳達。斐莉妲很高興見到露克麗霞，也就是早餐時態度友善的媽媽。露克麗霞先開口，告訴大家女兒在溜滑梯時跌倒，摔斷手臂。斐莉妲溫暖的點點頭，露克麗霞和琳達則不懷好意的對視。

梅若是個白人青少女，來到這裡是因為女兒手臂有瘀傷，自己則持有藥物。一位名叫貝絲的白人女子說自己住進精神科病房，因而失去撫養權。由於她可能危害自己，因此照料女兒的能力不值得信任。露克麗霞和梅若是急診室醫師通報給兒童保護服務局，貝絲則是前男友通報的。

乍看之下，斐莉妲以為梅若和貝絲很像，但缺乏真正的相同點，只有差不多的恐慌表情。兩個女孩都很年輕，有深色頭髮。梅若的捲髮是染黑的，如墨水般的藍黑色並不自然，無法與顏色較淡的眉毛搭配。貝絲的頭髮筆直閃亮，是棕栗色。梅若看起來不能招惹，貝絲則散發出和威爾交往的弱女子氣質，那屬於愛爾蘭人的深髮色跟臉紅與淚水很搭。

斐莉妲和琳達是班上較年長的兩位，也都是因為疏忽與遺棄而來到此處。斐莉妲在訴說倒楣的那天時，發現琳達幸災樂禍的看著她。

柯瑞女士謝謝她們的分享，盧索女士則說聲抱歉，就溜進設備間。毛玻璃門後有些動靜，有腳步聲、響亮的笑聲，還有小孩的高聲咕噥傳來。

母親們屏息聆聽，期盼著不可能的事發生。露克麗霞膝蓋收到胸前，輕聲說道：「布琳？妳在那邊嗎？」

斐莉妲別過視線。那一定是設計來誘使她們屈服的錄音，要她們在接下來沒有孩子可抱的幾個月渴望垂涎。法官不會允許的。葛斯特不會允許的。哈莉葉正在前往機場。斐莉妲不希望哈莉葉接近這地方或這些人。但如果時空出現了莫名的裂縫，把她的寶貝送來，那無論別人要她做什麼，她一律聽命照辦。只要能立刻抱抱哈莉葉就好，抱抱哈莉葉十分鐘，就能讓她度過漫漫長冬。

盧索女士打開設備間的大門，後面跟著五個不同種族的女幼童。有一個黑人、一個白人、一個拉美裔，有兩個女孩是混血兒，一個看起來是黑白混血，另一個則是歐亞混血。這些女孩是母親的鏡像，穿著海軍藍的連身衣和運動鞋。

大夥兒圈子縮小了，彼此坐得好近，可以肩碰肩。有那麼一時半刻，母親們似乎合而為一，成了有好幾張失望臉孔的多頭蛇。

哈莉葉似乎近在咫尺。斐莉妲開始想像她會說什麼，該如何捧哈利葉的後腦勺，摸摸她有著細細毛髮的頸背。雖然這些女孩的年齡對了、身材大小對了，而具有一半亞洲血統的女孩正直視著她，但她不是哈莉葉。斐莉妲本來還抱著希望，甚至差點打自己的臉，看是不是真的。

講師要女孩們在教室前面站成一排。孩子們咯咯笑，揮揮手。

「冷靜一下，」盧索老師說，引導一個不太聽話的幼童回到隊伍。「各位同學，首先，這是幫妳們準備的小驚喜。」

柯瑞老師舉起手臂說：「數到三喔。準備好了嗎？一……二……三！」

「哈囉，媽咪！」孩子們喊道，「歡迎！」

◎

建築物到處都是聲音。說話聲通過通風管傳送，其他教室有年紀較長的孩子、少年與青少年。除了警衛，所有的聲音都是女聲。

整座建築物都有母親在哭。走廊有一陣騷動，一位母親對著警衛吼叫，另一位被命令要回到教室，母親和講師爭執。

斐莉妲的同學大聲嚷嚷，提出問題。貝絲要求和執行董事奈特女士說話，露克麗霞想知道這些孩子從哪來的，她們的父母呢？

「女士們，請保持耐心，」柯瑞女士說。她要大家降低聲量，並舉手發言，除非點到名，否則不要說話。「妳們會嚇著這些女孩。」

老師把母親與幼童配對，其依據似乎是她們真正孩子的膚色與種族。梅若的孩子必定是雙種族的，而半亞裔女孩則屬於斐莉妲。

「妳可以擁抱她，」柯瑞女士說，「去啊，給她一個擁抱，她一直很期待能與妳相見。」

「真的嗎？」斐莉妲把女孩拉到一個手臂的距離，她可能有一半的中、日或韓國血統，像哈莉葉一樣很難分辨。這女孩走了幾步。她的眼與眉完美對稱。她的皮膚沒有抓傷，沒有胎記，也不像一般幼童那樣鼻孔有乾掉的鼻涕。她的雙眸看起來比哈莉葉更像亞洲人，臉蛋的其他部分、骨骼架構則比較像白人。哈莉葉的五官比較柔和，整體氣質較溫和。這女孩有張長了雀斑的瓜子臉，金黃色皮膚與細細的杏眼。如絲綢般明亮的棕髮比哈莉葉的頭髮直與輕，還有高高的顴骨與尖尖的下巴。她比哈莉葉瘦，還有光滑的手和修長手指。

她讓斐莉妲想起小狼、小狐狸，不難想像她長大成少女與成年後的模樣。

哈莉葉從出生後，大家就讚美她圓嘟嘟的臉頰。外公外婆說哈莉葉是**小籠包**。斐莉妲在成長過程中，很討厭自己的圓臉，但對圓潤的女兒很驕傲。她得提醒葛斯特要給哈莉葉足夠的脂肪，讓她喝牛奶，而不是杏仁奶、豆漿或燕麥奶。要是等她回去，發現哈莉葉和這女孩一樣瘦，那她會抱怨到天荒地老，沒完沒了。

「妳叫什麼名字？」

女孩一臉茫然盯著斐莉妲。

「好吧，妳不想說。不必告訴我。我是斐莉妲，很高興認識妳。」

「嗨。」女孩說，音節拉得長長的。

女孩手腳跪地，仔細打量起斐莉妲的腳。她攤開斐莉妲捲起的連身衣褲腳，手指撫摸著黃色縫線。不知道哈莉葉造訪時，會不會這麼平靜。斐莉妲摸摸女孩的臉頰，她皮膚的觸感好奇怪，像蠟一樣太過完美。她的嘴唇是乾的，但哈莉葉總是濕濕的。她聞聞女孩的頭頂，以為會聞到和哈莉葉一樣的油膩味，但聞到的卻是橡膠味，就像新車的內裝。

老師要大家注意。盧索女士要找個志願者，於是挑上露克麗霞的幼童。這孩子被拖上講師辦公桌時還咯咯笑。盧索女士開始解開女孩的制服。

「妳在做什麼？」露克麗霞嚷道。盧索女士在脫掉女孩的內衣時，露克麗霞看起來很警覺。

盧索女士把女孩轉身。母親們倒抽一口氣，女孩後腰有個藍色塑膠旋鈕。盧索女士扭動女孩的手臂時，有濃稠液體流動的汩汩聲。她以手指按著女孩臉頰時，她的臉部左側會下垂，之後女孩甩甩頭，恢復正常。

母親們開始從被分配到的幼童身邊退縮。斐莉妲再度想到外太空，想到太空人離開太空船，缺氧而死。她想了一連串不可能的場景，確信自己有幻覺。幾個月來的監視、缺乏睡眠、與女兒分離，引發了狂熱夢境，這夢境持續延長，這下子又出現最新插曲。

旋鈕以螺絲起子旋轉開之後，露出一個直徑約十公分的洞。盧索女士以湯匙挖這個洞，舀出一匙電光藍的液體，類似抗凍劑。

「冷卻劑，」她說，「預防女孩們過熱。」

斐莉妲捏捏手，露克麗霞看起來不舒服。盧索女士替換了藍色液體，幫女孩穿上衣服，把她交還給備受打擊的露克麗霞。

「很神奇吧？」這些孩子——盧索女士稱之為「娃娃」——代表機器人與人工智慧的最新進展。他們會和真正的孩子一樣行動、說話、嗅聞與感受。他們會聆聽、會思考，是有感覺的生物，會有適齡的大腦發展、記憶與知識。若以身材大小和能力來看，則和十八到二十個月的孩子相仿。

斐莉妲覺得好像回到薄荷綠的房間，她飄浮到身體外，滿腦子是愚蠢的問題。

「娃娃哭的時候，」盧索女士說，「流的是真正的眼淚。她在表達真正的疼痛、真正的需求。她的情感並不是靠程式設定，也不是隨機出現，或是設計來耍妳的。」

母親們務必要留意藍色液體。如果液體凝固，娃娃的臉和身體會出現和皮下脂肪圈一樣的皺紋，這時母親必須把藍色汙物挖出來。液體需要每月更換，它除了冷卻功能外，也能幫矽膠打造的皮膚保持柔軟與逼真生動，為身體賦予正確的質地與重量。

娃娃拍拍斐莉妲的臉，把斐莉妲拉近一點，直到斐莉妲感覺到臉頰上有娃娃呼出的氣息。她的碰觸和哈莉葉很不相同，是一種盲目的摸索。但這娃娃溫暖逼真，會呼吸，會嘆息，有掌紋、指紋、指甲、睫毛，還有一整組的牙齒，唾液，他們怎麼製造唾液的？

◎

講師說，以前孩子會被帶走，之後交回給行為並未修正的父母，於是鑄下大錯。孩子會受苦，有些會死亡。在這裡，校方會在受控制的環境測量母親的進度。有了這種仿真模型，她們真正的孩子就會獲得保護，不會受到進一步傷害。

每個娃娃裡都有攝影機。「妳可以看她，她也可以看妳。」盧索女士解釋。

這些娃娃除了擔任孩子代理人的角色之外，也會收集數據。娃娃會估算母親的愛。娃娃監測母親的心跳，以判斷母親是否憤怒，也監測母親的眨眼模式與表情，以偵測壓力、恐懼、忘恩負義、欺騙、無聊、矛盾及林林總總的各種感受，包括她的快樂是否和娃娃的一致。娃娃會記錄母親的手放在哪裡，偵測她身體的緊張程度，體溫與姿勢，多常和娃娃有眼神接觸，還有情緒的品質與真實性。

她們總共有九個學習單元，每個單元包含幾堂課。第一單元是「照護與養育的基本原理」，會涵蓋初級、中級與進階關係依附，以及餵食和健康。每個單元會以評鑑日總結，評鑑分數可用來判斷母親是否稱職。

一般來說，她們能讓自己的女兒活到這麼久，就不需要基礎心肺復甦術訓練，不過總有新資訊要學。未來的單元會包括遊戲的基礎原理、家庭內外的危險、道德宇宙。講師把單元寫在黑板上，告訴母親們別想太遠。她們不會提供完整的課程說明，因為母親們必須學會活在當下，對這課程有信心，信賴每一套課程都會依據先前的課程循序漸進，只要練習，就能提升自己，符合學校標準。

◎

母親首先要幫娃娃命名，從而展開依附過程。「名字出現之後，依附就會隨之而來，」盧索女士說，「有了依附，就會有愛。」

斐莉姐的嘴、眼睛都帶著笑意，也讓聲音聽起來悅耳。她抹抹前額，渾然不知自己在流汗。陽光照耀娃娃的臉龐時，她可以看到娃娃的兩個瞳孔中有金屬晶片。

娃娃在玩她的運動鞋上的魔鬼氈。她們只有十分鐘可以選名字，就算娃娃有自己的個性，這時間也不足以評估娃娃個性，找出適合的名字。

斐莉姐懷孕時，曾在書桌抽屜放了一張名字列表。老派的、法國的。她希望哈莉葉長大能人如其名，因此本來會幫她取名為瑪格麗特．莒哈絲（Marguerite Duras，譯註：二十世紀法國作家與編劇，著有多部小說與劇本，包括《廣島之戀》），她最愛的作家。她只和葛斯特討論這些名字一次，聲稱自己並不挑剔，就讓他決定。她向來羨慕她的父母來到這裡時，可以自己挑選名字——戴維斯與莉莉安。她想要成為希夢、茱莉安娜，優雅如樂音。

「我要叫妳艾曼紐。」她說，想到艾曼紐．麗娃（Emmanuelle Riva，譯註：法國知名女星，曾獲多項大獎提名），她曾在電影中扮演一名中風的女子。

她們在練習說她的新名字時，娃娃結結巴巴，子音的發音東漏西漏。斐莉妲選的名字是全班最複雜的一個。

「艾曼，」娃娃高聲顫抖說，「艾瑪娜娜。」

斐莉妲幫她把剩下的部分說完。

講師說：「真有創意。」

那麼，斐莉妲喜歡什麼稱呼呢？母親、媽、媽媽，或是媽咪？

「她可以叫我媽咪。沒問題吧？我是妳的媽咪。」

◎

中午，午餐鐘聲響起。講師在平板電腦上輸入密碼，娃娃當場無法動彈。艾曼紐的臉頰這會兒摸起來冰冷，完全僵硬。梅若拍拍娃娃的頭，捏捏肩膀，拉拉耳朵。她的娃娃眼睛依然會移動。

「搞屁啊？」她嚷道。斐莉妲在心中偷偷稱這女孩為「少女媽」。她看起來太愛爭吵，不該稱為梅若。

少女媽戳戳娃娃的前額，遂遭到警告，因為她語言使用不當，碰觸女娃娃時也不像母親。

艾曼紐的眼神狂野掃視，她那種被困住的恐慌表情，是每次用機器幫哈莉葉吸鼻涕時會出現的。

斐莉妲道歉，保證離開一下下就回來。她用力凝視艾曼紐，想記住她的擔憂那麼真誠。如果看見狗兒被綁在餐廳外的柱子，而主人在餐廳吃東西時，斐莉妲會油然而生憐憫之情，眼前的情況也有類似之處。艾曼紐可以是她的寵物小孩、寵物人類。她急著加入其他女子的行列，只回望了這幾個被困住的娃娃。那五雙飽受驚嚇的眼睛令她失去勇氣。

恐懼讓這些母親安靜，讓她們移動。這下子她們同病相憐，不再自我種族隔離。她們在餐廳坐在一起，斐莉妲與露克麗霞擁抱。

母親們厭煩了出乎意料的事層出不窮，先是制服、穿粉紅實驗衣的女人、奈特女士、警衛、通電圍籬，現在又這樣。這群人開始傳起謠言，討論錢從哪裡來、娃娃從哪裡來。

「一定是來自軍隊。」有人猜。

另一個媽媽則認為是來自 Google。「詭異的東西都來自 Google。」

貝絲說：「可能來自瘋狂科學家。」

斐莉妲心想，貝絲在精神病房是否遇過這種人。

露克麗霞方才看見娃娃的惶惑，不免大受影響，認為那是邪惡的人發明的。「是某個來自南韓的人，或日本，或中國。」她望向斐莉妲，「抱歉，我無意冒犯。」

「要是我們觸電而死呢？」貝絲問，「我真的不太擅長科技的東西。」

露克麗霞擔心娃娃會變得暴力。她以前熱愛科幻小說，知道這種故事會如何發展。在電影中，機器人終究會反抗，娃娃一定會變成拿著斧頭的殺人犯。

「這又不是電影。」琳達厲聲說。

「妳也沒比較懂。」

斐莉妲、貝絲和少女媽趁著露克麗霞和琳達鬥嘴時趕緊用餐。斐莉妲想知道藍色液體是否有毒，會不會灼傷她們或導致失明，吸入是否會增加罹患某些癌症的風險。要是葛斯特與蘇珊娜知道藍色液體的事，就再也不會讓她接近哈莉葉。

昨日的悲傷化為憤怒，母親們的抱怨變得熱烈。

露克麗霞撕碎了餐巾紙。「我敢以錢打賭，爸爸們不需要做這些事。」他們或許會有作業本，還有複選題。他們要做的事就是出現。一直都這樣，不是嗎？他們一定不需要處理任何機器人寶寶，或是藍色黏糊糊的噁心東西。

「他們最好會讓男人把湯匙插進孩子的體腔裡。」露克麗霞說。

「多謝妳把那畫面放到我腦海裡。」貝絲咕噥。

穿粉紅實驗衣的女子要她們降低音量，斐莉妲建議她們到外面去。她們把餐盤端起，朝餐廳的警衛走去。當然，這裡現在開始有監獄的感覺了——斐莉妲想像的監獄。離開這裡要獲得允許，使用廁所也要獲得允許，活動是事先講定且受到監視的。她如何使用時間，待在哪個空間，和哪些人一起，都是別人決定的。

在外頭接近腳踏車架之處，她們遇見一個心煩意亂的黑人母親在長椅上啜泣。今天是她女兒的四歲生日。她們圍繞在她身邊擋住她，不讓攝影機拍。她們將手臂連起。要安慰這母親可不容易，她說話上氣不接下氣，不清不楚，並以袖子擦淚濕的臉。琳達輕撫她的背，露克麗霞遞給她撕了一半的餐巾紙。之後大家開始了，有人悄聲說出女兒的名字，其他人跟著說。**卡門**。**約瑟芬**。**歐珊**。**蘿莉**。**布琳**。**哈莉葉**。她們唸出女兒的名字時，好像一一點名意外或校園槍擊案的受害者，宛如唸著罹難者名單。

七

那天下午的課堂從「第一單元：照護與養育的基本原理」開始。講師介紹「媽媽語」的概念：親子之間整天滔滔不絕、拉高音調的愉快話語。

柯瑞女士利用琳達的娃娃，描述一段前往雜貨店的想像之旅。她的聲音稍稍下降又急速升起，聲調會起伏繞回，傳達出持續感到驚喜的狀態。

「我們應該幫爸爸買哪一種瓶裝水啊？普通的或是有氣泡的？你知道什麼是氣泡嗎？氣泡會啵啵啵！滋滋滋！氣泡是圓形的，圓形是一種形狀。」

母親必須要注意音調和字彙。娃娃體內安裝著元件，會計算每天使用的文字量、娃娃回應這些問題的次數、對話交流的數量。這些錄音會經過分析，把鼓勵的句子和警告或責罵的句子數量比較。說太多「不」會導致文字計算器像汽車警報器一樣嗶嗶響，只有講師能把它關閉。

母親必須描述每一件事情，灌輸智慧給娃娃，注意力不可分散，分分秒秒都要維持眼神接觸。當娃娃像幼兒那樣什麼都要問為什麼、為什麼、為什麼時，母親一定要給予答案。

好奇心應該獲得獎勵。

「娃娃有可以關掉的開關，」柯瑞女士說，「但妳們沒有。」

母親們練習時，就像歌手在唱音階一樣。如果娃娃在牙牙學語，說出含糊不清的字，母親必須把那些聲音轉換為話語文字。講師說，要詮釋、確認，幫助她理解意義。

「天空，」露克麗霞指著窗外說，「雲。樹木。」

「靴子，」斐莉妲說，「鞋帶。」她說出五官及身體部位的名稱。她數了數艾曼紐的手指和腳趾。娃娃需要聽什麼？她在家裡和哈莉葉的對話，總是繞著感覺與任務打轉，例如下一次小睡，下一餐，她多愛哈莉葉，哈莉葉跟爸爸住的時候時，她多想念哈莉葉。她模仿哈莉葉的寶寶語，編出一些文字。「棒棒」是燕麥棒、「阿狗」是狗、「藍藍」是藍莓，「酪酪」是酪梨。斐莉妲還會在對話中攙雜一些基本的華語。哈莉葉知道怎麼說「謝謝」。她知道父親母親、祖父祖母、姑嬸阿姨、叔伯舅舅。如果哈莉葉揮揮手，尖聲嚷著「NO **謝謝**！NO **謝謝**！」時，就表示要斐莉妲改說英語。

斐莉妲滿懷關愛，輕輕握起艾曼紐的手，放鬆表情，以柔和開朗的語調說話，簡直像客服專員。有許多問題是不能問的：**妳是誰打造的**？**妳有多容易壞掉**？**妳包尿布嗎**？**妳會吃喝嗎**？**會生病嗎**？**會流血嗎**？**午餐時間發生什麼事**？艾曼紐活動之後，就癱在斐莉妲懷裡，彷彿這麼久的時間她都屏住氣息。這樣對她不好。

講師在一旁觀察，給予指示。

「下顎放鬆。」柯瑞女士告訴露克麗霞。

「發揮想像力。」盧索女士告訴弱女子貝絲。

「妳的聲音應該要和雲朵一樣輕盈美麗。」盧索女士說。

「雲朵的聲音聽起來如何？」貝絲抬起頭，透過明亮的髮間問盧索女士。

「像個母親。」

「這樣沒有道理。」

「當母親不是在講道理，貝絲，而是講感受。」盧索女士拍拍自己的心。

斐莉妲問艾曼紐有沒有和其他女孩當朋友。艾曼紐搖搖頭。斐莉妲拉高聲音，稱讚女性友誼的好處。她從來沒有以這麼興奮的方式和哈莉葉說話，家族沒有人這樣說話。在餐桌上，父母總是聊工作。沒有人問她今天過得如何、感覺如何。和哈莉葉在一起時，媽媽語感覺不會比牙套自然。斐莉妲的聲音愈高，哈莉葉就愈起疑。

斐莉妲瞥了一眼時鐘。現在是兩點四十三分，他們現在應該已降落在舊金山了。希望哈莉葉在飛機上乖乖的。

這堂課從媽媽語延續到透過身體表達關愛，兩種技巧都是日常母職練習的一部分，也會成為更複雜的母職任務基礎。

擁抱與親吻必須傳達安全與安全感。擁抱與親吻必須大量，但不能讓人喘不過氣。講師開始以角色扮演來說明，盧索女士當母親，柯瑞女士當孩子。母親必須先評估孩子的需求：要擁抱或親吻，或兩者？哪一種擁抱？哪一種親吻？快速且溫柔嗎？要親單邊臉頰、雙頰、鼻子或額頭？

母親不能親娃娃的嘴唇。親吻嘴唇是歐式做法，會設定錯誤的前例，讓孩子容易被色情狂騷擾。

柯瑞女士賴皮似的嗚咽，盧索女士僵硬的把柯瑞女士拉到胸前。「一、二、三，放手。一、二、三，鬆開。」

她們不該抱超過三拍。如果孩子受傷，或經歷語言、情感或身體創傷，有時候可允許抱個五、六拍。在極端狀況，至多可以抱個十拍。太久的話會阻礙孩子剛開始發展的獨立。

講師說，記住，妳面對的已不再是嬰兒。母親可適時加上一些鼓勵的文字。**我愛你**。**一切會沒事的**。**好的，沒事喔！**

斐莉妲看見艾曼紐盯著她，把她分類。她試著維持平淡的表情。她向來不擅長隱藏自己的感覺。當年到亞洲旅遊時，那張毫不保留的臉孔讓她露出馬腳，讓人立刻發現她是美國人。她這輩子也因為皺眉，被母親責罵過多次。

講師表現得好像三秒鐘的擁抱是天經地義。這下子傳來幾聲嗤笑與蔑笑，也招來白眼。但在大部分時間，五個人都遵守教導。露克麗霞與琳達開始一、二、三的快速用力擁抱。貝絲則在擁抱時還左右搖擺，為這擁抱賦予個人特色。斐莉妲和少女媽跪著，伸出雙臂，想抓住難以捉摸的娃娃兒童。

少女媽太有侵略性了。講師責罵她抓住娃娃的手腕，還提出假承諾。

「妳不可以給點心，」柯瑞女士說，「不能使用以獎賞為基礎的親職策略。」

斐莉妲控制娃娃控制得很吃力。艾曼紐晃到其他母親的學習空間。

「控制好妳的娃娃，斐莉妲。」盧索女士說。

斐莉妲懇求艾曼紐接受擁抱。她想起那個倒楣的一天前一晚，哈莉葉不願躺好讓她換尿片，那時她覺得多洩氣。

她抓住艾曼紐，數到三，然後不再數。那一夜，她該讓哈莉葉和她一起睡的。每一夜都是。為什麼她希望哈莉葉在不同的房間睡呢？如果現在能抱著哈莉葉，她就會撫摸哈莉葉的背，嗅聞她的脖子，捏捏她的耳垂，親親她的指節。

盧索女士又叫了斐莉妲的名字。她擁抱著艾曼紐三分鐘了。

「是一、二、三，放開，斐莉妲。妳是哪個部分有問題？」

◎

五點半，說再見的時間到了。這時，講師吹聲口哨，娃娃就在設備間的門口排隊。斐莉妲擁抱艾曼紐，與她說再見。娃娃僵硬的把手放在身體兩側，簡短點個頭，謝謝斐莉妲。

由於缺乏人類孩童享有的午睡，娃娃們累了，但不會鬧脾氣或亢奮，而是漸漸無力，真正的孩子不會發生這種情況。

母親們帶著微笑揮揮手。娃娃消失在眼前後，她們的臉都鬆垮下來。斐莉的臉笑得發疼。她跟著同學下樓梯，露克麗霞正在安慰淚潸潸的貝絲。露克麗霞說，或許她搞錯了機器人的故事，或許這些機器人並不邪惡。

「我認為妳不該要求換個不同的娃娃。」

「但她不喜歡我，」貝絲說，「我分辨得出來。要是她的個性就是這樣呢？要是她們給我一個壞娃娃呢？要是她是個壞胚子呢？」她開始告訴露克麗霞，當年她母親曾說她是個壞胚子，害她整個童年都被搞砸。

「貝絲，認真說，妳冷靜一下，」露克麗霞告訴她，「妳會害大家都陷入麻煩。」

斐莉妲一出來，就覺得胸口放鬆了。她想念狹窄的街道，還有昏暗的小房屋。

◎

斐莉妲的室友海倫離校了。隔天早上在盥洗室水槽旁，大家說著悄悄話。有人說，她的娃娃兒子昨天朝她的臉吐口水。有人說，她的講師太嚴苛。有人說，娃娃一出現她就休克，沒有恢復。她幾歲？五十？五十二？年紀較長的母親適應上比較有問題。

斐莉妲一進入餐廳，大家都盯著她看。許多母親往她桌邊貼近，帶著笑容和讚美裝熟，還說要幫她倒杯剛煮好的咖啡。斐莉妲什麼都不肯說，她也很想說說八卦，也願意用這稍縱即逝的聲望來獲取一些朋友，但有規則要守，而且穿著粉紅實驗衣的女子就在附近打轉。

「我們應該要尊重她的隱私。」斐莉妲告訴她們。這答案太老套不真誠，其他女人遂稱她為**婊子**、**賤人**、**傻屄**。有個白人女子在她耳邊發出「清沖」（ching-chong，編註：美國英語系人士對華裔身分者的歧視貶損詞）那種羞辱華人的聲音，另一個人故意把她的餐具撞到地上。當初在巴士上坐她旁邊的刺青女艾普羅，一邊指著她一邊對那三個中年白人婦女說悄悄話。

坐在隔壁桌的某個人說她是澈澈底底的中國賤女人。她聽到別人在悄悄說她的名字，那個把小孩留在家裡的人。那個說自己過了倒楣的一天的人。

斐莉妲緊張到食不下嚥，另外半個焙果給了露克麗霞。

「別理她們，」露克麗霞說，「反正她們到午餐時間就忘記妳了。」

露克麗霞說，只有白人女子才會在第二天離開。要是有哪個黑人母親敢做這種蠢行，他們會把她扔進大牢，或許在途中就拿槍射殺她，再搞得像她自殺一樣。隔壁桌的幾個黑人母親無意間聽了露克麗霞的話，心照不宣的笑了。

琳達告訴斐莉妲：「妳的室友孬到不行。」

「我不認為她確實愛她兒子，」貝絲說，「想想看，他發現母親不僅溺愛，**還是**個半途而廢的人。州政府**應該**幫那孩子付治療費。」

斐莉妲攪拌咖啡。她想告訴她們海倫和吉布森女士說話時的語調，還有海倫稱呼那些娃娃為怪物。學校給了她一百八十幾公分的娃娃兒子，體格像個中後衛，遠比她真正的兒子更高更壯。這樣她怎麼可能控制他？他拒絕擁抱，也不回應幫他取的新名字——諾曼。他說海倫又老又胖又醜，要求換一個新母親。海倫說，這課程根本是把人當白痴耍，是心理虐待。

吉布森女士告訴海倫，要注意一下自己的好鬥情緒。心胸應該更開放一點，不要再投射。**海倫，妳是個差勁的母親，但妳正在學習**——

海倫在吉布森女士的面前搖搖手指。更換藍色液體和親職有什麼關係？娃娃裡的攝影機、感應器、胡說八道的生物統計，還有瘋狂的課程呢？她們到底被教導什麼？到底有沒有通過的可能？

吉布森女士提醒海倫離開的後果，她真的願意最後被登記到名錄嗎？

「我不認為名錄是真的，」海倫說，「我兒子十七歲，頂多分離一年，之後他會來找我。我應該在到這裡之前更努力想清楚這一點。法官好像讓我有選擇，但這**選擇**和這個地點不該混為一談。」

熄燈之後，海倫試著說服斐莉妲和她一起離開。明天早上，她姪女就會來接她。斐莉妲可以和她站在一起，加入她的法律訴訟，表明立場。「我們可以阻止她們。」海倫說。

斐莉妲不得不以陳腔濫調，說海倫的兒子是希望的燈塔，想說服海倫給這課程機會，但她也氣自己受到海倫誘惑。她想像自己來到葛斯特與蘇珊娜的家門前，要他們不能告訴托雷斯小姐。但這不是解決之道。況且海倫永遠不會提出控訴，永遠不會去找媒體。海倫說，就算有什麼登記名錄存在她也不怕，交給她的律師對付就好了。但斐莉妲知道，她只是說說而已。

早餐後，母親們集結在皮爾斯館的階梯上，看著海倫的姪女把車停到玫瑰園的圓環。海倫由吉布森女士與一名警衛護送出去。今天，她接下原屬琳達的王冠，成為最差勁的母親、最爛的賤人。

母親們悄聲說：「去她的。」「去死啦。」

海倫回望她們，舉起拳頭。有些母親揮揮手，其他則是比中指。斐莉妲旁邊的母親吸吸鼻子。海倫與她姪女擁抱，發出笑聲。斐莉妲感到愧疚，很訝異才來到這裡兩天，光是汽車的駛離聲就令她心碎。

◎

母親們按照一、二、三、放開的模式，練習各種關愛行為：傳達道歉的擁抱，傳達鼓勵的擁抱，安撫肢體受傷的擁抱，安撫精神的擁抱。不同的哭泣需要不同的擁抱，母親必須要能分辨。柯瑞女士和盧索女士示範給大家看。

露克麗霞舉起手。「我發誓我有注意，但那些擁抱看起來全部一模一樣。」其他人也同意。她們怎麼有辦法分辨哪種哭聲是哪種問題造成的，又要給予哪種擁抱？這有什麼差別？她們為什麼不能問娃娃到底哪裡不對勁？

講師說，對幼兒來說，直接詢問會太有壓力。母親不該詢問問題，而是該憑著直覺，理當知道原因。為區別各種不同的擁抱，母親們應該考量意圖。看不見的情感工作是父母必須時時要做的。

「要透過碰觸，向孩子們說話，」盧索女士說，「透過心連心來溝通。妳會告訴她什麼？她需要從妳這邊聽到什麼？」

隔壁教室傳來「啪」的聲音，接下來是尖聲吶喊。盧索女士說，她們不想提醒母親過往的虐待行為，或鼓勵暴力傾向，但情感訓練必須真實。如果要練習安撫肢體受傷的擁抱，就得先對娃娃施加些疼痛。

講師打娃娃的手，要是娃娃哭得不夠大聲，講師就賞她一巴掌。少女媽以身體護著娃娃，露克麗霞懇求她們住手。

講師照本宣科，忽視母親們的抗議。盧索女士限制娃娃行動，讓柯瑞女士啪一聲打下去。打是真實的，疼痛也是真實的。斐莉妲遮住艾曼紐的眼睛。這些講師一定是壞蛋老處女、神祕的貓殺手。有哪個人膽敢這樣對哈莉葉！她從來沒看過哪個幼童被賞耳光。她父親只會打有衣服遮住的地方，母親也只打過手。

「放開她，斐莉妲。」盧索女士警告。

「妳們為什麼要這樣？」

「因為要訓練妳們。」

艾曼紐畏縮在斐莉妲背後。「只會痛一下下而已，」斐莉妲說，「那是假裝的，我在這裡。媽咪會照顧妳。我很抱歉、很抱歉。」柯瑞女士打娃娃一耳光時，斐莉妲畏縮了一下。

艾曼紐的哭聲比哈莉葉尖銳，更持久、更嚇人。斐莉妲把擁抱增加到五秒，又延長到十秒。為了哈莉葉，她會讓這娃娃在她耳邊尖叫吶喊。為了哈莉葉，她會讓這娃娃傷害她的聽力。她很訝異娃娃的眼鼻口竟然能流出那麼多液體，這回饋迴圈的源頭真不知在哪，好像娃娃的體內藏有祕密噴泉。

艾曼紐的制服領子與口袋都淚濕了。娃娃哭得比真正的孩童更久、更大聲，不會暫停、不會疲累，聲音也不會沙啞。她們從母親的擁抱中掙脫，探索原始動物純粹釋放的愉悅。這哭聲從身體不舒服，拓展到宣洩強烈情感，那哭聲達到巔峰，創造出的聲音宛如穹窿，讓斐莉妲想哭出血淚。

幾個小時過去了。講師戴著耳塞。午餐時間到，她們幫哭到一半的娃娃按下暫停鍵，於是娃娃嘴巴大開，喉嚨發紅、濕潤、搏動。等母親們回來，她們又恢復高聲痛哭。

母親們沒讓娃娃覺得安全。如果娃娃覺得安全，就會停止哭泣。講師告訴她們要控管挫折感。只要母親能保持平靜，就是向孩子表示母親能掌控一切。母親總是有耐心，母親總是仁慈，母親總是給予，母親永遠不會崩潰，母親是孩子與殘酷世界之間的緩衝。

講師說，承擔它，忍受它，接受它。

每個班級都認為自己碰到的事情最糟糕：有最不乖的娃娃、最殘酷的講師。這策略根本不講人性，說法也沒有道理。她們學到的和現實生活無關。

貝絲認為，學校請的社工根本就是有納粹的心。如果娃娃真的有感覺，就會真正感覺到什麼是遭虐待。

「社工**就是**納粹，」露克麗霞說，「跟納粹同一類。至少我的是。」她認為，柯瑞女士是擁有棕色人種女體的法西斯，如今那種人愈來愈多。

嬰兒娃娃只要一放到地上就會哭，而講師則是反覆朝著年紀更大的娃娃揮巴掌。十幾歲的娃娃帶著恨意吼著：「去地獄腐爛啦！」「去死吧，巫婆！」「妳根本不了解我！」「妳又不是我真正的媽媽！我幹嘛聽妳的話？」海倫的娃娃已送回儲藏室了。

晚餐時，斐莉妲和同學談到應對策略。可以用奶嘴、玩具、硬板書、看影片、唱歌。真正的女兒在不高興時，需要讓她們轉移焦點。為什麼不能使用奶嘴？她們鼓動露克麗霞明天發問。

斐莉妲疲於蹲坐、追逐、傾聽、給予，以及試著把洩氣轉化為愛。她還不到熄燈時間就已爬上床，慶幸自己獨擁這間寢室。之後她想到海倫回家了，今晚會在自己的床上睡覺。

吉布森女士做完最後的檢查，晚鐘響起，熄燈。

除了和海倫有關的事，以及打人、哭泣與絕望的想法之外，這天總算有個還不錯的開端。講師說：「去找妳們的媽媽。」艾曼紐就馬上過來。多數娃娃做不到這一點。少女媽的娃娃去找貝絲，貝絲的娃娃又去找露克麗霞。然而艾曼紐認得斐莉妲，會指著斐莉妲的胸口說：「媽咪」，讓斐莉妲隱約有種感受，或許是溫柔，也是驕傲。這娃娃不是哈莉葉，永遠都不會。她只是墊腳石。斐莉妲會踩著娃娃的頭、娃娃的身體，並採取任何必要之舉，持續前進。

◎

在感恩節晚餐時，餐廳以蠟燭點亮。執行董事在各桌之間遊走、握手、互碰手臂，詢問母親的名字與罪行。

「妳喜歡這學程嗎？適應得如何？娃娃好玩嗎？」奈特女士問。

等大家入座，奈特女士拿起麥克風，帶領母親為失去的孩子默禱片刻。

母親們可不欣賞這默禱儀式。她們知道孩子在哪裡，也知道孩子應該在哪裡。這種節慶感讓她們覺得很糟糕，學校還不如什麼都不做。蠟燭是用便宜的塑膠做成的，因此搖搖晃晃。每張桌子都有一碗迷你南瓜，校方警告，別把這拿來當武器。牆上以膠帶黏貼朝聖者與火雞花圈，而母親們吃的是太乾幾乎沒有調味的火雞，餡料沒味道，地瓜水分太多，軟軟爛爛。

琳達擔心自己的孩子餓肚子。「是什麼樣的人去登記當寄養父母，實在不得而知。」她告訴這群人：「有人是為了賺錢。」她不知道寄養父母住在哪，不知道他們還收養多少其他孩子，她的孩子會不會和他們爭吵，會不會在學校打架。在星期日通話時間，她每週只能選一個孩子，這樣怎麼照料其他孩子呢？她希望社工把她的孩子安頓到說西班牙語的家庭，希望一次能讓六個孩子在一起，這樣哥哥姊姊會照顧弟弟妹妹。

貝絲告訴琳達，有一對住在艾利山的女同志伴侶是她的鄰居，她們會收養有特殊需求的孩子。「寄養父母也是有好人的。」貝絲說。

「沒用，」琳達回答，「沒——用。」

既然說到錢，斐莉妲想到私立學校、夏令營、學音樂、請家教、出國旅遊。父母沒有一樣少給她。她聽到愈多關於貧困的事，就愈想給哈莉葉奢侈的生活。

奈特女士要大家起立，表達感恩。第一批說話的母親很害羞，有個母親謝謝上帝，另一個母親感謝美國。

斐莉妲的父母一定是到伯爾里奇，在她舅舅與舅媽家。至少會有二十個親戚會去那裡，斐莉妲是母親家族中年紀最大的孩子，也是外婆生前最疼愛的一個。她懇求父母別跟其他家人說這件事，但母親可能身心交瘁，於是告訴一名姊妹，接下來這姊妹會告訴其他三個兄弟姊妹，而長輩再告訴孩子。這些阿姨舅舅會責怪她父母，或是責怪她拿文學院的學位、沒有完成博士學位、等到三十七歲才生孩子，或者嫁給了白人。那人叫什麼名字來著？葛斯特是嗎？她不該嫁給帥哥的。英俊的男人不可信賴。她住得離家太遠。如果她搬回家，父母就能幫她照顧孩子。問題是出在斐莉妲的選擇。她的阿姨和舅舅會告訴孩子：**要是你敢做這種事，我就跳河自盡**。

她的思緒迷失在移民女兒的愧疚漩渦中，沒注意奈特女士來到了她們桌邊。奈特女士先把麥克風遞給琳達，於是琳達先感謝學校。

「感謝妳們大家，我的新姊妹。妳們好美，全部都是呢。」

之後她們輪流發言，感謝食物、庇護、第二次機會。

少女媽並未抬頭，視線沒有離開盤子。她整晚沒說半個字，只吃了蔓越莓醬。她要求跳過她。奈特女士無所畏懼，硬是把麥克風塞進她手中。

「女士，把那麥克風從我面前拿走。狗屁倒灶的規則還不夠多嗎？」

「梅若，注意妳的語言！再發生一次這情況，我保證把妳送到談話圈。」

少女媽拿起麥克風說：「我感謝真相。」

她把麥克風交給斐莉妲。她猶豫了一下，望向露克麗霞，尋求指導。露克麗霞用手比了愛心。

「我要謝謝艾曼紐，」斐莉妲得到提示之後說，「我的娃娃。我是說，我的女兒。我那美麗的寶貝女兒。」

接下來這一桌是中年白人婦女三人組，她們一同起身，傳遞麥克風，把彼此的句子說完。她們謝謝奈特女士、謝謝科學、謝謝進步，也謝謝講師。露克麗霞告訴斐莉妲，看看奈特女士對她們微笑的模樣。露克麗霞說，她們三個搞不好根本不是母親，而是為州政府工作，說不定是內奸。有人說要把晚餐的圓餐包朝她們扔過去，但還沒有人採取行動，餐廳就冒出一道火焰，打斷這些中年白人婦女的諂媚話語，房間裡充滿燃燒塑膠的氣味。

校方訊問母親，也調閱監視畫面。雖然無人能證明有人刻意縱火，或辨識出誰踢倒蠟燭，但隔天早上來了幾十個新警衛。

新的餐廳警衛是個金髮年輕人，臉色紅潤健康，還有酒徒那種柔軟渾圓的身材。大家來到這女人國第五天了，就連聲稱這警衛是她見過最白的白人的琳達，也故作靦腆的看這警衛。

母親們站得更挺了些，她們嗤嗤的笑，還會臉紅與指指點點，但警衛並沒有因為她們斜斜的視線而失去鎮靜。男人並不會對滿屋子兩百名曾虐待孩子的女子有興趣，斐莉妲覺得很合理。

這天是黑色星期五，母親們煩躁不安。她們應該睡晚一點、吃剩菜，花費她們並未擁有的金錢。

露克麗霞說，她們應該要惹更多麻煩，這樣可幫她們找更多警衛來。「一年的時間很漫長。」她說。奈特女士在說明會時承諾會展開男女合班訓練，但誰知道什麼時候才會開始？反正她們不會和那些爸爸們廝混。

「難道還有什麼詞語，比『差勁的父親』更能讓人的陰道乾巴巴？」露克麗霞說，手勢模仿花朵盛開又凋謝。

有人可以讓坎普宿舍的浴室淹水，有人可以惹惱講師。或許有些植物有毒。

斐莉妲說露克麗霞瘋了。想想看，如果輸掉官司，她們會吃什麼苦頭，孩子會吃什麼苦頭。貝絲和梅若冷笑，露克麗霞說斐莉妲在裝乖，琳達說她是混帳的守規矩魔人。

她們討論起該幫這個警衛吹簫，還是要警衛幫她們舔。她們在餐桌上對這個問題意見分歧。大清早在桌邊熱烈討論這個沒什麼魅力的男人，嚇著了斐莉妲，她並未對於這種猥褻的思維免疫。她一直想念著威爾，想念他的身體，想起葛斯特與往日情人，那個大學時代頭髮骯髒、曾咬過她乳頭的男孩，那個住在紐約、太常提起亡父的胖子藝術指導。不過，遐想與欲望已是上輩子的事，屬於另一個生命。她告訴過威爾別等她。她先離開餐桌，讓同學們繼續熱烈討論——基於生育控制，肛交是不是最好的選擇。

莫里斯館的玻璃門內，有個新警衛在等待，那是個纖瘦害羞的年輕黑人男子，有雙如貓的綠色眼睛，留著短短的鬍子，臉龐像女孩一樣美。他不算太高，但制服下的身體似乎挺壯的。有些母親在前往課堂的途中向他打招呼，有些人甩甩頭髮，有些人厚臉皮的上下打量著他。警衛臉紅了。母親們打賭，他今天會和多少個女人上床。樹叢間不可能都有攝影機，況且還有很多建築是空的。

斐莉妲好奇他喜歡哪一種女孩，像露克麗霞那樣聰明有趣的？像貝絲那樣滿面愁容的？她喜歡他的綠眼及豐滿的嘴。

這一整天有諮商時段交錯。早上十點四十五分，斐莉妲在皮爾斯館大廳等待。水晶吊燈下的桌上，擺了一盆絲質聖誕紅。

她提醒自己別問問題，只在哭泣對她有利時才哭，並且要稱艾曼紐為「她」而不是「它」。母親們在等候時閒聊起上床睡覺時肚子餓，想來火雞也沒那麼難吃。在大廳那頭一扇關起的門後面，有個母親被遺棄似的啜泣。無論那人是誰，斐莉妲都為她擔心，因為她想起兒童保護服務局的人如何把她哭泣的情況分類。他們說斐莉妲的悲傷膚淺，還告訴家事法庭的法官，她哭泣的姿勢——她習慣雙手掩面，做出胎兒的姿勢——代表她在扮演受害者。

她在這裡尚未哭過，雖然想哭的感覺未曾消失。在夜裡，她得努力不把雙手放進嘴裡。她想拔睫毛，把臉頰內側咬到流血。不過，她學習欣賞黑暗，欣賞孤獨。精疲力竭會促進睡眠。過去幾夜她都睡得夠沉，足以想起她的惡夢。

十一點，吉布森女士陪她到學院以前的海外學習辦公室。諮商師的辦公室是淺灰色，飄著消毒水的氣味。檔案櫃上方有代表正義的天秤，白板行事曆上有以紅色寫成的符碼，房間還有幾疊牛皮紙卷宗夾及各種手持裝置。後方牆面裝著攝影機，對著斐莉妲。她坐下來，雙腿交叉，露出微笑。

諮商師是個優雅的中年黑人女子，粉紅實驗衣緊貼著雙肩。她的名字是潔辛達，但斐莉妲可稱呼她為湯普森女士。她有寬鬆的及肩長髮，在太陽穴比較稀疏，顴骨上有突出的痣。她說話時中氣十足，笑容可掬，而斐莉妲回答問題時，潔辛達也會適時低語與點頭，那些問題是關於睡眠、食慾與情緒，有沒有交到朋友、在這裡是否感到安全？能否承受與哈莉葉分離？她們花時間檢視斐莉妲的缺點，先從她倒楣的那天開始談起，直到今天早上。諮商師鼓勵她說：「我是個差勁的母親，因為……」並要她填滿空白。

她問斐莉妲為何無法安撫娃娃。斐莉妲說沒有人能安撫娃娃，諮商師說那不重要。

「斐莉妲，為什麼妳對自己的期望這麼低？是因為缺乏安全依附的問題嗎？還是有潛在抵抗？是對這課程嗎？還是對娃娃？」

「妳的講師告訴我，妳的擁抱缺乏溫暖。我引用她們的話：『斐莉妲的吻缺乏以強烈的母愛為核心。』」

「我盡力了，沒有人告訴我們會要處理機器人，有很多事情要理解。」

「我確信奈特女士在說明會時已經解釋為何體制會改變。妳們在這裡會以娃娃來練習，再把這些能力帶回平常的生活。勸妳別想太多。」

諮商師設定目標。到下個星期，至少要有五次成功的連續擁抱。更有效的表達缺點，缺點也要更少。要說更多有趣的媽媽語，音調要更拉高。每日用字量必須增加。斐莉妲需要好好放鬆。她的體溫與心跳意味著壓力程度高，很難繼續下去。需要更常與艾曼紐保持有意義的眼神接觸。她的觸摸要更溫柔、更有愛。從娃娃收集到的數據顯示，斐莉妲有大量的憤怒與不知感恩。任何負面感受都會阻礙她的進展。

◎

晚餐時，她們聊到渴求。是對哪個警衛、發生在哪一天。地點是空教室、掃具間、汽車，還是森林。如果沒有攝影機和通電圍籬，他們會做什麼。她們最中意綠眼警衛。露克麗霞認為少女媽最有機會。這警衛說不定才二十歲。

「他讓我想起寶貝的爸爸，」少女媽承認，「但我那口子比較高，高得多了。也比較性感，牙齒比較好看。」

「妳怎麼知道他牙齒看起來怎樣？」露克麗霞問。

「他對我笑。」

貝絲與露克麗霞吹口哨，彼此擊掌。少女媽叫她們閉嘴。

露克麗霞問斐莉妲想要哪個警衛？上床、結婚或殺掉？

斐莉妲倒是沒在想警衛，她還在煩惱諮商時段。學校一定是想要羞辱她們，逼她們就範，像那些與她交往的男人習慣羞辱她，讓她討厭自己，讓她難堪。或許她們得自認是低階層的最低者，才會相信學校，認為她們只配當娃娃的母親。認為無論幾歲的人都不能交給她們照顧，連動物也不能交給她們照顧。

「跟誰上床都可以，」她最後回答，「不跟任何人結婚，也不殺任何人。」

「永遠是安靜的那些，」露克麗霞拍拍她的手。她說要和餐廳警衛上床，跟綠眼警衛結婚，但不殺任何人。「過幾個月再問我，」她嗤嗤笑道。她告訴大家，女兒被帶走時，她才剛開始約會。

她們好奇，不知道父親學校有沒有任何激情。斐莉妲告訴她們，海倫認為那些穿粉紅實驗衣的能滿足某種對照護者的幻想。

貝絲認為有可能。她住院時就曾和一名醫師調情。「他親了我一次。」她坦承。

通常很毒舌的露克麗霞突然板起臉孔。「妳跟別人說了，對吧？」

「沒有，我不想害他惹上麻煩。」那位醫師年紀比較大，而且已婚。

「但他還是會對其他人做這種事。等我們出去，妳得舉報他。答應我。」

貝絲要露克麗霞別強迫她，她看起來都快哭了。琳達要露克麗霞別管太多。

為了幫貝絲打個圓場，斐莉妲告訴大家當年她在紐約時的交往情況。在和葛斯特交往之前，她遇過幾個有反社會人格的傢伙。在研究所第一年時，就連續有好幾個矮小、憤怒的禿頭男。有個單口喜劇演員說了關於中國餐館員工的笑話，當時她在聽眾席。

最後她們比較起自己的經歷，以及幾歲初次做愛。露克麗霞說十六歲，琳達說十五歲，而斐莉妲則是二十歲。

「妳看看妳呀，芙烈達．卡蘿。」露克麗霞揶揄道。

琳達問，斐莉妲是否和第一個做的人結婚。斐莉妲沒告訴她們，其實是和第二十七個。她說自己大器晚成。

貝絲和少女媽還沒回答。

「六歲，」少女媽最後說，「我不會說我做了。」

琳達的笑容頓失。「孩子，抱歉了。」

貝絲承認，她也發生過一樣的事。十二歲，和她的合唱團總監。她母親不相信她。少女媽也說，她母親也不相信她。

她給貝絲一個晚餐圓麵包，抬頭看著其他同學。「好了，妳們知道了。這樣夠不夠稱為妳們要的爛結盟？」

◎

為了在星期天進行通話，母親們到帕默圖書館的電腦教室報到。這棟建築物在玫瑰園東邊，電腦教室在一樓，是白色牆面的房間，有森林綠色的圓拱天花板，桌面有咖啡漬。母親們以十分鐘的週期進出，她們依照字母順序，在走廊排隊。

斐莉妲在樓梯間等待。她伸展胳臂，昨天的打掃任務讓她手臂痠痛。昨天，吉布森女士在晨鐘響起之前就來她房間，要她穿暖一點。這會是她新的週六例行公事。她、少女媽和十二個其他母親，在早餐後加入吉布森女士的行列。她們拿到手套、海綿、拖把、水桶和清潔刷。開始之前，吉布森女士要她們報自己的名字、罪行及家裡出了什麼問題。有些人提到的情況是有腐敗食物，尿布桶滿出來，牆裡住著老鼠家族，到處發霉。比較無害的過失者是水槽堆滿髒盤子，嬰兒高腳椅黏黏的，玩具有食物汙漬，還有兒童保護服務局認為糟糕或令人反感的臭味。斐莉妲承認有灰塵、雜亂、乾貨走味，還有一隻孤單的蟑螂。

她和迪爾德麗搭擋，這位白人母親來自彭斯波特，五歲的兒子現在與她姊妹同住。斐莉妲問，她是不是只因為房子的狀況就陷入麻煩，迪爾德麗承認，兒子有些瘀傷，她可能打了他。

「在臉上？」斐莉妲問，匆促下了判斷。

「我是個差勁的母親，」迪爾德麗說，「但正在學習當個好母親。」

她們不久後就明白，打掃團隊是儀式性的。十四個女人不可能打掃完目前正在使用的所有建築物，並打理近兩百畝非林地的空間。斐莉妲和迪爾德麗被指派在三棟教室建築拖地，光是走到那邊就要二十分鐘。一名警衛在一旁監督，確保她們沒有碰觸娃娃。她們發現，並不是所有娃娃都收藏在設備間。有些教室用來當儲藏室，以有機玻璃隔間，分別存放不同年紀的娃娃。娃娃看著她們在打掃。

現在吉布森女士引導斐莉妲到一台空出的電腦前。斐莉妲心想，要是有寫筆記就好了。她得提醒葛斯特流感疫苗的事。有幾家幼兒園開放參觀時，他應該去參加，並提出幾份申請。他必須問候一下她的雙親。

連線建立完成，幾秒後，鏡頭聚焦在蘇珊娜的臉，她穿著葛斯特的令人發癢的象牙色漁夫毛衣，捧著馬克杯，杯中的茶冒出熱騰騰的蒸氣。她濃密的紅髮堆在頭頂，以鉛筆固定。斐莉妲一整個星期只看見穿著制服的女子，這會兒覺得她美得令人折服。

斐莉妲很尷尬，竟讓蘇珊娜看見自己這副模樣。「哈莉葉在哪裡？」

「抱歉，斐莉妲，他們在睡覺。她得了病毒性腸胃炎，整夜嘔吐，葛斯特也病倒了。」

「他們現在還好嗎？可以叫醒他們嗎？拜託，我只有十分鐘。」

蘇珊娜再度道歉。她了解這通電話對大家來說都很重要，但哈莉葉才剛睡著。「她病得很嚴重，我一直照顧他們兩個，實在累壞了，妳們可以下星期再聊嗎？」

「拜託。」斐莉妲重複。她倆在哈莉葉睡眠的重要性與這通電話的重要性之間來回交鋒，以及斐莉妲還有好幾個月才能親眼見到哈莉葉。蘇珊娜終於答應讓她們相見。

斐莉妲擔心，哈莉葉出現在螢幕之前，自己已淚流滿面。剩下七分鐘時，她開始剝自己的指緣。六分鐘時，她雙手托著頭。剩下五分鐘時，她開始拔眉毛。四分鐘時，她聽見哈莉葉的聲音。葛斯特坐到電腦前，摟著哈莉葉，讓她坐到大腿上。哈莉葉的臉頰紅通通的，她剛睡醒時總是最美。

斐莉妲為打擾到他們致歉，並問他們狀況如何。

葛斯特說，屋內全都要消毒。哈莉葉把嬰兒床吐得到處都是。

「你有打電話給醫生嗎？」

「斐莉妲，我們知道自己在做什麼，我會照顧我的女兒。」

「我不是說你不會，但你應該打電話給醫生。」她注意到哈莉葉在吸鼻子，還有黑眼圈，看起來消瘦了。「寶寶，抱歉我不在妳身邊，妳可以馬上回去睡覺，我只是需要見到妳。」她想要綿延不斷的傳達完美的媽媽語，但是她看著哈莉葉在試圖理解新的現實狀況：

母親在電腦裡，母親穿制服，碰不到母親。斐莉妲看著哈莉葉的臉開始皺起，哭了起來。

哈莉葉想掙脫，一邊尖叫，一邊揮動雙臂。吉布森女士過來，降低音量。

「妳一定要這樣嗎？」

「斐莉妲，請考慮其他人。妳還剩下一分鐘。」

葛斯特在哈莉葉耳邊說悄悄話。

斐莉妲說：「我愛妳，好想妳。」

她說：「銀河。記得嗎？媽咪愛妳到銀河那麼遠。」

吉布森女士提醒媽媽們剩五秒鐘。「女士們，說再見囉。」

每個人朝著螢幕俯身，聲音都拉高了。

「下次會更順利。」葛斯特說。

「寶寶，我很抱歉。媽咪得走了。要好起來，記得多喝點水喔。趕快恢復健康，希望妳健健康康。好希望妳健康。」斐莉妲朝螢幕俯身，嘟起嘴唇。

哈莉葉不哭了。她張開手說：「媽——」

螢幕一片黑。

八

自從和哈莉葉通話後，斐莉妲就更難欣賞艾曼紐。她會注意到艾曼紐所有虛假的部分：有新車的氣味，轉動頭部時隱約發出喀啦聲，眼中有晶片，雀斑均勻無變化，臉頰上缺乏毛髮，睫毛又短又粗，指甲從不會變長。斐莉妲是個差勁的母親，因為她的擁抱傳達著憤怒。她是個差勁的母親，因為她的關愛很敷衍。現在是十二月，她還是沒能完成連續擁抱。

母親們制服已穿了十一天，克制不住欲望和胡鬧。斐莉妲的同學不再向警衛拋媚眼，會在排隊淋浴時爭吵，在大廳以手肘和肩膀撞人，故意絆倒別人與辱罵，永遠擺出臭臉。

有些寄養父母、祖父母和監護人錯過了安排的通話時間。有人沒有電腦或智慧型手機，有人連不上 Wi-Fi，有時連線品質不佳，有時有誤會出現，還有孩子不願說話。

艾曼紐的新習慣是邊跑邊哭，速度比哈莉葉在九月時還快，但未必能快過現在的哈莉葉。每次擁抱時，斐莉妲都覺得自己在欺騙哈莉葉。擁抱艾曼紐的次數比較多，擁抱哈莉葉的次數比較少，她自己有多少能付出，來滿足需求呢？她很氣葛斯特說的「分割的忠誠心」——分割給他的家人，以及光芒璀璨的新歡。他的心要分割，三角關係很困難。他用這詞的晚上，她打破了兩個酒杯。

今天早上天氣陰陰的，柔和的光線讓娃娃的皮膚看起來更逼真。娃娃跑向門與窗戶，拍打上鎖的櫃子，拉開抽屜。母親們追過去，孩子們相撞，哭聲愈來愈大。

盧索女士調整斐莉姐的立姿，斐莉姐必須跪下，不該在艾曼紐上方彎腰俯身。和孩子相處時必須尊重以待。

「妳們必須以娃娃的高度相待。」盧索女士說。她要求斐莉妲再度嘗試道歉，這一次要更有感覺。

她們在練習悔恨的擁抱。這個星期，講師終於給娃娃玩具了——套圈圈、積木、形狀配對盒、填充動物玩偶——玩了一個鐘頭，娃娃展露笑顏，依附感似乎觸手可及，但這時玩具被搶走了，母親得設法贏得娃娃的原諒。講師每天早上都做這件事，惹得孩子們整天都在鬧脾氣。

斐莉妲不會說自己已習慣這地方、制服、課程、母親、娃娃，但已經愈來愈習慣頭痛。眼窩後方的陣陣疼痛已成為在此生活的一部分，正如皮膚乾燥、牙齦出血、膝蓋與背部發疼，感覺永遠不乾淨，手腕、肩膀與下顎緊繃。新室友出現了，名叫羅珊，是個二十出頭的黑人母親，她七個月大的兒子埃薩克已交給寄養人。羅珊某個星期天被叫去工作，讓十二歲的姪女照顧寶寶。一名路人看見小女孩在羅珊公寓前方推嬰兒車，裡頭坐著埃薩克，於是報警。他們帶走埃薩克時，他才五個月大。

羅珊來自北費城，原本是天普大學的學生，正要開始念大四。她主修政治，副修媒體研究。她不太談埃薩克，但會問斐莉妲關於她錯過的發展階段。在這一切發生之前，埃薩克才剛學坐，不久之後就要會爬了。羅珊說斐莉妲很幸運，能和哈莉葉共度一年半，哈莉葉會認得斐莉妲的臉孔，還有她的聲音。埃薩克會記得母親的什麼呢？什麼都不會記得。

羅珊有雙帶著懷疑的墨黑杏眼，鼻子宛如鈕扣，總是不斷玩弄及腰的髒辮子。她個子嬌小，胸部豐滿，臀部窄窄小小，真不知道怎麼生得出孩子。她會默默更衣、默默鋪床，從來不願東家長西家短，也不讓斐莉妲看見她裸體，但是對斐莉妲而言，很不幸的是，羅珊會在睡夢中說話與發笑。她的夢中笑聲迷人又豐富。如果斐莉妲詮釋正確的話，羅珊的夢境裡有芬芳的草原與山澗，還有紳士來訪。

斐莉妲希望能和威爾一起笑談此事。她想告訴威爾關於羅珊的事，她會在黑暗中讓床單沙沙作響，發出笑聲。她想告訴他，這些建築是以費洛蒙和悔意構成的，還有敵意與渴望。告訴他，人有可能變得不再注意他人的悲傷。女人的哭聲現在就像白噪音一樣。

◎

有人說，娃娃需要時間才能適應她們。有人說，所有的進展都和母親有關。有人說，娃娃聽不聽話是程式設定好的，這樣能增加競爭性。無論理由為何，不可能的事發生了，突破出現了，信任建立了，母親開始能滿足娃娃的需求。

在斐莉妲班上領先的是琳達，她在星期五早上以八秒的擁抱與兩秒的跳跳遊戲，讓娃娃安靜下來。

講師要全班觀察。她們讓其他娃娃先安靜下來，之後以泰迪熊來引誘琳達的娃娃，再把娃娃搶走。琳達這個生了許多孩子並被指控疏忽眾多孩子的母親，敏捷優雅的採取行動。她堅定的把娃娃往肩膀靠，以西班牙語和英語傳達出肯定。她以上下搖動的動作讓寶寶跳動，彷彿在調酒。先拍拍，然後快速上下。不久，娃娃就平靜了。

琳達得意的望著同學好一段時間，最後把視線停在露克麗霞身上。母親們抱胸，歪著頭，不開口說話。這一定是剛好而已，沒有孩子和琳達在一起會安全，即使是假的孩子也不例外。

盧索女士請琳達解釋她的擁抱策略。

「我必須像運動員那樣思考，」琳達說，「就像在參加奧運。我們每天都想奪下金牌。我的家庭就是金牌。我不能讓孩子在沒有我的情況下長大。我不想只當個他們從故事中聽到的賤女人——抱歉——女人。」

剩下的娃娃恢復動作時，全都往琳達身邊跑。她是魔笛手、牧羊女、鵝媽媽。講師要她給同學一些建議，這下子權力的風向轉移，導致午餐時間氣氛冰冷。露克麗霞甚至趁著琳達轉身時，在她的咖啡中灑鹽。

沒有人想聽琳達給提示，但是大家記住她成功了，而輸給據說曾把六個小孩放在洞裡的女人可能挺丟臉的，因此母親們愈來愈快擁抱。有些人擁抱像在滅火，其他則像摔角的動作。終於，露克麗霞讓娃娃安靜下來，之後是貝絲。

每次出現突破之後，大家就集合起來反思。講師說，她們應該每夜都自我詢問。應該問問自己：「我今天學了什麼？還有什麼進步空間？」

「母親就是鯊魚，」盧索女士說，「妳們總是在移動，總是在學習，總是設法超越自己。」

差不多是說再見的時間了。斐莉妲數到六、數到八，想起哈莉葉在遊樂場奔跑，想起最後一次彼此接觸時，哈莉葉吐到身體虛弱與流鼻血。她說：「我愛妳，請原諒我。」

艾曼紐不哭了，斐莉妲不敢相信。她舉起手，要引起盧索女士注意。她檢查娃娃的臉，看看還有沒有淚水，並抹去剩下的淚珠。她親親艾曼紐的前額，她們四目相交，宛如親人。總算有心滿意足的感覺，那感覺美好得超乎想像。

◎

一夜之間，降下十五公分的雪，校園荒涼得彷彿被施了魔法。斐莉妲、少女媽和兩名其他班級的母親，被指派鏟除皮爾斯館到科學大樓走道間的雪。母親們見過正規養護人員使用鏟雪機，但她們想用鏟雪機時遭到回絕。吉布森女士說，使用鏟雪機是抄捷徑，但打掃團隊不可以抄捷徑。

只有白人母親和斐莉妲被指派去鏟雪，黑人與拉美裔母親則負責清理廁所，不免抱怨連連。隨著不良行為增加，打掃隊員人數也變多。現在有母親負責洗衣，有人負責清理廚房與餐廳。躲過週六懲罰的母親，以及不需要額外訓練的母親，必須把這天用來練習，建立社群，並寫下贖罪日誌。有些職員希望能成立編織與拼被組，但在感恩節火災之後，管理者認為母親拿針是不可信賴的舉動。

少女媽堅持要在斐莉妲旁邊鏟雪。少女媽來自南費城，是很靠南邊、鄰近棒球場的地方。她認為斐莉妲住的帕斯楊克廣場一帶都是做作的人，有難看的髮型、昂貴的腳踏車、購物袋和小狗。斐莉妲小心翼翼，不要說南費城或整座城市的壞話。她很好奇，在南費城的白人區生了個混血娃娃，會不會引來任何摩擦，但她還是沒問。她們閒聊起室友、講師與琳達的八卦，還有任何少女媽認為基本上就是賤人的母親，以及有沒有人在昨天的課堂上學到任何東西，或至今究竟有沒有人學到任何東西。少女媽認為，講師會為難她，是因為她年紀最輕。諮商師說她有憤怒問題、信賴問題、憂鬱問題、性虐待倖存者問題、大麻問題、未婚媽媽問題、中學輟學生問題、白人母親生出黑人孩子的問題。數據顯示，少女媽厭惡娃娃。她沒有特別指出這一點，但她表明自己厭惡每個人。

她問斐莉妲昨天感覺如何，畢竟做對了一點事，少女媽是唯一無法讓娃娃停止哭泣的人。

「我還搞不懂。」斐莉妲不願承認她多享受講師的讚美，艾曼紐格外黏人令她多驕傲。說再見時，艾曼紐嘆了口氣，把頭靠在斐莉妲肩膀上，那溫柔又出人意料的姿態，鑿除斐莉妲的抵抗。

她說，娃娃很難預料。她不知道艾曼紐星期一會做出什麼行為。這次突破太晚出現，對本週目標沒有助益。諮商師認為她落後，並質疑她在星期日通話時的行為。她指稱斐莉妲的行為和艾曼紐有距離，眼神接觸的次數太低，情感評分不一致。親吻不夠熱情，媽媽語太呆板。

斐莉妲擔心自己對少女媽太坦白，她擔心自己在少女媽坦誠以對之後，卻表現得不夠支持。琳達曾說，她和斐莉妲是成年人，得留意少女媽和貝絲。

「妳前幾天晚上跟我們說了些事，」斐莉妲先開口，「謝謝妳信賴我們。」

「我的天，我要吐了。貝絲也不會閉口不提。我不說，妳們會一直問。」

「我只是要說妳很勇敢，妳活下來了。」

「那是最愚蠢的字眼。我媽就用那樣的詞。好了，她現在滿意了吧。」

「我很遺憾，她不相信妳。」

「無所謂，我已經走過來了。」

「如果妳需要找人聊——」

「斐莉妲，說真的，別管我。今天別再提了。好嗎？發誓？」

斐莉妲道歉。雪又濕又重，好像在鏟水泥。她們鏟完四座皮爾斯館階梯，朝著前去打掃教室建築的母親們點頭。她們的臉部乾裂，背部與膝蓋發疼，眼睛因瞇著看雪而疼痛。一整天，少女媽暗示著自己有祕密，對於斐莉妲的猜測逐漸失去耐心。

「靠近一點，不，別看著我，別那麼明顯。聽著，那個，我跟那警衛做了。帥的那個。妳最好什麼都別說，否則我會跟這邊的每個賤女人說妳想親我。」

「我保證。」斐莉妲試著別看起來太關心。少女媽和綠眼警衛到停車場，在他的車上車震。斐莉妲問，她怎麼到外頭去的？不是有警報器？泛光燈？攝影機？其他警衛？

「小姐，妳不懂挑逗。」

「希望妳有用保險套。」

「不會吧？妳覺得我那麼笨？」她只讓他肛交。這次做愛沒什麼特別，他兩分鐘就洩了。他的老二又長又細，親吻時馬馬虎虎，但頭髮聞起來很舒服。

斐莉妲感到愚蠢、嫉妒與蒼老。少女媽的身材就像蘇珊娜那樣纖瘦苗條，但胸部豐滿。她和所有青少年一樣有青春洋溢、略帶點嬰兒肥的臉蛋，有雙清澈閃亮的棕眼，皮膚沒有粗大毛孔。唯一不好看的是頭髮：褪色成深灰色，髮根則是金色。警衛當然會選個青少女，一個生猛有天分的女孩，資源永不枯竭。

她想問，他們有沒有舌吻？警衛在幹她屁眼時有沒有用手指戳？警衛吵不吵？有沒有把車窗弄得都是霧氣？她想知道這些事，讓少女媽知道自己也曾經這麼大膽，但如果一問，就代表她沒有改變，而改變又很重要。於是，她問起少女媽的家人，問她是否想念他們——不光是女兒，還有雙親。少女媽踢踢雪。

「我跟妳講一件事，妳就得寸進尺？」

她不想談他們，說那不關斐莉妲的事，之後又承認想念媽媽。她們以前從未分開生活。斐莉妲幾歲？她母親才三十五歲。

「妳們兩個說不定能當朋友。」少女媽笑道。她父親在她三歲時就離開了。

「真可惜他們沒逮捕他，把他送到爸爸監獄。」

她的女兒名叫歐珊，意思是海洋。歐珊由外婆照顧，日間托育的錢用完了。歐珊可是個小混蛋，喜歡吃室內盆栽的泥土，在肥皂上也發現她的齒痕。她五個月開始爬行，九個月開始走。

「她就像是小蟑螂，我打了她幾次。但事情不是妳想的那樣，我只有在她真的很壞時才打。」她指著斐莉姐，「妳最好別重複那些話，我的檔案裡沒那些廢話。」

斐莉姐答應，卻提高警覺。她和羅珊曾抱怨，會打小孩的人和不打小孩的人怎麼可以分在同一組。羅珊認為自己把埃薩克交給姪女照顧的事，甚至斐莉姐做的事，都不能和打小孩相提並論。

「那就像以治療糖尿病患的療法，來治療癌症病患。」羅珊說。

「我本來不想要留著她，」少女媽告訴斐莉姐，「是我媽要我留的。有一對夫婦想收養她，但那個爸爸以詭異的方式看我。妳知道，有些人就是散發邪氣。然後呢，我改變心意，他們就抓狂了。想要寶寶卻得不到的人會發瘋。」

她問，當了老小姐才懷孕會怎樣？斐莉姐的東西都縮水了嗎？「妳不能再要任何東西了，對吧？人到了四十歲，然後……」她發出咻的一聲。

「妳的意思是，如果……我猜不會。妳知道，她今天二十一個月大。」斐莉姐淚水湧上眼眶。她手機裡有每個月里程碑的影片。這些影片是為了自己拍攝，也是為了給她的雙親欣賞。她讓哈莉葉坐在高腳椅，報上這天的日期與哈莉葉的年紀，之後問問她的最新情況。最後一次是：「妳今天十八個月大了！妳覺得如何啊？」

少女媽發現斐莉妲在抹眼睛。她拋下鑷子，抓住斐莉妲，送上擁抱，安撫她的心靈，並悄聲說：「沒事的、沒事的。」

柯瑞女士和盧索女士開始幫她們計時。母親們在兩小時內安撫了娃娃，之後是一小時，四十五分鐘，三十分鐘，目標是在十分鐘之內讓娃娃安靜下來。

評鑑日到了。第一單元因為涵蓋的課程內容很廣，因此在一月會增加評鑑。母親們盤腿圍坐，一直蠕動身子的娃娃坐在她們的大腿上，每一對母親與娃娃會輪流到中央。講師會評鑑擁抱、親吻與肯定的綜合表現。她們會觀察擁抱的品質，看看是太長、太短、剛剛好，需要多少次擁抱，母親的信心與沉著度，要花多久時間讓娃娃安靜下來。最後的分數、書面評估與錄影畫面會列入她們的檔案中。超過十分鐘的會得零分。

奈特女士過來視察，她在晚餐之前還得造訪許多班級。「要是能多幾個分身就好了。」她說。講師以笑聲表達謝意。

母親們斜眼看著這些人。前幾天，露克麗霞問她們有沒有孩子，答案是沒有。盧索女士說，她是三隻狗的母親。柯瑞女士說，她當姪子們的母親。

「不是每個人都夠幸運能有孩子。」柯瑞女士說。

露克麗霞對於權威的質疑被列入檔案中。在課堂外，露克麗霞稱她們為騙子。她告訴斐莉妲，那就像跟沒下水過的人學游泳。寵物怎麼能和孩子比？當媽媽和當姑姑可不同。只有沒孩子的人才會那樣講話。

母親們朝奈特女士揮手，她這天看起來更為煩躁，臉上有些部分看起來是十八歲，其他部分看起來像五十歲。她有嬰兒般渾圓的粉紅色臉頰。斐莉妲盯著她有斑點與靜脈突出的手，還有鑽石戒指。在說明會上，她告訴大家自己有四個女兒，一位是馬術師，另一個在上醫學院，還有一個在尼日進行人道救援工作，一個在研讀法律。她養育優良女子的經驗豐富。

盧索女士帶著露克麗霞的娃娃到設備間，要傷害這娃娃。露克麗霞移往圓圈中央時，斐莉妲、貝絲與少女媽祝她好運。

斐莉妲告訴艾曼紐，今天是特別的一天。「別怕喔。」她說。自從上週出現突破進展之後，她就把艾曼紐當成是小小的朋友，一個孤兒、一個棄嬰。或許她不是假的女兒，而是暫時的女兒。艾曼紐因為一場戰爭，成了她的女兒。

她想告訴艾曼紐，她在思考健康的問題。哈莉葉上週日病得太重，無法說話。整個屋子的人都生病了。本來答應要施打的流感疫苗沒打。葛斯特說，今年流感疫苗只有百分之二十的效力。蘇珊娜認為，接觸細菌會強化哈莉葉的免疫系統。她不想太常洗哈莉葉的手，不希望哈莉葉錯過所有有益的微生物群系。學校錄到斐莉妲在通話時拉高聲音，說葛斯特不負責任、蘇珊娜瘋狂，並稱蘇珊娜對流感疫苗的保留態度是「自然療法狂的廢話」。

講師讓奈特女士一聲令下，宣布開始。判斷娃娃不舒服從何而來，會耗費珍貴的幾分鐘。一旁等待的母親在打氣：「妳行的！」「抱她起來！」「加油！」

露克麗霞九分三十七秒完成。貝絲與少女媽超過十分鐘。

盧索女士帶走艾曼紐。斐莉妲來到中央，她設法付出自己全部的愛，也就是會給哈莉葉的愛。她解開深鎖的眉頭，她聽見艾曼紐哭泣。她蹲著。校方審視這畫面時，應該要發現她的臉是快樂安詳，猶如義大利的聖母像，手臂摟著寶寶，額頭沐浴在光明中。

◎

班級分裂成兩派：通過的和沒有通過的。斐莉妲以九分五十三秒的時間低空飛過，琳達最快通過。只要有人問，她就會說她花六分二十九秒。為了換到更多食物與盥洗用具，她在用餐時間傳播祕訣，在就寢時間之前談論策略。有時候，她的宿舍寢室外還有人在排隊。

在餐廳外，一棵尚未裝飾的聖誕樹用有輪子的機器推進來，樹木周圍散落一地松針，那是憤怒的母親們從樹枝拔起的。

即將到來的冬日假期，為中階與進階媽媽語課程提供材料。斐莉妲跟艾曼紐描述芝加哥的冬天：那裡有大湖效應（譯註：這是指冷空氣接觸到大片未結冰的水域，例如五大湖，會從中得到水蒸氣與熱，在湖岸降雪），而且和費城不同，不會因為五公分降雪就關閉整座城市。

「我小時候，雪和我的肩膀一樣深。有些照片中，我會坐在嬰兒澡盆中，讓爸爸拉著。他本來應該用雪橇的。」

「雪橇？」

「雪橇是用來下坡的。大人會和孩子一起乘雪橇，或是自己乘著雪橇，然後咻、咻前進。」她以雙臂模仿動作。

她教艾曼紐關於聖誕節的事，解釋裝飾聖誕樹與贈送禮物的儀式。她不確定學校對聖誕老人採取何種政策，因此略過這部分不談。

「我們家人會慶祝聖誕夜。沒有人告訴我父母，聖誕節早晨應該開禮物，因此我們隔天早上沒事幹，常去電影院看電影。」

「電——影？」

「電影就是一則故事，要在大銀幕上觀看，內容是編出來的，希望讓大家看得開開心心。大家會看電影來逃避。別擔心，我認為妳不必去看電影。媽咪會讓妳開心。」

◎

那個星期，平凡如常的感覺油然而生。母親們練習唸聖誕節、寬扎節與光明節的圖畫書（譯註：這三個節日分別為基督教、非裔美籍與猶太人的傳統節日）。斐莉妲唸了一本《馴鹿莉塔》（*Rita the Reindeer*）的故事書給艾曼紐聽。

「留意妳的聲音變化。」柯瑞女士說。馴鹿莉塔、她的朋友、聖誕老公公和聖誕老婆婆的聲音聽起來都一樣。「妳應該讓每個句子聽起來光芒迸發，斐莉妲。」

她告訴斐莉妲，要指出每一頁的東西與人的名字，還有形狀與顏色。斐莉妲應該要求艾曼紐重複這些字給她聽。她必須以適合此階段發展、散發關愛與富有洞見的問題，刺激艾曼紐的好奇心。

「別忘了，妳是在培養她的心智。」柯瑞女士說。

要求娃娃在練習閱讀故事時好好坐著，是一大障礙。如之前所預告的，太多「不」會讓娃娃像汽車警報器一樣嗶聲大響。這棟建築物到處警報大響，尤其是娃娃年紀較小的母親身邊。

斐莉妲讓艾曼紐指出畫面中的紅色物體：麋鹿的鼻子、聖誕老人的服裝、拐杖糖上的條紋。她想告訴艾曼紐，哈莉葉在維吉尼亞州的麥克林，哈莉葉會穿紅色洋裝，待在蘇珊娜的父母家。

蘇珊娜上一次是在車上接起電話，和哈莉葉一同坐在後座，葛斯特開車。連線品質不良，哈莉葉的臉老是消失。蘇珊娜催哈莉葉說她想媽咪、愛媽咪。哈莉葉不肯說，但有短暫一笑。

沒有人告訴斐莉妲關於這趟旅程的事。沒有人請求她的許可。他們從沒討論過哈莉葉要見蘇珊娜的家人。她從來都沒同意過。要是他們問起的話，她會告訴葛斯特，一個白人家庭就夠了。

◎

聖誕節逐漸接近之際，娃娃們脾氣變得暴躁，只要一個娃娃開始鬧脾氣，之後就會像發燒一樣傳播到整群。艾曼紐把翻翻書一整頁的翻頁撕破。斐莉妲提醒她要溫柔對待玩具和書時，艾曼紐直盯著她，以不動感情的音調說：「討厭妳。」她特別用力發出子音，這是她最早學會說的三字句子。

雖然她知道這不是她個人的問題，也知道艾曼紐不是人類，但這羞辱仍刺傷人。她們在晚餐時問：**妳們遇過這種事嗎？**

露克麗霞認為，娃娃的程式是設定成接近假期時特別難管。「就像真正的小孩。」她說。但除了琳達之外，沒有人知道幼童在假期應該是什麼模樣。去年，她們的女兒都還是很容易安撫的寶寶。

母親們穿制服已四個星期，也擾亂了彼此的生理週期。穿粉紅實驗衣的女人一次會發兩片醫院等級的厚衛生棉，迫使母親總不斷索取衛生棉。真不知道多給些衛生棉會對她們自己或學校財產有什麼害處。她們很尊重清潔隊員與打掃職員，不會把任何東西塞進馬桶。

在最近一次娃娃表現敵意的過程中，斐莉妲的月經提早來，而艾曼紐開始發皺。娃娃的臉頰與手背起了斑紋，皮膚顯得斑駁如大理石，艾曼紐會抓搔自己的皮膚。

「痛。」她說。

斐莉妲帶她去找講師。

「我們會教斐莉妲媽咪怎麼幫妳清理乾淨。」盧索女士說。娃娃看起來嚇壞了，哭聲預示著身體疼痛、情緒不滿及心理傷害全都一起發生。

斐莉妲在午餐時間留下來。其他娃娃驚恐看著盧索女士從設備間推著有輪子的檢查床出來，並鋪上油布。盧索女士把艾曼紐制服的扣子打開，讓她俯趴在檢查床上，並把她固定。斐莉妲親吻她的頭，想起哈莉葉在打針前多害怕。

「不會有事的。」她說。盧索女士指示斐莉妲旋開艾曼紐後腰的旋鈕。

斐莉妲望向四個無法動彈的娃娃。她問，可不可以在其他地方做這件事。

「她們又不是沒看過。」柯瑞女士遞出一副長及手肘的橡膠手套。斐莉妲得小心。要是碰到藍色液體，皮膚會起疹子。

如果有悔恨的擁抱，會不會也有悔恨的撫摸？斐莉妲慶幸她們不必碰娃娃的陰道或肛門內，但她轉開旋鈕，盧索女士把艾曼紐固定好，要娃娃趴著別動時，她覺得自己像強暴犯。

藍色液體聞起來像酸敗的牛奶，但有化學的明亮色彩，彷彿是凝結變質牛奶上加一層空氣清淨噴霧。斐莉妲胃部翻攪。柯瑞女士給她鴨嘴鉗，要她把這孔洞擴張開來。娃娃的腳在踢，她朝著檢查台尖叫。

「可以把她關掉嗎？」

「斐莉妲，我們了解妳的擔憂，但這液體需要維持在正確溫度。」

柯瑞女士給她一把手電筒，斐莉妲以為會看見齒輪、線路、按鈕、細絲，但究竟是什麼讓艾曼紐運作仍看不出來。藍色液體濃稠發亮，還有幾個像高爾夫球的塊狀物在上面漂浮。

盧索女士拿來四個沒有標示的空罐子。她啪一聲把蓋子打開，找出有鋸齒邊緣的金屬長湯匙。液體會被送回娃娃工廠，回收再利用。柯瑞女士拿出金屬筒，讓斐莉妲棄置壞掉的液體。

斐莉妲向艾曼紐道歉，同時撈出塊狀物，棄置到廢棄筒中，之後一匙一匙撈出藍色液體，盡力不作嘔。艾曼紐已不省人事，或許斐莉妲正對她施加有生以來最強烈的疼痛，迫使她與身體分離。

斐莉妲小時候喜歡跨坐在母親大腿上，一起看電視，讓媽媽搔她的背。有時母親會以髮夾清理她的耳朵。她記得母親如果挖出特別大塊的耳屎時，會發出愉快的「啊！」如果探進斐莉妲耳道更深處，碰到耳屎時隱隱約約會有滾動的聲音。她記得髮夾刮搔耳膜的感覺。若這樣能讓母女倆有更多時間在一起，她願意耳聾。

艾曼紐不會有這樣溫柔的回憶。斐莉妲檢視清乾淨的洞穴，那是有彈性的金屬材質，會隨著娃娃的呼吸移動。新的液體在碰觸到金屬時發出嘶聲，艾曼紐抽搐，張開嘴無聲吶喊。斐莉妲取出鴨嘴鉗。洞口恢復原本大小。

「完成囉。親愛的，妳還好嗎？」

艾曼紐不願抬眼看她。斐莉妲幫她穿回制服時，她軟綿綿的。她的臉和手又恢復光滑細緻。講師瞥見斐莉妲把耳朵貼到娃娃的胸口，抓起她的手腕感覺脈搏。她們露出笑容，在裝置上寫下筆記。

◎

隔天，艾曼紐依然無精打采，怕羞內向，不肯說話。她望向空間，不再哭泣，好像完全變成另一個孩子。盧索女士說這是很自然的。娃娃在清潔之後會變得害羞。

其他娃娃也發生了發黴的情況。用餐時，斐莉妲的同學以委婉用詞說話，好像在討論性事。她們把鋸齒狀的湯匙稱為「那個」，稱藍色液體為「那東西」，而娃娃起了波紋的身體為「問題」。

大家都認為，讓其他娃娃看到實在很邪惡。貝絲聽到有人倒抽一口氣。

「她們應該把副作用告訴我們。」露克麗霞說。殭屍體質。

這星期的諮商時間取消。母親找不到當權者討論這過程多怪異，或她們很內疚。母親們無人可問。娃娃的構造改變，會不會破壞她們的機會？

琳達老是嘲笑她們，說這過程不比清理大便或嘔吐物糟糕。終於，琳達的娃娃也發黴了，這時其他人幸災樂禍。

「希望裡面發霉。」露克麗霞說。

「說不定她得赤手操作。」貝絲補上一句，和露克麗霞互碰叉子。

琳達來吃晚餐時，食物已被打包走。餐廳的職員給她一顆蘋果與三包餅乾。「有人幫我留食物嗎？」她問。

同學編出理由推託。

◎

又過了一個週末。週日網路出問題，導致通話中斷。星期一，娃娃從設備間出來時，眼神呆滯茫然，宛如墜機意外的倖存者。少女媽的娃娃不再說話，艾曼紐被斐莉妲一碰就退縮。各班媽媽拉高媽媽語的音調，高得令人難以忍受，只盼能有突破，因為這些娃娃小孩把她們當陌生人。

斐莉妲讀了兩隻小豬互為摯友的故事，但艾曼紐把她推開，爬到露克麗霞與她的娃娃身邊。斐莉妲和露克麗霞愣在那裡，看娃娃拍拍彼此的手和臉，尋找皺紋。

「受傷。」艾曼紐說。

「我痛痛。」露克麗霞的娃娃揉著肚子說。

「救命，」艾曼紐仰望著斐莉妲說，「媽咪。救命。」

為了讓娃娃打起精神，講師在課堂給了個驚喜，宣布可到戶外一個小時。她們發下海軍藍兒童連身雪衣、帽子、連指手套與靴子。她們大費周章，幫娃娃包得暖暖的。

柯瑞女士帶領大家前往方形庭院中一處繩索圍起的區域。戶外活動剛開始時挺安靜的，因為娃娃們只顧著呼氣，驚訝看著吐出來的霧氣飄走。她們盯著太陽，慢慢暈眩和跌倒。她們第一次摸到雪，臉上滿是驚奇。斐莉妲想起哈莉葉初次抓起雪花，看到雪花消失時哭了起來。

艾曼紐指著雪問：「吃？」

「不行不行，」斐莉妲阻止艾曼紐把雪放到唇邊，「那是水做的，冰凍的水。但妳不能吃水。我可以，但妳不行，不然會害妳體內受傷。」

「我要吃！」

「乖喔，玩就好，但不可以吃，那對妳不好。」

琳達、貝絲與娃娃在堆雪人。露克麗霞在教娃娃怎麼玩雪天使，她的娃娃在鬧脾氣，不想戴帽子和連指手套。每次她幫娃娃穿戴好，娃娃又脫掉。露克麗霞設法與她講理。

「小蟲蟲，要戴好才能保暖。」

「不要！不想！」

「親愛的，我告訴妳，妳這樣會冷。聽媽媽的話，我需要妳配合。如果妳配合，我會覺得很驕傲，我知道妳做得到。」

娃娃跺腳，開始哭，又哭又叫，直到露克麗霞放棄，讓她脫掉帽子和手套。娃娃一下就躺下來，之後挪動背部蠕動，想再做另一個天使。露克麗霞告訴她如何以平滑的弧線同時移動手腳。娃娃的捲髮沾了雪，脖子也沾上了雪。

「真希望每天都能這樣。」少女媽告訴斐莉妲。

其他教室建築的窗戶反射著日光。少女媽的頭髮遮住臉龐，斐莉妲幫她把頭髮塞到耳後。少女媽也不願戴帽子，無論斐莉妲多常提醒。前幾天，她們聊到在家中的平凡瑣事。少女媽承認很少帶歐珊到遊樂場，連天氣好也不會。她無法忍受其他母親看著她的模樣。

「那眼神哪。」她說，慶幸斐莉妲馬上明白她的意思。

她們赤手示範給娃娃看如何把雪球壓緊，幫雪人做個穩固的底部。艾曼紐把雪朝著斐莉妲臉頰揉。冰雪刺痛斐莉妲，有些還掉落到領子上，但斐莉妲仍感激接受。她們重新點燃溫暖與親密感。她很高興能在這裡，看見艾曼紐回歸正常。她們忙著滾個雪人圓頭之際，聽見一聲慘叫傳來。

遊戲時間結束。講師設法幫露克麗霞的娃娃恢復生命，其他人在走廊等。後來，大家獲准入教室，看見露克麗霞的娃娃躺在講師桌上，臉部以盧索女士的粉紅實驗衣蓋著。她們遮住自己娃娃的眼睛，沒有人做好準備解釋死亡的概念。

露克麗霞坐在地上，背倚著講師桌。同學進入教室時，她沒有抬頭。柯瑞女士抬走死去的娃娃，娃娃的頭部以真正的直角下垂。

其他娃娃指著露克麗霞，詢問出了什麼事。

「傷心，為什麼傷心？」艾曼紐問。

「她很震驚。」斐莉姐從沒聽過大人這樣慘叫，但要是出事的是她，是艾曼紐，斐莉姐可能會慘叫得更大聲。

盧索女士離開，去幫助柯瑞女士。母親們這下子沒人監督，遂圍到露克麗霞身邊，每個人都把一隻手放到她身上。娃娃鑽到手臂之間的空隙中。就連琳達也問露克麗霞還好嗎。

「小露，怎麼了？」斐莉姐問。

「我們沒有玩過那麼久。她說，她很熱。我們該聽她們的，對吧？我不會讓她們用寶寶哭來挑剔我。我發誓，我不笨。我不會讓我的寶寶那樣玩，但她們不是——」她沒讓自己說出**她們不是真的**。

露克麗霞看著四張娃娃的臉，四個娃娃一直在聽，她們看著桌子，又看著沒了孩子的露克麗霞。她們開始哭泣。

◎

露克麗霞的娃娃不會回來了。她的娃娃被送去原為校內公民社會責任中心的技術部門。技術人員發現重要元件故障，藍色液體結凍。露克麗霞得向學校賠償損失。她得以新娃娃從頭開始。講師會在晚間與週末幫她上特殊課程，但無法保證能追上進度。依附關係得花好幾個星期培養。

講師勸露克麗霞開始贖罪。「我早該知道的，」露克麗霞說，「我從不讓布琳……」一提到真正的女兒，她就開始哭。

講師告訴她要控制自己，並提示她台詞。

「我是個差勁的母親，因為我讓雪碰到蓋比沒有衣物包覆的皮膚。我是個差勁的母親，因為我對於孩子可能崩潰的恐懼，超過對孩子安全與健全的關注。我是個差勁的母親，因為我別開了視線。」

盧索女士插嘴。「如果露克麗霞沒有別開視線，就會發現蓋比不動了。如果露克麗霞沒有別開視線，蓋比就能救得回來。」

「母親絕不可以別開視線。」她繼續說，暫停一下之後又重複這句話，並要求母親們複誦。她們低下頭，為去世的娃娃默哀。

晚餐時，她們聽聞了露克麗霞的財務狀況。她有學貸、卡債、訴訟費。要是她也欠這間學校錢，就得宣告破產。這麼一來，誰會把撫養權交給她？或許她該離開學校。或許她該讓寄養父母收養布琳，反正最後差不多都是這樣。

琳達說：「別這樣說話，想想妳自己的孩子。」

「別告訴我該怎麼做。」

「怎樣？難道妳要退出？像海倫那樣？妳要讓寶寶被某個白人收養？」

「我只是說說，沒那個意思。」

「妳說妳要放棄她，我聽到妳這樣說，我們都聽到了。」

「我在處理我的感受，別再提了，琳達。」

附近的母親都在聽。少女媽告訴露克麗霞，他媽的冷靜下來。斐莉妲告訴琳達，不要再對露克麗霞找碴。她伸手拿取露克麗霞的刀叉，免得露克麗霞容易拿到。如果是斐莉妲，會忍不住想拿起刀叉。

琳達不停威嚇露克麗霞。

「我發誓，如果妳再對我說一個字，」露克麗霞說，「需要我提醒大家妳就是那個把孩子放到該死的洞裡的人嗎？**妳**應該要進真正的監獄。」

斐莉妲碰碰露克麗霞的胳臂。「別說了。」

琳達把椅子往後推，來到桌子另一側的露克麗霞旁邊，要露克麗霞站起來。附近幾桌的母親安靜了，有人發出噓聲。

露克麗霞不可置信的面向她。「怎樣？我不跟妳鬥。這裡又不是高中，我們是誰啊？

十四歲的人？」

琳達把露克麗霞拉起來站著。兩人激烈交鋒，同班同學要兩人停止。琳達比露克麗霞胖了一倍，高了幾吋，很容易贏。

母親們嚷著：「加油，小露！」

露克麗霞反抗時，把琳達推開。穿粉紅實驗衣的女子看見她推人，也看見琳達跌倒。所有警衛與穿著粉紅實驗衣的女子都衝了過來。斐莉妲、貝絲和少女媽嚷道，露克麗霞是在自我防衛，她們願意幫她作證。露克麗霞叫他們去看錄影畫面，只要看了錄影畫面，就會發現琳達才是始作俑者。

吉布森女士把露克麗霞帶走，其他人則還在爭吵。晚餐早早結束。母親們七嘴八舌，說不知道接下來會發生什麼事，雖然她們心知肚明。暴力會導致遭學校開除，繼而導致親權終止。

斐莉妲、貝絲與少女媽回到坎普宿舍，到露克麗霞房間找她，也到其他樓層尋找。少女媽認為，她們應該阻止琳達胡說八道。貝絲認為，她們應該一起到吉布森女士的辦公室。露克麗霞拿掉娃娃帽子時，講師應該警告與糾正，既然她們發現了每一項錯誤，為什麼不糾正呢？

她們走到皮爾斯館，接下來一小時都在建築物裡到處走，到處敲門，想找到吉布森女士。她們走到戶外。貝絲發現露克麗霞站在保安人員停在玫瑰園圓環的休旅車旁。露克麗霞穿著自己的衣服：白色與綠色的滑雪外套，裡面是百褶裙，也穿上酒紅色及膝高跟靴，戴著費多拉帽。她看起來宛如女王，氣勢莊嚴。

她們朝露克麗霞跑去，雪落入制服的褲腳捲摺。警衛要她們離開。

貝絲說：「我們不會惹任何麻煩，只是想說再見。」

琳達不見人影。更多母親來了。這一回，沒有人無禮瞪視、說悄悄話，或是造謠。斐莉妲、貝絲與少女媽向露克麗霞致哀，彷彿她的孩子死了。她們很自責，既然她們看見蓋比拿掉帽子，也該說點什麼。

「對不起，」斐莉妲說，「我應該要幫妳的。」

「是喔。好吧。」露克麗霞聳聳肩。

斐莉妲訝異露克麗霞竟如此平靜，但她或許已流過眼淚。日後當她回想起歷經那倒楣的一天，之後是備受羞辱的一個月，當她一生都在因為失去女兒而哀傷，那時眼淚將會湧來。

斐莉妲抱著露克麗霞好一會兒。她們任何人都可能出這種事。她想問，露克麗霞今晚要去哪裡。「那不是妳的錯。」她悄聲說。

「不重要。聽好了，妳們最好都要完成，除了琳達。我不在乎她發生什麼事。但妳們其他人可千萬別搞砸。要是我聽到妳們有哪個人惹麻煩——」

「夠了。」吉布森女士說，把斐莉妲和其他人送回坎普宿舍。今晚會早早熄燈。明天就是平安夜。

九

現在大家知道，她們班就是有娃娃死亡的那一班。在前往莫里斯館的步道上，其他母親與她們保持距離。斐莉妲希望能告訴露克麗霞那些耳語和注視；她們今天早上幫她留下空位，表示敬意，還把琳達從這桌趕走。她還想告訴露克麗霞，有些黑人母親認為她被開除是針對個人，因此感到很不舒服。這次的難關倒是讓少女媽和貝絲結盟，彼此承諾要是其中一人被開除，另一人也會離開。

講師沒有提到露克麗霞或娃娃蓋比的名字，而是一上課就先自由擁抱，不必數拍子。艾曼紐指著窗邊，那是露克麗霞與蓋比通常坐著的地方。斐莉妲說，蓋比到天上的設備間了，或許是中國娃娃工廠的設備間。

「我不會讓妳發生這種事的。」她說，儘量聽起來有說服力。她轉過身，打個呵欠。昨晚羅珊提出很難回答的問題，讓她很晚睡。**為什麼琳達沒有一起受懲罰？如果寄養父母不想把布琳留在身邊呢？露克麗霞要怎麼找工作？被開除的父母會自動被登錄到名錄，這樣她就不能再當老師了。她何時得開始償還學校費用？但如果他們帶走孩子，她還需要還錢嗎？**

樣做。」

「小露應該把布琳要回來，」羅珊說，「一定有辦法討回來，不應該就這樣結束，我會這樣做。」

「是啊，」斐莉妲說，「然後呢？讓孩子到監獄探望妳？這計畫真棒啊！」

「所以你就知道為什麼我都不跟妳講事情。」

講師戴著有鈴鐺的聖誕帽。她們在教室設了四個母職練習區，每一處都有尿布更換台、尿布桶、碎呢地毯、一籃子玩具和書。母親們鍛鍊了溫柔的技巧，這能力要與基本的育兒任務結合，先換尿布，然後睡覺。

柯瑞女士示範如何手腕輕輕一揮，就攤開乾淨的尿布，如何把髒尿布捲成小小一捆圓柱，這樣比較不占掩埋場的空間。

娃娃討厭仰躺。她們背後有藍色旋鈕，因此無法躺平。講師叫母親們別盯著看。娃娃的外生殖器相當逼真，不同洞口會流出不同質地的藍色液體。仿真尿液與糞便聞起來比真實的還刺鼻。貝絲與少女媽說「噁」被逮到。琳達似乎不覺得困擾。

艾曼紐的身體光滑陰冷。要看她的陰唇，好像不太對勁。要分開她的陰道，看看有沒有藍色汙點，感覺也不對勁。斐莉妲很討厭蘇珊娜對哈莉葉的身體有這麼親密的認知。哈莉葉的尿布疹有時會維持幾天。蘇珊娜認為，斐莉妲愛用的護疹修護膏滿是化學物質，會提高哈莉葉帕金森氏症與其他退化性疾病的風險。她一再建議，兩家人都要用植物性乳霜。關於屁屁膏的爭議總是愈演愈烈，後來變成爭論愛、信仰，以及哈莉葉會變成什麼樣的人。斐莉妲也很訝異，自己以前怎麼這麼愛消費性產品。

雖然現在只有四個娃娃，但所發出的吵鬧聲好像有一打幼兒。她們弄著尿布、藍色液體、屁屁膏、濕紙巾、陰道。每次換尿布都是一場戰爭，娃娃們的力氣與創意總讓母親驚訝。那天下午，少女媽的娃娃拿起她那罐屁屁膏，扔向正好從旁經過的盧索女士，正中盧索女士的胸口。娃娃笑了，少女媽笑了。

琳達的娃娃不落人後，以罐子打中盧索女士的背部。

斐莉妲摀住嘴巴，笑到眼睛流淚。她抬起頭，看見貝絲在憋笑。柯瑞女士看著她們。盧索女士跟少女媽與琳達說，要讓娃娃道歉。

娃娃並不感到抱歉。她們嗤嗤笑、拍拍手，笑聲來自喉嚨後方或深處線路，彷彿有人搔癢。

斐莉妲拿走艾曼紐手上的乳膏。「不要丟東西喔。」

屁屁霜可能像石頭一樣，把講師砸死。如果讓母親們丟，以她們的力氣或許做得到。她們都該幫露克麗霞出氣。

尿布每半個小時要換，每次換完尿布，講師會讓娃娃無法動彈，帶回設備間重新充能，一次把兩個橫抱起來，而娃娃就像草坪上的裝飾或麵包條。這可說是對娃娃的酷刑，她們的屁股會出現卵石樣的紋路，變得紅通通，行走時會哭喪著臉。她們的哭聲幾乎蓋過了媽媽語。

其他班級會進行如廁訓練，也處理盥洗衛生及尿床問題。進行娃娃如廁訓練的母親們會在用餐時間啜泣，嬰兒與男童娃娃的母親還得戴防護面罩。噴尿不僅討厭，而且危險。有個母親被藍色液體噴到嘴，得送醫務室。

◎

節日還是有美好的一面。隔天晚上，在寒酸的聖誕晚餐之後，母親們聚集在坎普宿舍的主樓梯間，聽中年白人婦女三人組唱聖歌。從她們的和聲聽起來，以前應該練過阿卡貝拉。她們唱起〈平安夜〉、〈小鼓手男孩〉、〈你是我最想要的聖誕禮物〉，而她們唱的〈小白花〉格外動聽。

斐莉妲坐在羅珊與少女媽之間，她們哼著歌、搖擺身體，一起唱副歌「願妳永佑我家鄉」。那是斐莉妲唯一知道的歌詞。當年阿嬤彌留時，一位音樂治療師就在她床邊演奏這首歌。

斐莉妲俯視著許許多多臉孔，想像這些人都是害羞又悲傷的女孩，穿著不是她們選擇的衣服，頭髮綁成辮子、用髮夾夾著捲髮，並綁著方巾。她們在等待，滿懷期待的想像自由。斐莉妲想念母親的笑聲、父親的烹飪手藝，還有哈莉葉。去年聖誕節，哈莉葉也與葛斯特共度。

◎

為了讓娃娃的屁股有時間復原，睡覺時間的練習提前開始。講師把嬰兒床與搖椅搬進教室，娃娃每小時都需要小睡。在初階的睡覺時間，準備工作要在十分鐘內完成。到中級階段，母親要讓娃娃在五分鐘內完成，而進階則是在兩分鐘以下。

「就像關燈一樣。」盧索女士打個響指說。

睡覺時間的練習讓斐莉妲想起打地鼠遊戲。她請艾曼紐注意現在的時間。「現在是睡覺時間喔。在睡覺時間要做什麼呢？休息，妳現在好想睡喔。」

艾曼紐懇求說不要睡。

斐莉妲漸漸遺忘哈莉葉皮膚的觸感，帶有口水的咯咯笑聲，額頭的完美曲線、頭髮如何捲曲。

這天是新年前夕。去年，葛斯特與蘇珊娜在前往晚宴的途中臨時造訪，葛斯特想要哄寶寶上床睡覺。

斐莉妲從來不拒絕這些請求，雖然他們總是毫無預警，不請自來。她記得蘇珊娜彎下腰擁抱她，葛斯特上樓陪伴哈莉葉。蘇珊娜研究起她的書架。她穿著低胸綠色絲質洋裝，脖子上繫著黑色的絲絨蝴蝶結。

她提議，她倆應該找個時間喝咖啡，就她們兩人。「希望我們能成為朋友，葛斯特對妳稱讚有加。斐莉妲，我只是想讓妳知道，我認為妳好勇敢。我們談過妳的勇氣。我佩服妳這麼堅強。」

斐莉妲記得自己盯著蝴蝶結，還有蘇珊娜細緻蒼白的喉嚨。她好希望惡毒的故事能成真，她想拉緊那蝴蝶結，讓蘇珊娜丟了腦袋。

◎

接下來的那個星期，斐莉妲得知哈莉葉體重減輕，臉頰縮小。蘇珊娜減少了他們的碳水化合物攝取，把醣類換成蔬菜水果，以及優質蛋白質與脂肪。他們採取無麩質飲食。蘇珊娜對所有客戶做的第一件事情，就是去除飲食中的小麥。每個人都多多少少有小麥不耐症的問題。小麥會導致脹氣，而大家在假期之後總會嚴重脹氣。

無頭蘇珊娜的想像又回來了。一月初，學校錄到斐莉妲說：「妳竟敢這樣做！她不需要排毒！她只是個學步兒！」他們諮詢過小兒科醫師了嗎？葛斯特怎能讓這種事情發生？不過葛斯特沒什麼用。他說，哈莉葉肚子痛。她的消化系統改善了。現在他們都吃潔淨的食物，都覺得比較舒爽。

諮商師認為斐莉妲反應過度，語氣不夠尊重，憤怒並不合理。「妳女兒在改變，」諮商師說，「這是所有父母都會經歷的酸甜苦辣。妳得接受。」

所有的孩子終究會失去圓滾滾的臉龐。哈莉葉或許突然快速成長、活動量提高。斐莉妲怎麼能用「餓死」這個詞呢？葛斯特與蘇珊娜絕對不會傷害哈莉葉。斐莉妲每個星期只和哈莉葉聊幾分鐘。

「妳究竟對她現在的生活了解多少？」諮商師問。

斐莉妲知道事情不是自己想像出來的。哈莉葉是可以消化小麥的，而擁有渾圓可愛肚子與下巴的時期也不該這麼早結束。她想告訴諮商師，哈莉葉一出生就有那樣的臉頰，那圓圓的臉是她的特色，讓她更像華人。像斐莉妲，像斐莉妲的母親。

在中級階段的睡眠時間，她天馬行空，胡思亂想。她想像哈莉葉討麵包吃卻遭到拒絕，變得骨瘦如柴。蘇珊娜會阻礙哈莉葉成長與大腦發育，讓哈莉葉飲食失調，在哈莉葉連一個完整句子都還不會說時就教她厭惡自己。自我厭惡會導致前青春期的哈莉葉形成自殺念頭，繼而可能導致自殘。為什麼沒辦法舉報蘇珊娜？她才是帶來持久傷害的人。

小睡戰爭讓所有母親們心煩意亂。斐莉妲又咬起她的指緣，一個晚上只睡三小時。艾曼紐的所作所為都令她惱怒。她大膽向羅珊抱怨起艾曼紐，她冒著被聽到的風險，在排隊沐浴或走到餐廳的途中抱怨。

在經過格外難搞的一天之後，她說：「媽咪不想玩，現在不想。現在是午睡時間，請閉上眼睛。」

艾曼紐反駁道：「不要不要不要不要！」這時斐莉妲理智斷線了。她把手伸到嬰兒床，捏了艾曼紐手臂，讓她的矽膠皮肉凹了下去。

「噢，我的天。」斐莉妲倒退。

講師還沒發現，同學也在忙。艾曼紐沒有立刻哭泣，她看看自己的手臂，再看看斐莉妲的手，再從斐莉妲的手，望向斐莉妲的臉。她嘴巴張大，形成震驚、心碎的「O」。

◎

參與談話圈的，是課堂出現各種攻擊行為的母親，有些行為是小型爆發（例如斐莉妲），有些則是用過去曾施加在孩子身上的懲罰威脅娃娃。參加成員在晚餐後於體育館集合。依據當天的衝突，每天晚上人數都不同，通常在假期與孩子生日那幾天、評鑑前及母親經前症候群發作時會攀高。今天晚上有十七個女人，包括斐莉妲。她們在一處燈光照亮的角落，圍坐在冰冷的金屬摺疊椅上。在一片黑暗中，頭頂上的燈光令人目眩。她們好像成了明星，演出殺人狂電影或世上最悲哀的嘻哈影片。

這場合由吉布森女士主持，母親們必須報上姓名、過失，討論她們的過往錯誤，並反省她們對孩子與娃娃造成的傷害。過去的行為是未來行為的最佳指標。她們的過失想必是源於有問題的歷史。她們或許是屈服於過往的模式，學校會幫助她們打破這些模式。母親們在坦承錯誤之後，必須重複談話圈的格言：「我是自戀的人，我對孩子來說是個危險。」

有些母親坦承賣淫、貧窮、嗑藥——主要是大麻，也有鴉片。有人販毒，有人無家可歸，有人會酗酒，包括中年白人婦女之一——莫拉。她保養得好，有深褐色頭髮，說話帶著氣音。她在十一歲時就開始喝酒，會偷錢、狂飲、和青少年廝混，醒來時滿是髒汙與血漬。她有五個孩子。她咯咯笑道，說自己做的那些事都是酒醉之後發生的。她會來到這裡，是因為和年紀最小的孩子出了問題：十三歲的女兒凱莉。

「她說我是個廢材老賤人，所以我打了她耳光。她老是恐嚇要舉報我，有一天我在上班時，她打了熱線電話。兒童保護服務局發現她在大腿上自殘。我不知道她自殘，她告訴他們，是我害她這樣的。」

「我不該生下她的。我已決定與她父親分開，才發現懷了她。」莫拉猶豫說道，「她五歲時，我把香菸輕碰她手臂，燙了她。」她環視身邊的人，大家驚恐的瞪視她，並溫暖微笑。

吉布森女士問莫拉，對於虐待有何感受。她指打耳光、燙傷。

「輕輕燙而已，」莫拉澄清，「別讓事情聽起來那麼嚴重。」

今天，莫拉和她的娃娃練習勸告睡覺。前青春期娃娃之前都拿到智慧型手機。於是莫拉的娃娃就在被子下玩手機，最後，莫拉掀起被子，恐嚇要揍她。

「就這麼回事。我是自戀的人。我對孩子來說是個危險。」

母親們感謝她的分享。接下來，她們聽伊維說話，她是衣索比亞移民的女兒，窄窄的臉孔掛著陰鬱的表情，還有如孩童大小的細緻雙手。伊維說，自己有過快樂的童年。她的過失是讓女兒哈波獨自從圖書館走回家。女兒今年八歲。「不對，等等，她剛滿九歲。」她對母親們苦笑。

「我們家與圖書館之間大約四個街區，以她的腳程大概走十分鐘。她想自己走。我們這附近的孩子都是這樣，大家也都彼此留意。如果有人覺得不對，可以跟我談，不必報警。」伊維盯著地板。「她在離家一個街區的地方被帶走。」

吉布森女士認為伊維並未展現出足夠的悔意。什麼地方准許八歲的孩子在無人看顧的情況下到處走？

「女士，」伊維說，咬著下唇，徒留平平的聲音。「我做了錯誤選擇。我讓她身陷危險。」

「做得好，伊維。妳今天為什麼來到這裡？」

「我的娃娃說我推她。但我沒有推她，是她自己跌倒。那是意外。」

「伊維，妳的講師看見妳推她。」

「妳們可以看錄影畫面，妳們不是什麼都有畫面嗎？我告訴妳，這是她編的。」

她們爭論起娃娃到底會不會說謊，娃娃是不是和真正的孩子一樣會耍手段，而伊維這樣控訴自己的娃娃，是不是展現出依附關係缺乏安全感，以及她對這課程不夠投入。伊維說，她安慰了娃娃。她的擁抱可以在短短幾秒就安撫身體傷害，而她的關愛分數也不錯，在評鑑那天她可是第一名。

她只不過是讓女兒走路、娃娃跌倒，為什麼吉布森女士要讓她吃苦頭？「我又不是燙傷任何人。」她說。

母親們倒抽一口氣。莫拉怒瞪伊維，伊維怒瞪吉布森女士。這會兒大家緊張蹺腳。

吉布森女士說：「小姐們，別忘了這是講究包容的安全空間。」

一名女子的男友打斷了她女兒的手臂。他們跟醫院說那是意外。男友在假釋期間違法，回監獄去了。這名母親來到這裡，是因為幫男友撒謊，並未保護女兒。其他母親承認使用火、皮帶、捲髮棒、鐵條。有個母親以磅秤打十歲的兒子，打出了黑眼圈。

斐莉姐讓故事沖刷著她。第一次讓哈莉葉在葛斯特與蘇珊娜的公寓過夜時，她想要拿鐵鎚砸自己的腳、砸牆壁。她對於那種感覺該做些什麼？今天，憤怒吞噬了她。

她盯著母親們的靴子，注意到各種綁鞋帶的方式，有人制服的褲腳磨損，有人的沾染泥巴。今天是一月十一日，哈莉葉滿二十二個月。

輪到她的時候，她先訴說那倒楣的一天、憂鬱症、蘇珊娜、離婚。「在午睡練習時，我捏了娃娃。我有事分心了。我前夫的女友讓我的寶寶節食。他們減少攝取碳水化合物。我知道聽起來很蠢，但這樣有危險。她的臉頰……」斐莉妲的聲音顫抖。她抹去眼淚。「她的體重應該**增加**，而不是減少。我今天脾氣失控，不是故意要把氣出在娃娃身上。」

在談話圈的母親歡迎她成為她們的一員，低聲說：「嗯，說得沒錯，媽媽。」

以磅秤砸兒子的女子說：「我一開始也是這樣。」

坐在斐莉妲旁邊的媽媽是以捲髮器燙傷兒子的那個人，她拍拍斐莉妲的膝蓋。莫拉這位有五個孩子的酒徒母親，露出善良的微笑。

「捏艾曼紐讓妳感覺如何？」吉布森女士問。

「恐怖，跟怪物一樣。我從來沒有捏過哈莉葉，我不是那樣的人。」坐在斐莉妲旁邊的媽媽翻翻白眼。

「但是呢？」

斐莉妲嘴唇癟起。「我是自戀的人。我對孩子來說是個危險。」

◎

斐莉妲站在講師桌旁邊，在柯瑞女士的引導之下，說明自己的缺失。她是個差勁的母親，會和共同撫養人起爭執。她是個差勁的母親，浪費週日的通話機會。她是個差勁的母親，不了解目前自己在女兒生命中扮演的角色有限。

「憤怒是最危險的情緒，」柯瑞女士說，「沒有任何理由可對孩童施以暴力。」

斐莉妲的諮商師認為，她的悲慘遭遇是自找的。她對斐莉妲陷入每況愈下的漩渦很失望：捏了人，得去談話圈。吉布森女士說，斐莉妲沒聽其他女人說話，斐莉妲似乎不願加入擁抱鏈。

斐莉妲想說，擁抱鏈是整晚最莫名其妙的部分。在談話圈時段結束之際，吉布森女士擁抱右邊的母親，而這位母親要繼續把擁抱傳遞給下一位女子。她們手牽手，並以學校的格言作結：我是個差勁的母親，但正在學習當個好母親。她們重複這個句子三次，好像設法回家的桃樂絲似的。

昨晚，她差點洩漏更多事。吉布森女士想聽聽關於她的童年的事。斐莉妲在孩童時代曾遭到遺棄嗎？遺棄哈莉葉是代代相傳的創傷所造成的嗎？

她和母親現在比較親了。母親在五十多歲時態度開始軟化，但斐莉妲在小時候有時會感到心寒。她會自己編造解釋，責怪自己，認為母親不想要她。母親不喜歡花時間與她共度，不喜歡碰觸她。她得懇求母親擁抱，她覺得自己討人厭。她的父親與外婆總是告訴她，別去吵媽媽。

斐莉妲是直到自己懷孕，才知道母親曾流產，在懷孕六個月時，男寶寶胎死腹中。那時斐莉妲兩歲，年紀太小，不記得母親的腹部漸漸隆起。家族相簿中，沒有母親那次懷孕時期的照片。

她不知道父母是否渴望有個男孩，有沒有為他取名字，如何處理他的遺體，忌日是否有任何紀念，兩人有沒有談過這孩子。她知道最好別問。

母親警告斐莉妲別過度運動，別提重物，要控管壓力。醫生說，母親流產就是因為壓力，雖然這樣聽起來很不公平。

斐莉妲只聽過母親哭過三次，那通電話就是第三次。等斐莉妲終於發現母親流產的事情之後，對於自己曾抱怨家裡就她這麼一個孩子，感到萬分抱歉。她小學時，這是個令人痛楚的話題。她曾嚷道：「妳到底有什麼問題？」同學的母親都讓孩子有兄弟姊妹。斐莉妲以為自己是個不孝女，所以母親不想要另一個像她這樣的孩子。吉布森女士會喜歡這故事。但這並不是她母親造成的。是她自己。母親的幽魂孩子，她的幽魂弟弟，不會在她檔案中有一席之地。

◎

就算艾曼紐曾愛過斐莉妲，那份愛現已蕩然無存。娃娃的手臂依然凹陷，但講師選擇不送修。凹陷處只是表面的傷害，而技術部門的工作負擔已太大，此外，這凹痕能提醒斐莉妲三思而後行。

斐莉妲唱搖籃曲時，艾曼紐會咕噥道：「討厭妳！討厭！」

斐莉妲的體溫持續上升，憤怒也日益強烈。她依然無法專注，情況悲慘。哈莉葉一直稱蘇珊娜為「媽咪」。上一次通話時，她脫口而出「媽咪蘇蘇」。

葛斯特和蘇珊娜很尷尬。「有時就是會這樣，」葛斯特說，「沒必要大驚小怪。」哈莉葉從十一月就沒親眼見過斐莉妲，卻每天見得到蘇珊娜。「沒人想要傷害妳。」他說。蘇珊娜把哈莉葉帶出房間，留下父母爭執。斐莉妲說這不可接受。他們曾經在協議中談好的，蘇珊娜是蘇蘇，只有她才是媽咪。

「我不想對她加諸更多限制。」葛斯特說。

他要求斐莉妲冷靜下來。有必要對條款爭執嗎？等斐莉妲以後找到新伴侶，他不介意哈莉葉稱那人為「爸爸」。

◎

娃娃睡著之後，母親們就得反省過錯。在睡眠準備與惡夢管理的課程中，應用的規則和小睡時間一樣，只是在每次四小時的循環中，娃娃會醒來兩次。

這模仿睡眠時間的連續課程，讓斐莉妲有太多時間掛念著哈莉葉體重減輕、女兒叫錯女人為「媽咪」，以及還剩下多少個月。

斐莉妲探看嬰兒床時，講師察覺到虛偽的溫柔。來自娃娃的數據支持了她們的看法。如果斐莉妲的表現沒有改進，無法通過下一次評鑑，那麼諮商師會暫停她的通話機會。

盧索女士認為，斐莉妲在唸床邊故事時缺乏深度。「妳不能就只讓牛跳過月亮，斐莉妲（譯註：源自於英國知名童謠 *Hey Diddle Diddle* 中的歌詞：The cow jumped over the moon）。得讓牛思考他在社會的地位。如果妳在說小紅帽的故事，就得談談這是什麼樣的森林，還有她籃子裡有什麼食物。」

她以雙手演起小紅帽的旅程。「小紅帽在完成這趟旅程後感覺如何?問問艾曼紐關於這方面的開放式問題。讓她動動腦。妳在教她如何當個女孩。別忘了,她對於女孩身分的定義都會來自於妳。」

◎

到一月底,睡前準備工作包括換尿布、睡衣、一瓶藍色液體及刷牙。要是娃娃醒了,母親就得安撫做惡夢的她們,並讓寶寶在十分鐘之內再度入睡,之後改為八分鐘、五分鐘。

哈莉葉在上一次通話時幾乎沒說什麼,沒有說媽咪蘇蘇,只是也沒說媽咪。她不肯看螢幕,臉頰也變小了。

下一次通話時,斐莉妲會告訴哈莉葉她都記得。她每天晚上都在考自己,幾個月時發生了什麼變化。哈莉葉的眼睛何時從帶點藍的岩灰色變成藍灰色,又變成栗色,再變成棕色。她的頭髮何時顏色變深,開始捲曲。她在十四個月走路,十五個月會倒退走。她開始說話,第一個字是**嗨**。十六個月開始跳舞,十七個月會拿湯匙。在斐莉妲的記憶中,哈莉葉的聲音與感覺愈來愈多,愈來愈像個人。

◎

評鑑日,琳達正在接受測驗時,斐莉妲、貝絲與少女媽在大廳等待。貝絲請大家聚集起來。

「今天是為了露克麗霞。」她說。

「為了小露。」她們紛紛伸出一隻手，集中起來打氣。

午餐後，輪到斐莉妲考試。她把艾曼紐交給盧索女士後，坐到搖椅上。盧索女士帶著哭泣的娃娃回來，柯瑞女士按下計時器。艾曼紐弓起背，因為遭到遺棄而尖叫。那哭聲代表失去了愛、家庭在戰爭中分崩離析，是為了地球、為天災而哭喊，那是為了她虛假的身體而哭，還有她必須忍受痛苦卻無法長大而哭。

母親們有一小時。斐莉妲的臉和艾曼紐一樣變得紅通通。她也感覺到絕望湧上心頭，蘇珊娜現在稱哈莉葉為**我們的**女兒。

「妳不能再把我當敵人。」蘇珊娜說。

斐莉妲安撫艾曼紐，娃娃終於只發出吸鼻涕的低聲抽噎。她換好尿布和睡衣。說睡前故事時，艾曼紐把奶瓶扔到地上。斐莉妲忘了擦乾她下巴淌著的藍色液體。等到她得幫艾曼紐刷牙時，娃娃咬著牙刷不放，就這樣過了痛苦的五分鐘。

斐莉妲沒辦法讓艾曼紐張開嘴巴。她想起平安夜的前一天。露克麗霞在雪中帶著無法動彈的娃娃奔跑。講師總告訴她們，母職是一場馬拉松，不是短跑。這樣看來，她們為什麼要衝刺？

總算刷完牙。斐莉妲趕緊唸《糖果屋》的故事。她唱著〈三隻盲鼠〉、〈倫敦鐵橋垮下來〉及〈划船曲〉。艾曼紐依然不停嗚咽。

斐莉妲放棄童謠了，開始唱起〈輕曲銷魂〉（*Killing Me Softly*）。羅貝塔．弗萊克

（Roberta Flack）那首歌曲的輕柔曲調，總算讓娃娃安靜下來。她把艾曼紐放進嬰兒床，之後坐到搖椅上，閉上眼，等待艾曼紐醒來。

十

葛斯特與蘇珊娜去年辦過了偶數歲數的生日。奇數歲生日本來應該交由斐莉妲。她原本要用粉紅衛生紙與絲帶來製作花冠，辦一場派對，也製作花冠給其他孩子戴。她在想，女兒現在對飲食、洗澡與惡夢學到了什麼。她想起娃娃手臂上的凹痕及最近得到零分時，會幻想自己從學校屋頂大膽躍下，想像人行道迅速逼近時她會如何微笑，但她知道，以她的運氣而言，她只會墜落在樹叢，被公認為一個自私鬼，造成自己與他人的危險。

現在是二月，斐莉妲已三個多月沒見到哈莉葉。她第二次照護養育的考試不合格，導致通話機會被取消，作為懲罰。在那天災難性的評鑑日之後，斐莉妲開始花更多時間與梅若和貝絲相處。三人的通話機會都沒了。她不再把梅若視為少女媽。她設法更包容貝絲對梅若的占有行為，及打岔的習慣。露克麗霞被開除的那一晚，女孩們就形影不離，像是小貓咪那般感情深厚。

她發現，貝絲願意談論她的問題，即使很不得體。她母親也會如此。只有身為美國人的白人女子會這麼魯莽。貝絲最愛的主題是最近一次的自殺企圖。

「我變得很有責任感。」她說。她曾囤積用藥，打算藥丸搭配兩瓶伏特加。她是十三歲時第一次嘗試，到了高中與大學再度嘗試。而她這回打算嘗試的那一晚，先把女兒送到前任男友身邊，再自己開車到醫院。

梅若常會問更多細節。她會問其他病人的情況，那些人是不是真的發瘋，或是像貝絲這樣有中度功能性，但瘋狂自殘，在前手臂劃開皮肉，腳上則像冬日樺樹有蒼白的十字傷疤。

梅若曾問，貝絲是如何開始的？是使用刀子或剃刀？如何預防感染？每回梅若問起，斐莉妲就會把對話帶回歐珊，有時也以手肘頂梅若的肋骨。

星期天，她們三人會在電腦中心外頭打轉，速速經過那些尚有通話機會的候位母親，儘量避免眼神接觸、碰觸肩膀，或是引來警衛、攝影機或吉布森女士的注意。偷聽別人通話挺病態的，她們可以聽到其他孩子在哭。

梅若說：「那就像公路上的人在做的事。」

「看熱鬧。」斐莉妲回答。

「對，就是那樣。」

蜂鳴器響起，二十個母親排隊出來，另外二十個進入教室。剛說完再見的母親默默哭泣，斐莉妲需要學這個技巧，不要涕淚縱橫、醜態百出，只有臉部稍微皺一下，肩膀垮下，有尊嚴且保有隱私的難受。母親們相互擁抱與牽手。她們會談到孩子看起來如何，健不健康，看到她們開不開心，要是還有時間，會想說些什麼。

斐莉妲需要葛斯特問候一下她的雙親。她要知道哈莉葉的飲食狀況如何，兩歲生日派對有沒有主題，或是用什麼特定顏色的裝飾，哈莉葉現在有沒有喜愛的顏色，葛斯特和蘇珊娜會怎麼解釋她為什麼不在。

即使沒有她們這些母親在，大家依舊日子照過。有親戚中風，有孩子以有攻擊性的行為推人、暴怒甚至咬人來回應母親的缺席。琳達的十六歲長子蓋布瑞爾從寄養家庭蹺家，失蹤了五天。這不是他第一回蹺家，也不是琳達第一次擔心兒子是不是死了，卻是頭一回無法尋找他。

雖然她們沒忘記琳達對露克麗霞做了什麼事，但在這情況下，仍試著對她好一點。她們說，**我懂**。她們說，**我無法想像**。蓋布瑞爾在學校出了問題嗎？和寄養父母處不來？蹺家和女生在一起？染上毒癮？

琳達掩住耳朵。她說：「混蛋啦，閉嘴！」她們可以不要管她嗎？

「少在這邊裝懂！」貝絲想擁抱她時，她厲聲說道。

琳達的悲傷導致平日已很緊張的用餐時間雪上加霜，更令人難受。其他人說，她們班被詛咒了。貝絲建議，暫時先別提家裡的消息吧。她們試著別討論孩子，不談寶寶或生產、身體、孩子被帶走多久了，別抱怨通話的事，也不談獲得允許的事，以及是否忘記了孩子的觸感與氣味。她們反而談起油價，還有最近的天災，那是從穿粉紅實驗衣的女子聽來的故事，那些人以為母親們沒在看，於是查看手機。她們設法讓對話更嚴肅具體，聚焦在現實事件的問題。她們會來到這裡的原因之一，就是老是想著她們自己想到病態的地步。

所有的公共機構都會出現病菌引發的問題，這裡也不意外。支氣管炎的病例出現了，還有腸胃炎與感冒。以一個具有仿親職功能的場所來說，這裡乾洗手明顯短缺。

這個星期，母親們紛紛罹患流感。正如斐莉妲預料，寄宿學校會出現疾病大流行。這人咳嗽，那人流鼻涕，另一個母親病倒。室友彼此傳染，整個班級生病。羅珊夢中的笑聲已被頻繁的咳嗽取代。斐莉妲發現，自己整個腦袋都在想鼻涕的事。琳達顯然免疫系統特別強。

◎

伴隨疾病而來的，是小規模的反抗行動。有些母親會朝著穿粉紅實驗衣的女人咳嗽，但是在幾次鎖定對象咳嗽及不懷好意的握手之後，這些人全被送到談話圈，職員也開始戴起口罩，保持距離。但母親們沒有獲得口罩，即使是病得最嚴重的人也不能請假。貝絲不智的想請病假，此舉被列入檔案。

「妳們在家也不能請病假。」吉布森女士說。

◎

第二單元的主題是飲食與醫療。母親們學到，烹飪是愛的最高形式之一。廚房和母親的心意一樣，是家的中心。和其他母職的層面一樣，手藝與留意細節是最重要的事。

餐廳主廚這星期休假，於是各班輪流下廚為全校烹煮孩童餐點。母親們有幾個晚上吃粥，幾個晚上吃切去吐司邊的果醬三明治，以葡萄乾排成彩虹裝飾的燕麥粥。她們吃到的歐姆蛋煎得過熟，肉也切成給孩子吃的適口大小，菜則是炒得軟爛，還有一道道淡而無味的蔬菜與燉菜。她們只能以一點點的鹽來烹調。

幾個母親遭燙傷，一位母親被鑄鐵平底鍋砸到腳。有位母親刻意用起司刨絲器來割傷手部。校方認為，讓母親們掌握尖銳物件風險很高，因此在母親們離開廚房之前，必須翻開口袋，捲起袖子和褲腳。警衛會在她們的制服外揮舞金屬探測器。他們拍母親的頭髮，以手電筒照她們的嘴巴。團體中有自殘紀錄的會被送到另一間房間，由穿粉紅實驗衣的女子來搜查體腔，這項紀律程序的更動打擊著大家的士氣。貝絲一天就被搜身兩次。

母親們飢腸轆轆就寢。她們的體重減輕，變得頭暈目眩、暴躁易怒。如果沒有輪值備餐，就得到禮堂報到，聆聽關於廚房安全、營養與正念飲食的演講。在廚房中，她們相互較勁，看看誰能最快做出最健康的歐姆蛋，誰能單手打蛋，誰的蛋糕最濕潤可口，誰能一邊榨柳橙汁，一邊在吐司塗奶油。貝絲做的水滴巧克力香蕉鬆餅令講師印象深刻，上頭還以笑臉和愛心裝飾。琳達在準備麵糊時吹口哨，她想贏過貝絲。

斐莉姮家是由父親掌廚，家事法庭的法官應該要知道這件事。她父親擅長海鮮料理，會蒸魚——紅鯛魚、大比目魚，他會把番茄、胡蘿蔔切花，排在每一條魚旁。外婆也會下廚，但母親沒有時間，也不愛煮。有些女子不煮飯，有些家庭不吃美國食物，她的父母從來沒煎過鬆餅。

她兀自想著未來，想著過往。到了三月，她會再度與哈莉葉通話。去年八月，哈莉葉依然圓滾滾待在她身邊。她是個差勁的母親，因為她討厭做飯。她是個差勁的母親，因為她的刀工需要磨練，握刀時有敵意。

「握刀有敵意會造成意外。」柯瑞女士說，注意到斐莉妲的左手有ＯＫ繃。

柯瑞女士觀察斐莉妲如何把葡萄切成四等分之後，告訴她如何把幾顆葡萄排成一列，以較大的刀子一刀切下，而不是一個一個切。斐莉妲把五個葡萄排列在砧板上，先橫切，再直切。她把葡萄收集到碗中，把碗交給柯瑞女士檢查，心想到底需要多大的力氣才能刺殺人，而柯瑞女士如果脖子或腹部上插著刀，看起來會怎樣？她要不要嘗試？如果大家都試看看呢？如果這裡沒有攝影機、沒有警衛、沒有女兒會怎樣？

餵哈莉葉從來就不是斐莉妲的一大樂事。葛斯特和蘇珊娜在六個月時，就開始由寶寶主導離乳。斐莉妲繼續以湯匙餵哈莉葉到十個月，非常仰賴袋裝的有機食物泥。後來，他們堅稱她這樣會阻礙哈莉葉的發育，於是她開始蒸蔬菜、煮麵和蛋，提供固體水果，而不是打成泥。這下子洗衣量增加一倍，餵食時間延長到整整一小時。每吃一餐，她就得幫哈莉葉整理乾淨，之後再花二十分鐘清理高腳椅和地板。

她設法給哈莉葉好抓的食物，把自己會吃的相同食物給她，兩人同時吃，如果哈莉葉讓食物掉落就責罵，如果沒有掉落就予以稱讚，不發脾氣。她買了會吸附在高腳椅餐盤上的碗，或直接把食物放在餐盤上。她拍下地板骯髒的照片，傳給葛斯特，並附上一堆問號。她偶爾還是用湯匙餵，趁著哈莉葉分心時，把一匙匙優格送進她嘴裡。如果用餐平和，斐莉妲很愛觀察哈莉葉吃東西。哈莉葉會瞪視新食物——一片小黃瓜、一顆覆盆子、一小塊甜甜圈——彷彿那是金幣。她咀嚼時，兩頰會抖動。

回到教室，她們正在餵食娃娃，那食物是把藍色液體壓製成青豆口味的小丸子。講師解釋，這材料和娃娃體腔內的物質不同，但為了保持一致性，還是做成藍色。

每個母親練習區都有個白色的塑膠高腳椅，底下鋪有圓形的防水用餐墊。娃娃穿著圍兜，母親戴著手套與護目鏡。娃娃缺乏有功能的消化系統，但有味蕾。她們被設定成高度飢餓，對食物甚為好奇。

學校安排一個星期的「掌握餵食要訣」課程。柯瑞女士以梅若的娃娃來示範。她在高腳椅的餐盤上放了一顆豌豆，要娃娃注意這顆豆子。「試試看好嗎？可以幫我嚐嚐看嗎？」她搔著娃娃下巴。「阿姨對妳很驕傲喔！願意嘗試新食物的孩子既好奇又勇敢，以後會有更豐富、更有活力的人生。妳不想要更豐富、更有活力的人生嗎？」

柯瑞女士說明豌豆中所包含的營養成分，這些營養素對娃娃的成長發育有什麼效果，還說了多少人辛勞種植豌豆、採收與送到教室。

「拿起來吧！張開嘴巴，嚐嚐看！好棒、很棒喔！味覺是五感之一！現在吞下去給阿姨看，對，吞下去，對對對！我好為妳驕傲喔。真是個好女孩！妳以後一定會有豐富的人生。」

娃娃吞下一顆藍色豆子，柯瑞女士就歡呼，並重複這個過程。斐莉妲看到，為了一顆豆子就要花十分鐘的時間說媽媽語。母親們花的時間更久，但成功率更低。

◎

人人內心都進入寒冬。第二起娃娃傷亡事件發生了，在戶外活動的時間，有個十一歲的男孩娃娃往森林界線跑過去，撞上通電圍籬。他的矽膠皮膚融化，那燙傷的傷斑好像把他浸入酸液。校方把這次自殺行為怪罪到他的母親頭上，她得賠償設備毀損，而後得到一個新娃娃。同班同學說，新娃娃甚至不與她說話。那位母親能否與真正的孩子團圓，恐怕很難說。

斐莉妲想告訴家事法官，去年夏天，哈莉葉最愛的食物是草莓。她記得曾把草莓切片，一片一片交給哈莉葉，而哈莉葉就隨意讓草莓掉到地上。她會仔細觀察，把每一片戳成泥，讓水果的汁液從手臂淌下。

有時候，她會讓哈莉葉坐在她的大腿上吃東西，雖然這樣會更一塌糊塗。哈莉葉曾一度把麵條一根根掛到她頭上，宛如髮帶，也喜歡把食物往頭髮上抹。哈莉葉很會吃哈拉麵包（challah bread，譯註：辮子狀的麵包，經常在猶太教節日食用），因此斐莉妲稱她為「麵包怪物」。

她們已四個星期沒有通話，除夕過了，春節也過了。沒有橘子或焚香，哈莉葉也沒有穿棉襖背心。斐莉妲私下紀念這重要時節，為父母、祖父母祈禱，為哈莉葉祈禱。祝福他們健康平安。她也為艾曼紐祈禱，**願大家永保安康**。

諮商師檢視斐莉妲，尋找無助與絕望的跡象。上一通電話是多久以前？五個星期？吉布森女士注意到，斐莉妲、貝絲和梅若星期天會在電腦中心附近徘徊。

「我們只是想支持其他人，也沒有打擾任何人。」

「我知道妳很想念哈莉葉，但為什麼要這樣折磨自己？」

母親們穿制服已差不多三個月。斐莉妲告訴諮商師，二月是不同的月分。這個月，哈莉葉就要滿二十三個月，她也沒有捏人的紀錄。她說服艾曼紐咀嚼吞下六根假的四季豆。她沒有提到自己眼巴巴的眺望鐘塔，心裡想著使用床單。要是她嘗試上吊，恐怕只會變成植物人，仍會活著，卻耗損家裡大筆金錢。

到底要做什麼才能恢復通話機會？下次考試到底要多高分？飲食與醫療能力是分開測驗的。她的烹飪能力分數在四人中排名第三。諮商師告訴她，要有企圖心一點。沒吊車尾還不夠好，要試試看排到前兩名。

「要是做不到呢？」

「我認為妳這麼消極實在糟糕，斐莉妲。沒有什麼做不到的。妳曾聽過我們說做不到嗎？妳得告訴自己，我能！我可以！把**做不到**從妳的用語中拿掉。好母親什麼都做得到。」

雖然大家在「掌握餵食要訣」的表現相當離譜，但課程依舊按照進度表進行。高腳椅和餐墊收到儲藏室，搖椅和嬰兒床又搬回教室。母親們正在學習如何照料病童，讓她們恢復健康。

「母愛可治療多數的常見疾病。」柯瑞女士說。

她們必須以愛的思維來療癒娃娃。講師會在每天早上與課程結束時測量娃娃體溫，看看誰能讓娃娃的體溫降到攝氏三十七度，不再發燒。

講師說，這項練習有個人色彩，每一位母親關於愛的想法不盡相同。她們大可以把疾病人格化，想想自己在和感染打仗。

斐莉姐精神抖擻，進行疾病照護課程。她童年時體弱多病，有氣喘、過敏，每逢冬天支氣管炎就發作。她知道醫師，了解用藥。這課程讓她想起外婆，也想起外婆總在乳溝塞一塊方巾，說那裡覺得特別冷。她想起外婆的口紅，還有髮膠。

她曾幫外婆染髮，拿著舊牙刷從髮根開始染，有時會幫外婆洗澡。外婆只穿從藥房買的膚色膝上絲襪。到了晚年，她仍穿全身的緊身胸衣，即使在絲絨睡衣底下也是如此。她對外婆膚質的記憶，就和對哈莉葉的膚質一樣清晰：肩膀緊實發亮，而手部則是如衣料般鬆且絲滑。在外婆肺癌確診之後，斐莉姐有時會來過夜。她們躺在同一張床上，就像斐莉姐小時候一樣。外婆要求要有人睡在身邊，於是全家人輪流陪睡。她總是奚落斐莉姐沒好好照顧雙手，還曾以一坨潮濕冰冷的乳液，讓斐莉姐驚醒。

斐莉姐向外婆告別時，晚了二十分鐘。計程車陷在車陣中。她爬上床，抱著已顯現屍僵的外婆，感覺到體溫漸漸離開她的身體，看見她鎖骨下的癌細胞隆起。那隆起處硬如岩石，大小如孩子拳頭。

艾曼紐的體溫是三十九度，頭髮汗濕凌亂，身體顫抖。斐莉妲從嬰兒床拿了條毯子，把她包在裡面。「媽咪會讓妳好起來的，我們可以做到，我可以做到。」

諮商師會告訴她，不要多想，不要懷疑。愛無法幫娃娃退燒，愛是無法衡量的，但這些都不重要。任何事物都可以衡量的，現在已有工具。

琳達褪下衣服，讓娃娃靠在赤裸的乳房上。梅若和貝絲有樣學樣。斐莉妲不想讓任何人看見自己的身體。她一天吃三餐，偏偏體重就是直直落，如今比高中時還瘦小。現在她得到多年來想要的明顯下巴輪廓、顴骨，兩條大腿也不會互相碰撞。

講師讚許的看著她的同學。

「試試看。」柯瑞女士告訴她。

斐莉妲把艾曼紐放到嬰兒床，解開制服扣子，不情願的脫掉T恤和胸罩。「來，為妳準備好囉，跟媽咪抱抱。」

貼在她胸口的艾曼紐實在燙得嚇人，令她不自在。哈莉葉從來沒有這麼燙。她第一次抱哈莉葉時，曾擔心在附近打個噴嚏就會要了寶貝的命。她總是不斷洗手，每天都在哈莉葉臉上尋找死亡逼近的跡象。

有人在壓力下依然能成長茁壯，但斐莉妲不是這種人。或許無論是什麼樣的生命都不該信賴她。或許人們應該要做好準備才能帶孩子，先照顧植物、寵物，再來才是寶寶。或許她們應該先獲得五歲的孩子，然後四歲、三歲、兩歲、一歲，如果這孩子在年底仍活著，再把嬰兒交給他們。為什麼一開始就得從嬰兒開始呢？

◎

教室安靜得超乎正常，發燒主題結束，接下來是腸胃炎細菌。幾天下來，娃娃噴射性嘔吐的狀況澆熄了母親的熱情，讓媽媽語也放緩。講師們想知道，為什麼大家沒有進展。母親應該知道擁抱、親吻、親切語言的正確順序，才能照護好娃娃，讓娃娃恢復健康。這樣的母愛才能喚醒靈性，治療身體病痛。

琳達認為目前這種不合格的狀況難以接受。翌日早餐時，她帶領四人一起祈禱。她們手牽手，琳達向主耶穌基督祈禱，盼能賜予她們堅毅勇氣。她也祈求擁有智慧，兒子蓋布瑞爾能平安歸來。貝絲祈禱能有酒喝，波旁威士忌能讓這個星期更容易度過。

梅若為她的娃娃禱告。看看露克麗霞的娃娃發生了什麼事。

斐莉妲最後一個祈求。她祈求愛與心靈圓滿。「祈求奇蹟出現。」她說。

大家點點頭。**對**，她們說，**奇蹟出現**。

◎

校方依然要求儀式性除雪。斐莉妲與梅若得剷除步道積雪，這實在是格外欺負人的任務。現在太冷，不適合到戶外活動。

斐莉妲告訴梅若，她母親這星期六十八歲生日，而表妹今天在西雅圖結婚。在倒楣的一天發生之前，她們還說要讓哈莉葉當花童，由斐莉妲帶她走紅毯。

梅若比平常焦慮不安，她的諮商師威脅要再暫停通話機會一個月。梅若想要逃學。學校近期改變了自願離校的規則，因此沒了自願退出的選項。

梅若四月就十九歲了，不能在這個地方過生日。歐珊也將在五月滿兩歲。

斐莉妲提醒她，露克麗霞會願意和她們任何一人交換處境。露克麗霞如果還在這裡，就有機會要回布琳，不會永遠被登記在名單上。如果露克麗霞還在，就會有真正能和琳達匹敵的人。

「我們會通過的，下個週末我們就可以打電話回家。」

「妳自己也不是真的相信吧，」梅若說，「難不成妳以為他們真讓我們的成績常態分布？我可不認為是這樣。我們都慘了。」

「不，不會。妳不能那樣想。」

梅若說，她和歐珊的父親本來準備今年夏天到澤西海岸找工作，她要當調酒女侍，賺錢上大學。等她離開這裡，要去上大學學些電腦之類的鬼東西。或許他們會帶著歐珊搬到矽谷，學習開發應用程式。

梅若看看斐莉妲，想獲取肯定。斐莉妲說那是個很可行的好點子，不願提到舊金山或灣區任何地區的生活花費，還有育兒費用，總之有一大堆進入門檻。年輕人該有做夢的權利。

下課時，梅若讓斐莉妲看盒型項鍊墜子，這是綠眼警衛遲來的情人節禮物。斐莉妲告訴她，把這東西扔了。這個盒型墜子大概是花十點九九元，從連鎖藥妝店買的。

「我才不丟，這是我的，他為我做了好事。幹麼？不要那張臉啦！為什麼不能讓我樂在其中？」

「要是妳被逮呢？」

「不會啦，他還幫我拍照錄影。」

「別開玩笑。」

「拜託，又沒拍到我的臉，我沒那麼笨，早就考慮過了。」

「叫他刪掉，雲端也刪。」

「妳是恐慌、嫉妒，還有嚴重的中年心態。貝絲認為他送我東西挺不錯的。」

「妳要聽她的話？貝絲認為能安排自己過度服藥的時間挺不錯的。妳怎麼知道他沒拿給別人看？」她想告訴梅若，她幾年前就已和照片劃清界線，慶幸自己沒有留下紀錄。總有一天，她要以某種方式養育哈莉葉，讓她知道不能讓人拍她的裸照，不能拍攝陰道，不能拍攝屁眼。哈莉葉絕不可以自拍裸體照傳給男生。

「他不會做這種事。」梅若說。

「每個人都這樣。」

梅若看起來受傷。「好吧，媽媽，我會和他談談。」

校方告知母親週日通話的談話重點，這幾個星期以來，就謠傳程序會改變。她們得問些開放式的問題，包括孩子的教育、居家生活及交友情況。她們不可以提到關於時間的話題，或在這裡待了多久，何時會回家。讓孩子注意到父母不在可能會觸發不良反應。不是所有人都會過關，不是所有家庭都能團聚。不做出虛假的承諾很重要。虛假的承諾會傷害孩子的信任能力。她們不可以問孩子和社工的會面情況，或是法院的強制治療經驗如何。她們必須稱讚孩子的適應力，必須感謝孩子的監護人。她們可以說一次「我愛你」，還有一次「我想念你」。

「小姐們，要把握時間。」吉布森女士說。

到了二月底，琳達的兒子蓋布瑞爾依然失蹤，已杳無音訊整整一個月。身穿粉紅實驗衣的女子告訴琳達有什麼資源可運用：諮商師、二十四小時熱線、其他母親。她們催促琳達多報名幾次諮商，還給她禪繞畫著色本。

在醫療評鑑日的前一晚，琳達因為搖晃娃娃被送去談話圈。那時班上正在練習癲癇療程。琳達聲稱，她是在設法讓娃娃恢復生氣。講師說她太激進，認為她就快做出更糟糕的事情，若不介入，她可能會毆打娃娃。

琳達在晚餐時崩潰。「我不是會打人的媽媽。」她嗚咽著。

貝絲和梅若遞餐巾紙給她，琳達大哭，令人羞愧。大家都盯著她們這桌。斐莉妲幫琳達倒了一杯水，並悄悄祈願。她為蓋布瑞爾、為他的手足祈願，也為他們現在與未來的家長，還有目前與未來的家祈願。

十一

琳達不吃東西，想把前往談話圈的紀錄從檔案中刪除，也想刪除「第二單元：飲食與醫療」的零分紀錄。她想打電話給律師、社工、蓋布瑞爾的寄養父母、偵探。兒子失蹤不是她的錯。

這時是三月初的星期天晚餐時間，琳達的要求愈列愈多。三名中年白人婦女有志一同，加入她的絕食行列。她們奉承琳達的景象幾乎惹毛每個人。她們坐在餐廳中央，餐盤上空空如也，只啜幾口水，討論目標。昨天，那個輕輕燙傷女兒的酗酒五子媽莫拉，在整個早餐時間撫著琳達手臂，說著「大家都看到了」之類的話。

琳達慷慨赴義的模樣令更多人看不順眼。母親們確實同情琳達，但也沒忘記她如何惡搞露克麗霞。她的哭聲大家都聽膩了。有人說，她之所以還沒受到懲罰，是因為那幾個白人女子。有人說，琳達只是想引人注意。有人說，這四個絕食抗議的人都趁就寢時間偷吃零食。有人說，蓋布瑞爾在街頭晃蕩比和她在一起好。

斐莉妲應該更擔心蓋布瑞爾，但她滿懷都是對哈莉葉的思念，想像諮商師不得好死。

哈莉葉被帶走六個月，距離上一次擁抱哈莉葉是四個月前，自己也穿了整整一季的制服。

斐莉妲整個週末都在迴避貝絲，還鼓勵梅若照辦。梅若說她小心眼。評鑑日結果，貝絲成績排名第一，梅若出乎意料排第二，而斐莉妲第三，她們脆弱的結盟岌岌可危。

貝絲對自己的成就可不謙虛，即使只有她們三人，她也會採取校方的用語，比如學習曲線啦、自私是靈魂敗壞的形式啦。她說：「斐莉妲，我可以幫妳。我不認為我們必須競爭。」

雖然母親們的成績確實是曲線分布，斐莉妲的母性直覺也改善，但是量化與質性評分都讓斐莉妲無法成為前兩名。焦慮的問題依然存在。諮商師說她「缺乏信心」。一次又一次的猶豫累積，會阻礙孩子的安全感。在餵食測驗時，斐莉妲的媽媽語雖然聽起來開心，卻力道不足。其他錯誤就比較嚴重。在實施心肺復甦術時，她太用力按壓艾曼紐的胸骨，一開始按壓的地方並非真正的心臟位置。

「哈莉葉很好，」諮商師說，「我幾天前和托雷斯小姐談過。她認為暫停通話對哈莉葉有好處。我同意。妳有想過她和妳通話、看見妳這個模樣時，可能會對她造成二度創傷嗎？妳看起來不好，斐莉妲。妳得開始把自己照顧得好一點。」

◎

母親們隨著天氣而變化多端，又有幾十個母親失去通話機會，而這個週末，隨著春意乍現，不少人望著窗外，談論逃脫。

斐莉妲在白天聽梅若說逃脫，晚上則聽羅珊說。羅珊失去通話機會之後，就考慮巴結警衛。她也想到有圍籬不可能就這樣到處走。她最新的想法則是關於利用河流，那條河把她們和差勁的父親分隔開來，那些父親應該是在十六公里外的舊醫院受訓，而那條河不會通往任何有用的地方。她泳技高超，但過了森林之後又怎樣？就是好幾哩的紅州（譯註：是指在美國選舉中，共和黨占優勢的地方。支持民主黨的則稱為藍州）鬼地方。誰會協助站在路邊的黑人女子？

斐莉妲擔心羅珊可能會遭到射殺。她們談過這個問題，談到在另一處學校的黑人父親會不會死。「黑人親職。」羅珊說。就像「黑人走路」、「黑人等待」、「黑人駕車」一樣（譯註：「黑人駕車」〔Driving while Black〕是一種諷刺種族歧視的說法，指警察攔下黑人駕駛是因為種族偏見，而不是駕駛有違規嫌疑。這個詞也出現許多模仿用法，這段文字就是例子）。

今天晚上，斐莉妲不讓她談這件事。「妳不能說，不能想。還記得埃薩克是光吧？去睡吧。」

「我以為妳是我朋友。」

「我是啊。我是說，妳就只錯過一次通話，而我從一月起就沒和哈莉葉說過話了。」

「我有時還真討厭妳。」羅珊翻身俯臥，臉埋到枕頭，哭著入睡。

斐莉妲折疊枕頭，放在頭邊，不想看到羅珊顫抖。上星期五，她們又得幫娃娃換藍色液體。這次艾曼紐沒有精神恍惚，而是全程尖叫。**不要**，**不要**，**不要**，**不要**，**不要**。盧索女士抓住她的手臂，柯瑞女士抓住腿，她們在全班面前執行這個程序。其他母親一邊觀察，一邊解釋給娃娃聽並予以安撫。講師說，觀看有助於讓娃娃了解自己在這裡的角色。

講師留下瘀青，家事法庭的法官得知道這些瘀傷，還有艾曇紐的尖叫。法官應該要知道，斐莉妲正學習成為更好的母親。她會繼續相信娃娃藍色的內在與娃娃本身是真實的，因為如果她不展現自己有真正的母性感受與依附能力，不展現出自己值得信賴，就無法與真正的女兒團圓——女兒快兩歲了，血液不是藍的，也不會變得像濃湯一樣稠，她也絕不會用刀子去刮女兒的體腔。

◎

「給各位一個驚喜。」隔天早上，盧索女士告訴班上同學。她誇張的手一揮，和柯瑞女士一道分發智慧型手機與嬰兒推車。每位母親都捧著雙手，像接受聖餐餅那樣收下智慧型手機。這四個人打從心裡感激，貝絲和梅若的表情近乎狂喜。

今天她們可帶娃娃到戶外，打電話給真正的孩子與家人。和談話重點相關的新規定暫時中止，她們甚至可以上網。然而，她們不可忘記自己的責任，必須維持每天要對娃娃說的文字量，也要對娃娃負起責任，每小時整點都要回教室報到。現在要展開的是「第三單元：重新調整自戀狀態」，以八週的課程強化以孩子優先的方向，鍛鍊一心多用時的親職能力。

「把這單元當成是在測試妳們控制衝動的能力。」盧索女士說。無論如何，母親都必須提供正常程度的注意力與關愛。她帶領大家重複唸著口號：「誰是我的第一優先？」

「我的孩子！」

「孩子需要我時怎麼辦？」

「拋下一切事物。」

斐莉妲把手機塞進口袋，精神抖擻，既高興又充滿期待。

雖然母親們渴望到戶外，但娃娃在最近一次藍色液體的創傷之後，脆弱得一塌糊塗。艾曼紐還得用抱的。在大廳時，她不肯坐進嬰兒車。她和斐莉妲只來到隔壁大樓外的長椅上。斐莉妲眼巴巴看著同學離開方形庭院。她記不住蘇珊娜的電話號碼，於是打電話給葛斯特，在語音信箱留下訊息，請蘇珊娜打電話給她，不然就回家和哈莉葉一起回電給她。

「在四月底之前，我沒辦法再和她說話了。拜託。我得祝她生日快樂，這是我唯一的機會。」

葛斯特會聽到艾曼紐在背景大呼小叫。如果他問起的話，斐莉妲還不確定該怎麼回答。她順利回到教室，完成第一次報到，接著完成第二、第三次報到。

「優先順序排得非常好，斐莉妲。」柯瑞女士說。其他同學都遲到了。

外頭的狀況一片混亂。母親們要找 Wi-Fi 訊號正常的地方。各年齡層的娃娃到處奔跑，探索垃圾桶、腳踏車架、灌木叢、磚塊、碎石。有的爬樹，有的想爬上燈柱，有的抓了一把草往臉上抹。

斐莉妲每一趟都往遠一點的地方探險。她帶艾曼紐到露天劇場，她倆在階梯上跑上跑下。她指著番紅花與萌芽的樹木給艾曼紐看，她唸植物的名稱給艾曼紐聽。

「杜鵑花（rhododendron）。」她說。「金縷梅（witch hazel）。」她要艾曼紐跟著重複唸一次，不過艾曼紐「h」的音唸得不好。

「現在是春天。春天過後，夏天就來了，之後是秋天、冬天。總共有四個季節。妳會數我的手指嗎？一、二、三、四。多數人都喜歡春天，我也喜歡。妳喜歡春天嗎？」

「不喜歡。」

「為什麼？」

「春天可怕，很可怕，媽咪。討厭春天。」

「討厭是很強烈的感覺。我想，妳得多感受一下春天。妳知道嗎，等我老了，春天就會不一樣了。」她告訴艾曼紐地球暖化，再過一個世代，曼哈頓可能就會沒入水中。還有，人類得停止吃肉，少開車，少生孩子。

「人類太多了。」斐莉妲說。

「太多？」

「像我這樣的人太多了，不是像妳這種。妳不需要用這麼多資源。」

她們在鐘塔與皮爾斯館之間的草地上，找一處能曬太陽的地方休息。她曾和哈莉葉一起曬太陽休息嗎？她閉上眼，感覺眼皮上的溫暖。她轉過身，看見艾曼紐直盯著太陽，眼中晶片閃閃發光。她倆玩起眨眼遊戲，每回兩人一同睜開眼睛時會大笑。

「抱抱，」斐莉妲說，「家人抱抱，過來。」她把艾曼紐摟進懷裡，親吻娃娃額頭，搓揉她的頸背，像以前常搓揉哈莉葉那樣。時間久了，娃娃像新車的氣味聞起來挺療癒的。

「寶貝，妳住在設備間會不會覺得膩？」

艾曼紐嘆氣。「會啊。」

「妳比較想住在哪裡？」

「跟媽咪住！」

「喔，好貼心喔，妳真是我最貼心的女孩，我也希望妳和我一起住。我們要住哪呢？」

艾曼紐坐起來，指著圖書館，指著天空。

斐莉妲告訴她什麼是育兒房、大女孩睡的床鋪、夜燈、睡袋，還有能帶來安全感的小被被。她很抱歉，沒辦法給艾曼紐那些東西，只有在就寢時間練習時才能給她被子和玩具，慰藉一下子就沒了。必須站著睡覺實在太令人遺憾。

艾曼紐聽到可能有自己的房間，變得好興奮。

「我們可以假裝。」斐莉妲說。

她們在陽光下牽手流連。斐莉妲想在這裡待一整天。若要告訴哈莉葉關於這地方的事，她會說，她得把自己的心力寄託在某個地方。艾曼紐承載著她的希望與渴求，就像有些人會把自己的信念與愛投入平板電腦與神木那樣。

◎

這天大家情緒激昂，中年白人婦女三人組的反應就是拋下琳達的理想，恢復飲食。吉布森女士拿了好幾罐蛋白飲，要琳達喝下。她威脅琳達，會幫她在談話圈安排常設位置，要她參加更多次諮商，第三單元也會自動打零分，還可以開除她。除非琳達喝一口，否則吉布森女士不會離開。

「蓋布瑞爾會希望妳吃東西的，」貝絲說，「如果想找人聊，我都在。」她給琳達一顆蘋果，琳達狼吞虎嚥的吞食。

琳達看起來怯懦又可憐，斐莉妲替她感到難為情。她們從沒看過琳達臉紅。

斐莉妲是班上唯一尚未與家人聯絡上的人。通話時間總是短短的，許多話還來不及說就得說再見，實在讓人崩潰。若是嬰兒娃娃不停打岔，母親倒還能輕鬆以待。嬰兒娃娃會留在嬰兒車上哭，沒辦法移動、呼喊「媽咪」或抓電話。如果娃娃的年紀較大，母親和真正的孩子聯絡時，就得預防娃娃死亡、出意外、逃脫或和同儕過分親密。

據說有些青少年娃娃在工廠時就出現戀愛的情況。斐莉妲看見一個十幾歲的女娃娃在樹下和青少年男娃娃在一起，他倆把手放在彼此制服的胸前，卻似乎不知如何接吻，反而舔彼此的臉。男孩咬了女孩肩膀，女孩把手指插入男孩耳朵。男孩把女孩翻過來，開始愛撫起她制服下的藍色旋鈕。

他們的母親不見蹤影。斐莉妲擔心男孩會脫掉女孩的衣服，轉開她的旋鈕，想進入她的體腔。那開口夠大，陰莖放得進去。她不知道這男孩是否會勃起，也不知道這行為是否你情我願。艾曼紐認為那女孩很痛，男孩正傷害她。女孩在呻吟著。她們從旁經過時，斐莉妲告訴艾曼紐要閉上眼睛。

午餐後，斐莉妲想打電話給威爾，但還是克制住。她想告訴他這裡的真實情況。她撥電話給父母，只不過父母還沒接起電話，她就開始哭。她父親要她使用FaceTime。斐莉妲同意，但希望他們看不見她。父親頭髮稀疏許多，完全花白，母親看起來好虛弱。父親哭了幾分鐘，母親起初倒是保持堅忍，但表情旋即變化。斐莉妲知道，母親會想說她看起來和之前根本兩個樣。她只盼父母別看見她穿制服的模樣，以免觸動回憶。父親曾有那麼一兩次提及他的童年往事——有人戴著紙糊的高帽，在整座村子遊街示眾，孩子們會把尿淋到祖父母頭上，老人在批鬥大會得跪在玻璃上。

他們熱烈的聊著。父親每天寫信給她，母親則買新衣給哈莉葉，讓她三歲時穿。他們每天看哈莉葉的影片與照片，她的照片就放在餐桌上，陪外公外婆吃飯。

斐莉妲把手機拿近一點，這樣父母只會看見她的臉。她詢問母親生日、表妹婚禮及醫師門診等情況。

「妳太瘦了，」母親說，「學校都給妳吃什麼？會讓妳挨餓嗎？有沒有人傷害妳？」

「我們該不該打電話給芮妮？」父親問，「她該做點什麼吧。」

「別這樣，拜託！」

他們問，她能不能和哈莉葉說話。葛斯特會告訴他們一些近況，他們想送哈莉葉生日禮物和一張生日卡。

她一邊啜泣一邊告訴父母自己沒事，但等等就得掛電話。「對不起，」她說，「一切都很抱歉。」

◎

後面是哪個寶寶在哭？「只是錄音。」她說，把空出的那隻手給艾曼紐。

斐莉妲興奮得難以成眠。和哈莉葉說話之後，一切都會變得不同。若與哈莉葉談到這一年，她不會說出自己多常想死。哈莉葉不必知道母親孤單害怕，不必知道母親想到屋頂與鐘塔。哈莉葉不必知道，母親常常懷疑那就是自己這條命的最大用處，作為抗議體制的唯一辦法。

她還是孩子時，曾想過只要活到三十歲即可。她打算等到外婆過世就好，不在乎這樣會傷害父母，而想懲罰他們。她十一歲時經常想著死亡，三不五時就掛在嘴邊，導致父母後來不以為意。

「那就自己去死吧。」她母親惱怒道。

她曾和葛斯特談到自己萌生死意的那年，他聽了不禁淚潸潸。不過，她沒坦承的是，懷孕時尋死的念頭又找上門，沒完沒了的擔心遺傳檢測出現問題，擔心生產時出了岔子——有問題都是她的錯。

幸而檢測的結果沒事，寶寶也很健康。她的健康寶寶會長大，擁有健康的心靈，比母親的更好，更純真。這麼一來，她就得替哈莉葉的未來著想。如果母親活著，哈莉葉會成為什麼樣的女孩？但如果她尋短，哈莉葉就不會成為那樣的女孩了。

◎

昨夜下雨，空氣依然潮濕，查賓步道霧濛濛一片。斐莉妲在石造庭園的木蘭樹下找到一張空的長椅。她和艾曼紐聊起花朵，辨識花的顏色——有粉紅色，也有白色，她要艾曼紐注意這些顏色如何混雜。

斐莉姮撕開一片葉子，交給艾曼紐。「別吃喔。聽好了，寶貝，今天早上妳會聽見我和另一個小女孩說話。我會和她說幾次話，我需要妳讓我說話。很難懂吧，但別擔心，我依然是妳的母親。」

艾曼紐扔掉葉子，拉著嬰兒車的固定帶，手伸向斐莉姮說：「起來！起來！」

電話響了三聲，葛斯特接起。他為昨天沒能回電道歉。他沒辦法放下工作，蘇珊娜又把電話放錯地方，等到他們試著打電話給斐莉姮時已是晚上，又無法留言。他今天留在家，以確保斐莉姮能找到他們。斐莉姮說沒關係，向他道謝，接著說要找哈莉葉。

他們切換到 FaceTime。哈莉葉一出現在畫面上，斐莉姮就顫抖，視線從螢幕上轉去瞄一眼艾曼紐。這幾個月，她認為兩人看起來不像，艾曼紐的嘴部帶有一絲冷酷的神情，哈莉葉當然比較美，艾曼紐並不是真實的人。但這下子哈莉葉體重減輕後，兩個女孩相似程度實在難以解釋。

「兔兔熊，說哈囉，」葛斯特說，「記不記得媽咪？」

「不記得。」哈莉葉的聲音平靜堅定。斐莉姮握拳，用力按大腿。她是個差勁的母親，因為她讓哈莉葉看見她哭泣。她是個差勁的母親，因為艾曼紐的臉看起來比較熟悉。她是個差勁的母親，因為螢幕上那個瀏海剪得太短，下巴太尖，頭髮顏色較深較捲的女孩，感覺愈來愈不像她的女兒。

哈莉葉與葛斯特聽見艾曼紐喊著：「媽咪媽咪！」

「那是誰？」哈莉葉問。

「是錄音。」斐莉妲從艾曼紐面前轉身，儘量只注意哈莉葉。「寶寶，是我。是媽咪。真高興能在妳生日前和妳說話。生日快樂、大快樂喔！再過八天就是妳的生日了。妳是我的大女孩囉，長這麼大了！對不起，都沒打電話給妳，但我很想。妳知道吧？要是能每天打電話，我就會每天都打。我好愛好愛妳，也好想妳。我想妳到月亮那邊、到木星那邊。」她舉起小指，「記得嗎？」

哈莉葉漠然瞪著她，斐莉妲任由淚水滑落。「還記得我們會說，我答應給妳星星與月亮，愛妳比銀河的星星還遠還多，然後勾勾小指。」

「銀猴。」哈莉葉發出這兩字的聲音。

「沒錯，寶寶。我是誰？」

接下來幾分鐘，她倆試了各種可能的答案。斐莉妲不是泡泡，不是蘋果，不是湯匙，她不是爸爸或蘇蘇。

「我是媽咪，我是妳的媽咪。」

他們會在兩次報到之間講十五分鐘電話。哈莉葉只能安靜坐著這麼久。在通話中，他們匆匆提到這兩個月發生的事。之後，他們要在家裡舉辦派對，屆時會準備皮納塔（piñata，譯註：在節慶活動與慶生會常見的紙製容器，有各種造型，以棍棒打破容器時，裡面的糖果與玩具會掉出來），蘇珊娜會烤蛋糕。葛斯特說，他們已幫哈莉葉買了滑步車，還把「車」的拼音分開唸，以免送出生日禮物時失去驚喜。哈莉葉已排進日耳曼敦的華德福學校與城中區的蒙特梭利學校的候補名單上。

蘇珊娜來打招呼。她和葛斯特都說斐莉妲瘦了，只是也客氣的避談她的頭髮為什麼變灰。母親的午休時間花了一小時，哈莉葉午睡又花了三小時。葛斯特讓斐莉妲看看哈莉葉在客廳與蘇珊娜玩的情景。

每當艾曼紐不聽話，斐莉妲就得說再見。做選擇實在兩難：和哈莉葉聊天，就會因為忽視艾曼紐而受罰。忽視哈莉葉，或許就撐不過春天或夏天。無論怎麼做，斐莉妲都覺得愧疚。她愧對在那倒楣的一天所忽視的女兒，也愧對怨恨相望的娃娃。她最後一次報到時遲到，愧對講師。

星期三早上，她準備好在兩個女兒之間切換周旋。只不過，她不需要周旋了，因為這測試顯然太有效果。她們四個人都忽視了娃娃，遺忘了第一優先。她們抗拒不了分心。看來，給予這群人基本自由，她們就會太放肆，倒退回自私與自戀。

「不能讓妳們的進步浪費。」盧索女士說。這些母親才剛獲得與外界相連的救生索，這條救生索就被切斷。

◎

斐莉妲和同學搭上巴士到另一個地點，並在高速公路旁一處倉庫的停車場與娃娃集合。倉庫裡有四間樣品屋，是有綠色雨篷的黃色平房。倉庫很冷，娃娃沒看過這麼大的建築物，也沒見過房屋。她們攀著媽媽的腳大呼小叫，聲音在如洞穴般的空間裡迴盪。

講師稱這堂課為「預防孩童獨自在家」。為了鍛鍊她們看管孩子的直覺，講師以會讓人分心的事物來考驗母親。在哨聲響起時，講師會測量她們注意到娃娃並且把娃娃帶出大門的時間。就像通話課程一樣，她們得學習如何專注：要能和孩子保持眼神接觸及近距離實體接觸，要把孩子的安全視為她們最大的希望，也是唯一要務。

講師要母親們跟著重複：「無人看顧的孩子，就是身處危險的孩子。我絕不可把孩子獨自留下。」

這棟倉庫可能容得下五十名母親上課，說不定還可容納更多。艾曼紐撫摸著斐莉姮臉頰上的雞皮疙瘩，斐莉姮可能會哭。她得一次次重新體驗那倒楣的一天，現在還有人幫她計時、拍攝與評分，讓通話機會岌岌可危。她到底多頻繁的想起哈莉葉獨自在家，多頻繁思考每件事情能有什麼不同的做法？

樣品屋裝設了電話、電視與門鈴，在訓練期間都會運作，並同時以嚇人的音量啟動。這聲音會無預警出現，嚇壞母親和娃娃。

在每回練習之間，斐莉姮教艾曼紐一些字彙：**雨篷**、**正門**、**門鈴**、**窗簾**、**沙發**、**扶手椅**、**腳凳**、**廚房**、**壁爐架**、**電視**、**遙控**、**咖啡桌**、**水槽**。樣品屋漆成奶油黃，以仿木擺設來裝飾。她們的房屋有海洋主題，以錨和繩索等特色來強調。每一件物品聞起來都有剛拆除塑膠包裝的氣味。

她那倒楣的一天十分悶熱，整個週末都熱得難受。斐莉姮記得自己急著想沖澡、打開空調，抬頭看見天花板吊扇灰塵堆積，心想該清理一下。她記得自己很渴望咖啡因，想喝點甜甜冰涼比自家沖泡的要濃的東西。她想雙臂空空到外頭走走。

要是她早一個小時回家就好了，四十五分鐘也行。應該親自和鄰居談談，拿錢給他們也行，她會千拜託萬拜託。只是，蘇珊娜絕不會離家，葛斯特也絕不會，外公外婆都不會，保母當然不會離開，只有她會，而且她離開了。要是哈莉葉沒待在跳跳椅上，可能走到通往地下室的門邊，打開門，滾下樓梯。也可能打開前門，漫走到街上。

「哈莉葉交給妳並不安全。」法官說。

◎

接下來幾天，講師增加更多會讓人分心的事物：警笛、各種電器、歐洲舞曲。斐莉妲聽到這些噪音就頭痛，頭痛就會暈眩，暈眩就會健忘。

她耳鳴，難以成眠，之前的進展都倒退了。艾曼紐喜歡躲在家具後，還爬進廚房櫥櫃。在幾次課堂練習中，斐莉妲打開門後才想起要回去。其他時候，她去了前門廊，才發現自己遺漏了什麼。

練習時，娃娃對於這些騷動的回應是想破壞東西。他們撕爛沙發坐墊，跳到茶几上，拿起遙控器往所有碰得到的表面敲。貝絲的娃娃從耳朵開始滲出藍色液體之後，所有的娃娃得到耳機。不過，娃娃還是在哭。

◎

奈特女士警告過，生日會特別痛苦。三月十一日，哈莉葉兩歲生日的早晨，斐莉妲在黎明醒來，羅珊和她同時起床。羅珊提出在日出時分慶生的點子，她的母親在她生日時，會大清早就把她叫醒，並趁著她睡覺時裝飾好整間屋子。明年，羅珊也會這樣為埃薩克慶生。

斐莉妲打開她忽略已久的贖罪日誌，看看最近一筆紀錄：是以不穩定的線條畫出哈莉葉。她畫的哈莉葉是她看過的模樣，有圓圓的臉頰，還有一頭深色捲髮。她把日記攤在書桌上，兩人對著這幅畫悄悄唱起生日快樂歌。

羅珊擁抱她。「剩下八個月。」

「天哪。」斐莉妲把額頭靠在羅珊肩上。

羅珊對著這幅畫說：「哈莉葉，妳媽媽好想念妳。她是個很好的女士，有時候雖然愛指揮，但還不錯。我們彼此照顧。」她朝斐莉妲伸出雙手，假裝護著一塊插著蠟燭的蛋糕。「許願吧。」

斐莉妲假裝吹熄蠟燭。「謝謝妳迎合我。」她跟羅珊說起哈莉葉出生的情況，醫生把她拉出來之後說：「好漂亮的寶寶。」她聽到哈莉葉的第一次哭聲之後，開始流淚。

斐莉妲試著想起哈莉葉在通話時的模樣。她有機會說話的時候，還來不及說夠多次的生日快樂，也沒有傳遞任何智慧。她應該告訴哈莉葉，到四月就能再通話。她必須知道，哈莉葉是否原諒她沒有打電話回去，葛斯特有沒有解釋原因。

她的身體整天發疼，左臂出現刺痛的情況。她好不容易抱起艾曼紐，帶她急忙出門。講師說，最快的母親是最好的母親。

就寢後，斐莉妲躲在被子底下咬指緣。她有個看起來像哈莉葉的娃娃，但哈莉葉也該有個像斐莉妲的娃娃。哈莉葉應該有個母親娃娃，和它睡覺、說祕密給它聽，無論去哪裡都帶著它。

十二

在這季節，母親們難免陷入愛河。四月，天空湛藍得不可思議。在餐廳可聽見嗤嗤笑聲。剛成為情侶的人坐得很近，互碰肩肘、髮絲、指尖，樂得滿臉通紅。

戀愛中的母親會為了週末而活。她們漫步到園籬，或把贖罪日記帶到石造庭院，兩人並肩俯趴著書寫。她們聊聊煩心的事，也聊興趣、父母、過往關係、金錢，對一夫一妻制的態度，想不想要更多孩子，離開這裡之後能不能找到工作，或找到地方住。

她們應該要培養心智與精神的純淨，要是被逮到過度親密，會被列入檔案紀錄，可能遭學校開除。但隱藏剛萌芽的戀情很容易。這些母親靠著這麼一丁點的善意就能生存：手碰臉頰、視線流連，對多數人來說，光是靠近就夠了。無論是同學與室友，在談話圈或打掃隊相遇，在星期日一起排隊通話，或之後在浴室哭泣，母親之間都能萌生愛意。

或許真正的愛侶只有十幾對，但從謠言與影射來看，則遠不止如此。有些熱戀是單相思，有些被八卦扼殺，有嫉妒，也有三角戀愛。羅珊說，母親在淋浴間展開手技。斐莉姐問，這怎麼可能。

「女人的動作很快。妳知道，人人都有盲點。昨晚有人趁我在刷牙時捏我屁股，滿好玩的。」

「然後呢？」

「我想了一下，覺得不行，我不要跟這個人一起。」她示意斐莉妲，一起到窗邊。她們聊天時，直盯著前方的泛光燈，背對攝影機，幾乎不動嘴唇。羅珊問，斐莉妲對梅若有何看法。羅珊說，梅若很可愛。

「她是個孩子。」

「她十九歲，我的意思是，就快十九歲了吧？比我小三歲。」

「十九歲就是孩子，妳比她成熟多了。妳上過大學，離開過賓州。她頂多搭過飛機兩次。而且她喜歡男生，妳知道吧。」

「妳對這種鳥事的觀點太單一了，像我這年紀的人都還是會變來變去的。幫我說點好話吧？」

斐莉妲不願承諾。她想告訴羅珊，梅若已和綠眼警衛有一腿，就算讓梅若選個女人，也會選貝絲。她倆說不定已偷偷接吻過。梅若稱貝絲為「寶貝」，貝絲稱梅若為「親愛的」，她倆還聊到要有能配對的刺青。這兩個女孩總是彼此隨意碰觸，斐莉妲從來沒以那種方式摸過任何人，也羨慕會那樣摸的人。

最近斐莉妲和羅珊對彼此更常打開話匣子。兩人都是獨生女出身，也分享懷孕、生產，餵母奶有多折騰的故事，彼此惺惺相惜。

埃薩克被帶走之後，羅珊就因為乳腺炎去急診。她原本按照寶寶的需求餵奶，這下子還得動手術，移除膿腫。

埃薩克原本可能交給羅珊的母親或阿姨，但母親罹患三期乳癌，正在化療，而阿姨和一名沒有人信任的男朋友同住。母親曾把她送上大學，羅珊的父親幾乎沒幫什麼忙，現在已經和新的家庭住在澤西。母親原本對她懷孕很火大，認為羅珊應該聰明一點，但後來，她很熱愛當外婆。

「她喜歡說，每個女人都會有孩子，她總有一天也會有外孫，」羅珊說，「那是獎賞。**她**也需要埃薩克。」

斐莉只曾問過一次關於埃薩克父親的事。羅珊說，他們是在一場派對認識的。她們不曾大聲說出他的名字。等埃薩克長大一點，她會告訴兒子，她當年是靠人捐精。「當然，我的寶寶看起來和他很像。」她承認。

羅珊詢問斐莉姐關於紐約的事，和費城比起來如何。她很訝異，斐莉姐對費城的黑人區所知甚少，甚至沒聽過MOVE組織（譯註：非裔激進環保組織），也沒去過北費城、五十街以西，不知道桑・拉（Sun Ra，譯註：爵士作曲家與詩人，聲稱自己來自其他星球，創作的是「太空音樂」）住在日耳曼敦，從沒聽過桑・拉的音樂。她搬到紐約之後，就因為城市喧囂擾攘，不再聽音樂。

一名警衛來進行最後的檢查。之後，兩人擁抱，互道晚安。

斐莉姐想像羅珊和梅若私下交往，躲在淋浴間，在戶外，在黑暗中。她應該想想女兒的，想想下一通電話、幼兒園、如廁訓練，想想哈莉葉吃什麼，是不是學到了蘇珊娜的行為舉止。等她回家之後會教哈莉葉，蘇珊娜碰觸別人的方法很失禮，若她年紀大一點，可會讓人想入非非。但哈莉葉或許長大後會是個賣弄風騷的人，她會認為母親冷淡陌生，她會知道，母親和兩百名女子被鎖在這裡，就算嘗試，也沒辦法展開女同志戀情。

斐莉妲從未這麼久沒和任何男人親吻與碰觸。她曾以為這樣會死。沒有母親以那種方式看她，而她對其他女人的興趣向來只是停留在假想，但她擔心，某一天某一夜或哪個偷偷摸摸的下午，孤單占了上風，讓她想要冒險。她希望在死前再親吻別人。若要死在這裡——這想法日益真實——她或許會選另一個母親。她會堅持彼此都穿著衣服，也會解釋自己平時並非如此，但她就快死了，或許也該找另一個瀕死的女子。

◎

將近五個月過去了，小差錯依然不時發生。講師總在最後一刻收到課程改變的訊息。有時候課堂會跳過，四月分就倉促安排過沐浴時間的課程，後來取消。所有班級都得到更多的戶外時間，而講師們得想想該做些什麼。

娃娃應該是防水的，但嬰兒班級出現藍色旋鈕鬆脫的問題。娃娃浸入水中時，水滲進體腔，導致黴菌滋生。發霉聞起來像青花菜腐敗。羅珊班上有個嬰兒發霉，被送到技術部門維修。一名母親要求以漂白水清理體腔，但講師說，中國的娃娃工廠曾以漂白水測試，發現會腐蝕體內的機械，磨損矽膠皮膚，鼻子和眼睛會消失。要是在這裡發生這種情況，會讓她們的檔案很難看。

◎

假期能提升娃娃的生活品質，因此校方依然會舉辦慶祝活動。在復活節星期天，八歲以下的娃娃和母親一起參加尋找復活節彩蛋的活動。

艾曼紐堅持要媽咪抱她到皮爾斯館建築外，和幼兒一起到空地找彩蛋。斐莉妲跟著隊伍到草坪，沒多久手臂就痠了。雖然她今天寧願打電話回家，不過，艾曼紐成了比以前更好的夥伴。她會說的句子更複雜了，關心的問題也更有哲學性。前幾天她拍拍斐莉妲的背部尋找旋鈕，找不到時顯得很焦慮。斐莉妲解釋，世上有各式各樣的家庭。有的孩子是從身體生出來的，有的是收養而來，有的是婚姻的產物，有的是在實驗室製造。還有像艾曼紐這樣，是科學家發明的，科學家發明的孩子最珍貴。

「能當妳的母親很榮幸喔。」斐莉妲說。

在山頂上，她們排在貝絲、梅若與她們的娃娃後面。斐莉妲說聲哈囉，但兩位年輕一點的女人幾乎沒有抬眼。她們聊著南費城一間斐莉妲沒去過的餐廳，復活節禮拜，及去年怎麼幫寶寶們打扮。梅若坦承，她幫歐珊戴上俗不可耐的緞面髮箍，還讓她吃了整隻棉花糖小雞。

斐莉妲抱著艾曼紐來到隊伍尾巴，不願感到嫉妒。永遠的友誼並不存在，況且這裡的友誼並不重要，只是為了求生。梅若在打掃時總是提到貝絲，說個沒完沒了。貝絲要她唆使綠眼警衛和女友分手。她一直叫梅若把肚皮搞大，當作是提早離開這裡的方法。

找彩蛋的活動起初沒什麼精彩之處，這裡的草長得不高，很容易看見彩蛋。幼兒娃娃探索起圍繩，在母親的腳邊衝來衝去。有些人張開雙臂奔跑，感受風吹過髮間，有那麼幾分鐘是沒有人哭泣的美好片刻。斐莉妲帶艾曼紐走下山坡，指示艾曼紐去拿一顆綠色蛋、一顆白色蛋。

遠方傳來叫嚷聲，有娃娃打架，有母親爭執，有穿粉紅實驗衣的女子吹哨子。艾曼紐咚一聲坐到草地上。這晴朗的早晨萬里無雲，斐莉妲玩弄著艾曼紐的髮際分線。她心想，城裡天氣如何？哈莉葉會不會穿著粉彩的衣服？葛斯特和蘇珊娜會不會和去年一樣，帶哈莉葉到動物園？哈莉葉年紀夠不夠大，可在臉部彩繪嗎？

她本來會讓哈莉葉穿上黃衣服。她是個差勁的母親，未曾幫哈莉葉做個籃子，不像這裡的娃娃人手一個。她是個差勁的母親，不曾帶哈莉葉去找彩蛋。她的父母會在復活節這樣的節日，努力融入美國生活。她小學時曾去聖路易旅行，穿著有摺邊的粉紅洋裝。母親還讓她戴上白色稻草帽，即使白色是華人的喪葬用色。

有個四歲的男孩娃娃快速經過她們身邊，他不該來到學步兒的地盤。他撞倒幾個年紀較小的娃娃，母親紛紛趕緊把學步兒拉到安全處，這男孩的母親緊跟在後。

斐莉妲起身嚷道：「停下來！」

男孩看上了艾曼紐的籃子。艾曼紐本來對籃子興趣缺缺，但這下子看見男孩也想要，她就緊抓著籃子不放。兩人使出最大力氣抓著，男孩贏了，艾曼紐吃力起身，追逐男孩。

男孩轉身，舉起手臂。斐莉妲只差兩步時，他朝著艾曼紐揮一巴掌，打中她的顴骨。

斐莉妲抓起艾曼紐，檢查艾曼紐的臉，親吻她的額頭。幾秒鐘後，瘀青出現了。再一次，艾曼紐過了一會才明白自己受傷。斐莉妲感覺到艾曼紐肚子的挫傷，她從艾曼紐兩眼間的神情感覺到了。她擁抱著艾曼紐，以平撫身體不適與給予鼓勵，還親了她五下。

「抱歉，寶寶。我愛妳，好愛好愛妳唷。沒關係的喔，沒事沒事。」

對方母親要求兒子道歉。「我想，我們得看看朋友是否安好。」她說。

她的語氣好怯懦，好恭敬，斐莉妲不明白為何這女人沒有吼叫。像他那樣的孩子必須受到嚴懲。她抱著艾曼紐來到男孩身邊，抓起他的手腕。

「看看你幹了什麼好事！看看她臉上，看到這瘀傷沒？馬上跟我女兒說對不起！」

◎

斐莉妲數了數，那晚在談話圈除了自己之外，還有另外五－三名女子。有十八人是因為找彩蛋的活動來到這裡，包括塔瑪拉，這個擺著臭臉的白人母親會來到這裡，是因為她的娃娃打了艾曼紐。

警衛分送一杯杯苦澀的微溫咖啡。懺悔一直延續到深夜。這幾天，學校撒下更大的網。傷害未必是刻意或惡意所造成的。吉布森女士說，意外全都能靠著嚴密監督來預防。

有些母親是談話圈的熟面孔，每週至少會來一次。吉布森女士要這些常客簡短說明她們過去的缺失。現在每晚都有三名警衛，其中兩位維持秩序，一位保護吉布森女士。上週有個母親撲向她，雙手已圈住吉布森女士的脖子。那名母親被開除，列入名錄。

有個母親讓娃娃稱呼她的名字，而不是稱她為「媽咪」。有些人在週日通話時，對孩子的監護人不禮貌。有人在用餐時落淚。有兩名母親在網球場後方接吻被逮，有警衛無意間聽到她們計畫一起逃脫。

大家突然豎耳傾聽。她倆是第一對被逮的愛侶。其中一位想逃跑的是瑪格麗特，她是憔悴的年輕拉美裔女子，雙眼憂鬱，幾乎拔光左眉。她最初的罪行是在應徵工作時，讓兒子在停妥的車上等。

她的愛人是艾莉西亞，一位精瘦美麗、笑口常開的年輕黑人母親，斐莉妲第一天就認識她了。露克麗霞被開除前的一個月，兩人似乎成為好友。艾莉西亞剪去辮子，消瘦許多，斐莉妲差點認不出她。她被兒童保護服務局找上門，是因為五歲女兒在學校出現破壞行為。老師把她的女兒送到校長室，而校長要艾莉西亞來接她。

「我遲到十分鐘，」艾莉西亞說，「她們說我渾身酒味。我那時是女服務生，還穿著制服出現。那天有人把啤酒潑灑到我身上，我說我不喝酒，但他們不信。」

吉布森女士提醒艾莉西亞要負起責任。

「不過——」

「別找理由。」

「是我的錯，」艾莉西亞咬牙說道，「我是個自戀的人，我對孩子來說是個危險。」

艾莉西亞與瑪格麗特臉好紅，簡直會發光。瑪格麗特把手壓在屁股下面，艾莉西亞心煩的玩弄袖子。

斐莉妲想起十七歲時，曾在凌晨一點回家，發現父母在等她。她是和男友在看電影時看到睡著，但父母不相信。她想起母親的眼神，父親好幾天不和她說話。

吉布森女士要艾莉西亞與瑪格麗特坦承她們性接觸的程度，要她們回答關於撫摸、愛撫、指交、口交的問題，以及是否讓對方高潮。

母親們翻白眼。大家都明白，學校認為女同志缺乏母性。

艾莉西亞開始哭。「我們有稍微親吻，就這樣。我們沒有傷害任何人。我甚至以後都不會和她說話。拜託！請別把這放到我的檔案中。」

「我能體會，」吉布森女士說，「但我不明白的是，為什麼妳讓私慾凌駕於母職之前。」孤單是種自戀型態。能和孩子和諧共處、能了解自己在孩子生命中的位置和自己在社會扮演何種角色的母親是絕不會孤單的。透過照料孩子，她的需求就滿足了。

逃跑能解決什麼問題呢？

「反正你們要帶走我的孩子，」瑪格麗特說，「你們幹麼不承認，反而假裝我們還有機會？我的孩子的寄養父母想收養他。他們不會承認，但我知道。他們已開始找幼兒園了。你們樂見其成，對吧？想要我們不及格，好讓你們帶走孩子。」

斐莉妲撕裂咖啡杯的杯緣。她已不在乎親吻。她想到鐘塔，思索自己能多快爬上階梯，瓦屋頂是否會滑，而臉碰到人行道的觸感會是如何。

輪到斐莉妲時，她向吉布森女士說話的方式宛如懺悔者向神父告解。「我今天應該更努力保護她，這是讓我最不舒服的地方。她會痛，但我本來可以預防。我也後悔用了那樣的語氣。只是，我要塔瑪拉的兒子道歉時，他嘲笑我。那是邪佞的笑，嘎嘎笑聲聽起來好刺耳。我覺得很糟，不知道他是從哪學來那種行為。抱歉。我是個自戀的人，我對孩子來說是危險。」斐莉姐暫停一下，又說：「但她也是。」

母親們瞪著塔瑪拉。

「斐莉姐，不必拐彎罵人。」吉布森女士說。

塔瑪拉坐在斐莉姐對面的第二圈。她最初的罪行是打小孩屁股，遭前夫舉報。塔瑪拉承認，她的娃娃有愛打人的問題，但是斐莉姐應該要注意。

塔瑪拉指著斐莉姐。「我看見她別開視線。」

「我只別開視線一下下。」

「一下下就足以出錯。妳什麼都還沒學到嗎？妳讓妳的娃娃自己玩。要是妳一直看著她——」

「小姐們！」吉布森女士說，「請自我控制。」

◎

「大姊，妳看起來好可怕。」梅若在巴士上壓低聲音，悄悄跟斐莉姐說塔瑪拉一直說她壞話。「那人稱妳是賤人。」

斐莉姐微笑。「我不是賤人，我是差勁的母親。」

「說得好。」梅若說。

「儘量囉。」斐莉妲回答。她倆互碰拳頭。「我很擔心她。」

「哈莉葉？」

「艾曼紐。」娃娃的瘀傷看起來像皮癬，很圓很圓，中間是紫色，並有一圈黃，然後是綠色。她哭的時候瘀傷會搏動。今天早上，講師發現她在設備間裡哭，她們從不知道娃娃在睡眠模式竟可能會哭。斐莉妲問需不需要送修，盧索女士說，瘀傷會自行痊癒。

「比較嚴重的傷是在這，」她指著艾曼紐的心臟說，「還有這裡。」她指著艾曼紐的前額。

吉布森女士說，斐莉妲對塔瑪拉兒子的說話方式站不住腳。塔瑪拉是犯了錯，但斐莉妲吼叫。對小孩吼叫並不合理，驚嚇他也不具正當性。斐莉妲行為衝動，怒火升高，不留空間讓塔瑪拉發揮母職。

家事法庭的法官應該知道，對塔瑪拉的兒子吼叫，堪稱是斐莉妲做過最有母性的事。她想起八歲時曾有人推她，害她整個人往鐵絲網仆倒。她向父母告狀，盼父母能代替她吼人，但父母什麼都沒做。

巴士車程已失去新奇感。在車程的其他時間，斐莉妲和梅若如平常玩起遊戲，猜猜哪些司機是騙子，哪些是酒鬼，哪些對動物殘忍，哪些是差勁的父母。梅若解開馬尾，讓斐莉妲看看她後腦勺禿了一塊，約和兩角五分硬幣差不多大，很光滑。她睡不著時就拔頭髮，也會抓搔身體，因此在身上留下許多痂。她很擔心下個月的腦部掃描。

「我不想讓他們看到我腦袋的情況，感覺詭異得要命。」

「不會有事的。」斐莉妲說，雖然自己也很緊張。她們不知道會牽涉到哪些程序，只知道是年中評鑑的一部分，校方也會訪談娃娃。想必諮商師事後會提出報告，預測孩子能不能回到她們身邊。

◎

在完成「預防孩童獨自在家」的課程後，這星期的防遺棄課程則是處理屢見不鮮的問題：把孩子忘在炎熱的車上。在倉庫停車場上，四輛迷你廂型車錯開停放。母親們會拿到頭戴裝置，上頭有個螢幕會垂到右眼前。無論螢幕上出現什麼令人分心的畫面，她們都得避免注意力轉移，不忘對娃娃保持專注。她們要先把娃娃固定在汽車座椅上，讓娃娃坐好。一旦完成，她們有十分鐘的時間拆下汽車座椅，跑到停車場盡頭的球門柱。

頭戴裝置播放的畫面有戰爭、情侶做愛、動物遭虐。母親個個步履不穩，曲折前進。琳達絆倒擦傷了手，貝絲撞上後照鏡，梅若被逮到頭靠在方向盤上。

幾天後，她們在雨天練習。母親們盡力不在濕漉漉的柏油路上滑倒。

影片開始播放的時候，斐莉妲在後座照料艾曼紐。這是哈莉葉的生日派對，有五個她不認識的孩子，還有他們的父母。

斐莉妲屏住呼吸，沒聽見艾曼紐尖叫。這部影片是某人的手機拍攝的，是葛斯特的手機，他在說話。

「斐莉妲，我們好想念妳，」他說，「威爾在這。威爾，打個招呼。」

威爾揮揮手，手臂摟著一個年輕女子。蘇珊娜端著蛋糕，哈莉葉出現在特寫鏡頭中，戴著派對紙帽，這頂白色紙帽上有彩虹線條。賓客對她唱歌。葛斯特和蘇珊娜幫她吹熄數字二的蠟燭。

鏡頭之後轉到葛斯特與哈莉葉坐在他的書房。他們背後的書架上，有個葛斯特於布魯克林興建的綠化屋頂立體模型。哈莉葉正在揉眼睛，似乎剛從午睡中醒來。葛斯特要哈莉葉跟斐莉妲說說蛋糕的事。那是杏仁蛋糕，搭配著藍莓。誰來參加派對啊？**朋友**。**威爾叔叔**。爸爸和蘇蘇送哈莉葉一輛滑步車。

斐莉妲回到駕駛座。哈莉葉看起來很瘦，又悶悶不樂。他們幫她打耳洞，讓她戴著金色耳釘，她身穿黑色與灰色的新衣。

葛斯特讓哈莉葉看一張加框照片。「這是誰呀？是媽咪。我們幾天前曾和她通話，記得嗎？現在她看起來有點不一樣了。」

「不是，」哈莉葉說，「不是媽咪。不是家，媽咪沒有回來！我要蘇蘇！我想去玩！」她從葛斯特的大腿滑下。

哨音響起時，斐莉妲還在椅子上。就算車子著火，她也無法動彈。葛斯特和哈莉葉消失在螢幕畫面中。葛斯特說，如果哈莉葉願意和媽咪說話，會再給她一塊蛋糕，他拜託哈莉葉別再打他。

「我知道妳不高興，」葛斯特說，「不高興沒關係，這對妳來說很辛苦。我也不喜歡。」

斐莉妲沒注意後座的艾曼紐愈來愈拚命的揮舞手腳。這段影片會重複播放，她每回都會發現新的細節。哈莉葉專注看蠟燭時會瞇起眼睛，葛斯特與蘇珊娜教她怎麼許願時，她就緊緊閉上眼。大人笑哈哈，孩子們則是伸手拿蛋糕。他們的臉髒兮兮的。她看見派對彩帶，還有氣球，這次是金色的。威爾的新女友是個亞洲人，或許來自日本，身穿時髦的黑色洋裝。蘇珊娜把頭髮綁成辮子，哈莉葉對蘇珊娜笑。葛斯特把手機交給別人時，畫面模糊了。葛斯特與蘇珊娜站在哈莉葉後方接吻。

斐莉妲抬起頭幾次，以為同學會在雨中飛奔，卻發現每個人都卡在駕駛座。

◎

只有斐莉妲看到的影片是生日派對，其他同學則看到女兒刷牙、吃早餐，在遊樂場與朋友或寄養父母玩。琳達的女兒一聽到有人提起媽咪就哭了，貝絲的女兒從攝影鏡頭前跑開，歐珊不願說話。

她們想知道學校如何取得這些影片，如何告知孩子的監護人，他們知不知道影片會被如何使用。斐莉妲說，要是葛斯特知道是怎麼回事，是絕對不會同意的。「他不會這樣對我。他們一定是跟他說，這是禮物。」

羅珊看到的影片是埃薩克會自己站，自己吃蒸過的胡蘿蔔與四季豆，他開始冒出乳牙。寄養母親拍攝他會在客廳的家具旁輕鬆前進，隨時可能會開始自己行走。再過不多久，他就不再是嬰兒了。

埃薩克的寄養母親是個五十多歲的白人，在卓克索大學當教授。

「她把埃薩克交給全日式托育中心，」羅珊說，「若把他一週交給別人四十個小時，那何必要讓他寄養？我才不會把孩子交給托育中心。我會自己照顧。我怎麼知道她選什麼樣的地方？說不定他是唯一的黑人男孩。」

羅珊說，要是那位女士得到她兒子，她乾脆死了算了。

「別這麼說。她不會得到他的，好嗎？」斐莉妲提出警告，要她別再說下去。要是母親表達負面思緒，就會被列入觀察名單，需要參加更多次諮商。只要有任何自殺意圖的跡象，都會被列入檔案中。

在家庭影片日之後不久，觀察名單變長了。戀愛中的母親變得漫不經心，有一對愛侶被抓到在儲藏室愛撫，另一對則是牽手被逮。幾個星期前，瑪格麗特和艾莉西亞想逃脫卻以失敗告終，這件事在其他人的戀情中泛起一些效應，愛侶們要不更加親密，要不就是分手。據說學校正在研擬關於孤單的夜間研討會，說明如何控管與避免孤單，無論在這裡或任何地方，為何孤單在母親的生命中沒有存在的餘地。

◎

在倉庫中，訓練課程根本是在障礙賽訓練場進行。斐莉妲和同學現在得抱著娃娃，從房子來到車上，再回來房子，又回到車上。她們得邊跑邊說話，邊跑邊表達愛。

斐莉妲的諮商師認為，她已不在乎了。她的排名頂多就是第三，沒有墊底的原因在於梅若開始恐慌症發作。

「我不會把女兒留在車上，讓她熱死，」斐莉妲說，「我絕對不會這樣做。」為什麼學校可以這樣折磨人？用她們自己孩子的影片？

「折磨這個字可不能輕率使用，」諮商師說，「把妳們放在高壓情境，才能看出妳們是什麼樣的母親。在完全沒有壓力的情況下，多數人都可以當好爸爸好媽媽。我們得知道妳們能處理衝突。對父母來說，每天都是障礙賽。」

第三單元的評鑑日是五月第一個星期一。在倉庫的停車場上，斐莉妲、梅若、貝絲與琳達解開制服扣子，要是開襟再低一點就不莊重了。她們也捲起運動服褲，坐在地上，仰望太陽。

「我從嬰兒時期以來，從來沒這麼蒼白。」琳達說。

她開始說起過去在娘家的後門廊曬太陽，但看見貝絲的腳就不再說了。那腳上有傷疤，琳達呼氣發出噓聲，問她是何時開始自殘。她很怕刀子。

貝絲說，她用的不是刀，而是剃刀。她現在把自殘描述為自私的舉動。「要是我知道自己讓父母有多痛就好了。」貝絲開口道。

梅若搥她手臂。「在我們面前不必裝腔作勢。」

「我是在懺悔。」貝絲以嘶嘶的聲音說道。

貝絲看見斐莉妲幾乎沒有腿毛，不禁讚嘆。由於斐莉妲不再除毛，因此有稀稀疏疏的腿毛，但還是得靠著取得刀片和鑷子的待遇，才能處理腋下與上唇的殘毛。十一月之後，她就沒剪過頭髮，馬尾就快及腰。

她們輪流摸摸斐莉妲的小腿，罵亞洲人怎麼有這種不公平的優勢。貝絲和琳達都腿毛濃密，只有梅若的腿除過毛。琳達想知道是為了誰除毛的——男人或女人，警衛或是另一個媽媽。

「不關妳們的事。」梅若說。

停車場再過去又是森林，待出售的小塊土地、購物中心、大賣場。高速公路是大卡車通道。幾輛聯邦貨運的卡車通過，也有新鮮直達（Fresh Direct）和優比速（UPS）的卡車。斐莉妲賺錢與網路購物的生活，感覺和童年一樣遙遠。

她已九個星期沒和哈莉葉說話，不知道哈莉葉在社工與兒童心理師前表現得如何。她很怕想起諮商師與艾曼紐談話。有幾天，娃娃對每一個問題都說不。哈莉葉曾這樣。「不」會比「對」先出現，之後才會說「沒錯」。哈莉葉在說「媽咪」之前，先學會說其他十五個字。

琳達被叫進倉庫。她進去之前，先和每一個人擁抱，似乎真的很緊張。同學祝她好運。「要像有人追殺妳那樣，跑快一點。」梅若說。

她和貝絲彼此編起辮子，打發時間。

「斐莉妲，過來和我們坐在一起。」貝絲說。

斐莉妲坐到貝絲面前。梅若嘮叨著要友善一點，別再說貝絲是損友。

「我在這裡是可以有兩個朋友的。」梅若告訴她。

貝絲開始編起辮子，斐莉妲覺得療癒。另一個成年人、一個人類碰觸她的頭是好久以前的事。那一晚在威爾家，他玩弄著她的髮梢，說摸起來彷彿畫筆的筆刷。當年她失眠時，葛斯特會撫摸她的頭。她想像他的手撫摸蘇珊娜濃密的紅髮，心想他是否總是喜歡紅髮的人，而她身為他孩子的母親，或許是個特殊的例外，是他臨時繞路時遇見的。他一路上尋找的一直是蘇珊娜，他們在生日派對上看起來好快樂。

她們交換角色。斐莉妲以手指梳梳貝絲光亮的秀髮。貝絲要斐莉妲幫她揉揉頸子，她今天早上起床後無法轉動頭部。不多久，三人圍成一圈，一人坐在另一人後面，幫彼此編髮、按摩脖子和肩膀。

如果她們還是女學生，就會做起三葉草鏈子。斐莉妲回憶起曾在下課時獨自坐著，把開花的野草末端，和另一根野草的頭綁在一起。她從來沒覺得和她倆如此親近。這份姊妹情誼是建立在共同的能力不足。如果現在過的是另一種生活，她就會拍照。梅若把頭靠在貝絲肩上，貝絲皺起鼻子。從這角度來看，沒有人會看出她們正失去希望，是危險的女人。是無法掌控自我、不知如何愛才正確的女人。

十三

娃娃讓身體變得沉重無力，就像抗議人士拒絕遭到逮捕。講師得通力合作，才能把每個娃娃搬出設備間。盧索女士的下背部肌肉很快就拉傷。

艾曼紐兩眼下都有乾掉的淚痕，斐莉妲以口水抹淨她的臉。她選了靠窗的練習區，邀艾曼紐到她的大腿上坐。

「我們知道昨天很緊張。」盧索女士說，「女孩，妳們可以感覺到害怕，可以感覺到疑惑。要幫媽咪學習如何確保妳們安全是很困難的事，謝謝妳們這麼努力。」她帶領全班鼓掌。

娃娃們仍感到難過。昨天，梅若氣得砸壞頭戴裝置，貝絲嘔吐，只有琳達完成了整個評鑑。

艾曼紐新學會的字是藍色，還有臉頰，在**我想要親親**的句子裡會提到。斐莉妲親了一邊臉頰之後，艾曼紐會指著另一邊。

她們獲得自由擁抱的時間，在下一個單元展開之前先轉換一下心情。斐莉妲遮住自己的眼睛，帶艾曼紐玩幾回躲貓貓。她們一起唱ABC之歌，斐莉妲還唱〈小星星〉，解釋這兩首歌的曲調一樣。

艾曼紐把亮晶晶唸成亮親親。她跟著斐莉妲的帶領，揮手模仿星星。

她們唱歌時，斐莉妲意識到艾曼紐從未看過星星。哈莉葉或許也沒看過。斐莉妲剛來到這裡的那晚發現這一點。這裡距離城市夠遠，可以看見星星，還有星座。

「對不起，我昨天跌倒了。妳嚇到了吧？」

艾曼紐點點頭。

斐莉妲在距離終點線幾碼時滑倒。她是個差勁的母親，因為她跌倒了。她是個差勁的母親，因為她爆粗口。她是個差勁的母親，因為她最後第三名，因為她又失去了一個月的通話機會。

「妳知道為什麼媽咪要那樣一直跑嗎？」

「考試。」

「為什麼媽咪要考試？」

「學習。」艾曼紐會拉長字的尾音，聽起來像「學耶習一」，最後還加上「啊」的音。

她又說了一遍：「學習啊。」她站起來親親斐莉妲的額頭，把手放在斐莉妲的兩頰上。

她慢慢說話。「我知道很難，」艾曼紐說，「我會幫妳。」

◎

教室裡重新安排四個母親練習區，每一處都有多彩的圓形編織小毯。她們拿到一個帆布袋，裡面有半打玩具。今天開始要上「第四單元：遊戲原則」。

柯瑞女士指示，娃娃可以拿一個玩具，而不是全部玩具。

母親要幫助娃娃做選擇。柯瑞女士以琳達的娃娃示範。她貪心的用雙手把六個玩具全摟在懷裡，於是柯瑞女士說：「親愛的，拿太多了。」她坐到地板上，平視著娃娃說：「我注意到妳跟我說，妳現在就想要好多東西。不過呢，我們現在只玩一個玩具。」

柯瑞女士舉起一根手指來強調。娃娃依舊摟著六個玩具。柯瑞女士教她分類，判斷自己喜歡哪一個。哪個玩具在呼喚她？她現在需要什麼？哪個玩具會滿足那些需求？

相較之下，之前幾個單元的規則似乎比較有理。娃娃哭了，母親來安慰。娃娃病了，母親協助娃娃康復。但就斐莉妲所知，根本沒有什麼好理由可以解釋為什麼娃娃一次只能玩一個玩具。

◎

最難的部分是保持愉快與驚奇感，說話一定要帶著驚嘆口吻，匆匆忙忙編出故事來預防無聊。遊戲比奔跑困難，沒有編好順序的步驟，也沒有特定的遊戲規則。遊戲需要創意，每個母親都得挖掘自己的內在孩童。

講師說，以身作則地示範妳想讓寶寶達到的行為。

斐莉妲和羅珊現在在熄燈之後，才開始度過每一夜。斐莉妲告訴羅珊，她是和外婆一起看肥皂劇長大的，根本不會坐在那邊玩，還設定定時器。她承認自己以前曾和玩偶親熱，羅珊認為這樣做非常奇怪。她們回憶著童年時喜愛的玩具，列出十一月要買給哈莉葉和埃薩克的玩具。羅珊曾以衛生紙幫芭比娃娃做衣服，用衛生紙和膠帶就能幫芭比做出宴會禮服。等埃薩克年紀大一點，她也會讓他玩芭比，培養他陰柔的一面。她還會帶他去上舞蹈課，學大提琴。

回到教室課堂上，斐莉妲和艾曼紐花了好幾天，學習十五分鐘專心玩一個玩具。斐莉妲走捷徑。她答應艾曼紐，如果合作的話就會親親她。

「妳看看，朋友們玩得很好吧？不想和她們一樣棒嗎？」

柯瑞女士批評這種方式，不許斐莉妲以讓娃娃覺得丟臉的方式要她聽話。讓孩子羞愧並不是愛孩子。

「或許在妳我成長的文化中，這樣做是有效的，但這裡是美國。」柯瑞女士說。美國母親要啟發孩子的希望之感，而不是悔意。

◎

體育館裡有二十個檢查區，全以黑色布簾分隔，每個檢查區裡有桌椅、監視器，還有一台線路糾結的附輪灰色機器。斐莉妲望向螢幕上的攝影機。她以為會看見一台磁振造影儀或者探針、頭盔，總之是有力量且有未來感的東西。她閉上眼，讓穿著粉紅實驗衣的女子以刺激的濕棉花塗抹她的臉，之後把感應片貼到她的額頭、眉毛、太陽穴、臉頰與脖子。她解開制服扣子，讓那女子把感應貼片貼到心臟外。

「讓妳的想法自然出現。」女子說道，把耳機交給斐莉妲。

螢幕上出現的是第一天的課程。母親與娃娃配對的情況。接下來半小時，斐莉妲看到過去六個月的剪輯，原來這是凸顯她失敗的影片。這些畫面包括關愛的鍛鍊、第一個評鑑日、第一次更換藍色液體，也有捏人事件與談話圈。烹飪課總是切到手，給藥做法不正確，還有倉庫、復活節，然後又是談話圈的畫面。艾曼紐在設備間哭泣。

她的喉嚨乾燥，脈搏加速，胃部抽痛。沒有人告訴她們到底會掃描出什麼。她問諮商師該如何準備時，諮商師說，不可能準備。

「妳需要的，應該已在妳的內在了。」她說。

艾曼紐被捏，挨揍，受到驚嚇或極度心煩意亂時，鏡頭會特寫她的臉，以慢動作顯示她的回應，給斐莉妲時間思索她受的苦。她吃苦頭時，幾乎和哈莉葉一樣讓斐莉妲揪心。斐莉妲覺得自己有責任。有些片段是從艾曼紐體內的攝影機拍攝，畫面中的斐莉妲就和娃娃看見的一模一樣。斐莉妲看見自己變老、掙扎。

影片的最後，是展顯關愛的剪輯鏡頭，但即使是在擁抱或遊戲的場景中，斐莉妲看起來也飽受煎熬、面露悲傷。她回到班上時，臉上有感應片留下的印記。艾曼紐很愛斐莉妲的「點點」，用拇指按每一個圈圈，邊按邊笑。

到了晚餐時，每個母親都有印子。

母親節時，大家的通話機會全取消。校方直到早餐時才宣布這項決策，而在兩餐之間，母親們必須留在房間，寫贖罪日誌。校方鼓勵她們反省自己還有哪些缺點，想想見不到面的孩子，想想上一回母親節、明年母親節，並感謝那些養育她們的女人。

「我是一個差勁的母親，因為——」斐莉妲寫道，很快就寫滿了五頁。

◎

她試著想像順利通過的景象。六月可以打電話給哈莉葉，十二月已和哈莉葉重聚。哈莉葉拉著斐莉妲毛帽下垂的兩邊。哈莉葉不再喜歡貓頭鷹，而是對企鵝有興趣。她帶哈莉葉去打流感疫苗。葛斯特讓哈莉葉與她共度兩週。她們搭飛機到芝加哥度假，與**公公婆婆**見面。在飛機上，哈莉葉行為穩重，彬彬有禮，讓空服員讚賞有加。

她試著想像哈莉葉十二月的模樣，但腦海裡的哈莉葉卻是去年夏天的模樣，那時倒楣的一天尚未發生，還有時間細細審視哈莉葉的臉。她不知道此時此刻的哈莉葉是什麼模樣，而這情況本身就像是樁罪行。她沒能在女兒身邊，看她長大。

今天早上，她們打開窗戶，微風徐徐吹來。清朗乾爽的一天在呼喚。有幾個週日，她和羅珊曾走過整座校園，看能走多遠。家事法官會如何看待她犯的錯、她到談話圈的事和艾曼紐的傷勢？娃娃的手臂依然有一塊凹陷，也看得見瘀傷。影片中的女子和照料哈莉葉的她毫不相關。校方怎能期待她把艾曼紐視如己出？校方要她們表現得自然，但這環境根本毫不自然。

羅珊一直撕下日誌頁面，扔到地上。她哭了。斐莉妲到廁所，拿了捲衛生紙放到羅珊桌上。這個星期，埃薩克滿一歲，羅珊原本打算今天唱歌給他聽。

「別哭了。」斐莉妲輕聲說道，摟著羅珊的肩膀。

羅珊謝謝她，斐莉妲撿起丟到地上的紙張，把這些撕下的頁面疊起。羅珊想回到床上，但斐莉妲不讓她回去。

斐莉妲在贖罪日誌中，寫下今天應該幫蘇珊娜慶祝，她也是哈莉葉的母親。哈莉葉現在或許會說自己的名字，或許會說完整的句子。**媽咪，我愛妳像銀河星星那麼多那麼遠。媽咪，我最愛妳。媽咪，回家吧。妳是我唯一的媽咪。妳是我真正的媽咪。媽咪，我想妳。**

◎

校方檢視斐莉妲的腦部掃描影像，看看有哪些神經路徑亮起，看看代表同理心與關愛的通路是否發光。雖然這次檢查偵測到些許微弱訊號，但結果顯示，她的母性與依附感有限。她的說話字數依然是班上數一數二，但分析她的表情、脈搏、體溫、眼神接觸、眨眼模式與觸摸，會發現她依然殘留著恐懼與憤怒，還有罪惡感、疑惑、焦慮、矛盾心理。

「在這個階段，矛盾心理的問題很大。」諮商師說。

諮商師在訪談艾曼紐時，也同樣無法得到結論。如果問艾曼紐愛不愛媽咪，艾曼紐說愛，之後又說不愛，然後又是愛和不愛在反覆，最後不再回答。諮商師問，她和媽咪在一起時會不會覺得安全？媽咪是否符合她的需求？她在設備間裡想不想媽咪？要是逼娃娃回答，娃娃就會開始哭。

諮商師說，斐莉妲有擔任親職的智慧，卻缺乏擔任親職的性情。

「但我是個母親，我是哈莉葉的母親。」

「不過，讓妳當母親，最符合哈莉葉的利益嗎？」諮商師問。

關於能否讓孩子回歸，幾乎每個人得到的預測報告都是尚可到差或很差。斐莉妲屬於尚可到差。有些人例外，大約有十六個，包括琳達與雪瑞絲，也就是中年白人婦女的其中一位——她是個天生的金髮女郎，有菸槍的破鑼嗓子，會在淋浴時唱威爾森・菲利浦（Wilson Phillips）的歌，最愛的就是〈堅持〉（Hold On）。大家一發現究竟誰是例外，這些表現優良的母親就開始遭殃。有人撕破琳達的制服，有人在雪瑞絲的床上放螞蟻。雪瑞絲撥打熱線，舉報螞蟻。她懷疑起室友與樓友，也向吉布森女士與奈特女士抱怨。同班同學開始說她是「牢騷女」，想必她的抱怨都不會列入檔案。

母親們開始想像，要是能拿到刀子、剪刀或化學物質，自己會做出什麼事。雖然每個人入校時未必有暴力傾向，但在這裡待了快七個月，這下她們都可能朝某個人揮刀。

◎

然而時來運轉的情況也會發生。在第四單元，斐莉妲出乎意料得到第二名，於是以愉快勝任的狀態，展開「第五單元：中高級遊戲」。艾曼紐不知怎的，在評鑑日決定配合，一次只玩一個玩具，要她把玩具放下時也聽話。

進入六月，斐莉妲大量讚美艾曼紐。艾曼紐開始出現在斐莉妲的夢中，成為一個活生生的女孩。在夢中，艾曼紐和哈莉葉手牽手逛著校園。女孩在山丘上滾下來，在石造庭園中彼此追逐，身上是相互搭配的藍色洋裝、鞋子與髮夾。

斐莉妲教艾曼紐以華語說「我愛你」，還有「娃娃」——她從沒對哈莉葉說過這麼充滿寵愛的詞。

她開始正常睡眠、食量提升，體重也增加了些，食物開始有滋味了，而沖澡時，水潑到臉上也讓她精神抖擻。在課堂上和艾曼紐相鄰而坐時，她覺得朝氣蓬勃。她心甘情願的付出，兩人之間有愛在傳遞。

在晚上，她準備著通話重點。她不會提到生日影片，也不會詢問碳水化合物、防曬乳或遮陽帽，不問葛斯特與蘇珊娜有沒有帶哈莉葉去海邊，是否開始上游泳課，之後要去哪裡度假。她要明智的使用「我愛你」。

她們開始以四人為一組來練習。兩個娃娃會拿到一個玩具。如果娃娃開始吵架，母親必須把娃娃分開，協助娃娃處理感受。她們練習輪流分享。她們學習管控和玩具有關的攻擊行為，也示範和好。

娃娃開始搶玩具時，斐莉妲擔心艾曼紐的被動個性會對自己不利。斐莉妲失望的看見艾曼紐依循著種族的刻板印象，這實在是製造者的想像力大失策。艾曼紐和其他娃娃遊戲時，乖順到卑躬屈膝的程度。被拉扯頭髮的總是她，玩具被偷的也是她。要是其他娃娃無禮對待她，艾曼紐的反應是一聲不吭。

斐莉妲討厭看到艾曼紐挨打。孩子們的戰爭讓她想起自己的童年，那時，她不知道怎麼保護自己，彷彿最糟的事情，就是當個臉圓如月的聰明華人女孩。她常看著鏡子，心想要是自己生下來是個白人小女孩就好了。若她哭泣，父母就叫她回自己的房間哭，即使她天天遭人霸凌。同學不光是把她的臉按在鐵絲圍欄上，還有人從學校追到家裡，以小番茄丟她。番茄汁液在她的頭髮上乾了，那天晚上，母親幫她洗澡時，水面上浮了一層番茄籽。她不記得曾得到特別的擁抱或親吻，也不記得母親曾譴責那些霸凌行為。要是父母能擁抱她，人生就會不同，但她不怪父母。畢竟從當年情況到眼前處境，不會只憑著一條直線相連。

她以前認為，這是不要生養孩子的理由。要看著兒子或女兒承受來自其他孩子的殘酷之舉，實在是太痛苦。但她告訴葛斯特，自己已經不同了。她會成為把「我愛你」掛在嘴邊的母親。她不會冷淡，絕不會讓哈莉葉在牆邊罰站。如果哈莉葉被霸凌、擺布或嘲笑，斐莉妲會挺身而出，告訴她事情會擺平。她會打電話給其他家長，也會與其他小孩硬碰硬。但她現在在哪？哈莉葉又在哪？她被帶走已經超過九個月了。

◎

規則一改再改。斐莉妲的通話機會依然暫停。若要和哈莉葉聯絡，她在第五單元必須排前兩名。學校需要看到另一組成果，才能確保她的表現是因為有能力，而不是運氣好。

評鑑日的前一晚，學校出現了第一個跳樓自殺的人。母親們直到早上才發現。跳樓的是瑪格麗特，也就是在網球場後面接吻遭逮的母親之一。有人說，她試著和艾莉西亞復合，但艾莉西亞拒絕。有人說，她碰上麻煩，因為她四歲的娃娃還沒學會閱讀。有人說，她兒子的寄養父母把他還給機構，因為她兒子踩在寄養父母的親生寶寶身上，但校方不告知瑪格麗特他被送到哪。

艾莉西亞與瑪格麗特的幾個同學惹上了麻煩，因為她們在早餐時哭泣。貝絲說，她覺得自己被觸動。琳達說，這是個壞兆頭，於是要她們牽手，一起禱告。為瑪格麗特與她的靈魂禱告，願她安息。為瑪格麗特的兒子羅比禱告，也為瑪格麗特的父母（尤其是母親）、祖父母、手足禱告。

「為艾莉西亞禱告。」梅若說。

「為瑪格麗特的娃娃，」貝絲補充道，「那男孩很快會一頭霧水。」

梅若說，娃娃會被清除資訊。

「但她是他的第一個媽媽，」斐莉妲說，「他不會忘記瑪格麗特的。」

「是啦，看妳信不信啦。」

斐莉妲看著艾莉西亞在哭。瑪格麗特才二十五歲，她和艾莉西亞幾個星期前雙雙被列入觀察名單。吉布森女士會打電話給瑪格麗特的家人嗎？或是由執行董事奈特女士來告知呢？無論是哪個人打，一想到是由她們來傳達哀悼之意，就讓斐莉妲覺得無奈又氣惱。她想像自己的父母接到那通電話，這樣會不會害他們得送醫？她想像校方告知葛斯特、葛斯特告知哈莉葉。她從來沒感受過這麼真實的危險。她大一時曾有個男生自殺，但那是陌生人。研究所時有個女生上吊，但她只聽過這人的名字。她不知道自己和瑪格麗特有什麼共同點，除了都失去孩子之外。

◎

評鑑考試要兩組配對來完成。這裡有三個練習區，每個練習區放著一塊地毯，上頭擱著一個玩具。一號練習區有個青蛙玩偶，二號練習區有一包樂高得寶積木，三號練習區則是玩具筆電。兩個娃娃必須在每個練習區平靜的連續玩十分鐘。母親必須掌控娃娃情緒不滿的問題，發生爭吵的情況時也要解決紛端，設下適當的限制，並灌輸娃娃關於分享、輪流、耐心、慷慨與群體價值的智慧。

貝絲和梅若配對，斐莉妲則是和琳達。斐莉妲不能讓琳達獲勝，這時可不能讓同理心毀了她的機會。幾天前，蓋布瑞爾找到了，在加油站行竊時被逮。琳達擔心他會被當成年人審判，或是在少年監獄和人打架而被關禁閉，也擔心他會被送往成人監獄。擔心他會一蹶不振，永遠在那個體系中無法逃脫。

艾曼紐緊抓著斐莉妲的腳。她和風向標一樣敏感，宛如情緒變色戒指，她可以感覺到斐莉妲的緊張。

斐莉妲、琳達與她們的娃娃來到中央。柯瑞女士把青蛙玩偶拿得高高的，兩個娃娃都碰不到。

斐莉妲告訴艾曼紐別怕。她說：「媽咪相信妳。媽咪愛妳。」

她悄悄說道：「我愛妳比銀河星星還多還遠。」

她驚恐的別開眼睛。她應該捍衛她們人生的這個部分。她過去花了多少力氣，為母女間的祕密魔法字眼賦予無比的榮耀？就連葛斯特和蘇珊娜也不知道。如果能和瑪格麗特交換位置，她會換。撞向人行道的該是她的身體，被運走的也該是她的屍體。

「銀猴？」艾曼紐試著唸這個新字眼。

盧索女士問，斐莉妲準備好了沒。琳達撫摸著娃娃的頭，好像準備釋放一隻比特犬。梅若和貝絲則不出聲，以嘴形對彼此說鼓勵的話。

斐莉妲低下頭，將艾曼紐摟過來。「我是個差勁的母親，」她說，「但正在學習當個好母親。」

十四

校方在皮爾斯館外的草坪上搭起白色帳篷，帳篷下有鋪著紅白格紋桌布的長桌，還有折疊椅。其中一頂帳篷下擺的是娃娃食物，另一頂帳篷下則是人類食物。學校布置了遊戲區：有馬蹄鐵、沙包、飛盤、呼拉圈。

這次活動稱為差勁父母的野餐，正式名稱是七月四日烤肉。她們終於要見到父親，也就是她們的夥伴。雖然學校不可能料到近期的一連串事件，但這次野餐如同甘霖，剛好在瑪格麗特自殺後，適時為大家提振士氣。

母親應該放鬆一下，畢竟不必上課的午後可是非常珍稀的。校方仍會以攝影機拍攝她們，但不會計算說話字數，娃娃體內的攝影機也會關閉。

「這是送妳們的禮物。」柯瑞女士早上說道，並提到有些母親對壓力的反應自私到不可思議。今天只是破冰。明天，她們會搭巴士到父親學校，開始「第六單元：社交」。

巴士駛進學院大道停車時，人人都翹首觀望。斐莉姐想起一九五〇年代米高梅的音樂片《七對佳偶》（*Seven Brides for Seven Brothers*）。但巴士只有兩輛，母親的人數是父親的三倍。這些父親和母親一樣，穿著海軍藍制服，腳蹬安全靴。多數父親是黑人與棕色皮膚的人，看起來大約二、三十歲，還有個少年抱著一個嬰兒。

他們比斐莉妲預期的還要年輕。要是在街上相遇，她不會猜到這些人多半已有孩子。在紐約，她曾參加過一次相親，對方是一名二十五歲的研究生，她心血來潮就接受邀約。男人喜歡跟她說話，她只比對方大六歲。男孩告訴她，自己有個孿生兄弟死了，也曾在十四歲翹家。她聽了都想拿張毯子披到男孩肩上，並給他一些餅乾。她現在又感受到同一股保護人的衝動。

「他們是誰？」艾曼紐問。斐莉妲提醒道，她們曾一起在書上看過父親，例如浣熊父親、熊父親、兔子父親，這些人是人類父親。她告訴艾曼紐什麼是雙親家庭。

奈特女士穿著星條裝在人群中穿梭。父親學校的執行董事霍姆斯女士也出席了，兩位執行董事彼此擁抱，交換飛吻。遠遠來看，同樣上了年紀且莊嚴優雅的霍姆斯女士似乎接受自己自然變老。她和蘇珊・桑塔格（Susan Sontag，譯註：美國知名作家、評論家與政治運動人士，也有電影作品，影響力相當深遠）一樣，深色頭髮間夾雜著幾絡白髮，不施脂粉，不戴珠寶，粉紅實驗衣隨興披在肩上。看守父親的人也是女人，悉數穿著粉紅色實驗衣。有些父親與講師的親密程度令人起疑。

年輕的母親與父親彼此吸引，父母在娃娃食物帳篷排隊，開始謹慎的交談互動，每個人都小心翼翼，悄悄說話。有些父母自我介紹時會提到自己的名字與罪行，之後才發現根本不必提。

沒有人提到瑪格麗特。斐莉妲一直在想瑪格麗特的兒子，不知道有沒有人告訴他這個消息，誰會帶他去葬禮，他能不能去葬禮，棺木會不會蓋起。斐莉妲已經四個月沒和哈莉葉說話。得要有人告訴哈莉葉，媽咪很快就會打電話了——如果諮商師准許的話，這個週末就會打。昨天考中高階遊戲時，她得到第二名，但她知道現在高興還太早。

她抱著艾曼紐到娃娃食物帳篷。

「媽咪，我覺得好緊張。」艾曼紐把臉隱藏起來。

斐莉妲告訴她別擔心。為了轉移艾曼紐的注意力，斐莉妲朝著排在她們前面的男娃娃揮揮手，他坐在父親肩上。

她們伸長脖子。

「好高喔。」艾曼紐說。

那位父親可能有一百九十或一百九十三公分高。艾曼紐問，他是不是長頸鹿。這位父親無意間聽見她倆的對話就笑了。他轉過身自我介紹：**塔克**。斐莉妲與他握手，以粗啞聲音說哈囉。這男人的手掌柔軟，比她的柔軟多了。自從去年十一月之後，她見過的男人沒有一個不是警衛。

塔克的兒子娃娃叫做傑若米，皮膚白皙，胖嘟嘟的，有深棕色頭髮，圓滾滾的身材，是剪了蘑菇頭的三歲男孩，眼神簡直像連環殺手。塔克把他放下來，艾曼紐揮揮手。傑若米戳了戳她的手臂，艾曼紐碰觸他的手。傑若米粗魯的擁抱艾曼紐，之後設法把整個拳頭塞進她嘴裡。

「哇，這樣太粗暴了喔。」斐莉妲說。塔克要傑若米溫和一點。他們四目相交，而不是只看娃娃。

斐莉妲看了又看。塔克與她年紀相仿，或許年長一些，是已屆不惑之年的白人男子，身體像讀書人那樣駝背。他筆直的頭髮幾乎是灰的，垂到額前，這髮型剪得挺隨興。他一笑，眼睛幾乎都不見了。他的笑容很輕鬆。他比威爾瘦，也沒那麼吸引人，比葛斯特有更多皺紋，有筆直的大牙，讓那張臉看起來有馬的特質。

她看看他有沒有婚戒，又想起珠寶的規範，因此得想個辦法詢問。艾曼紐注意到她臉紅。

「媽咪，妳怎麼燙燙的？還好嗎？」

「我沒事。」

塔克也臉紅了。斐莉妲心想，穿著制服在滿是藍色食物的帳篷相遇，他這樣的反應挺適當。

這裡有藍色熱狗、餅乾、西瓜切片、冰淇淋三明治、冰棒。得先讓娃娃吃飽。斐莉妲和塔克把娃娃帶到帳篷一處空的角落。父母們自我種族隔離，看了令人沮喪。拉美裔父親是拉美裔母親的目光焦點所在。一位五十開外的孤單白人父親，找上中年白人婦女三人組，他的少女娃娃看起來有些羞愧。

大家知道的女同志仍在自己的小圈子互動。斐莉妲和其他母親加入跨族群的社交互動，白人母親和黑人父親打情罵俏尤其引來怒視。斐莉妲覺得愧疚，但如果羅珊或別人責怪起來，她就會說塔克是剛好排隊時站她前面而已，她這樣並非故意表現出自己是在白人文化中成長。多數黑人與拉美裔父親太年輕，多數白人父親太古怪。這裡未見亞洲人的蹤影。

艾曼紐與傑若米的嘴巴沾染上一圈藍色。塔克和斐莉妲聊起他們的娃娃，娃娃在陌生人周圍是不是通常比較害羞，還有今天早上表現如何，在課堂上通常表現如何。就連在藍色食物旁聊天時，她也很訝異的發現，和塔克在一起令人感到安心，很享受他的低沉嗓音，還有他的傾聽。她問，父親是不是有較好的飲食、更多隱私？星期五有沒有諮商時間？星期六有沒有打掃隊？如何慶祝父親節？有沒有戀情、受傷、自殺或開除事件？

「我們這發生過一次。我是說自殺。」斐莉妲說，但沒提到她可能會是下一次。

「我們沒有。」塔克說，「很遺憾，請接受我的哀悼。」

「我和她不熟。我倒是希望自己能更傷心，在這裡幾乎感受不到任何事。」她承認，疏離感讓她覺得自己很自私。

「妳看起來不自私。」

斐莉妲微笑。「你不了解我。」

塔克欣然回答關於父親學校的問題：沒有清潔隊，有大腦掃描，一個月有一次諮商，沒有談話圈，什麼是談話圈？有人替別人手淫，但沒有真正的戀情，至少他不知情。有幾起拳腳相向的事件，但沒有開除。有娃娃故障事件，但沒有娃娃死亡。每個星期天可以打電話回家一小時，沒有人曾失去通話機會。諮商師認為，讓他們停留在孩子的生命中很重要。大致而言，這是個支援團體。

塔克交了些朋友。「來自各行各業。」他說。

斐莉妲後悔提問。她捲起制服的袖子之後又放下袖子，深嘆口氣。如果能和當初的約定一樣，每個星期天都和哈莉葉說話，那這分離的一年會是多麼不同。

她等塔克問起母親課程的情況，但他沒問，於是斐莉妲說：「你不想知道關於我們的事嗎？」

「抱歉哪，還沒聊到多少妳們女士們的事，但一定要聊嗎？我不想聊這個地方。今天放假，跟我聊聊妳的事吧。」

「真的嗎？為什麼？」

塔克看起來有興趣。「我比較想知道人類靈魂如何存留下來。跟我說說妳的靈魂吧，斐莉妲。」

「我不知道我的靈魂能不能獲准和你說話。」

「妳的靈魂已經被帶走了嗎？」

「喔，當然囉。很多人排隊，我超受歡迎的。」

「像妳這樣的女孩是當然囉。」他說。

他想知道她過去的生活。她在哪裡長大，在哪裡上大學，住在費城的哪裡，在哪裡工作。他很熱忱，斐莉妲懷疑他是不是基督徒。她想知道他到底做錯了什麼。他看起來很擅長和孩子相處。她曾一度認為葛斯特也是這樣。

「我想念看書。」他說。

「我想念看報紙。還記得以前能花多少時間在讀書看報嗎？現在這樣不是很荒謬嗎？我等不及想剪頭髮了，好懷念瀏海，能遮住抬頭紋。我現在眉毛這邊歪七扭八的，看到沒？我沒辦法自己剪，太瘋狂了。我不想要請這裡的任何人幫我剪。我不該讓臉露出這麼多。」

「為什麼？妳的臉很漂亮。」

斐莉妲又臉紅了。她謝謝塔克，說自己不是來討讚美的。塔克也不認為她有此意。除了梅若或羅珊，她沒和任何人聊這麼久過。一小時過去，她很高興能和同齡的人聊天。她想起和葛斯特初次約會後，曾告訴朋友關於葛斯特的事。「他會問我問題，」她說，「聽我說話。」這在紐約可是很稀奇的經驗。

艾曼紐和傑若米在桌底下玩，父母則在吃人類的食物，相互比較自己犯下的罪過。

「我讓十八個月大的女兒獨自留在家裡超過兩小時，你呢？」

「我兒子從樹上摔下來，在我看顧的時候。」

「多大？樹多高？」

「三歲，樹很高，他摔斷腿。他在樹屋裡玩，我也在那邊，但我轉身傳個簡訊，事情就瞬間發生，希拉斯想要飛飛看。我前妻告訴醫院發生了什麼事。」

「所以你就在這了。」

「所以我就在這了。」塔克舉起塑膠杯。

她知道，自己應該要設立更高的標準，或許她是太重視他的身高，覺得自己如果深陷危機，就能躲到他懷裡避難，他只要將她摟在懷裡，她就能躲起來。她好喜歡以前在葛斯特身邊，覺得自己小鳥依人。

不單只有她找到喜愛的人。四周的人七嘴八舌聊著，母親們在草坪上漫步，父親們則在衡量自己的選擇。偶爾會聽到年紀較大的娃娃說，他們的父母「真教人尷尬」。

塔克原本是科學家，在大藥廠規劃藥物試驗。他在日耳曼敦有房子，並一次改造一個房間。今年，有個朋友住在那裡。他付錢給朋友，請他改造廚房。斐莉妲問起他回到兒子身邊的評估報告。

塔克臉紅了。「一定要談這件事嗎？我是個父親，正在學習成為更好的人。」

「真的嗎？你們必須講的是這些？我們得說『**我**是自戀的人，**我**對孩子來說是個危險。』這表示，你能把孩子要回來？」

「只要我沒搞砸。諮商師說，我的機會尚可。妳呢？」

「尚可到差。」

塔克同情的看了她一眼。這些話語不像平常那樣傷人，孤單模糊了斐莉妲的判斷力。如果不是有圍籬、娃娃和後果，她會帶他到森林中。

「妳為什麼這樣做？」

斐莉妲很訝異他如此坦率，於是開始訴說那倒楣的一天，但在穿了八個月的制服之後，她的解釋聽起來格外可悲。她告訴塔克自己離家買杯咖啡，開車去拿忘在辦公室的檔案，以為會馬上回家。她承認，想喘口氣。他也承認，自己遺漏了些許細節沒說。希拉斯摔下來時，他是在傳簡訊給另一個女人。

「我就知道、我就知道，實在是老哏。」

「是啊。」

她問那女人的年紀，做好接受打擊的準備，但聽到這女人是個較年長的同事之後又鬆了口氣。那只是逢場作戲，不是婚外情。接下來兩人又比較起離婚的狀況。塔克尚未達成離婚決議。他的前妻有撫養權。她和兒子朋友的父親一起照顧。那人以寫作為業，是個在家工作的可惡爸爸。塔克在抱怨這個新男人時表情變得醜惡，那股憤怒令她緊張。她在談到蘇珊娜時，大概也是此等模樣吧。前一刻還講理，下一刻就被憤怒蒙蔽。

「我該走了。」她說。他摸摸她的手肘，讓她感到一陣顫慄傳遍全身。她想起威爾帶她到房間。

「妳在評斷。」塔克說。

「我們在這裡都這樣。」她起身尋找艾曼紐，要艾曼紐向傑若米說再見。

塔克仍盯著她看。「留下來，」他說，「我很喜歡這樣。妳不喜歡嗎？」

斐莉妲回到椅子上。塔克手臂搭在椅背。她該想自己的女兒。她不能為了這個讓兒子摔下樹的人，冒著失去哈莉葉的風險。

◎

母親們在晚餐時交換意見：哪些父親怪怪的，哪些可親熱，哪些已死會，哪些似乎是同性戀。貝絲說，斐莉妲實質上是已婚了。梅若說，塔克又老又超普通，但他有滿頭頭髮，說不定很有錢。

斐莉妲跟大家說她得知的父親學校課程。同學們搖搖頭，雖然覺得出乎意料，卻不感到意外。她們最氣的就是通話機會。聽說父親的考試比較簡單，更換藍色液體是由技術部門負責。

斐莉妲還告訴她們，塔克差不多是欺騙了前妻。他的兒子摔斷腿。琳達說，一切都是相對的。中年白人女子三人組看上了一個保險員，他揍了十四歲的女兒，還要她幫忙買毒品。有些確實是無害的人，那些父親唯一的罪行就是窮，但她們也遇到會體罰的差勁父親，導致孩子手臂骨折與肩膀脫臼的差勁父親，酗酒的差勁父親，安非他命上癮的差勁父親，有些是有前科的。有個男人或許心理有病，說他不想離開，想要參加學程兩次。他告訴貝絲，學校的生活比較好，一天有三餐，有空調，有床鋪。他很驚訝母親學校的校園這麼大。

她們告訴斐莉妲，要黏著那個分心疏忽樹屋狀況的爸爸。至少他沒有暴力傾向，至少他沒酗酒，至少他離開之後還有工作。

「至少他那邊很大。」琳達說，整桌人嗤嗤笑。

父親學校位於一座遺棄的紅磚醫院，根據入口的牌匾標示，建築物是在兩百年前興建的。這裡的警衛似乎較多，但攝影機較少。漫長蜿蜒的車道兩邊，有修剪過的薔薇灌木，入口旁的花園滿滿的向日葵恣意生長。

梅若說，這地方看起來像殭屍電影的拍攝場景。斐莉妲告訴她海倫曾胡扯過的護士幻想，還有男人或許覺得粉紅色實驗衣很撩人之類的話。不知道是不是自己多心，但父親的講師看起來較年輕有魅力。她們似乎妝容較厚，有人在粉紅實驗衣底下穿著洋裝，還有人穿高跟鞋。

她們被帶到兒科病房的一間房間，這裡以前似乎是病童遊戲間。所有家具都是兒童尺寸，牆面是奶油色，窗戶上裝飾著太陽、彩虹、雲朵與泰迪熊貼飾。

父母會依據娃娃的年紀分班，同齡的會一起練習。每一組有六人：兩個母親帶著女娃娃，一個父親帶著男娃娃。斐莉妲和琳達與一位名叫喬治的拉美裔父親練習，這位父親有著不對稱的髮型，前臂有鳥獸展翅的刺青圖案。

艾曼紐搓揉喬治的手臂，想讓這生物消失。她想找傑若米，想找食物。為什麼這邊有玩具卻沒有食物，又不能到外頭？

「有太陽，」艾曼紐指著窗戶說，「媽咪散步！」

「記得要說請。抱歉，親愛的，今天不能和傑若米玩，而是要交新朋友。這個月會交到很多新朋友。我們會玩，會學習。記得嗎？妳說會幫我。」

艾曼紐雙手環抱肚子，搖晃著身體。「傑—米。」她輕聲說道。她從來沒有那麼喜歡另一個娃娃。

斐莉妲也想念他們，娃娃至少還能彼此擁抱。昨天塔克問，他們在自助餐廳時可不可以一起坐一下。他想握她的手，但她把他的手揮開，之後又懊惱不已。要是他再嘗試，她就會讓他握。她可不願塔克選別人。她聽說雪瑞絲，也就是那個威爾森・菲利浦合唱團的金髮粉絲可能對他有興趣。

她想到塔克把手放在她的手肘上，想像他把手放到她的手腕上。她是個差勁的母親，因為想到他。她是個差勁的母親，因為想見他。塔克不在這裡，這樣對她來說比較安全。性緊張會干擾每個人的親職。母親弓著背部坐著，父親伸展身體，看看四周，上下打量母親的制服，好像裡頭的身體仍有某種價值。

講師分發了玩具筆電，每三個娃娃有一台。筆電一上場，喬治的娃娃就衝去搶，撞倒兩個女孩又不願道歉。喬治從背後抱住娃娃，固定他的手腳，好像在做哈姆立克急救法。這種擁抱方式能舒緩攻擊行為，只有男孩的父母才會學這個動作。

「做得好。」柯瑞女士告訴喬治，她建議斐莉妲和琳達好好觀察學習。

斐莉妲給予擁抱，安撫艾曼紐的身體疼痛與情緒波動。艾曼紐問，為什麼這個男生那麼壞。

「他不是壞，只是很喜歡妳。男生就是這樣表達他們的感受。」她告訴艾曼紐關於比利的故事。這個金髮小男孩曾在幼兒園親吻斐莉妲。每天，比利都會毫不留情的揶揄她，說她好醜，還把眼睛拉成瞇瞇眼，發出「清沖」的聲音，並召集其他孩子來取笑她。那是很久以前的事了，當年小孩子在遊戲時不會有人監督。後來在某個下午，遊樂場幾乎空蕩蕩時，她聽見有人跑到她後面。她感覺到有人親她，而且是好用力的親她臉頰，差點把她撞倒。她不知道到底是誰跑來親她，直到那人已穿過遊樂場，跑到大老遠的地方。

「我八歲之前，沒有告訴任何人。」

「為什麼？」

「他不希望有人知道他喜歡我。」斐莉妲捏捏艾曼紐的手臂。「男生很複雜的。」

在一小時的午餐時間，大家相當靦腆，有人刻意掉落餐巾、轉著餐具來引誘人。午餐結束後，講師把大家分到新的組別。斐莉妲與梅若和一位年輕的黑人父親練習。這位父親名叫柯林，和學步兒一同午睡時翻身，壓斷了小男孩的手腕。她倆趁著娃娃為了玩具車在爭執時，點點滴滴收集起他的背景資訊。柯林二十一歲，有張娃娃臉，比綠眼警衛的膚色暗了五個色階，個子較高，蓄著短短的鬍子，說話隱約帶著南方腔調。他只和梅若說話，好像斐莉妲並不在場似的。他自稱人緣好，來這裡之前在大學主修商業。他沒有提到妻子或女友。梅若整個下午都微微張嘴，頭略往一側歪著。

斐莉妲嘮叨梅若，要她注意一點。她太明目張膽，冒著太大風險。但是拜梅若健忘之賜，斐莉妲反而更顯出色。斐莉妲能三兩下就安撫艾曼紐，也能很快談論起群體的價值。在斐莉妲的鼓勵下，艾曼紐平靜的讓別人先玩，哭泣的程度遠比其他兩個娃娃低許多。

盧索女士發現艾曼紐行為良好，斐莉妲提醒梅若和柯林要專心一點，但他倆沒在聽。斐莉妲覺得自己成了他們的保母似的。她覺得自己好像瞥見梅若的過往，還有哈莉葉未來可能發生的事。沒有多少事情比慾火焚身的青少女更可怕。只要再過個八、九年，哈莉葉的身體就會出現變化。葛斯特家族的女人身材窈窕有致，男孩會盯著哈莉葉，男人也會。

整個七月，學校都會安排男女一同訓練。在第一個星期，就有一半的母親必須進入談話圈。她們的不當行為包括肢體語言過於挑逗，說話靦腆造作，眼神接觸太多，碰觸時有性暗示，還忽視娃娃。有天晚上梅若和羅珊比鄰而坐，羅珊因為碰觸某個父親的手而被揪出來，梅若則是因為太激情擁抱柯林。

◎

羅珊告訴斐莉妲，梅若應該要認錯，卻聲稱自己沒在打情罵俏，並未讓柯林分心父職的任務，柯林也沒讓她分心，他們是在多工狀態。然而她酸溜溜的話語讓她換來更多次的諮商，並列入檔案中。

「瞧瞧那女生得逞的樣子。」羅珊說。她認為梅若很貪心，在家有一個男人，在這裡有兩個。有些母親連一個都沒有。

「我們不會永遠待在這裡。」

「拜託，斐莉妲，別跟我說教。」

「我只是說妳聰明又年輕美麗，之後會遇到正常的人，一個成年人。妳應該要和成熟的人在一起。」

每當羅珊有新的煩惱，或聊到離開這裡之後會做些什麼，她們總是這樣對話。

「妳還不到三十九歲。」斐莉妲說。

「那又怎樣？要是知道我的小孩被帶走，還有誰會要我？」

「總有人會理解的。」

「天哪。」羅珊大翻白眼。

羅珊幫塔克取了個代號：豆莖。她指責斐莉妲的注意力飄移，或斐莉妲不記得最後一次對話的確切細節，都是因為在想著豆莖。羅珊聽聞，許多父親覺得豆莖很討厭。他自稱無所不知，老是在講自己的一個黑人朋友，也一直在說自己是在貧困中由單親母親帶大他，讓他讀完大學。

羅珊說：「他假裝自己是個覺醒分子，但他只是讀了一堆廢話連篇的思想文章。」

斐莉妲並不想幫塔克說話，最好都別談他，連代號都別提。她向來不善於抵抗。她會以與他相見來算時間。到了夜裡，她應該想念哈莉葉時卻想起塔克。再次成為別人的渴求對象猶如幻覺，但是同學已發現，塔克總會在自助餐廳尋找斐莉妲的身影。有一天斐莉妲准許他同桌，他輕聲說道，她看起來很美。

她心想，從各付各的ＡＡ制所展開的戀情是否就是如此。雙方有共同的缺點，反而臭味相投。要是他倆可在一起，或許能截長補短，成為值得信賴的家長。每當她想到能否讓孩子回到身邊的報告、想到可能偏往哪個方向時，就想到塔克與他的房子。日耳曼敦的房子很大。他說不定願意讓她住幾晚。她可在找工作時借住，她和哈莉葉會有很大的空間。

◎

星期五，她抬頭挺胸走進諮商師的辦公室。她得到第二名，理當可得到通話機會。豈料規則又出現變化。校方認為，剝奪通話機會變成激勵每個人的好辦法。斐莉妲的通話機會又被暫停一個月。她必須在第六單元再成為前兩名，才有機會通話。

斐莉妲幾乎嚷了起來。「你們要我做什麼，我都做到了。我一定要和她談話。她就要上幼兒園了，但我連她要上哪個學校都不知道。我會錯過她第一天上學的日子。你們明白這一點嗎？我從三月之後就沒再和她說話，現在七月了。」

「別發牢騷了。」諮商師說。她理解斐莉妲會失望，但斐莉妲得實際一點。重要的是訓練。不受通話分心，或許會讓母職更進步。

課程來到這一階段，學校要看到綜合成效。他們得知道如果哈莉葉回到她身邊，她會確切知道在每個情況該做些什麼。

斐莉妲怒氣沖天，詢問讓孩子回歸的預測。她進步了，沒有再回到談話圈。艾曼紐的瘀傷復原，也能順利的和其他孩子玩。當然，她現在的機會變成尚可，甚至是尚可到佳。

斐莉妲問，到底需要表現到多好的程度，才能改變她的預測成果。「評估會持續進行。」諮商師拒絕回答斐莉妲的問題，反而想談誘惑。

「妳們有許多人過去和男人有問題。」

斐莉妲擔心諮商師會指名道姓，提到塔克，但諮商師只是以非關性事的姿態，籠統提到父親。既然沒提到塔克，斐莉妲決定虛張聲勢。

「我沒有感覺受到誘惑，也沒有男女關係上的問題。我結過婚，女兒本來也會在穩定的雙親家庭長大，要不是我的前夫……」她停下來，讓自己鎮定。「抱歉，不好意思。葛斯特是個完美的父親，我知道他是。我只是要說，我不會因為某個男人就危及自己的情況。他們這些單身漢都不夠格。」

◎

在皮爾斯館的草坪上，校方裝設鞦韆架與攀爬架。父母練習溜滑梯禮儀、盪鞦韆禮儀、遊戲場上的對話，以及如何在與其他成人聊天時監督孩子。

每個人的制服都有汗水留下的鹽垢。校方沒有發帽子或太陽眼鏡。雖然有樹木，但不足以遮蔭。他們待在戶外很久，校方給的防曬乳根本不夠。有父母中暑，也有人脫水暈眩。他們得趁用餐時狂喝水，在課堂上無法喝水，因為有個四歲的女娃娃拿到瓶裝水，導致故障。

想到有可能見到塔克，斐莉妲就暫時忘懷口渴，也從母職分神。講師會抓出每一個錯誤。艾曼紐跑到鞦韆前面時，斐莉妲動作不夠快。她把艾曼紐推太高；艾曼紐在攀登攀爬架時，她不夠專心看。她和塔克聊太久，讓塔克沒辦法和其他母親合作。

塔克說了又臭又長的笑話，大膽嘲笑講師與課程。艾曼紐喜歡坐在他的肩上兜風。斐莉妲忍不住想像著十一月之後的情況。她想像把塔克介紹給哈莉葉和雙親，但不會說出是在哪裡相識的。

「妳必須找個男人，他愛妳的程度，得勝過妳愛他。」她母親曾告訴她。葛斯特希望她重新開始約會。威爾已經放下她了，他會希望她能快樂。他會喜歡塔克

的。這兩人都心地柔軟，寬宏大量。每當她看見威爾與那些弱女子在一起時，她都會注意到這現象

諮商師想知道究竟發生什麼事。上個星期，斐莉姐表現得還不錯，但現在說話的數量減少，依附程度也降低。不是說那些單身漢不夠格嗎？到底是怎麼回事？

「他只是個朋友。」斐莉姐說。

◎

有人發現圍籬沒有通電的區段，有一對情侶在森林中嬉鬧，另一對闖入校園北邊的小空屋。還有人在美術館後面發現視野死角。有情侶躺在養鴨池塘旁，但制服沾上了泥巴，才洩露出他們的行蹤。

父母親在四處探索時帶回資訊分享給其他人：哪些攝影機似乎故障，校園哪些區塊似乎完全沒有攝影機，哪些穿粉紅實驗衣的女子與警衛總是在看手機，吉布森女士或奈特女士最容易去哪些課堂。由於上課地點經常變動，因此要追蹤每個人並不容易。有一對父母在室內運動場被逮，另一對則是在樹叢中，還有一對在停車場的巴士下。這些母親失去了通話機會，被送到談話圈，而父親則是得在週末做更多練習。

接下來的課程則是關於同意，柯瑞女士以柯林的娃娃示範。

「我可以親你這邊嗎？」她指著娃娃的臉頰問。另一個娃娃必須等柯林的娃娃說可以。如果娃娃說不可以，那就不能親吻、擁抱或牽手。

他們回到兒科翼樓，這裡有更大塊的地毯，但沒有玩具。娃娃被設定成對身體很好奇。男娃娃解開制服的扣子，抓著陰莖，女娃娃則是磨蹭椅子。娃娃溫柔愛撫著彼此的藍色按鈕。

在不適當觸摸的情況下，父母得把娃娃分開，教他們說：「不行！我不准你碰我！我的身體是神聖的。」

娃娃沒什麼耐性練習。大部分娃娃會說「不行！」與「我不准」，但句子的其他部分卻不會說。他們喋喋不休的重複「身體身體身體」，聽起來好像流行歌曲。

斐莉妲想知道有沒有人親吻哈莉葉？如果有人親了，葛斯特與蘇珊娜作何反應？哈莉葉有沒有遊戲場上的男友，就像艾曼紐和傑若米那樣？

要忽視塔克愈來愈難。她想告訴他關於理智之屋、內心之屋、身體之屋的事。學校不是教她們真正需要的不就是負責賺錢的伴侶嗎？她們受的訓練不就是全職母親的訓練？不然錢從哪裡來？講師從來沒有提過離家工作、日托中心或保母。她有一回聽到柯瑞女士說起「保母」時，那語調就像有些人說「社會主義者」。

她能找到什麼工作來彌補失去的時間？小學時，她曾羨慕同學的媽媽會烘焙，在校外教學當志工，為同學精心規劃生日派對。有外婆同住很好，但還是不一樣。如果和塔克在一起，她或許只需要兼職工作。他會幫忙支付醫療保險的費用。哈莉葉只有在和葛斯特同住時才需要上幼兒園。由斐莉妲照顧的半個星期，她會分分秒秒和哈莉葉在一起。她們會彌補這失去的一年。

艾曼紐相信自己是藍人。斐莉妲在解釋雙重種族、媽咪是華人、艾曼紐是半個華人時，艾曼紐說：「我是藍人。」

◎

「不對，藍的，」她說，「我是半個藍人。」

他們已上了三天的種族差異課，這是預防種族與性別歧視課程的一部分。父母會運用繪本，多聊聊關於膚色的事，告訴娃娃內在與外在的不同；大家內在都一樣，而外在的差異應該得到頌揚。然而，和諧並不是焦點。幾天後，娃娃被設定成會表現憎恨。

「困境，」講師說，「是最有效的教學工具。」

娃娃輪流扮演壓迫者。經過程式設定之後，娃娃會了解與說出貶損語言。白人娃娃會被設定成厭惡有色人種娃娃，男娃娃被設定成厭惡女娃娃。白人男娃娃的父母這星期都在羞愧道歉，有些人還因為過度責備，被講師點名。在娃娃年紀較大的班級發生互毆的狀況。技術部門湧進一堆臉部瘀傷、脫落幾撮頭髮的娃娃。

父母要練習安慰受歧視的娃娃。幾個有色人種的父母被惹毛了，有人對有種族歧視的娃娃激動起來，開口責罵，有些甚至大吼。連琳達也動搖了。在午餐時，大家會談到霸凌、暴力、微歧視及警方騷擾的故事。

黑人父母不喜歡整個議題是由黑人與白人的條件來架構。拉美裔的父母不喜歡娃娃受到很糟的平板腔調西班牙文霸凌，或被稱為「非法移民」。白人父母不樂見自己的娃娃扮演種族歧視者。斐莉妲不滿有黑人、白人、拉美裔娃娃騷擾艾曼紐。

午餐時間，塔克告訴斐莉妲，他已厭倦扮演白人邪魔，聽膩娃娃使用貶損黑人的語言，稱他們為「黑ㄍ——」。他的真正兒子才不會用這種字。希拉斯的母親買過圖畫書，裡面描繪來自不同背景的兒童。他們每幾個星期會交換這些書，因此希拉斯絕不是只看過白人臉孔。

「研究顯示，即使十八個月大的孩子也能表現種族偏見。」塔克說。

「別讓他們逮到你在抱怨。」斐莉妲克制著，沒問希拉斯有沒有任何黑人朋友。她在這方面就很看不慣葛斯特與蘇珊娜。如果哈莉葉沒有黑人朋友，何必要跟黑人娃娃玩？哈莉葉何時才會遇到另一個華裔孩子？

娃娃們稱艾曼紐為中國佬，還把眼睛拉成瞇瞇眼。斐莉妲想起父母說華語時，別人聽了會嘲笑，還模仿他們的腔調。那是她深藏已久的記憶。父母和附近冰淇淋店的華人老闆閒聊時，兩個黑人青少女在笑。當時斐莉妲約六、七歲，惡狠狠瞪著那兩個女孩，想對她們大吼，但她們根本沒注意到她，也沒停止嗤嗤竊笑。那兩個女孩是在冰淇淋店工作，卻取笑老闆，而老闆也任由她們笑。

或許那次傷害沒那麼危險，不會造成哪個孩子遭殺害，但當年還是孩子的她碰到這種事時，會希望自己能消失。有時，她會想死了算了，她討厭在鏡中看見自己的臉。

哈莉葉要是碰上這種事，蘇珊娜不會知道該怎麼安慰。她會高談闊論種族平等的陳腔濫調，但沒辦法說，**我也碰過這種事，但撐過來了**。**妳也能撐下去**。她沒辦法說，**我們就是**

華人家族。蘇珊娜對於華人文化的理解全是來自書籍和電影。在真正的母親不在身邊的情況下，哈莉葉在成長過程中，可能會厭惡自己身上的華人血統。

◎

種族主義的練習導致友誼出現緊張關係。羅珊說，斐莉妲不會明白的。「妳不會懂的，」羅珊說，「我才不管妳讀了多少關於交織性的資訊。但妳不必擔心哈莉葉遭射殺。妳可以把她帶到任何地方，不必和人爭執。」（譯註：交織性〔intersectionality〕是指性別、族裔、階級、社經地位、宗教等諸多因素的組合而引起的歧視與壓迫。）

等到埃薩克長大一點，羅珊必須教他如何應付警方。她絕不會讓他玩玩具槍、武器，或以手比出槍的形狀。

斐莉妲沒有任何反駁空間。她和羅珊的關係，就像蘇珊娜和她的關係。她是最愜意的亞洲人，是走學術路線的，不是商店老闆、餐館主人、乾洗店家、有機食品行主人、美髮院員工或難民。

這些課程讓她覺得，渴求另一個白人男子實在可恥，但只有白人男子曾追求過她。她進入了白人的世界，只曾與兩名亞洲情人交往過。她曾認真企盼這兩人能成為男友，以取悅父母，但其中一名男子認為她受太多傷，另一個認為她太負面，兩人都認為她無法與他們的母親好好相處，或因為憂鬱症而無法孕育健康的孩子。她不該告訴他們自己在服藥，也不該提到自己在看治療師。她年輕時曾想過，如果有孩子的話，希望這孩子完全是華人血統，但她不知道的是，原來找個想和她在一起的華人男子竟是這麼困難。

她開始幻想起擁有另一個寶寶，一切重新開始。雖然她擔心一個差勁的母親加上一個差勁的父親，會生出反社會人格的孩子，會有兩人的缺點，自私、差勁的直覺，不過，這孩子也可能好端端的。

孤單有其特殊、持續的熱度。認識塔克之後，她再也沒有想過鐘塔，或幻想殺害諮商師，也恢復食慾。塔克看見她在遊樂場安慰艾曼紐，於是說：「妳知道嗎？我認為妳是個好母親，斐莉妲。我真的這樣想。」

◎

七月底在母親學校的共同評鑑中畫下句點。在教室中，斐莉妲和柯林配對。父親得多輪流幾次，這樣所有的母親才能有夥伴，雖然父親的成績是以第一次為準。

他們握手之後，盧索女士就啟動時鐘。在第一個練習區，娃娃為了一輛卡車爭執。斐莉妲近來幸福洋溢，因此能比柯林說話更有技巧，更能安撫，而艾曼紐也比柯林的娃娃更懂得分享。

在第二個練習區，柯林的娃娃在沒得到允許的情況下吻了艾曼紐的臉頰。斐莉妲與柯林開始闡述什麼是適當的碰觸，什麼是不適當的。在經過一個月的遊樂場爭執、不願被碰觸與種族衝突之後，艾曼紐突然動怒，賞柯林的娃娃一巴掌。她雖然有為打人道歉，卻是在斐莉妲勸告八次之後才道歉。斐莉妲做好心理準備，通話機會恐怕會再停一個月。

在種族與性別敏感度的練習區，情況愈來愈糟。艾曼紐稱這男孩為「黑ㄍ——」，而他則稱艾曼紐為中國佬，還口沫橫飛，稱她是賤女人。大人把孩子們分開，要孩子聆聽關於尊重與平等的訓斥。

柯林在訓斥時，忘了提及必須尊重女人。斐莉妲則是大談奴役的後果，制度性歧視有何影響，大規模監禁就是奴隸制度的延伸，為何黑人立法者與法官不多，權力如何源源不絕增生，還有這男孩光是設法長大就得過著多麼辛苦的生活，他要努力不遭到警方射殺，或不讓自己因為輕罪遭囚禁。她說得天花亂墜，遠遠超越柯林。柯林雖然談到亞洲人辛苦掙扎的概況，卻無法同樣訴說美國華裔的歷史。他不知道斐莉妲是華人，也從沒問過。

等他們說完，柯林哭了出來。「多謝啊，常春藤小姐。」他責怪斐莉妲害他搞砸，認為講師今天把他的娃娃設定得更有攻擊性。講師告訴他要鎮定，但沒有明指他爆粗口。

斐莉妲想道歉，但柯林打斷了她的話。「免了吧。」他說。他得準備面對下一個夥伴——琳達。

完成評鑑的父母可把娃娃帶到戶外，到方形院子的遊樂場。塔克已帶著傑若米在那兒，艾曼紐一見到他就速速往前跑，傑若米也朝著她跑過來。兩人原本想擁抱，卻隔了幾呎擦身而過，繼續往反方向跑。斐莉妲和塔克在笑。塔克等到娃娃們跑遠聽不到他說話時，喊了斐莉妲的名字。

斐莉妲慢跑到艾曼紐身邊，帶她到溜滑梯。明天才會知道考試成績。她該付出什麼才能獲得第二名？她會對生命的其他部分說再見，要回自己的孩子。不要男人，不要約會，不要戀愛，不要其他的愛。

傑若米和塔克在沙坑玩。塔克派傑若米跑過去傳達訊息。「爸爸要妳們過來和我們一起玩。」

娃娃手牽手，走到沙坑。斐莉妲猶豫了一下才跟過去。她和塔克坐在沙坑邊緣，附近沒有其他父母，穿著粉紅實驗衣的女人在很遠的地方觀察。斐莉妲讓肢體語言保持封閉端莊。但她想握住塔克的手，想坐在他大腿上。

「我知道妳喜歡我。」

斐莉妲把靴子往沙坑深處鑽，看著艾曼紐和傑若米以塑膠鏟子挖沙。塔克提出誘惑時，她悄然顫抖，但還是說：「我們沒辦法。」

「我就是要。」塔克朝著傑若米點點頭。「他聽不到，她也聽不到。」

他想談等他們離開之後，會帶她去哪個地方。她去過以色列餐館札哈夫嗎？巴布索呢？他喜歡巴布索。他希望她知道他愛烹飪與健行。

「這地方的好事，就是遇見妳。」他看似想吻她，要是在其他地方就好了，要是他們已帶回孩子就好了。

「斐莉妲，我們會把他們討回來。」他說，聲音滿是肯定。

十五

母親不該慶祝生日，只能談論自己與孩子的關係。剛來這學校的時候，就有人因為做生日卡給同學，在餐廳唱慶生歌，或是和娃娃談論她們的生日而惹上麻煩。八月初，斐莉妲滿四十歲那天，她沒有告訴任何人。沒有跟羅珊或梅若說，也沒告訴艾曼紐。

艾曼紐在桌子底下玩。如果可以，斐莉妲會想和艾曼紐談論時間與年歲增長，老化的意思是什麼，如果她是真正的人類，身體會如何變化，社會會對母親與女兒有何期待，別人會期望她們如何爭吵，她曾如何和母親爭吵，現在又多後悔當時說出口的每一個殘酷用字。去年她滿三十九歲時打電話給母親，終於對她說：「謝謝妳。」

父親學校的自助餐廳吵吵鬧鬧，很難聽清楚別人說什麼。這是醫院地下室的無窗空間，鋪著油氈地板，靠日光燈照明。現在進行到「第七單元：溝通技巧」，開頭的幾堂課是關於情緒控制與憤怒管理。

斐莉妲打開活頁夾，翻到最新的腳本。她和琳達輪流扮演需要更多育兒支援的母親。她們和一位名叫艾瑞克的白人父親練習，他像青少年那樣開始蓄鬍，但指甲啃得短到陷入指肉中，看起來好痛。

「B-I-T-C-H（婊子），我不會再給妳錢了啦。」艾瑞克把髒話的每個字母分開說。

「M-O-T-H-E-R-F-U-C-K-E-R（混帳東西），你這個懶到家的廢物。」斐莉妲回答。

他們遵照講師設定好的範例，繼續以這種方式說話，說得面紅耳赤，上氣不接下氣。之後，他們要練習一分鐘深呼吸，再練習以較平靜的語調唸相同台詞，把攻擊程度一再降低，直到說話語調出現和瑜伽士差不多的抑揚頓挫。接下來，他們轉換到另一個腳本，模仿理想的互動，沒有叫囂或咒罵。他們彼此說話的態度就像在對娃娃說話：**我注意到你不高興。我注意到你很挫折。告訴我，你需要我做些什麼。我該做些什麼才能更支持你？**一整天下來，各組成員會交替更換。爭吵變成了討論，責罵消失了，魚竿倒鉤沒了刺。爭執成了開啟同理心的機會。

大人的叫嚷讓娃娃苦惱又疑惑。在每回練習告一段落時，父母要和團體一起反省，討論如何以耐心與愛來回應敵意。艾瑞克說，這樣感覺到舒坦。他想像自己的憤怒是一張紙，他把這張紙摺成小小的方形，收到口袋裡。琳達說，她一直想到自己的父親。她和他很像。她不希望自己的孩子在成長過程中聽到那麼多叫罵。斐莉妲說，她和葛斯特不會這樣說話，通常不會為了錢爭吵，葛斯特的問題在於會避免衝突，而她的問題則是過度道歉，但她很慶幸可以知道，如果這種動態關係改變，她該怎麼做。

她想和塔克一起取笑這腳本。他在週末之後就沒刮過鬍子，鬍碴讓他看起來更有魅力。她喜歡他鬍子夾雜灰色，心想他有迷人的胸毛，皮膚碰到她時感覺會很棒，他不會介意她瘦巴巴的身材，他們會享受同床共枕。葛斯特離開之後，她花了好幾個月學著獨自入眠。她從房間的另一邊觀察塔克，下午也有一次和他同組，只是貝絲也在這組。隔天，輪到他們獨自共處。塔克在桌底下推她的靴子。塔克說：「我才不願對妳吼叫，可以光說話就好嗎？」

「我們得練習。」斐莉妲把腳抽開，腿交叉坐著。他們相識一個月了。她和葛斯特來到這階段時已說過我愛你，整個週末都在床上親熱。

她整個星期都很小心，避免在午餐時與塔克共桌，要是在走廊看見他，她就會往另一個方向走。

羅珊認為，在這地方會產生情感，是因為近水樓台。「那就像給飢腸轆轆的人一片披薩，」羅珊說，「豆莖就是妳的披薩。」

她會是塔克的披薩嗎？他也對感情這麼飢渴嗎？艾曼紐和傑若米從著色本上抬起頭，來回看著父母，對他們聲音中的興奮之情有警覺。這四人看起來是精神失常的小家庭，有差勁的父母和虛假的小孩。斐莉妲心想，未來說不定也差不多一樣糟糕。

在有敵意的共同親職腳本中，塔克傳達的方式聽起來不只有點像前戲。

「B-I-T-C-H，」他緩緩說道，手指靠近斐莉妲手指的距離相當危險。「我沒辦法給更多錢了，之前不都講好了嗎？」

斐莉妲忍俊不禁。她很慶幸不用碰觸艾曼紐，因為她的手會太溫暖，脈搏太快。

他們在憤怒回合中竊笑。在呼吸練習時，塔克的腳搓摩她的小腿肚。由於四周喧囂，塔克還在腳本中加油添醋。「妳三點半就該去接他，為什麼老是什麼都忘記？」變成「妳三點半就該去接他，為什麼老是什麼都忘記？我想著妳。要是我們在正常情況相遇，我絕對會約妳出去。給自己一些肯定吧，妳真美，妳是狐狸。」

「別胡說。」她告訴塔克要依照腳本，只有瘋了才以為可以這樣說話，這樣不安全。

「沒有人會聽見。」

艾曼紐問：「媽咪，什麼狐狸？」

「毛茸茸的動物。媽咪不是狐狸，塔克爸爸會這樣說，是因為現在是夏天，夏天是浪漫的季節，而他很孤單。這個問題媽咪幫不了他。父母不該覺得孤單。我就不覺得孤單，我有妳呀！」

她悄聲對塔克說：「講理一點，該想想你的兒子。」

「妳總有一天會見到他。」

「相信他母親會很得意。想像一下，你告訴她是在哪找到我的。」

柯瑞女士走過來，於是他們練習兩頁惡意的對話，練到她走開。塔克伸向斐莉妲的手臂。

「非自願的肢體接觸，」斐莉妲說，把手臂抽離，「不行這樣，孩子會看見。」

這天課程結束，他們排隊歸還娃娃時，塔克更擅作主張了。他的手刷過斐莉妲的手，兩人指尖相碰。那快感真是劇烈得令人暈眩，比和威爾在一起時的感受更急切。

斐莉妲將手往口袋深處推，這是失去哈莉葉之後第一次感到這麼快樂。他們今天演了一整段的歷史，從暴怒、生悶氣、不甘不願的尊重，到最後一片寧靜，說話聽起來彷彿兩人動過腦白質切除術（編註：是一種神經外科手術，主要於一九三〇年代到一九五〇年代用來醫治一些精神病，這也是世界上第一種精神外科手術）。她不知道塔克看上她哪一點。當然，他們已年紀太大，無法再玩這些遊戲，也千瘡百孔，無法再有浪漫愛情。她登上巴士時，思緒已飄到遠方，離哈莉葉遠遠的，離母職遠遠的。無數的情況都會扼殺她的幻想。光是想念他，就代表她是傻子。但他可以這麼容易就拉抬起她，拉抬起她的心，還可以把她固定在牆邊，站著做愛。

◎

學校終於准許斐莉妲恢復通話機會，她的預測報告已升級到尚可。那天晚上，她回到坎普宿舍時，和羅珊跳了勝利之舞。她們繞著整個房間蹦跳歡呼。羅珊蹦上床，要斐莉妲也照辦，就這麼跳了一分鐘。她們像小女生那樣歡笑。羅珊還教斐莉妲「邱比特曳步舞」，羅珊曾和母親在家裡跳過。斐莉妲的舞步錯得一塌糊塗，兩人笑癱了。

「我替妳感到光榮。」諮商師說。她的話讓斐莉妲撐過另一天的憤怒管理練習、另一次週六打掃小隊任務。她要求給予鑷子與剪刀的特殊待遇，還有熨燙制服，決定要把頭髮綁成長長的辮子，並熬夜計畫要和哈莉葉說些什麼。

星期天總算到來，但葛斯特、蘇珊娜與哈莉葉出現在螢幕時，斐莉妲尚未做好準備，聆聽他們宣布的消息。蘇珊娜懷孕了，已經二十一週。他們才剛做完胎兒器官掃描。葛斯特已和蘇珊娜訂婚，會在十二月寶寶誕生前於市政廳結婚，明年春天會另外舉行典禮與宴客。

「希望妳也出席，」蘇珊娜說，「我們希望妳成為典禮的一員，妳可以朗讀聖經。」她讓斐莉妲看戒指，那枚兩克拉單鑽的戒指原本屬於葛斯特的祖母，葛斯特認為斐莉妲不該擁有，因為他不相信鑽石。

蘇珊娜告訴斐莉妲，預產期是十二月二十日。他們決定不探究孩子的性別。「生命中真正的驚喜並不多。」蘇珊娜說。

在背景中，葛斯特哄著哈莉葉打招呼，說螢幕上的女人是媽咪。他要哈莉葉站在他的大腿上，讓斐莉妲能看見她長多高。小兒科醫生要他們停止低碳飲食，於是她從三月以來長高將近八公分，體重增加超過兩公斤。

哈莉葉的臉更成熟了。斐莉妲看著螢幕下方的秒數流逝。電腦教室比她印象中安靜，沒有人吸鼻子，沒有人吼叫。她試著喚起她腦白質切除術後的聲音。呼吸練習幫不了她，她想哭。哈莉葉的臉依然削瘦，頭髮剪得和男生一樣短，看起來像個小精靈，像蘇珊娜。

蘇珊娜在一個月前，以三日法則來訓練哈莉葉如廁。他們把地毯捲起來，整個週末都讓哈莉葉光屁股。

「她馬上學會了。」蘇珊娜說。

在脫掉尿布的第一個小時，哈莉葉開始說更多話。

「她第一天說的第一件事，就是『我要穿尿布。幫我包屁屁。』她讓我們笑得發疼，好像我們解放了她的心智。她告訴我：『我不再是小寶寶了！我是大孩子！』真希望妳也在這。哈莉葉好會聆聽她的身體。」

「我是**這麼**大的孩子。」哈莉葉說。

斐莉妲做了鬼臉，葛斯特與蘇珊娜笑了。剩下兩分鐘。斐莉妲低頭看自己的談話重點。她努力說出「恭喜」，也設法謝謝蘇珊娜的努力，還說哈莉葉的精靈髮型「好看極了」。她克制自己，沒問蘇珊娜怎麼自認有權把孩子的頭髮剪成這樣。

「獻上遲到的生日快樂，」葛斯特說，「媽咪這個星期四十歲，快幫她唱慶生歌。」由於時間限制，他們以兩倍速來唱。

「謝謝你們。」斐莉妲讀了一下小抄，稱讚哈莉葉的適應力，感謝葛斯特與蘇珊娜費時照料。女兒眼中的渴望眼神，讓她想鑽進洞裡。

吉布森女士提醒大家剩三十秒。

「兔兔熊，還有什麼事想告訴媽咪？」葛斯特問。

哈莉葉嚷道：「媽咪，妳回來！現在就回來！」

斐莉妲對她說話時，哈莉葉繼續嚷著：「現在！現在！現在！」

斐莉妲說：「我想妳，好想好想妳。我愛妳，寶寶。媽咪的心真的很痛，好像有人捏擠它。」她握緊拳頭，在螢幕前揮舞。

哈莉葉模仿她。在通話結束之前，斐莉妲看到的最後一個畫面是哈莉葉握起小小的拳頭，假裝在捏擠她的心。

◎

對斐莉妲而言，接下來這個星期的角色扮演感覺尤其殘酷：要與孩子的繼父繼母和平溝通。母親要和繼母談話，父親要與繼父談話。這些陌生人已取代他們，現在還要抽走孩子的愛。

無論是誰寫下這劇本，總之這人很了解女人。劇本的台詞是笑裡藏刀，還讓生母帶有烈士色彩。斐莉妲的憤怒很真實，但冷靜下來的時候卻缺乏說服力。她不是故意說自己的心遭揑擠，只盼不會因此受罰。等哈莉葉年紀大一點，她們可以把這當笑話，當成關於悲傷與渴望的代號。其實，悲傷幾乎沒碰到她的心。她的後腰、脖子、肩膀與牙齒都感覺到蘇珊娜懷孕。她一定是在哈莉葉兩歲生日之後不久懷上寶寶。斐莉妲想像哈莉葉撫摸著蘇珊娜的肚子，葛斯特與蘇珊娜會在床上和寶寶說話。他們三人會一起去產檢，哈莉葉會看到超音波，觀察寶寶移動。

教導斐莉妲的女兒認識生命的，不該是蘇珊娜。家事法庭的法官應該知道，斐莉妲也能給哈莉葉弟弟妹妹，和她長得很像的弟弟妹妹。這個弟弟妹妹會是華人，有深色頭髮，眼睛、膚色都和哈莉葉一樣。在葛斯特和蘇珊娜的家庭中，哈莉葉永遠看起來像領養的，陌生人總會問問題。如果他們有自己的孩子，為何還需要她的女兒？

在課堂上，斐莉妲做著另一場婚禮的白日夢。塔克穿三件式西裝，是深色細條紋西裝，不是燕尾服。她則穿粉紅色禮服，悄悄讚頌著他倆相遇之處，手上則捧著銀蓮花的花束。他們會在芝加哥舉辦婚禮。這一次母親要求什麼，她都會破天荒的聽令照辦。她會邀請更多父母的朋友與同事。她會奉茶，會戴頭紗，把頭髮梳成高高的髮髻，在婚宴上穿紅旗袍。屆時搭配的背景音樂會讓長輩能跟著跳舞，也會分配更多時間拍家族照片。之後，她會為寶寶舉行百日宴，也要先生學華語。

諮商師擔心起斐莉妲的心理韌性。「我知道妳很期待這次通話。看到前夫放下過往，持續前進，肯定不好受。」

「他很久以前就放下了，我知道這一點。」斐莉妲說，她很高興哈莉葉將會有弟弟妹妹，她很替他們高興。

「我只是擔心，等寶寶出生之後，我女兒會得不到足夠的關注。琳達說，從一個孩子變成兩個孩子的轉折點最辛苦。要是我在家，就可以幫忙。她會歷經許多變化。她的弟弟妹妹誕生的那個月，我們就可以重聚，對吧？我們根本還沒談到幼兒園呢。本來該輪到我和她聊的，但是蘇珊娜——」

「蘇珊娜做出許多犧牲。」諮商師說。斐莉妲應該留意蘇珊娜承受多少壓力。而且她不該對自己的情況做出任何假設，現在時間還沒到。

在斐莉妲離開之前，她們又回來談談過度親密的主題。講師注意到塔克對她有興趣。斐莉妲提醒諮商師，她沒有心動，也沒有人說她的肢體語言有暗示性。

「我沒說妳有。但你們都是人類，感覺是可以培養的。斐莉妲，別忘了，這人讓自己的孩子摔下樹，而妳把寶寶獨自留在家裡，這樣的友誼不會有好結果。」

◎

藤蔓上的薔薇枯萎。這星期的氣溫都是三十七、八度，自助餐廳愈來愈像地牢。父親學校加裝電扇，強化空調效果。父母們以冷水淋浴，吃起冰塊。天氣燠熱，同學你來我往，生活無趣，在在促成高風險行為。大家拉高聲音，不再只是悄聲說話，也與人有大膽的眼神接觸。有些父母彼此互稱男女友。談話圈依然擁擠。有個父親突然遭校方開除，因為他被指控會色瞇瞇的看著雪瑞絲的少女娃娃，但多數父母都認為他是無辜的。

「她的話和我的不一致。」他說。向講師抱怨的是娃娃。她感覺到他以眼神脫光她的衣服，說他看她時，好像她秀色可餐。

雪瑞絲說：「相信女人。」

塔克派娃娃傑若米傳訊息給斐莉妲。他要梅若去請斐莉妲午餐時坐在一起。她差點答應，差點想告訴他蘇珊娜懷孕，哈莉葉短髮，諮商師最近一次的警告。她想謝謝他如此相待，彷彿她值得愛。要是她知道別人可能仁慈相待、讓她覺得自己值得，那麼她年輕時或許會更小心一點。她想像把塔克介紹給葛斯特認識，並與塔克一同參加葛斯特與蘇珊娜的婚禮。她也想著十一月以後的事，懷疑自己已四十、四十一歲，到底還能不能懷孕。

她自知能躲過更多責難，是因為她是黃種人。羅珊說，校方對棕色皮膚的女子更嚴格，她們是否跟著打情罵俏根本不重要。羅珊沒耐心聽斐莉妲說關於豆莖或蘇珊娜的問題，她要斐莉妲別再和葛斯特的女人爭執了。

「別跟我講什麼鑽戒的事。」她說。

羅珊的媽媽沒能時時讓身體保持充足水分，再次罹患泌尿道感染。「我真想用氣泡紙把她包起來。」羅珊說。鄰居和朋友出手相助，但那不一樣。她媽媽有免疫功能不全的問題，光是看醫生在候診室待一個小時，或是去一趟藥房都可能生病。要是她的母親病得更重卻沒有人告訴她呢？要是她得去醫院呢？

每天午餐，羅珊都和梅若與柯林坐在一起。羅珊對梅若的暗戀日益強烈，愈來愈不理性。每天夜裡，她都固執詢問斐莉妲是否認為她還有機會。羅珊說，梅若已和綠眼警衛分手，等到能親自見到歐珊的父親時，也會和他分手。

「梅若並不是適合妳的披薩，」斐莉妲說，「只剩下三個月了，妳知道的。」

斐莉妲設法警告梅若別太接近柯林，但這丫頭不聽。柯林不希望梅若和斐莉妲作朋友。他還在生評鑑日那天的氣。他說，若斐莉妲確實在乎美國黑人的命運，就該讓他贏。梅若說，這是她這輩子第一次真正感到快樂，比歐珊出生的時候還快樂，比遇到歐珊的父親還快樂。她和柯林會這樣告訴他們以後生下的孩子，他們是在沒有希望的地方發現了愛。

「就像那首歌寫的。」梅若說。

羅珊不會在睡覺時嗤嗤笑與說夢話了。

「妳聽到我講話嗎？」她問，夜裡喚醒斐莉妲。有時她會悄悄起床，坐到斐莉妲身邊。她倆輪流替對方搔搔背。她們聊到羅珊的母親，還有剛開始學走路的埃薩克。寄養母親為他買了第一雙硬底鞋。上個星期天通話時，寄養母親希望埃薩克走路給羅珊看，但他不肯。

「真不知道他接下來會幹什麼好事？」羅珊問。

斐莉妲告訴她哈莉葉剛踏出腳步的情況，還有最早學會說的話，從什麼時候開始，哈莉葉走路不會再跌倒。只是，她沒辦法再確知哪個月發生什麼事了。

◎

父母們在練習和老師、小兒科醫師、教練與有權威的人起爭執時，如何平靜友善的溝通。斐莉妲感覺到塔克整天都望著她。每當他在看她，她就覺得自己變得更美。她確信攝影機能分辨得出這種熱度和母愛散發出的臉部紅光不同。

斐莉妲因此精神煥發，還覺得愈多愈好。她不能讓塔克害她變弱，但即使她再怎麼努力，這情況還是會發生。在夜裡，她想像把心靈之屋與身體之屋交給一個讓孩子摔下樹的男子。她想像他們的身體在沒有攝影機的房間裡共處。

她沒問過他是否想要更多孩子，在這裡可不能問。不過，她父母理當再添個孫子。哈莉葉的兩個家庭應該勢均力敵。她想要再度感覺到寶寶在踢，喜歡她和哈莉葉總是在一起的那幾個月，她一天數兩回寶寶踢了幾次，在睡覺時感覺寶寶的拳頭像在打鼓，那是哈莉葉在呼應她溫暖的手，是她們的第一個暗號。

某天午餐時間，斐莉妲無視諮商師的警告，和塔克同坐，跟他說家裡發生的事。

「妳還愛他嗎？」塔克問。

「不愛，我不認為還愛。我應該要替他高興，也試著這樣做。如果我是不自私的好人，我就應該高興。你還愛你的妻子嗎？」

「我前妻。妳不必擔心她。她是我的家人，但聽好了，我很高興妳想過。」

塔克捏捏她的肩膀，她把塔克的手揮開。他移動右腳，磨蹭她的左腳。她濕了，重新排列盤子上的餐具。她不能看他，要是看了就會想碰觸。要是碰觸，她就死定了。

「我不能分心。」她說。

「我讓妳分心了？」

「不然你怎麼稱這情況？」

他聳聳肩說：「或許是——戀愛。」

◎

接下來的這次週日通話，葛斯特和蘇珊娜是在開普梅租來的濱海小屋接聽。蘇珊娜戴著寬邊遮陽帽，穿著黑色的細帶比基尼，露出她長著雀斑的乳溝。葛斯特打著赤膊，皮膚曬黑了。

斐莉妲發誓，絕不在這對養育她女兒的俊美夫妻面前落淚。她盯著蘇珊娜的乳房。蘇珊娜餵母奶不會有問題，寶寶會馬上含乳，她會奶水充沛，完全不必使用配方奶。

海風呼呼吹，致使他們的通話聲不那麼清晰。哈莉葉的臉曬傷了，濕答答的頭髮變成尖尖的。葛斯特要哈莉葉再說一次剛會說的逗趣句子給媽媽聽。

「月亮是一顆球在天上。」哈莉葉字正腔圓的唸出每個字。

斐莉妲鼓掌完畢，哈莉葉指著螢幕。

「媽咪，妳壞壞。」

葛斯特與蘇珊娜要她好好說話。

「妳壞壞！妳壞壞！不喜歡妳！」

斐莉妲幾乎崩潰，感覺事態嚴重。「我發現妳說妳在生我的氣。可以跟我多說一點嗎？我在這裡聽妳說喔。」

「我不高興。我不高興因為我不高興。」

斐莉妲問了更多開放式的問題，但哈莉葉不肯回答。斐莉妲舉起拳頭，用力一捏擠，但是哈莉葉早已忘了她倆的新遊戲。

「我要去海邊，不要媽咪。」

「再兩分鐘，」葛斯特說，「跟媽咪說妳想她。」

「不要，媽咪不在家！我**不**想講話。這**不**是我的計畫！」

斐莉妲想說，她會很快回家。再三個月喔，一、二、三。哈莉葉懂這些數字。不過，三個月又是一季的等待。

忽然間，哈莉葉動也不動。

「噢不。」葛斯特低頭看大腿。「忍住。別忘了，要尿到便盆裡。」他抓住哈莉葉的腋窩，火速奔入屋內，連再見都來不及說，把斐莉妲留給蘇珊娜。

蘇珊娜摘下太陽眼鏡。「她一定是感覺到有壓力，好幾個星期都沒尿褲子了。幸好沒拉在他身上。書上說，情緒會導致括約肌打開。」

斐莉妲還來不及道歉，蘇珊娜就問，可不可以讓葛斯特到斐莉妲的儲物空間拿些哈莉葉的東西。她們總算聊到幼兒園了。她跟斐莉妲說哈莉葉第一天上學穿的服裝、她訂購的背包和餐盒、防水鞋套與室內鞋、名牌，還有要送到哈莉葉教室，貼在牆上的家庭照。等斐莉妲一回家，大家得重新拍張照片。哈莉葉會去上城中區的蒙特梭利學校。幾天前，有兩個老師來家庭訪問，談到分離焦慮，蘇珊娜應該如何處理接送事宜，還有剛開學的過渡期課表。他們問到是否有特殊考量，以及老師能做些什麼在這轉換過程中支持哈莉葉，他們得知道關於這家庭的事。

「妳跟他們說什麼？」斐莉妲問。

「我們什麼都說了，非如此不可。」

◎

八月的最後一週，父母們進行的是憤怒管理的訓練。星期四下午，斐莉妲和塔克搭檔。塔克不願認真訓練，反而想趁著四周盡是叫罵指責聲時談談未來。斐莉妲要去哪裡住？有地方住嗎？

「我或許可以幫妳。」

她想說好。「拜託，跟我練習台詞。她們都在監視我們，別脫稿演出。」

「妳實在是折騰我，斐莉妲。」

「我可沒有要折騰你，不要那樣講話。想想你兒子。」

「使人內疚。媽咪違規一次，爸爸零次。」

「快點開始就對了。對我吼叫、責罵。」

「我這個人是有感情的。」

「拜託。」

塔克不甘願的開始練習，扮起委屈的前夫。他們先從怒氣沖天開始，再進展到心平氣和，感同身受。

斐莉妲表情與聲音硬是擠出敵意。蘇珊娜說，哈莉葉不必感到羞恥。老師必須知道哈莉葉有時不能上學，因為得和社工與兒童心理師見面。斐莉妲知道，老師會留意哈莉葉，像觀察受虐或遭猥褻的孩子那樣。蘇珊娜或許會告訴其他家長和其他媽媽，當然，別人就會開始問東問西：葛斯特的前妻、哈莉葉的母親——她在哪？

斐莉妲對塔克說：「我聽見了。希望你知道我很重視你的誠實。」

盧索女士經過他們桌邊。他們看起來緊張疲憊，像背後有一段往事的伴侶。

斐莉妲眼中含淚，設法別看艾曼紐，但娃娃注意到了。艾曼紐爬到斐莉妲的大腿上，雙臂環抱著斐莉妲的脖子。「媽咪，妳還好嗎？」

盧索女士雙手放在斐莉妲的椅背。「告訴我，這裡究竟發生什麼事？」

◎

斐莉妲的諮商師在尋找適切的比喻，描述她的心智狀態及內在的一片狼藉。講師提報說，她並不專心，無法適當校正自己的情緒。她為何不為純淨的心靈與精神而努力？和差勁的父親交朋友，只會對她造成傷害。

星期天晚上，學校將會舉辦夏末舞會，在課程即將進入最後幾個月時為大家打氣。自從瑪格麗特自殺之後，校方就要求媽媽參加更多諮商。在用餐時間，穿著粉紅實驗衣的女子會把媽媽拉到一邊，臨時進行情緒檢測。

星期天，父親們會搭巴士過來。「我建議妳離塔克遠一點。」諮商師說。

「我說過，他只是個朋友。」

「斐莉妲，妳快要被送到談話圈了。我收到了幾份報告，說你們有非必須的碰觸，三不五時打情罵俏。講師看見你們在傳紙條。」

斐莉妲看看這位社工頭上的攝影機，又低頭看大腿。要是她們拿到這紙條，就隨她們去說吧。要是她們拿到紙條，她就責怪塔克。昨天，她把自己的電話號碼塞給他，彷彿兩人是在現實世界中相遇的陌生人。他答應背好後就銷毀字條。她一想到自己違規，就激動顫抖。

「塔克會讓妳很難受的，斐莉妲。如果妳不能專心，星期一要怎麼維持在前兩名？」

「我是專心啊，我保證。哈莉葉下星期就要開始上學了，我得和她說話。」

「我不知道這樣有沒有道理。」諮商師說，通話成了擾人的事，對哈莉葉似乎也沒好處。哈莉葉上次差點尿褲子，就代表斐莉妲對她造成壓力。斐莉妲不必顧慮星期天的通話時，課堂表現會比較好。如果沒有通話或這段危險的友誼，她就能專注。有鑑於此，通話機會必須暫停，之後會再進一步通知。

「別認為我們是以懲罰妳為樂。」諮商師說。

◎

斐莉妲想要另一間房子，在這新房子裡，她會懷孕。這一次，她不會再恐懼、哭泣，只有感激。他們會帶回孩子，孩子也原諒他們。他們會和孩子住在陽光斜斜灑進的房子。陽光透過窗戶照亮室內，那樣的畫面只存在於電影中，每一間房間都明亮燦爛。她會學習為更多家人做菜，學習如何養育男孩，當別人兒子的母親，學習做午餐便當，帶兩個孩子出門。塔克的前妻會歡迎她進入家庭，她不會被登記到名錄，沒有人會問這消失的一年是怎麼回事。

她整天都在打造這座房子，想像花園、鞦韆，把孩子們哄睡後到後院門廊一起喝一杯。在這棟陽光斜斜灑進屋內的房子裡，她不再希望獨處，不會厭煩或憤怒，不會吼叫或責罵。哈莉葉在那裡會很快樂。哈莉葉在兩個家與雙方家人共處，愛會成長茁壯。

◎

「來共創回憶吧。」梅若說。星期六早上，打掃隊員正在整理體育館，供舞會使用。

「我才不要回憶。」

「鬼話連篇。如果妳和他獨處，一定馬上吸他老二。」

「不，不會。我不能在檔案留下這一筆，我不要被開除，不要被登記到名錄。我跟妳說過了。他們現在連讓我打電話回家都不准。」

「不要被逮就行了。」梅若帶她走到看台座位下，探索一處別人應該看不到的地方。這裡發霉，還有鼠輩橫行。梅若認為這裡應該行得通。

「免談。」斐莉妲說。

「白痴喔，站著做就行了。」

斐莉妲想告訴她那個酗酒教師的故事，那人的整間公寓到處都是酒瓶，還有那個有理想抱負的攝影師拒絕吻她，因為親吻太親密。她早已不再只是個身體。她也不想容忍只被當成身體。她可以等。她和塔克都是學會等待的人。

她們排好折疊桌，吹氣球吹到頭暈。吉布森女士讓她們提早離開去選洋裝，那些服裝是奈特女士成立的委員會捐贈的。洋裝大多已被人挑選走，剩下的多是天鵝絨或羊毛製的。梅若試穿一件黑色長禮服，上身有銀色亮片。她假裝捧著一束花，像選美皇后那樣揮手。

「可愛，還是阿呆？」

「都有，」斐莉妲說，「很弔詭的可愛。」

梅若的背部、臀部和大腿有瘀傷。有人把她固定在尖銳的邊緣，可能是很狹窄的爬行空間或櫃子裡。她發現斐莉妲在看她，於是說：「別像拉子那樣好嗎？」

「你們在哪做的？怎麼做的？」

梅若笑得可得意了。她和柯林在父親學校找到幾處無人監視的走廊和櫃子，五分鐘就能做很多事。

籃球框掛著迪斯可球，場地還以氣球與彩帶布置。桌上擺著一碗碗的堅果和無裝飾的片狀蛋糕，引來長長的排隊人龍。父母們以紙盤盛裝食物，有塑膠湯匙可用，但沒有刀叉。幾個穿粉紅實驗衣的女子隨著音樂的節奏點頭。

斐莉妲踩著小了半號的露趾後繫帶鞋，步伐不穩的進入昏暗的體育館。一小時前，媽媽們急著用定型噴霧與捲髮器，灑香水與上妝。洋裝和素顏是不搭的。她們湧進坎普宿舍浴室，幫彼此做準備。有些人的洋裝太小，於是好幾隻手過來幫忙把拉鍊拉上。至於洋裝太大的則嘗試綁緊腰帶，或在腰帶上多打幾摺。有人想起自己的婚禮，有人聊起畢業舞會，想像誰會在這裡得到國王和女王的王冠。羅珊認為奈特女士可能會把兩頂王冠留給自己。

今晚，她們穿著絲質洋裝，上頭綴著亮片，大家穿了好幾個月的靴子之後，今天終於套上高跟鞋，步伐不穩的走著。琳達第一次把捲髮放下，看起來美麗自在。梅若把頭髮梳成兩個髮髻。斐莉妲穿黃色棉質襯衫式洋裝，有彼得潘領、蓬蓬袖與長裙，這衣服比她大了三個尺寸，而且出奇的平凡。

塔克發現她了，說他到處找。「像妳這女生……」

「在這種地方出現。我懂。哈哈。」

她確實挺想笑的。塔克穿著不搭的西裝，外套太大，褲腳卻懸在腳踝上方好幾吋。他頭髮旁分，梳得整整齊齊，鬍子刮得乾乾淨淨。如果看脖子以上，他看起來像聯邦調查局幹員，但脖子以下則像流浪漢。

他們站了半公尺之遠。斐莉妲雙手在背後握著。

「妳頭髮放下來很好看。」

她臉紅了。在塔克身邊，斐莉妲就是會控制不住臉紅。「不能讓人看到我們在一起。拜你之賜，我的通話機會被取消了。」

「他們不能這樣。」

「當然可以，他們什麼事都做得出來。」

他走近一點。「我要擁抱妳。」

「不行。」她要自己走開，不能讓塔克邀她跳舞，不想在公開場合與他共舞。跳舞會促成親吻，親吻會導致開除，開除就會逼她墜落谷底。她會成為下一個瑪格麗特。母親們一直這樣說話。每當她們聽到有哪個母親在夜間或沖澡時只顧著哭泣，她們就會問：她會不會成為下一個瑪格麗特？

斐莉妲看到羅珊，為她擔憂。羅珊想和梅若共舞，但梅若不願離開柯林身邊。

中年白人婦女三人組找上塔克。雪瑞絲把他拉到舞池，跳起西迷舞。她快速轉圈，連續做出小小的踢步，臉上的表情只讓斐莉妲想到她在做愛時的情況。塔克的舞技甚差，只會揮動手臂和點頭，就像汽車銷售中心的充氣氣球人。斐莉妲應該因此對他興趣盡失，但她只渴望的看著共舞的男女。

奈特女士可不服輸。她穿絲綢斗篷搭配珠寶別針，還有長及手肘的白色晚宴手套。這斗篷是粉紅色的，長禮服也是，但因為很窄身，她只能邁出如鼠的小步伐。斐莉妲心想，在公平的世界中，母親們會朝她丟番茄醬，或潑一桶豬血。

奈特女士到麥克風旁，要剩下的脫隊者跳舞。現在是七點二十分，等到八點四十五分，舞會將準時結束。父母們必須早點睡覺，才能為明天的評鑑做好準備。

斐莉妲差點忘了。

這天晚上的ＤＪ吉布森女士播放〈邱比特曳步舞〉（Cupid Shuffle），羅珊看了斐莉妲，對她眨眼，表演接下來的步伐。只有幾個母親能優雅跳舞。大家扭腰擺手的模樣可以看出，她們並沒有在今天表現出最好的模樣，不像斐莉妲已使出全力。

大家圍成圈子，以琳達和貝絲為中心。有短暫一刻，她們假裝跳起貼身舞，兩人的動作出奇靈活柔軟。貝絲拍琳達的臀部，琳達則跳著奔跑舞。

斐莉妲在邊緣搖擺，塔克看著她。要是他們在一起，她還怕什麼？不必怕森林、遼闊的水域，不必怕跳舞、老化、孤獨。他會幫忙照料她的父母，幫她養育哈莉葉。

吉布森女士跟著音樂跳起嘻哈舞，看起來挺不協調。歌詞說把手舉起時，她也開心跟著做。兩個大膽豪邁的父親把她騙離筆電，帶到圈子中央，兩人把她夾在中間。他們放低身段，她也跟著放低。

母親們吹口哨，其中一個父親說：「要命。」

看見吉布森女士這番模樣實在令人遺憾。斐莉妲不願把講師或身穿粉紅實驗衣的人視為真正的人，不願在夜店或餐廳想到她們，把她們視為會遊樂的人。

吉布森女士繼續進行她的DJ職責，播放一些迪斯可曲、一些饒舌音樂。〈心中的旋律〉（Groove is in the Heart）是很受歡迎的選曲。

母親們乾脆脫了鞋子，回到餐桌邊拿第二塊蛋糕。現在沒有播放慢歌，所以她們轉圈律動。

又播了六首歌之後，燈光突然亮起。父母們起初以為自己跳舞跳過頭，遭到懲罰，但他們望向開啟的門，看見泛光燈掃過戶外。幾分鐘後，警衛命令大家分開點名。

斐莉妲查看父親的隊伍，還有母親的隊伍。她在尋找塔克。

警笛開始大作，奈特女士要大家保持冷靜。塔克出現在斐莉妲身邊，看見他安全，她鬆了口氣。

「我光是站在你附近都會惹上麻煩。」她說。

他抓著她的手臂。「我們離開之後，妳會見我吧？」

她沒回答。他把她拉過來一點，她把臉頰靠在他胸膛，嗅著發霉的布料，手臂環抱他的腰。他撥弄她的秀髮。

「我對妳是認真的，斐莉妲。」

她該想想女兒，哈莉葉後天就要上幼兒園了。女兒長大了，可以有自己的書包，會聊起月亮。她掙脫他，往後退。

塔克想約在看台座位下。「我先去。」

「我沒辦法。我們會被逮，我老是被逮。」

「我們何時才會有另一次獨處機會？沒有人會注意到我們的。」講師與絕大多數警衛都去搜尋了，只有一名警衛還留下來。父母們在叫嚷。大家驚慌失措。有人說羅珊、梅若和柯林都不見了。

「什麼？」她得找到貝絲。

塔克要她五分鐘後見面。

她說：「我是個差勁的母親，但正在學習當個好母親。」

「斐莉妲，時間不多。」

「我是個自戀者，我對孩子來說是個危險。」

他把手放在她頸後，那手既溫暖又有信心。他看著她的嘴。「我知道妳考慮過。」

她捏起拳頭，試著把注意力集中在哈莉葉，那個正在學習苦澀、渴望與失望的小女孩，還有一個可能依舊令她失望的母親。

十六

校方將斐莉姐列入觀察名單，認為她知情不報。兩個女孩都曾跟諮商師說，她們把斐莉姐當成姊姊。如果她們談過落跑，她就有責任舉報。

穿著粉紅實驗衣的女子天天檢查她，她的睡眠和飲食攝取都受到監控。這下子，她每週得參加三次諮商。她在舞會與評鑑後都受到質問，之後諮商師也質問她。寢室裡，羅珊的部分被翻找得亂七八糟，斐莉姐的東西也被搜。校方檢視教室及晚間、週末、用餐時間與打掃隊員的畫面，以及羅珊與梅若的娃娃拍攝的畫面。那位協助他們逃走的綠眼警衛被炒魷魚。

有些人說，她們會死。其他人認為，她們會被逮。琳達則認為，她們終究會懷孕，寶寶又被帶走。她責怪梅若，貝絲責怪羅珊，沒有人提到柯林。

琳達說，她想念梅若的粗魯態度。她喜歡梅若總是吞下糖包、應付不來咖啡因，每天早上都把咖啡變成了咖啡口味的牛奶。

「別忘了，她沒死。」貝絲說，「別把她講得好像死了一樣。」

斐莉妲叫她倆安靜。她們這桌已夠引人注目。全校只有她們班有兩個母親消失，先是露克麗霞，然後是梅若。

「她和羅珊是真的嗎？」琳達問，「她們是不是……妳知道的？」她雙手握拳互碰。

斐莉妲沒回答，而是把問題交給貝絲，因為貝絲在舞會開始之後就對梅若和羅珊不高興。顯然，梅若沒有告訴貝絲關於逃學的幻想。斐莉妲沒能舉報這兩個可疑的女子，遂被列入檔案。她可不願再因為說閒話，冒著進一步受懲的風險。

斐莉妲從沒想過她們真的會這樣做。羅珊也提過許多其他點子，例如想以磁鐵搞壞同學的娃娃，或找些有毒的常春藤，放到講師的車子上。沒有誰比斐莉妲更想念她。誰還會陪她數日子？要和誰說悄悄話？

她們開始上「第八單元：家庭內外的危險」。她們在課堂上得到的母職練習是以恐懼為出發點，其設計是為了發展她們的安全反射能力，考驗她們的力量。這個星期，她們都在方形庭院練習，抱著娃娃狂奔，假裝逃離失火的建築物。

斐莉妲和羅珊曾想像，還有什麼樣的試驗在等她們：說不定是跑過滾燙的煤炭、被當成砲彈發射、被扔入蛇坑，還要吞刀子。她想念羅珊總是提出問題來討拍，想念她在夢中發笑，聊著埃薩克。

羅珊若知道斐莉妲在第七單元落到第三名，肯定會生氣。斐莉妲最快要到十月才能恢復通話機會，但說不定離校前都沒辦法通話。舞會不過是上個禮拜的事，她覺得好哀怨。他們竟然沒有接吻已夠荒謬，更遑論到露天看台下約會。夜裡，她想像塔克擁抱著她。她會把頭靠在他肩上。她會在這個讓孩子摔下樹的男人肩上哭泣，他會安慰她。他們會知道孩子是怎麼入睡的。

◎

九月初，哈莉葉被帶走整整一年，距離斐莉妲最後一次擁抱她已十一個月，最後一次通話兩週。斐莉妲記不太清楚一年前的生活，不記得自己寫的文章、老教授的名字、院長的名字，為什麼截稿日讓人覺得迫在眉睫，為什麼甚至會以為不帶哈莉葉出門是可能的。

在課堂上，學過用火與用水的安全之後，現在要學如何讓娃娃不被迎面而來的汽車撞上，並且快速挽救。她們在足球場旁的停車場練習。斐莉妲想，梅若會喜歡在戶外上課。她喜歡校園，只是沒說出口。梅若常說，她應該出生在美國西岸。如果能在山的附近成長，她會成為不一樣的人。她相信，在哪裡長大會決定命運，而在南費城長大，就注定了她的命運坎坷。

「妳以為我為什麼要幫孩子取名為歐珊（Ocean）？」

駕駛發動汽車引擎。艾曼紐想知道這個人是誰。雖然斐莉妲保證，那個男人不會傷害到她，但艾曼紐可不滿意。

學校僱用專業駕駛。講師把駕駛的目標打叉，留空間讓他可以加速穿越停車場。

「我們要假裝在過馬路，」斐莉妲告訴她，「街上汽車很多，汽車很危險，可能會撞死妳。一定要牽我的手，好嗎？」

她告訴艾曼紐，小心過馬路是她父親最念茲在茲的事。「我有父親喔，也有祖父母。祖父在我父親小時候就車禍過世，那時我父親才九歲。這不是很悲哀嗎？」

艾曼紐點點頭。

「我過馬路的時候，他還是會緊張。我們曾到中國旅行，每次過馬路時，他都會抓住我的手肘，好像我還是個小孩子。無論兒女年紀多大，父母總是認為自己的孩子還小。」

爸爸最後一次抓著她手肘，是她二十一歲的時候。她曾是遊子，爸爸總是擔心怎麼讓她活下來。

她告訴艾曼紐，她爸爸明天就七十歲了。艾曼紐想知道中國是什麼、七十是什麼，媽咪為什麼看起來好傷心。

「因為我希望能見到他，」斐莉妲說，「也因為我應該對他好一點。我們應該對父母好一點。七十歲可是大壽。」

貝絲在聽。「小心點。」她警告。她們不該讓娃娃承擔太多個人資訊。

斐莉妲謝謝她提醒。她回歸到行人安全的主題。她不該放下戒心。她得把真實人生、真正心靈分開，務必把感情保留到十一月之後。

◎

在那陽光斜斜灑進的屋子裡，斐莉妲又增加了幾間房間。在這些房間，母親會編辮子、說故事，塔克會為她們端上茶。梅若會帶著歐珊，這孩子會是很頑皮的過夜賓客。羅珊會帶埃薩克過來，羅珊的母親會健健康康，瑪格麗特會活著，露克麗霞會找到她們。

她們該有一間母親之家，一座母親之城。她記得曾讀過，在愛沙尼亞的海岸外有一座島嶼，島上全是女性，由女人耕種、做木工。女人也是魚販和電工。她們會依據自己的角色，穿不同色彩的圍裙。

「等我。」她在舞會告訴塔克。過了十一月，她得幫他取個親暱的稱呼。這個讓孩子摔下樹的男子，會成為帶回孩子的人。她倒楣的一天也會成為過往雲煙。

她們在課堂上觀看塑膠娃娃被車輾過的影片。斐莉妲則是教艾曼紐兩個相反的觀念：危險及安全。和媽咪在一起是安全，和媽咪分開是危險。

她們持續在停車場練習。有天下午狂風暴雨，她們回到莫里斯館上課。她們幫娃娃換上乾爽的衣服，自己依然是落湯雞。艾曼紐玩起斐莉妲濕漉漉的頭髮，也嘲笑斐莉妲的眼鏡起霧。

雷電交加好幾個小時，嚇壞了娃娃。柯瑞女士告訴他們，熱帶風暴從卡羅萊納州北上。那天晚上，皮爾斯館的地下室淹水，查賓步道上也有樹木倒下。星期六，抽水馬達抽乾水之後，打掃隊員就得去善後。她們之前從沒到過地下室，儲藏區看起來平凡得令人失望。她們搬開一箱箱泡過水的紙張、制服、洗髮精、牙膏，抱怨氣味不好聞。

大家快收工時，雪瑞絲迷路了。她在設法歸隊時，發現一間上鎖的房間。其他人在樓梯底下等著，斐莉妲叫雪瑞絲動作快一點。自從雪瑞絲加入打掃組之後，就把大家的速度拖慢。

雪瑞絲尖叫大喊隊員，其他母親找到她之後，輪流偷窺鑰匙孔。

有人說，不確定自己究竟看到什麼。斐莉妲是最後探看的那幾個。她以為會看見娃娃的身體部位、一排排的頭，或許還有一堆壞掉的嬰兒、撞向圍籬而融化的男孩、露克麗霞的娃娃，甚至她的第一位室友海倫的娃娃。等她視力適應黑暗之後，她看見一個人體。那個身體在有圍欄的嬰兒床中，有張女人的臉孔朝著門轉過來。是其中一名母親。

斐莉妲瞇起眼睛。

「是誰？」雪瑞絲問。

她們在說話時，女子睜開眼睛坐起身注視她們，然後奔向門邊用力敲。斐莉妲和雪瑞絲往後一跳。那名女子尖叫，斐莉妲認出她的聲音。是梅若。

斐莉妲舉起一手掩嘴。

一名警衛聽見騷動，叫母親全都上樓去。梅若一邊繼續敲門，一邊哀求。

梅若消失了三個星期。斐莉妲在腦海中列出幫不了她的理由。哈莉葉、哈莉葉、哈莉葉，她的室友是離校與逃學者，去了兩次談話圈，名列觀察名單，擁抱。但是梅若怕黑，在整個中學階段，她會抱著泰迪熊睡覺。地下室的牆壁潮濕，可能害她生病。

晚餐時打掃隊員同坐在一起，雪瑞絲希望大家擬定計畫。「得和奈特女士談談，把梅若救出來。」

雪瑞絲說，要是打掃隊員不伸出援手，就會像德國人無視於猶太人遭到圍捕。不過，這個論點並未獲得認同，大家認為提到大屠殺並不公平。

雪瑞絲想打電話給律師，要她的律師打電話給美國公民自由聯盟（ACLU）。

斐莉妲警告她，別害到自己。「我和妳一樣擔心，但這件事情不能插手。」

雪瑞絲不以為然，看了她良久。「這樣很冷漠，斐莉妲。她是妳的朋友。」

「她是我的朋友，但我們也得考慮到孩子。別忘了，小心被登記到名錄。」

梅若遭到囚禁的消息很快傳了出去，大家都很擔心她遭到何種對待，也不明白學校為何把她帶回來。她們擔心，羅珊也被囚禁在學校的其他地方。

斐莉妲知道，羅珊會希望她做些什麼。她希望梅若能平安，也很氣大家當初沒能為露克麗霞多做些什麼。有好幾次，斐莉妲看見吉布森女士或哪個穿粉紅實驗衣的女子時，都想要說些話，問問能不能至少把梅若帶到正常的宿舍，或是空出來的建築物。但她又想到哈莉葉，只好把話吞回肚裡。

雪瑞絲繼續她的倡議。她告訴斐莉妲，想想自己十九歲的情況，那時她應該是大學生，沒有被關在陰暗潮濕的地下室。她提到姬蒂・吉諾維斯（Kitty Genovese）與其他無辜旁觀者的例子。斐莉妲告訴她，這項案子已被推翻了。（譯註：這是發生在一九六四年的命案，吉諾維斯在紐約皇后區的公寓遇害身亡。《紐約時報》在兩週後聲稱有三十八名目擊者，但他們都沒有報警或協助，引發旁觀者效應的討論。但數十年後，研究者發現根本沒有證據顯示有這麼多目擊者袖手旁觀。《紐時》也承認報導嚴重誇大目擊者人數。）

隔天中午在餐廳，雪瑞絲直朝著斐莉妲的桌子前來。斐莉妲搶在雪瑞絲讓她更羞愧之前，跟雪瑞絲說去問問貝絲就好。雪瑞絲追著斐莉妲回到坎普宿舍，跟到斐莉妲的寢室。

「我們得照顧她。」雪瑞絲說。

斐莉妲說：「出去，出去，不然我要叫警衛了。」

梅若在地下室，大家再度盯著自己的餐桌。貝絲啜泣了一整天。她說，她爸媽曾為了處罰她，把她鎖在地下室。她告訴琳達，想想看，孩子被鎖在黑暗的地方時會發生什麼事，這遭遇會如何影響他們的心智與靈魂。琳達的回應則是把水倒在貝絲的食物上。

她們不需要擔心梅若太久。星期一早上，這女孩就在早餐時出現。她的頭髮已剪成不討喜的蓬亂髮型，染了嚴肅的紅棕色。她的左耳上方有一塊頭髮不見了。手在發抖，憔悴的笑容彷彿是要展現給雪瑞絲看，雪瑞絲現在就坐在她身邊，似乎期盼她會因為獲釋而銘感五內。

梅若逍遙在外，享受兩個星期的自由之後回到公寓，然而梅若的母親拒絕讓她探視歐珊，還舉報了她。梅若聽得見歐珊的哭聲透過家門傳出，於是她停在玄關，拒絕離去。

學校會讓她完成訓練。琳達說：「當然囉，她們會通融白人女孩。」

雪瑞絲說，問題不在通融。總得有人確保學校尊重基本人權。

「小姐，想都別想。」琳達說。

梅若怒視琳達，有那麼一時半刻，好像變回了以前的她。「我媽說，我得完成訓練，要是沒有完成，母女一刀兩斷。妳以為我想回來？她說，我逃學讓她覺得很丟臉，就像我那不成材的父親。」

來接她的是吉布森女士及一名警衛。看見學校的助理主任和她母親握手，感覺實在詭異到不行。吉布森女士穿著正常服裝，牛仔褲配運動鞋，警衛也是。他們看起來就像一般人，還謝謝梅若的母親遵守規矩。

「所有小姐都該這麼幸運，有這麼願意給予支持的家庭。」吉布森女士說。

「那會被登記到名錄嗎？」直到現在，斐莉姐都怕說話，一直避免直視梅若。

梅若不確定，也不想思考這件事。同學一直煩擾她，要她說些故事。貝絲想知道新聞有沒有報導這件事，關於學校的細節有沒有洩漏出去。

梅若不知道，這也不是她關心的問題。琳達問，她是否和柯林做了。

梅若忽略琳達的提問。

「混蛋，我好想妳。」貝絲說著，想擁抱她。

梅若把貝絲推開。「讓我休息一下。」

斐莉姐問起羅珊的情況。

「我們一到公路就分開了，沒人願意一口氣載我們三個。你們知道吧，這制服沒什麼好處。我們本來要去大西洋城，躲進廢棄建築。柯林已挑選一個地方。但我想看看孩子。太蠢了，我真是笨蛋！」

在走路去上課的途中，斐莉姐問，校方會不會准許羅珊回來。梅若覺得不會，也不知道羅珊可能去哪裡。

「但願她和母親在一起。」斐莉妲說。

「是啦，妳離開這個地方就一定想去癌症病房。」

「我不是那個意思。反正，我不認為她母親會在醫院。」斐莉妲問，梅若在地下室有沒有碰到什麼事，有沒有人對她做了什麼。

「他們不用做什麼，反正已經對我們幹了很多事。」

「我很抱歉。」斐莉妲告訴梅若，雪瑞絲還援引納粹大屠殺。「應該是我要提的，不是雪瑞絲……妳知道嗎，我的檔案裡已有關於妳的紀錄，還有羅珊。他們認為，我應該要舉報妳。」斐莉妲一手搭在梅若的肩上。這女孩不一樣了，變得更瘦、更脆弱。

柯瑞女士和盧索女士看到梅若回來，似乎很失望。她得急起直追，進行更多訓練。梅若的娃娃已擱置三個星期，離開設備間時，腿部和幼駒一樣步伐不穩。

天氣轉涼，母親紛紛在制服外套件毛衣，床上也增添更多被子。再過幾個星期，樹木會多彩燦爛。斐莉妲記得，秋天是羅珊最愛的季節。

斐莉妲和貝絲在午餐時間緊挨著梅若，儘量不讓她接觸到雪瑞絲。雪瑞絲帶著食物過來，稱讚梅若，說她勇氣可嘉。

幾個黑人母親稱梅若就是害柯林沉淪的女子。要不是她，柯林或許可接回孩子。在餐廳，有人故意絆倒梅若，也有人在排隊沐浴時以手肘頂她。但隨著一天天過去，她愈來愈有自信。本來大家要聽關於柯林的事，但她已開始談起與歐珊的父親見面，說自己多常和他做，她怎麼吃炸雞、披薩、甜甜圈與糖果，還有在真正的床鋪上睡覺多美好。她可以選想吃的食物，可以抽菸。「我一點都不想念我的娃娃。」她說。

◎

剩下八個星期。到了十月，父親們又回來一起上課。有人說，學校想幫他們做好重返現實世界的準備。有人說，學校想得到更多因過度親密開除學生的案例，就能測試名錄有沒有用。有人說，學校想讓她們分心，這樣更多母親就會不及格，說不定有人可從中牟利。

父母們排隊進入體育館，觀看危險陌生人的影片。斐莉妲尋找塔克的蹤影，發現他在看台第一排，盼他能回過頭。

或許是因為有機會見到塔克，時間現在似乎過得快了些。接下來的星期一，斐莉妲如願以償。塔克和另一名父親加入幾個母親的小組，練習徒手打鬥。地上鋪了墊子，一名自我防衛專家前來示範基本技巧。

塔克率先扮演起綁匪。專家向貝絲示範如何踢塔克的膝蓋和後方，之後她得速速抱起娃娃，以掌心朝塔克的鼻子打，快速往上的動作最能導致疼痛。

她們的動作應該是做做樣子，但貝絲不小心真的踢了塔克。講師提醒父母要注意安全，除此之外，沒做什麼事來阻止真正的打人。

輪到斐莉妲時，她又是吼叫，又是猛衝，輕輕踢了塔克的膝蓋後側。艾曼紐捲成一顆球，假裝自己是個巨岩，她每一回合都喜歡用這種求生法。

塔克假裝跌倒，但過程中抓住斐莉妲的連身服，使她摔倒。她爬起來，但是塔克又抓住她的腳踝，再度讓她摔倒。他們能做的，恐怕就只有這些了。她沒有直視他眼睛，忽視他的手碰到她的腳踝、他的撫摸，還有她的胃部發癢及想滑到他底下的欲望。

◎

幸好哈莉葉不會看到她，也幸好羅珊不在這裡。為了練習預防綁架，後果就是讓艾曼紐說斐莉妲看起來像「怪物」。她們每天都在談論顏色，為什麼媽媽的臉上又青又紫，而且腫腫的。她們聊到復活節，那天艾曼紐被一個壞男孩打。

「現在輪到媽咪打架，」斐莉妲告訴她，「現在輪到媽咪被打了，我會為妳而死，媽咪願意為了寶貝而死。」

每天晚上，母親們在醫務室排隊，索取阿斯匹靈、冰袋與繃帶。她們的臉像爛水果。有人牙齒缺了一角，有人扭傷手腕與腳踝。校方取消通話機會，好讓她們痊癒。

她們想出種種原因，猜想是什麼條件讓工作人員肯待在這裡，他們到底收取多少錢，為什麼沒有講師離職抗議，警衛為何不說話，為什麼這裡沒有任何人的感受比娃娃還深刻。

有人認為，講師是曾流產的女人。有人認為，這些女人的孩子死了。貝絲認為，她們不孕。琳達說，會這樣想的人就是書讀太多、電視看太多。

「很多人就是這麼冷漠無情，」琳達說，「妳們以為什麼樣的人會在監獄工作？誰會在死囚區工作？就是為了混口飯吃嘛！」

他們學到，恐懼是一份資產，能導入力量與速度。在這些父母觀看的影片中，有陌生人把幼童帶進地下室。一扇門關上，一個衣衫凌亂、兩眼毫無生氣的孩子出現。他們聽到統計數字，觀看生還者的證詞。許多人怪罪他們的父母，尤其是母親。只要有人真正愛孩子，有人相信孩子的話，他們的人生會多麼不同。

講師說，愛是第一步。在預防騷擾的訓練中，父母們學到，得到父母充分關注的孩子較不會受到戀童癖傷害。

在觀看證言時，有兩位媽媽嘔吐，有父母哭泣，多數人倒是秉持懷疑。貝絲說，事情從來不是這樣發生的。父親、繼父、叔叔伯伯呢？還有爺爺、家族友人、堂兄弟、親生兄弟。為什麼一定是母親的錯？

待燈光亮起，斐莉妲的脖子和腋下汗濕，渾身發冷。昨夜，她夢見哈莉葉被藏在學校，困在黑暗的房間，周圍都是肢體。有人抓住她手腕，有人按鈴。斐莉妲跟著鈴聲，找到正確房間卻開不了門，只能站在門的另一邊尖叫。

◎

走道上滿是金黃色的葉子。葛斯特與蘇珊娜或許會帶哈莉葉出門，欣賞秋天的顏色。他們可以帶她去費爾芒特公園、威薩希克山谷公園。他們會去採蘋果。斐莉妲去年就想做這件事了。她想起嚐過蘇珊娜做的蘋果奶酥之後好羨慕，希望自己能成為從無到有做出甜點的人。

她們在莫里斯館外的方形院子練習。戀童癖最愛在鞦韆附近出沒，父母必須預防戀童者在娃娃身邊徘徊太久。戀童者一定會讚美娃娃，說「妳真是漂亮的小女孩」之類的話，並要求抱抱。大人必須攔阻戀童者，收好東西，把娃娃帶到安全的地方，之後向娃娃好好說明這次經歷。

梅若這會兒以懷舊的語調，說起她待在地下室的那個星期。她不知道自己會回到一個要命的鬥毆俱樂部。午餐時，她說這些課程感覺起來特別愚蠢、太過單純。

「簡化，」斐莉妲說，「妳要說的叫『過度簡化』。」

有天早上，輪到斐莉妲扮演戀童癖患者的角色，結果被貝絲撞倒，頭撞到溜滑梯底部。她無法動彈，視線無法聚焦，貝絲撞掉了她的眼鏡。斐莉妲擔心自己癱瘓，必須送上擔架抬走。她聽見艾曼紐在哭，也聽見同學問她還好嗎。貝絲跪在她身邊，拍打她臉頰並道歉。

「斐莉妲？斐莉妲？聽得見我說話嗎？」

她扭動手指再動動腳趾。她聽見講師說該找醫務室的人來，也聽見琳達痛罵貝絲。她努力移動腿部，感覺能彎曲腿部時鬆了口氣。她拍拍地面，尋找眼鏡。她聽見塔克的聲音，感覺到他的雙手抬起她的頭部、她的身體，把她扶起來坐好，並幫她戴上眼鏡，將手放在她的臉頰上。

他們的頭部差點相碰，大家都看見了。她說她沒事。「我覺得你不該這樣做。」塔克協助她站立。她試著踏出一步，卻腳步踉蹌。

「讓我幫妳。」塔克拉著斐莉妲手臂，引領她回到團體中。她幾乎感覺不到疼痛。她需要他的碰觸、他的照料。塔克帶她來到草地上坐好，把她當個寶物似的相待。

塔克讓傑若米與艾曼紐都坐到他的大腿上，開始向他們說明這個過程。「斐莉妲媽咪沒事了，看見了嗎？她沒事。跌倒了，就趕快爬起來。媽咪斐莉妲正在學習。」

斐莉妲感到頭暈目眩，卻又快樂幸福，彷彿上天垂憐。她或許永遠無法見到他的家，見不到希拉斯，成為這男孩的繼母，也不會再生一個寶寶。她或許永遠無法親吻這個讓孩子摔下樹的男子，但今天，她確定自己愛著他。今天下課，隊員彼此握手時，她會這樣告訴他。她確定講師在忙，之後蓋住艾曼紐的耳朵，也要塔克遮住傑若米的耳朵。

她以嘴形，無聲說出這些話。

「對，」塔克說，「我也是。我告訴過妳，是戀愛。」

◎

她們再度祈禱。在巴士上，斐莉妲與同學們低下頭，輕聲說話。她們就要展開第八單元的評鑑了。昨天有幾組人馬一起練習。在倉庫裡，危險練習區以之字型排列，其中一個練習區代表失火的建築物，另一個有鞦韆，還有一個練習區則有一輛車窗不透明的廂型車。

他們在各區之間帶著娃娃奔跑，這時間只夠讓每個父母跑完流程一次。校方找來新的人員扮演綁匪與戀童癖，那些人想必是前來受訓的講師與警衛，之後會到加州的母親學校任職。他們比父母還要強壯，動作更快。由於沒有人能完成，因此講師說，她們對於可能性的理解要放大。

柯瑞女士說：「無論你是對抗一個人或十二個人都一樣。身為父母，就要能抬起一輛車子，搬起倒下的樹木，擋下一頭熊。」她戳戳自己的胸膛：「你得在自己找到力量。」「不能被自己的身體妨礙。」盧索女士補充說。

今天，斐莉妲早早就結束，接近傍晚時眼睛下方還割傷。她認為自己有根肋骨斷了，連抱起艾曼紐都感到吃力。她們在外頭行走時，風一吹臉頰，割傷處就陣陣發疼。

艾曼紐還在哭。她碰觸斐莉妲的傷口，又抹抹自己的臉頰，遂將斐莉妲的血抹到自己臉上。斐莉妲試著把血擦掉，那似乎讓艾曼紐的皮膚染色。

她的檔案裡會有今天被打零分的評鑑結果。她想告訴家事法庭法官，父母應該有兩次以上的機會，應該要得到比現在更多的機會。這下子，未來要能與哈莉葉共度得仰賴奇蹟了，但她從不認為自己是幸運的人。

她帶艾曼紐到停車場上父母圍成的圈圈。大家都提早結束，彼此靠近站著以取暖。地上結了霜，娃娃站在中間瑟縮發抖，抱著父母的腿。

斐莉妲問了諮商師接下來的情況。會不會有緩衝觀察期，需不需要向社工托雷斯小姐報告，哈莉葉是否還需要看兒童心理師，她會不會在交友或建立關係時受到限制，她可以從事哪些工作，兒童保護服務局會不會追蹤她，她可不可以離開賓州，能不能和哈莉葉旅行。

諮商師說，這得看看她能不能接回哈莉葉。如果接回哈莉葉，就會有人繼續監督她，但如果沒有，就不會有人打擾她，她不會成為他們要注意的人。

「這些是妳想要得到的問題和想看見的人。」諮商師說。

諮商師沒說進一步監控何時會停止。

斐莉妲感覺到塔克在身邊時，天色已經全黑。傑若米很高興能見到艾曼紐，於是兩個娃娃坐下來玩。

「我在第一區就被打垮了。」塔克說。

「我撐到第二區。你的報告預測很不錯，或許不會有事。」

「這地方不是那樣運作的。」塔克溫柔望著她。塔克前幾天照料她、安撫艾曼紐，但她都沒有道謝。

他們沒再多說什麼，只拿下手套，輕擦手指。斐莉妲回頭看一看。他們處境不安全。公路上的燈光會照到這裡，還有其他父母與警衛。

塔克留意到她眼下的割傷，他想摸她的臉，但她閃避。

「但願我能保護妳。等我們出去，我會保護妳。」

她想說，她也會做一樣的事。她想要給予承諾。剩下三週了，接下來呢？她用手指觸碰嘴唇，再把手指按著他掌心。塔克做一樣的動作。他們就以這種方式傳遞三個吻。之後，艾曼紐問他們在做什麼。

「傳遞希望。」塔克說。

十七

在來到這裡之前，她從未好好思索過樹木。樹木、童年或天氣都沒好好思索過。她曾要父親抱她，走過濕葉。她小時候覺得潮濕葉子的質地令人作嘔。她會站在人行道上，伸出雙手要求父親抱，於是攀著正吃力撐傘的父親。父親總是答應，雖然她已三、四歲，實在不該這樣抱。

三歲的孩子有多重？四歲呢？外頭的樹木上有水滴滑落，斐莉妲的靴子上黏著潮濕的葉子。她看著雨，知道不會再有和艾曼紐於戶外共度的時光了。艾曼紐對季節沒有概念。她或許永遠無法再體驗到日光，至少不是和斐莉妲一起。

今天早上，講師分發了塑膠知更鳥，鳥喙上畫著淌血的模樣，胸膛也塗抹著紅色顏料。現在是十一月，母親們回到教室，展開「第九單元：道德宇宙」。她們會利用這些道具，一步步練習培養道德感。她們要讓娃娃注意到受傷的鳥兒，之後要娃娃協助。她們要教娃娃撿起鳥兒，帶給媽媽。

講師會觀察她們的媽媽語深度、智慧深度、知識培養的品質、是否把這項練習放到更大的道德責任框架中。在最後這幾個星期，她們要教娃娃利他主義。成功與否，端視她們自己的道德適切程度、母親與娃娃之間的連結、是否給予娃娃她們的價值觀，以及這些價值觀是否正確良善。

斐莉妲的檔案裡，加入了關於塔克的資料。於是，她第三次前往談話圈。檔案中註記著他們有挑逗的肢體語言，有性暗示的碰觸，不服從她的諮商師，忽視娃娃。諮商師認為斐莉妲無法控制情感。除了自殺與自殘，在訓練期間發展出親密依附關係是極度自私的表現。追求親密依附就代表渴望失敗。

在道德訓練剛開始的那幾個小時，鳥會被舔、被咬、被拋丟、被收到口袋裡。艾曼紐把鳥兒丟到斐莉妲的制服前襟。斐莉妲挽救小鳥，用手捧著。她要艾曼紐注意這隻鳥，留意紅色的地方。

「紅色代表什麼？紅色對鳥兒的意義，就像藍色對妳的意義。」她手伸到艾曼紐背後，拍拍她的藍色旋鈕。她談到強大的生物要幫助弱小的生物，所以人要幫助動物。

雖然斐莉妲掛著笑容，但艾曼紐感覺到不太對勁，她一直問媽咪還好嗎。

「妳難過。」艾曼紐按按斐莉妲的黑眼圈與腫起的臉頰，「媽咪身體痛？媽咪身體難過？媽咪大大難過？媽咪小小難過？」

傷人的事太多了。昨天的評鑑每個家長都不及格，但斐莉妲仍說沒關係。她要艾曼紐把注意力集中在鳥兒，小鳥比媽咪重要。

「記得嗎？我們在外面看過小鳥。這是一隻模擬的小鳥，我們可以假裝一下嗎？妳認為這隻小鳥害怕嗎？妳覺得小鳥會有什麼感受？如果妳是小鳥，會覺得如何？」

艾曼紐認為，小鳥感覺到小小悲傷。小鳥的胸口有小傷口，需要ＯＫ繃。小鳥得到外頭去。

「飛高高，小鳥。你飛呀！飛飛飛啊！」艾曼紐把鳥兒拋向空中，指著窗戶。「媽咪來！」

「抱歉，親愛的，我們得留在這裡練習。」

「和傑若米嗎？」

「記得嗎？我們昨天晚上和傑若米說再見囉。」她們談到父親不會再回來，艾曼紐要明年才會再見到傑若米。斐莉妲想告訴艾曼紐，到時候，他就會和現在不一樣，她也是。他們會有不同的名字、不同的父母。不知道多久，才會有人愛他們？

艾曼紐似乎不記得傑若米大發脾氣。那時，停車場上相當擁擠，每個父母都受了傷。每個娃娃都平靜的玩耍，突然，傑若米想把一塊石頭丟出去。塔克及時從傑若米手中奪下這塊石頭。斐莉妲趕緊擁抱傑若米，平撫他情緒上的不愉快，塔克也送上擁抱，平息這項攻擊行為。他們談到什麼是良善，並示範和解。他們擁抱時，抱著對方太久了。

他們悄悄說：「我愛你。」

塔克告訴斐莉妲他的地址、電話號碼與電郵，斐莉妲也分享她的資訊。

「來找我，」他說，「等這一切結束，我們要好好慶祝。」

學校並不知道這段對話。她是個差勁的母親，因為她念念不忘那些話語。她是個差勁的母親，因為她渴望著他、想念著他。她是個差勁的母親，因為她應該知道，黑暗不會保護他們。她應該知道，那次擁抱看起來並不是天真之舉。他會讓她付出何等代價？要是她沒遇見這個讓兒子從樹上摔下的男人，說不定得到的預測仍會是尚可。

◎

到目前為止，只有琳達的娃娃能抓著鳥兒久一點，不會只抓著幾秒鐘。貝絲的娃娃把鳥兒丟到一段危險的距離外，梅若的娃娃把鳥兒塞進嘴裡。她們應該要教娃娃關於團體的觀念，成員必須彼此幫助。

「要培養良好的公民，必須先從家裡開始。」柯瑞女士說。

每次提到公民身分，斐莉妲就一肚子火。她想告訴家事法庭的法官，就她所知，她父親是最愛國的美國人。他們在家庭旅遊時，曾前往林肯的故鄉萊辛頓與康科德（Lexington and Concord，譯註：是英國陸軍與北美民兵之間的一場武裝衝突發生地，一般認為是美國獨立戰爭的第一場戰役）、殖民地威廉斯堡（Colonial Williamsburg，譯註：在美國革命時期，諸多重要集會的舉行地點）。她父親每次來到費城時，就會前往自由鐘（Liberty Bell，譯註：位於美國獨立紀念館，是美國獨立的標誌性象徵）與美國獨立紀念館（Independence Hall）。

「你們把他的美國給毀了。」她想說。也毀了母親的美國。或許，他們後悔來到這裡。

她父親曾告訴她責任圈的觀念。第一圈是妻女與父母，接下來是兄弟與兄弟的孩子，然後是鄰居，再來是小鎮、城市。父母從未教她什麼是利他主義，沒有咬文嚼字說過這個詞，但她看見他們如何為家付出，為她付出。他們多努力工作，多努力給予。

學校把時鐘回撥一小時。現在四點半就天黑了。天空是碧藍的，然後變成紫色，日日春紫，寶石藍，在快下雨時最藍。

哈莉葉三十二個月時，斐莉妲獨自紀念著這個日子。如果羅珊在的話，她倆會一同紀念，想像哈莉葉長得多大，體重多重，可能會說什麼，會有何感受。以前，構築世界觀似乎是親職中最困難的一部分。她回家後，還剩下什麼可以教哈莉葉？為何哈莉葉要信賴她？

斐莉妲曾自認最重視的就是忠誠。然而她第三次去談話圈時，卻背叛了自己的母親。吉布森女士要她們談談自己的童年，想知道一些細節。吉布森女士說，斐莉妲的行為是受過傷害的人的行為。為什麼她會對塔克深感興趣呢？唯有非常困惑不安的女人，才會選擇傷害過孩子的男人。在吉布森女士一再逼迫之下，斐莉妲才告訴小組她母親曾流產，且不曾和人討論過這傷痛。或許她母親沒有處理這份悲痛。有時候，她母親很少和她說話或碰觸她。有時候，她母親會說：「走開，別讓我看到妳。」

好一會兒沒人說話，氣氛令人擔憂，之後吉布森女士才說：「如果妳有兄弟姊妹，說不定會成為不同的人。顯然，妳要的東西是母親無法給的。」

吉布森女士說，她母親或許該尋求協助——找治療師，找個支援團體。要是她成為更好的母親，就能把自己照料得更好，也更能回應孩子的需求。

斐莉妲沒說，那都是美國人的解決方式。她討厭分析母親，以她人生的小事來解釋她的性格。這下子她的諮商師會知道，社工會知道，家事法庭的法官會知道。她甚至沒告訴過葛斯特。

她和母親決定談這件事時，母親說：「我沒把這件事放在心上，只有現在的女孩子才會一直想，想個不停。我根本沒時間想，那太奢侈了。我沒辦法難過，我得工作。」

在課堂上，她們試著把鳥撿起來，試了三十次。斐莉妲告訴艾曼紐什麼叫做責任。艾曼紐有責任要當個良善、懂得關懷的人。

「紅紅的東西代表鳥兒受傷了。看到有生物受傷時，該做些什麼？」

「幫助。」

「很好。誰來幫助呢？是媽咪幫助？還是艾曼紐會幫助？」

艾曼紐指著自己的胸膛。「我會幫助。我自己！我自己喔！」她跳著強調。

「妳自己呀，很棒喔。妳可以撿起小鳥，帶給媽咪嗎？」

艾曼紐走到小鳥旁邊，蹲了下來。她揮揮手說：「哈囉，小鳥！哈囉！哈囉！」她撿起小鳥，拋給斐莉妲，成為第一個完成這項練習的娃娃。

◎

剩下一個星期。即使是只得過零分，或在談話圈待了好幾個月的母親，都認為法官會給她們第二次機會。最後開庭日應該會在她們離校後的一兩個星期進行。她們會在最後一天拿回個人衣物、手提包和手機。學校會發給每人六十元，送她們到全郡的幾個地點。校方會聯絡社工與孩子的監護人，也會寄出檔案與支援資料。

只是家已風雲變色。有人的丈夫訴請離婚。男朋友、女朋友、寶寶的爸爸，已和別人展開新關係，訂婚與懷孕的情況也屢屢出現。週日通話因為討論後援問題而陷入泥淖，大家談起誰該和誰住在一起，誰該付法律費用，銀行帳戶還有沒有剩餘，要跟孩子說什麼。母親各個期待能有長長的時間沖澡、剪髮，睡在自己的床上，穿自己的衣服，開車，賺錢，有錢，上網，購物，修指甲，說話時不需打草稿，能見到孩子。

塔克說，校方從來沒有要求父親先寫下談話重點，星期天通話也沒有因為技術問題取消過。斐莉妲想知道，塔克的前妻是否會准許她接近他們的兒子，葛斯特准不准許塔克接近哈莉葉。她得有耐心。她很快就會自由了，能擁有自己的思想與感受。她儲存了一整年的淚水，有時候感覺身體好沉重。

在體育館，母親們觀看以貧窮為主題的影片。有些片段是訴說全球難民危機，美國無家可歸的人，天然災害。她們得學著和孩子說世上發生的事。如果她們曾親身經歷過貧窮，那麼校方鼓勵她們和娃娃分享這些經驗。

回到莫里斯館，講師分發平板電腦，裡面有會激發良知的畫面：遊民收容營，搭橡皮艇的難民被沖上海岸，第三世界貧民窟的孩子。母親們開始教娃娃新的字：**人道危機**、**移民**、**邊界**、**人權**。

斐莉妲像在翻閱繪本一樣，描述這些畫面：為什麼那男人髒髒的？為什麼他沒穿鞋？為什麼他睡在垃圾堆下？

「他壞壞。」艾曼紐說。

「不是。那是因為他的人生轉錯了彎，有時候就是沒有人能伸出援手，他們只能流落街頭。」

「好可憐喔。」

「對，像小鳥那樣可憐，不過是大大的可憐，因為他是人。」

柯瑞女士讚美斐莉妲懂得連結，這樣的讚美彷彿幻想般珍稀。

斐莉妲教艾曼紐關於收容所和慈善廚房、中途之家與矯治方案。她說：「想像一下，在寒冬或大雨滂沱無家可歸會是什麼情況？」她談到食物和有遮風擋雨之處是普世權利。

艾曼紐指著設備間的門。「家。」

斐莉妲說：「不是每個人都那麼幸運。」

◎

斐莉妲想到內心與理智、城鎮與房子。陽光斜照的房子，還有昏暗無光的房子。在另一座城市的另一間房子，西雅圖或聖塔菲，丹佛，芝加哥。至於加拿大，永遠是個夢想。葛斯特和蘇珊娜是否同意她搬家，塔克的前妻與前妻的新伴侶是否會同意，還有那男人的前妻與她的新伴侶。

斐莉妲的檔案中又列入更多家庭資料。蘇珊娜的寶寶提早報到了，三十五週出生，是個男孩。蘇珊娜胎盤剝離，需要緊急剖腹，失血不少。斐莉妲是從諮商師那邊得知消息的，諮商師很訝異葛斯特還特別通知他們。

「妳還沒問這寶寶的名字。」諮商師說。

「抱歉。他們幫寶寶取什麼名字？我不知道他們生的是男孩。」

寶寶的名字是亨利．約瑟夫，體重兩千兩百九十六公克，有黃疸，可能得在新生兒加護病房住上一個月。蘇珊娜可能得住院幾個星期。

「但她還好嗎？」

「她正在復原。妳不妨動動腦，想辦法在回家之後讓他們更輕鬆一點。」

斐莉妲說她會。她想問，誰在照料哈莉葉。葛斯特必須隨時在醫院，他的父母搭機來照顧嗎？葛斯特已經安排好，斐莉妲離校之後要住到威爾家，也把這些指示告訴諮商師。

斐莉妲想告訴羅珊關於寶寶的事。蘇珊娜可能因為輸血而浮腫，她見得到亨利嗎？能餵奶嗎？

他們在第一個星期和哈莉葉待在醫院時，護理師強迫他們餵配方奶。斐莉妲在剖腹之後，母乳太慢分泌，哈莉葉的體重比出生時掉了超過百分之十。護理師說，如果哈莉葉的體重沒有增加，那麼就會讓她先回家，哈莉葉則留在醫院。

護理師說：「如果不能帶她回家，妳會很傷心喔。」

她不希望蘇珊娜碰到這樣的情況。

◎

為了練習讓孩子能意識到貧窮，有個穿粉紅實驗衣的女子扮成乞丐。她衣衫襤褸，還在臉頰上塗抹眼影。每個母親與娃娃搭檔必須從這個假乞丐前面走過，乞丐會要錢。她們必須訓練娃娃注意到乞丐，並拉著媽媽的手，展現出利他意志。母親會給娃娃一枚硬幣，娃娃必須把硬幣交給乞丐，並說「祝福你」或「保重」。

然而接下來的這一天，卻是在搞不清楚狀況、交涉與淚水中度過。娃娃沒有展現利他意圖，也沒有送出硬幣。母親們沒有辦法在一天之內，就消除為期兩個月的危險陌生人課程所造成的影響。

乞丐請求協助時，艾曼紐嚷道：「走開！」

斐莉妲予以糾正，但艾曼紐堅持乞丐是壞人。斐莉妲解釋，壞人和不幸的人有何不同，邪惡與受苦是不一樣的。

「我們學過什麼關於受苦的事？」

艾曼紐晃晃腦袋。「我們要幫忙，我要幫忙。幫助小鳥，幫助女士。」

斐莉妲解釋慈善的概念。對艾曼紐來說，慈善就像是籃子。像幾個月前聽的故事《小紅帽》。她記得這個故事，斐莉妲還挺驚訝的。艾曼紐假裝自己蹦蹦跳跳，提著籃子穿過森林。

「穿紅斗篷的女孩，」她說，「食物多多，有籃子。」硬幣就是要給女士的籃子。

艾曼紐聽了乞丐的懇求，並說：「籃子。掰掰！」

斐莉妲問，她們可不可以替換用字。柯瑞女士告訴她，試著使用正確的語言。艾曼紐把錢丟在乞丐的頭附近，嚷道：「偶會啦！」

柯瑞女士說，現在不是抄捷徑的時候。如果孩子懂得優雅舉止，就會把硬幣交給乞丐，並說些善良的話。他們應該要能看到娃娃有人道精神的一面。

「妳在做這件事時，得像個大女孩那樣。」斐莉妲說。這是最後一天訓練，教室設立兩個道德練習區：一區是受傷的鳥，另一區是乞丐。娃娃必須在無人輔導的情況下，完成兩次練習。

盧索女士說艾曼紐的行為會反映出她這一年學到的一切：她是不是覺得安全與受到關愛，是不是有潛力成為社會上能給予關愛、有生產力的一分子。她是最能清楚說明斐莉妲成敗的指標。

「妳能為了媽咪，表現得聰明、良善、勇敢嗎？」

艾曼紐說可以。

「謝謝妳，親愛的。我愛妳。」

她們練習說「祝福你」。斐莉妲的手梳理著艾曼紐的頭髮。她想知道，艾曼紐的記憶多快會被抹除？會不會一直待在儲藏室，直到另一個亞裔出現？那會是怎樣的女人？艾曼紐得等她多久？她會選什麼樣的名字？她們會有什麼樣的關係？下一個母親得仔細點。更換藍色液體時，先按摩艾曼紐的背會有幫助。

只有斐莉妲和琳達的娃娃近乎完成這順序。琳達的娃娃犯錯了，但在五分鐘內完成。艾曼紐則是在六分鐘完成。為求速度，就會產生道德上的模糊程度。娃娃在拿鳥兒時很粗魯，貝絲和梅若的娃娃甚至連硬幣都不拿。

晚餐時，奈特女士來探視母親們。「妳們有些人認為自己永遠不可能做到，但我確定妳們漸漸明白，母親什麼事都做得到。妳們離開之後，必須每天評估自己擔任母親稱不稱職。我們的聲音必須存在於妳們的內心。」

她請母親們手牽手，帶領大家唸起信條。她們明天要進行最後一次評鑑，星期三會進行一次腦部掃描。

「很高興能看見妳們學到什麼。」

◎

在第九單元的評鑑時，梅若的娃娃讓鳥兒掉下來。貝絲的娃娃看見乞丐就開始哭，琳達的娃娃把錢幣塞到自己的口袋。

斐莉妲有機會得第一名。在第一個練習區時，艾曼紐以手指碰觸小鳥說：「我幫你，沒事的。你沒事，沒事的。」她撿起小鳥，交給斐莉妲。

斐莉妲想要吻她。艾曼紐曾一度像是她的敵人，但她今天的動作很果斷又仁慈。

斐莉妲帶她來到第二個練習區，乞丐正在這裡痛苦呻吟。法官應該要知道，艾曼紐是她的，艾曼紐不該交給另一個女人。她不該被抹除記憶，也不該重新取名。

艾曼紐終於注意到乞丐，於是說：「籃子。」斐莉妲把硬幣交給她，於是她把硬幣放在乞丐的頭旁邊。

她說：「祝福你。」

◎

技師的手很冰冷。斐莉妲閉上雙眼，從一百開始倒數。艾曼紐出現在視覺焦點，她學會相信與愛這個娃娃孩子。艾曼紐昨天完成了兩種練習，雖然有錯誤，但事實上，斐莉妲排名第一。

諮商師說過，在以前，法官有時會法外開恩，給予例外。斐莉妲能指望的，頂多就是例外。她會為了沒有舉報羅珊和梅若道歉。她會承認自己知道她們的計畫，即使這不是事實。她會責怪塔克追求她。她會承認在蘇珊娜懷孕時曾造成她的壓力。她只有兩次零分，艾曼紐受傷程度不像其他娃娃。她去過三次談話圈，不是幾十次。她被逮到碰觸手部而不是接吻。

螢幕上出現七月的畫面。艾曼紐在撿拾玩具，她們正在學如何玩。斐莉妲驚訝看著艾曼紐學了許多她的舉止。她皺眉、聽人說話時有點頭的習慣，緊張時會眨眼。她們看起來就是屬於彼此。

她感覺充滿希望，但下一個畫面出現可怕的變數。她看見自己在野餐時認識塔克。她試著忽略背後淌下的汗水，這下子體溫會標示出她的罪惡感。她額頭濕滑。她看著夏季拍攝的鏡頭，感覺羞恥發熱。在舞會，他倆站得很近，說起悄悄話，顯然是一對愛侶。這欲望這麼容易解讀。

校方製作的影片看起來她好像永遠都和塔克在一起。在危險單元的評鑑日，她看起來好無助，是個救不了孩子也救不了自己的女子。畫面出現艾曼紐尖叫的特寫鏡頭。有個鏡頭是艾曼紐身上有斐莉妲的血，也有鏡頭是斐莉妲和塔克在停車場玩彼此的手。影片中顯示的畫面，是過度親密多於擔任稱職的母親。

◎

隔天，她們拿到了預測報告。斐莉妲在溫柔、同理心與照料的分數很高，母性直覺大幅改善，但愧疚與羞恥指標也出現了，而看到自己和塔克在一起的畫面時，欲望指數也會飆升。

「我們根本沒有接吻，我沒有逾越界線。」

「但妳想，」諮商師說，「這樣會導致妳從訓練分心。我告訴過妳要離那男人遠一點，但妳顯然在引起他注意，並樂在其中。我們怎麼知道妳離開之後不會追求這段關係？妳明白不能和他交往嗎？」

「我保證不會。妳說過，如果這次我排名第一，法官可能做出例外的判決。」她不是完成最困難的任務了嗎？不是教艾曼紐要有人性了嗎？

「法官會考量所有數據。別忘了，斐莉妲，妳的掃描結果應該要乾乾淨淨，回歸母性。」

「我的家庭需要我。」斐莉妲再度為自己的情況求情。她可以在蘇珊娜休養時照顧哈莉葉。得有人幫他們照顧哈莉葉。葛斯特和蘇珊娜會很忙，他們在照料剛出生的寶寶時，她可以和哈莉葉一起住。她可以幫他們煮飯、當保母。哈莉葉需要母親，她可以給哈莉葉好生活。她會永遠遵守學校的教導。

「我父母就這麼一個孫女。」

「妳那天出門前，就該想到這些事的。」諮商師說，「我們也竭盡所能，在妳身上投入時間與精力，斐莉妲。」

斐莉妲的預測報告是介於尚可與差的評等，諮商師無法預測法官會怎麼做。

諮商師伸出手，謝謝斐莉妲參加這學程。

斐莉妲從沒問過諮商師有沒有孩子，雖然她相當懷疑。她從來沒提過任何孩子。要是她在斐莉妲的處境會怎麼做？斐莉妲和諮商師握手，謝謝她的指導。她最後一次為自己的過失贖罪。

諮商師提示她該說的話。「妳是個差勁的母親，因為妳有欲望。」

「我是個差勁的母親，因為我有欲望。我是個差勁的母親，因為我軟弱。」

今天是感恩節。她母親一定在幫哈莉葉買聖誕節禮物，會和以往一樣買些衣服。斐莉妲懷孕時，母親說，生女兒就像有個屬於自己的真娃娃。

「妳女兒會很漂亮，」母親保證，「甚至更漂亮。就像妳比我漂亮。」

今早的其他時間，斐莉妲在石造庭園來回踱步。她想著冬天的哈莉葉，想著有陽光斜照的房子。她關上前門，開車離去。塔克的兒子踏出樹屋外。校方需要看到她改變了，但是活下來算進步嗎？哈莉葉應得的，不該只是以活下來為最大成就的母親。

有一次，她不小心抓傷哈莉葉的臉頰，害她流血。有一次，她把哈莉葉的拇指指甲剪得太短。

「妳壞壞。」哈莉葉說。等她大一點就會說更多：**妳為什麼那樣做**？**為什麼丟下我**？

斐莉妲聽見皮爾斯館傳來尖叫，還有摔門聲。她看見母親們從山丘上拖著沉重腳步走下來，繼續穿過草坪，經過露天劇場。她們來到樹林邊界，開始嚎叫。她們開始了解，開始悲嘆。那聲音就像那天露克麗霞碰到雪天使災難、像娃娃挨打的那一天。斐莉妲能說的話就只有**不**。她等待，傾聽，之後決定加入。

◎

夜半三更，警鈴大作，母親們在走廊排隊點名。警衛離開與熄燈之後，大家開始交頭接耳。梅若又失蹤了。

「不。」斐莉妲想喊叫，但聲音粗啞。她推開人群，尋找梅若的室友。她室友說，梅若留下了字條，但她還沒機會讀就被沒收。吉布森女士上樓，要大家回自己的寢室。

那一夜，斐莉妲醒著躺在床上，祈禱不要有救護車出現。梅若或許躲在某個地方，說不定又找到另一名警衛協助。

她到樹林邊界，加入其他悲嘆的母親行列時，不該找梅若一起去的。梅若的報告結果是「差」。她的社工不認同梅若的母親，認為她沒有好好照顧歐珊，也早已否定歐珊的父親是可能的監護人選。在梅若最後一次聽證之後，歐珊可能會被交給寄養人。

梅若吶喊時，脖子上青筋暴露。許多母親吶喊到聲音都沒了。她們彼此擁抱。有人跪下，有人祈禱，有人咬手。

斐莉妲想起父親。當年阿嬤差點遭到射殺時，她的父親和叔叔大概也是這樣尖叫。身體可以產生純然的恐懼、發出純粹的聲音，聲音可以侵蝕思想。梅若愈叫愈大聲。斐莉妲抓住梅若的手臂，以免這女孩整個人栽入雪中。那時，她感覺這女孩在嚎叫時有東西從她身體浮起，好像她跳出了自己的皮囊。

她應該在晚餐後探視梅若，問問梅若可不可以在羅珊的床上睡覺，今晚就好。梅若明年想教歐珊騎腳踏車。不是兒童騎的三輪車，是雙輪腳踏車。她說，歐珊表達愛的語言是動作。她想像歐珊長得和爸爸一樣高，變成跨欄或跳高運動員，還會射標槍。如果她女兒擅長跑步，就能得到獎學金。如果能得到獎學金，就不會懷孕。

「我就能打破這爛透了的循環。」梅若說。

◎

早餐時，她們讓梅若的位子空著。母親們經過她們這桌時，把貝果、瑪芬與一包包的蘇打餅放在空椅子前，立了一座麵包神龕。斐莉妲堆出一座糖包小丘，紀念梅若。貝絲不肯吃喝，把臉上的痂抓破，整個早餐時間抓個不停。

琳達拉住貝絲的手，以餐巾沾杯裡的水，擦淨貝絲的臉。吉布森女士拿起麥克風，說提供悲傷諮商服務。她請母親們低下頭，默哀片刻。有人大聲啜泣。斐莉妲抬起頭，看見雪瑞絲在遠遠的角落。即使距離這麼遠，她也看得出那些眼淚多虛假。

在課堂上，今天是道別日，是最後一天玩耍與連結的日子，之後娃娃就要關閉了。斐莉妲和貝絲惹上麻煩，因為她們淚眼汪汪，讓娃娃很難過。梅若的娃娃仍放在設備間，其他娃娃離開時，她看起來孤苦無依。

「她為什麼在那邊？」艾曼紐問，「媽咪梅若呢？」

斐莉妲告訴艾曼紐什麼是時間、成熟與衝動。媽咪梅若非常年輕，還在學如何做出好的決定。她沒想到會讓大家這麼傷心。有時人在做某件事時，是因為那件事會讓當時的他們感到愉快。因為他們只是想要覺得好過一點。

她們是在早餐時得知梅若從鐘塔一躍而下。艾曼紐按按斐莉妲的眉間說：「媽咪，別傷心，要快樂。」

她們聊到為什麼媽咪的聲音聽起來好沙啞。斐莉妲解釋，她昨天有很強烈的感受。有時媽咪有強烈的感受時，就會很大聲。

她倆並肩俯趴著，讓彩虹蛇沿著模擬道路前進。她們在玩的時候，斐莉妲問：「妳愛我嗎？」

艾曼紐點頭。

「我有沒有當妳的好媽咪？」

艾曼紐戳戳斐莉妲的臉頰。「妳不錯。」

斐莉妲應該感謝艾曼紐吃了苦，變得夠真實。她幫娃娃把頭髮塞到耳後，記住她彎彎的眉毛，還有雀斑。下一個母親需要保護她的安全，避免艾曼紐受到講師與其他娃娃的傷害。她不能讓艾曼紐挨揍。她應該要知道，比起豌豆，艾曼紐更喜歡吃紅蘿蔔。她應該找到傑若米，讓娃娃有時間共度。

她們整個早上都在玩耍，中間停下來吃個午餐，之後繼續。下午就要結束時，母親和娃娃一起拍照。她們在黑板、窗戶、設備間門前擺姿勢。

柯瑞女士交給斐莉妲一疊拍立得照片。「讓她看看，她會喜歡的。」

她們把照片平鋪在地毯上，看著自己的臉浮現。斐莉妲整整一年沒看過自己的照片，艾曼紐或許從來沒看過。總共有六張拍立得照片，斐莉妲在其中五張都眨眼。她的臉好小，灰髮多過了黑髮，五官都淡了。艾曼紐的五官則是生氣蓬勃，表情喜悅。兩人之間的愛很明顯。

「讓我看，」艾曼紐說，「再看一遍！再看一遍！」她在所有照片上留下指紋。

下課前，娃娃知道有事情不正常。該是歸還照片的時間了，道別的時間到了。琳達的娃娃躺在地上賴皮。貝絲的娃娃不小心尿褲子。

斐莉妲看見琳達趁著柯瑞女士幫貝絲找濕紙巾時，把一張照片塞進袖子裡。

盧索女士忙著在平板電腦上打字。柯瑞女士拿回琳達的照片，但沒有計算。柯瑞女士過來，斐莉妲交回五張照片，把那張她眼睛張開的私藏進口袋。

盧索女士指示母親們送上最後一次擁抱。

斐莉妲摟著艾曼紐的肩膀，下巴放在娃娃頭上，要把艾曼紐的氣味印在腦海中，她會記得艾曼紐的喀噠聲。

艾曼紐手探入口袋。那天考試用的硬幣還在。

「媽咪，籃子，」她說，「小籃子。」她把硬幣放到斐莉妲的手中說：「祝福妳。」

斐莉妲開始哭泣。她再度抱抱艾曼紐，並謝謝她。她告訴艾曼紐，設備間不是設備間，而是一座有城堡的森林，她會睡一場很特殊的覺。就像故事中躺在玻璃下的公主那樣。

艾曼紐嘟起嘴。「媽咪，我不想睡。不累。」

琳達和貝絲的娃娃已經在裡頭，和梅若的娃娃一起。

斐莉妲沒說：「再見。」她給艾曼紐最後一吻，並說：「我愛妳，寶貝。我會想妳。」

盧索女士帶領艾曼紐離開。在設備間門口，艾曼紐回望斐莉妲，她揮揮手嚷道：「愛妳，媽咪！保重！保重！」

十八

社工的辦公室漆成藍色，那是知更鳥蛋的色彩，曾是斐莉妲的最愛。現在牆上有新的繪畫，包括手印樹、怪物與火柴人，還有張海報大小的照片，上頭有個金髮小女孩流下一滴淚水。

那滴淚水冒犯了斐莉妲，不只如此，女孩手上的雛菊，這張黑白照源自圖庫的事實都讓她不愉快。無論當初是誰拍下這張照片，絕不是打算這樣使用。斐莉妲的體溫升高，眨眼速度快，心臟快速的撲通撲通用力跳。她沒有在早上來過這裡。她在等待時，回答關於這幾天轉換期的問題，承認自己只靠著裝在行李箱的稀少必需品過活。她從儲物空間拿回幾件衣服，重新開啟銀行帳戶，取回車子，重新習慣開車，也很幸運能住在威爾家。她還沒開始找工作，找房子，因為時間不夠，她得忙著準備出庭。她得先撐過今天，不知道明天之後會如何。

現在是十二月的第一個星期二，哈莉葉已被帶走十五個月，上一次擁抱哈莉葉是十四個月前的事，上一次通話則過了四個月。她們要展開最後一次探視。昨天，法官終止了她的親權。

斐莉妲沒有登記到名錄中。她沒有孩子，不必登記。法官給她今天早上三十分鐘的時間。斐莉妲查看手機，葛斯特沒有傳簡訊。現在十點七分。她沒想過葛斯特可能會遲到。她問，對方遲到會不會對她不利？光是二十三分鐘根本不夠。

「別擔心。」托雷斯小姐說。超過五分鐘或十分鐘沒什麼問題。她微笑，似乎態度軟化，憐憫的看著斐莉妲。托雷斯小姐說，她了解今天很重要，她們可以先處理文書工作。她把寫字板交給斐莉妲。斐莉妲在表格上簽名，允許州政府在哈莉葉十八歲時，把她的資料透露給哈莉葉。

法官已判決定讞，父母不得上訴。斐莉妲問，她可不可以聯絡哈莉葉，或得等哈莉葉來聯絡她。

「必須由她去找妳。劉女士，請保持信心。多數孩子會想要找到生母。」

斐莉妲點點頭。她希望下一個坐在這張椅子上的父母會暴力一點，抓起社工掄牆、掐她脖子、把她推出窗外。犧牲人數應該相等。穿粉紅色實驗衣的女子、講師、諮商師、社工、家事法庭法官死去的人數，應該和死去的母親一樣多，和下一輪與下一所學校將死去的母親一樣多。

在永久聯絡方式的欄位上，她列出雙親的地址與電話，加上自己的手機號碼與電郵，然後簽名。等哈莉葉十八歲時，她就五十五歲了。她不知道自己會住在哪裡，或能不能活到那時候。她現在能活著似乎不對勁，何況還打扮好、化了妝坐在這裡。她的頭髮已染黑，剪成筆直整齊有瀏海的鮑伯頭，這是芮妮建議的髮型。她的指甲修剪過，牙齒也美白過。她的服裝和第一次監督訪視時一樣，是同樣的毛衣與合身窄裙，現在這些衣服在她身上都鬆垮垮的。她看起來保守整齊，不像之前當母親時的模樣，也不是她後來成為的母親，而是像使用手冊上會運用的母親——是一片空白，可以替換。

她的聽證會持續兩小時。法官已審查過教室、評鑑與週日通話的畫面，斟酌過大腦掃描及從艾曼紐所取得的數據，讀過柯瑞女士、盧索女士、斐莉姮的諮商師湯普森女士的建議。

法官說：「劉女士，我知道許多關於妳的事，妳是個複雜的女人。」這學程的特殊之處在於有孩子的觀點。即使艾曼紐無法完全以語言來描述斐莉姮的母職，即使講師無法時時刻刻看著斐莉姮，但從其他數據與科技，法庭就能勾勒出斐莉姮能力的完整圖像，還有她的性格。

「我們會推斷。」法官說。

斐莉姮認為她瞎了。芮妮發言，州政府的律師發言，社工、法院指定的兒童心理師、葛斯特與蘇珊娜作證。蘇珊娜才出院兩天。葛斯特和蘇珊娜不能聽到關於這課程的任何事，兩人都只發言幾分鐘就離開法庭，回到新生兒加護病房陪亨利。

「我們全都原諒斐莉姮，」葛斯特說，「要是母女倆分開，會對我們的女兒造成創傷。哈莉葉已經歷這麼多事，我希望她有正常的童年、正常的人生，您可以為我家實現這一點。」

蘇珊娜說：「哈莉葉時時都在問關於斐莉姮的事。她會說：『媽咪回來。媽咪想我。』

對我們來說，這不是信賴的問題。我知道斐莉妲做得到，她是個好人。」

輪到斐莉妲作證時，她先懺悔自己對逃學者與塔克的判斷失誤。她回答了法官提出的問題，包括前往談話圈三次、捏人意外、零分、與諮商師起爭執。她說自己和艾曼紐的關係是既美麗又豐盛。她從娃娃身上學到的，和娃娃從她身上學到的一樣多。「我們是個團隊。」她說。

她告訴法官，母親這身分為她的人生賦予目標與意義。她說：「我不知道自己錯過了什麼，直到我有寶寶。」

斐莉妲再度查看時間。葛斯特呢？她交回寫字板，從手提包裡拿出一個盒子，請求社工允許她把一些傳家寶交給哈莉葉。

「劉女士，妳不能給──」

「這不是禮物。這，拿去看看。這是等她大一點時要給她的。我希望她有這些東西，萬一……萬一她以後沒有來找我。」

社工檢視盒子裡的內容物。有歷代家人相片與珠寶、斐莉妲外婆的珍珠耳環和玉鐲子、她自己的婚戒、家庭相片，還有黃金盒型項鍊墜，裡頭放著她捲起的髮絲。今天早上，她屏息拔下頭髮，想像哈莉葉五歲與七歲，成為少女、小姐的模樣。她希望哈莉葉在成長過程中，能有母親的一部分。

托雷斯小姐答應給予例外。斐莉妲謝謝她。當她把珠寶交出去時，聽到說話聲。葛斯特和哈莉葉在門的另一側。

「快點，妳會走路，像大女孩那樣走。我們現在要見到媽咪了，寶貝，快來。她在等我們。媽咪就在裡面，我們現在得進去。」

斐莉妲從手提包裡拿出鏡子，檢視口紅，然後抹掉。她設法呼吸。

他們一進來，社工就按下手機上的計時器。她們在十點十八分開始道別。斐莉妲和葛斯特擁抱時，哈莉葉抓著門框。等候室的人伸長脖子。斐莉妲蹲在哈莉葉身邊，但哈莉葉不願看她。

轉過來，斐莉妲心想。

葛斯特詢問，她是怎麼到家的。昨天，他和芮妮擔心她會走到巴士前面。他每個小時打電話，要威爾早點回家照顧她。

威爾要到五點之後才會回家。葛斯特問她，可不可在公共場合等威爾。今天有什麼計畫？昨天晚上有沒有睡？

「我得知道妳平平安安。」他說。

「現在別談這件事。」他們已經用了三分鐘。她記得問亨利的狀況如何。葛斯特告訴她，亨利的膽紅素水準已有起色。

她想告訴葛斯特她愛他，想給他接下來十六年的指示，告訴他該如何養育哈莉葉。今天也是她向葛斯特道別的日子。

她揉揉哈莉葉的背，出於習慣，碰的地方是艾曼紐有藍色按鈕的位置。哈莉葉推開斐莉妲的手。

「這是我的身體。」哈莉葉說，從門框跑到葛斯特腳邊。

斐莉妲把門關上，再試一次。「我聽到妳說那是妳的身體。沒錯。妳可以看著我嗎？我是媽咪。媽咪斐莉妲。真不敢相信妳長這麼高了。可以抱抱妳嗎？能見到妳，我真的好開心喔，寶寶。我一直等著想見妳。我可以看看妳嗎？」

哈莉葉仰望著她。她依然是斐莉妲見過最美的孩子。女兒的美讓她震撼得無言以對。她們握著手，彼此對視。斐莉妲感覺到社工盯著她們，也感覺到攝影機、時鐘及一整年期待的重量。

哈莉葉高高瘦瘦，比艾曼紐高了約二十公分，現在有張心型臉蛋，雙眸更像華人。她還是維持短髮，在耳朵旁捲起。她帶著塑膠洋娃娃，是個黑人寶寶，還附有奶瓶。葛斯特讓她穿上大地色系的衣服：有小白花的炭色開襟毛衣、棕色針織衫、深橄欖色緊身褲，還有小小的棕色靴子。

「哈囉，媽咪。」哈莉葉指著斐莉妲的瀏海說，「妳的頭髮怎麼了？」

葛斯特和社工都笑了。斐莉妲不敢相信，哈莉葉現在能說話說得這麼清楚。如果她們有更多時間獨處，就能真正對話。

「妳喜歡嗎？」斐莉妲問。哈莉葉點點頭，朝斐莉妲走去，伸出雙臂。她倆擁抱時，斐莉妲覺得身體不穩，頭暈目眩。她親親哈莉葉的雙手，捧著她的臉蛋，望著她真正的雙眸，撫著她真正的肌膚。

葛斯特準備離開，但是哈莉葉求他留下來，父女倆討價還價，又花了五分鐘。葛斯特提醒哈莉葉接下來會發生什麼事，她會有很長一段時間見不到媽咪。媽咪要繼續暫時隔離，她們今天得說再見。

「不要暫時隔離！不要！我不要那樣！」

葛斯特親吻斐莉姮的頭部，親親哈莉葉的臉頰，說他會在等候室等。社工要求斐莉姮與哈莉葉離開門邊，指示她們坐到沙發上。斐莉姮把哈莉葉抱到大腿上，並且挪挪身子。她比艾曼紐重得多了。哈莉葉一邊啜泣，一邊問為什麼今天要說再見。

「為什麼媽咪要隔離？為什麼要隔離很久？」

斐莉姮告訴哈莉葉她們一年前的生活，媽咪有一天很不順心，而因為那不順的一天，她得去上一所學校，那裡有很多媽咪，也有很多課程。那裡要考試，媽咪應該要通過的。

她揉揉哈莉葉的手。「我很努力。希望妳知道我盡力了。這不是我能決定的。我還是妳的母親，永遠都是妳的母親。那些律師說我是你的生母，但我不是妳的生母，而是母親，就這樣。很不公平的是——」

「劉女士，請克制，不要批評這學程。」

「我的批評已經不重要了，對吧？」斐莉姮厲聲說。

「劉女士——」

「媽咪，我不舒服，我肚子痛，想要袋袋。」

社工解釋，哈莉葉的學校會給受傷的孩子冰袋。斐莉姮開始嗚咽。這是她最後一次做出請求、分享祕密的機會，但該以什麼樣的祕密與故事，向女兒解釋她整個人生呢？

講師會告訴她，要以更高的音調來說話。她們會說，她擁抱女兒太久、親吻太多次。她說「我愛妳」，說了一次又一次。

哈莉葉說：「我也愛妳，媽咪。」這句話斐莉妲等了好久。「我好愛妳。」

哈莉葉的臉依偎著斐莉妲的脖子。她們談什麼叫做道別，今天說再見，不代表永遠不見面。哈莉葉會長高，變壯，變得又聰明又勇敢，即使媽咪不能來看她，也會時時想著她。每一天，每一分每一秒都想念著哈莉葉。

哈莉葉從斐莉妲的腿上溜下來，並拍拍她旁邊的沙發空位。「媽咪，坐這邊。坐這邊，我要跟妳講。」她讓斐莉妲看她的娃娃。「媽咪，也跟貝蒂寶貝說再見。」

斐莉妲微笑道：「再見，貝蒂寶貝。我愛妳像銀河星星那麼多，貝蒂寶貝。我愛你到月亮和星星那麼遠。」

「到木星。愛貝蒂寶貝到木星。」

「妳記得呢！謝謝妳還記得。我愛妳到木星，我愛貝蒂寶貝到木星。」她舉起拳頭，提醒哈莉葉心痛該怎麼做。她們練習這手勢，也教貝蒂寶貝。哈莉葉想念媽咪的時候，就可以捏擠心臟。

「再十分鐘。」社工說。

斐莉妲把哈莉葉放下，拿起傳家寶的盒子。她讓哈莉葉看看外公外婆、外曾祖父祖母的照片。她們也看了一張寫著書法的紙，那是斐莉妲的父親在哈莉葉剛出生時寫的，每一筆畫旁還有編號，這樣哈莉葉就能學寫自己的中文名字——劉彤雲。是下雪之前的紅色雲朵，朱紅色的。是外婆替她取的名字，斐莉妲教她怎麼唸。

她們打開了盒型項鍊墜。斐莉妲讓她看看自己捲起的髮絲。「這是媽咪的一部分，請別搞丟喔。希望等妳老了還保留著這東西。」

「我不老。我兩歲，快要三歲。」哈莉葉伸出三根手指，「媽咪，我是大孩子，來我的三歲生日。我明天生日！」

「不對，寶貝。明天不是，小傻瓜。抱歉，媽咪沒辦法來，但是媽咪會在妳心裡。」

「也在項鍊裡？」

「也在項鍊裡。」

剩下六分鐘，該是拍照的時候了。社工讓她們在小聖誕樹旁邊擺姿勢，之後安裝好拍立得相機，要她們笑。哈莉葉在哭。斐莉妲要她乖乖聽爸爸和蘇珊娜的話，當亨利的好姊姊。

「到窗邊再拍幾張。」社工說。

斐莉妲把哈莉葉抱到腰上。「記得，妳沒有做錯任何事，妳超棒的。媽咪好愛妳，像銀河星星一樣多一樣遠。要記得公公和婆婆。他們會永遠愛妳，每天都想妳。」

她在哈莉葉耳邊悄悄說話：「要快樂喔！希望妳非常、非常快樂。等妳長大，希望妳來找我。請來找我，我會等妳。」

「好，媽咪，我會去找妳。」她們用小指打勾勾。

剩下一分鐘。斐莉妲緊緊擁抱哈莉葉，想把每一種擁抱都交給她——不是各式各樣的關愛，而是整個世界。她假裝自己抱著的是艾曼紐，假裝這只是一場練習。

法官說，她還沒準備好承擔責任。或許她不會再留下哈莉葉一人，但可能會做別的事。如果她會捏娃娃，又會對哈莉葉做什麼？如果她無法保護娃娃免於危險，又怎能相信她能保護女兒？如果她在一個受控的環境，都無法對友誼與關係做出好決定，讓這麼多事情岌岌可危，那她怎麼可能在現實世界做得好？

「我就是無法信任妳。」法官說，「像妳這樣的人應該更清楚才對。」

社工的手機發出聲響。

「不行！」斐莉姮大叫，「我們需要更多時間。」

「抱歉，劉小姐，妳們已經有整整半小時了。哈莉葉，親愛的哈莉葉，得和斐莉姮媽咪說再見了。爸爸現在要帶妳回家了。」

「拜託！妳不能這樣。」

「媽咪！」哈莉葉尖叫，「我要跟妳一起！我要跟妳一起！」

社工離開房間去找葛斯特。斐莉姮跪著，和哈莉葉緊緊相擁哭泣。哈莉葉緊抓著斐莉姮的領子，持續尖叫。斐莉姮在倒楣的那天從這樣的哭叫聲逃離，但現在則是把這哭叫聲吸收進自己的身體，感覺其中的震動與渴望。她必須記住這聲音，記住哈莉葉的聲音、氣味、碰觸，哈莉葉現在多麼想要她，多麼愛她。她親吻哈莉葉淚濕的臉頰，再度凝視著她。她們像以前一樣，緊緊碰著額頭。斐莉姮以英文和華語說「我愛妳」，稱哈莉葉是她的心肝寶貝，她的小美人。等葛斯特與社工回來時，她還是不願放手。

從客廳窗戶望出去，斐莉妲看見威爾的鄰居帶孩子回到家。隔壁鄰居是個育有一子一女的白人家庭，兩個孩子都上小學。男孩在換衣服時和父母吵架，女孩在刷牙時和父母吵架。對街有個白人男子穿著睡衣，在門廊抽菸，還有個黑人女子在晚上會彈吉他。在這個街區還有個黑人家庭，有兩個雙胞胎男寶寶，斐莉妲曾見過媽媽提著兩張汽車座椅，一手掛著一張。

她從沒想過自己是住在到處都有孩子的城市，但或許失去了孩子之後，會發現每座城市、每個社區都是孩子。西費城有它獨特的問題，但友善又健康，是城市中的小城區，有寬敞的林蔭街道，住宅會為了假期而布置。她和葛斯特曾看過這個社區，參觀過有五間臥室的維多利亞式住宅，附近就有很好的公立學校，可惜買不起。她會想，要是他們買了這邊的房子會如何？要是過去住在不同社區就好了。

如果她有力氣離開房子，她會去買藥。去巴爾的摩大道的藥房買苯海拉明（Benadryl，編註：第一代抗組織胺藥，主要用於治療過敏症，也可以用於治療失眠、感冒症狀。苯海拉明具有鎮靜劑作用，被部分用於助眠或抗焦慮藥），到四十三大道的CVS藥妝店買優眠爽，到五十一大道的來愛德（Rite-Aid）藥局買奈奎爾（NyQuil，編註：感冒藥水）。要是在同一間藥房買太多藥物，肯定會招來疑問。她再也不想回答陌生人的問題。

她在想那件事時，總是想到吞藥丸。藥丸配波本威士忌。絕對不是使用剃刀與浴缸。

她覺得渾身是電，雙手刺痛。現在是星期五下午。在最後一次探視之後，接下來三天，她喝光了威爾家的所有烈酒。她已用完優眠爽，威爾不肯幫她再買。

威爾今天得進辦公室，不然他都在家幫研究報告打分數，也替她煮飯。她無意間聽到威爾和葛斯特說話，討論需不需要找其他朋友來看著她。他已把所有刀子藏起來，也把臥室讓給她。她剛來這裡的那幾晚，威爾睡在沙發上，但在斐莉妲的要求下，現在都睡在她身邊。威爾的公寓還是乾乾淨淨的，既然狗兒和前女友同住，現在要保持整潔比較容易。他說，他和哈莉葉生日影片中的女孩不是認真的。

斐莉妲老是拿威爾和塔克比較，因而感到愧疚，但她喜歡每天夜裡讓威爾的手放在她腰上，聽他睡覺。她太常謝謝他，但沒多說什麼。威爾認為，她不再信賴他了。他希望她能自由的在他面前哭泣，他也放棄詢問關於學校的事。他們每天的對話都一樣。她沖澡了嗎？吃了什麼？要不要吃？藥丸配酒很危險。

最後一次探視的照片還在她的手提包裡。她還沒準備好看照片，也沒看收藏在同一個地方的艾曼紐照片。她還沒看報。醒著的時候，她會花幾個小時的時間滑哈莉葉的照片，看看舊影片。哈莉葉第一次拍手、第一次踏出步伐。斐莉妲的父親背誦〈蓋茲堡演說〉給還是新生兒的哈莉葉聽。

威爾讓斐莉妲用他的手機，看蘇珊娜的 Instagram。於是斐莉妲看見住在幾個廣場外的哈莉葉長大，哈莉葉的朋友和老師，蘇珊娜的肚子隆起，哈莉葉第一次看牙醫，戒尿布訓練的照片，還有自拍全家福。她不能在社群媒體上追蹤他們，也不能在網路上跟蹤。要是在街上看見哈莉葉，也不准靠近。就法律來說，她是陌生人。

距離聖誕節不到三個星期。她沒有回父母的電話，只請葛斯特把消息傳達給他們。芮妮說，以前的政策是准許祖父母保持聯絡的。在舊制度下，即使不能與哈莉葉同住，葛斯特還是可以讓她見哈莉葉。可惜現在情況變了。

斐莉姮的父母以Zoom和哈莉葉說再見。他們匯了錢給斐莉姮，不過，還是希望她考慮搬回家住。她母親寫道，留在費城或許不健康，這城市有太多回憶。

斐莉姮回到威爾的房間，躲進被窩。她需要讓柔軟的東西包圍。她想知道哈莉葉記得多少，記不記得社工吃力的分開她倆，還有她咬了爸爸的手。

「媽咪，妳回來！」哈莉葉尖叫，「我要媽咪！我要妳！要妳！」

哈莉葉尿濕褲子，在社工的地毯上留下一灘水。他們離開之後，斐莉姮好像在樹林邊界那邊似的吶喊。社工找來保全人員，把斐莉姮送出建築物。她在電梯內繼續尖叫，一到人行道就癱倒在地，直到有個陌生人拍拍她的臉頰，讓她醒來。路人站在她身邊，問是怎麼回事。有人扶她站起身，有人送她上計程車。

她應該試著讓哈莉葉笑，也想聽見哈莉葉的笑聲，看她更多笑容。在學校，有通電圍籬、警衛，還有穿粉紅實驗衣的女子。在同一座城市太危險了，距離女兒僅僅五公里。

◎

威爾要斐莉姮打扮一下。他們走路到克拉克廣場的週六農夫市集，一開始營業就到了。斐莉妲說要回去，人太多了。威爾為了讓她安心，於是摟著她，帶她穿越人群。逛街的人買了聖誕花環，有人訂購火雞和派。威爾請斐莉妲挑選蘋果，他們也排隊買麵包。威爾遇見賓州大學的朋友，他們和斐莉妲打招呼，好像她是威爾的新女友。

她不想遇見任何人，不想看到任何人帶孩子。他們讓路給推著嬰兒車的父母，也遠離幼兒遊樂場。她覺得大家都在看她，知道她去過哪裡、做了什麼。

家事法庭法官應該知道她在抗拒。塔克打了四通電話給他，也傳簡訊、寫電郵。他贏了。希拉斯現在和他一起住，前妻讓他們在聖誕假期有更多時間共度。

日耳曼敦距離這裡只有三十分鐘。塔克以為哈莉葉已回到斐莉妲身邊。他請她選一天，讓大家見見面，到迪爾沃思公園溜冰，也請她們來吃晚餐，可以早一點開飯。

如果兩人都失去孩子，她就會跟著他走。但不該有陽光斜斜灑入的房子，無論在理智或內心都沒有。哈莉葉一定不能知道關於他的事。葛斯特與蘇珊娜不能知道，威爾不能知道，她父母不能知道。法官說，她有意志力的問題，容易受到誘惑，是個不穩定、愛幻想的人。她是個差勁的母親，因為仍想著他。她是個差勁的母親，因為想要他。她是個差勁的母親，因為不能忍受他帶著兒子。

◎

回到威爾的公寓後，斐莉妲終於打電話回家。接電話的是父親，她同意開 FaceTime，好讓父母能看看她。他們哭了。斐莉妲開始道歉。她太懦弱，要葛斯特告訴他們。

「妳好瘦。」母親說。

他們也是。父母要她找醫生、多吃點肉。他們以英文交談。斐莉妲克制自己，沒問哈莉葉在通話時看起來如何，葛斯特情況如何。

父母希望她回家。如果她在家，他們就能照顧她。

「我會下廚。」父親說。她不必馬上找工作，她可以在芝加哥謀職，和他們一起住，省點錢。這樣不是很好嗎，大家又共聚一堂。如果她現在無法承受獨自旅行，他們可以來接她。

他們想在最後一次開庭日就搭機前來的，斐莉妲應該讓他們來。她應該讓哈莉葉多見見他們，更常邀他們。他們到底來造訪過幾次？哈莉葉究竟曾與他們度過幾天？他們希望家族樹能開枝散葉，只有哈莉葉能吸收他們的喜樂與期望。她本來認為，這份壓力會讓寶寶的心臟無法承擔。

她謝謝父母寄錢過來。她應該告訴他們，不必原諒她。她不配得到原諒、不配有個家。

「我好想抱抱孫子啊。」她父親曾說。

等哈莉葉十八歲，斐莉妲的母親就已經八十四歲，父親八十五歲。斐莉妲會照顧他們。他們會和她同住。她認為雙親最後會搬來，屆時三代同堂，就像她長大時那樣。

◎

經過幾天討論，她答應買張單程機票，飛到芝加哥，在那邊待一兩個月，或許會待更久也說不定。她的父親原本要來費城，租輛卡車，把她的東西搬回家，但斐莉妲還沒準備永久搬遷。她不知道自己該住在哪，或許會想離女兒近一點。

父母想要家族共聚，歡迎她回家。父親會做豆豉炒龍蝦，那是她最愛的一道菜。他會去中國城買食材，還有椰子塔、叉燒包等糕點。

她好想吃這些美味的食物，品嘗鹹香的滋味。父親說，他們會喝香檳，去年聖誕節他們收到一瓶香檳，決定要留給她。

父母聲音中的快樂讓她好緊張，不知道自己多久就會讓他們失望，是幾天還是幾個小時。距離最後一次探視已過了一週。昨天，她查哈莉葉學校的地址。她曾想過開車行經葛斯特與蘇珊娜的房子，考慮在那邊等，以了解他們的平日作息。

她掛電話之後又致電芮妮，留訊息告知她會暫時搬家。她在沙發上蜷起身子，睡了幾個小時，直到威爾返家才醒來。威爾讓她的頭躺在他大腿上，玩起她的頭髮。

她想像塔克撫摸她，想起舞會，還有她的頭撞到溜滑梯時塔克如何照料。

她告訴威爾這項計畫。

「我會想妳的，」威爾說，「但妳的打算很合理。之後妳會回來，對吧？」

「應該會。我不知道自己在做什麼，也不知道自己想要什麼。這是我父母的心願。」

想到要回去埃文斯頓，她就突然起身，把自己關在臥室。如果她到大半個國度之外，就無法在每一座公園或遊樂場尋找哈莉葉。哈莉葉聽不到她的訊號。接下來十六年，該怎麼讓哈莉葉感到驕傲，給她訊號，告訴她媽媽依然渴望著她？

雙親希望斐莉妲馬上搭機回家，但她需要更多時間。她訂了十二月二十二日的機票，開車到儲物空間，收集衣服、文件、一桶哈莉葉的寶寶裝、寶寶回憶筆記本、相簿。等她到父母家之後，要在床邊建一座哈莉葉小基地，這樣就能看著哈莉葉的照片入眠。如果能讓哈莉葉的記憶栩栩如生，或許她就能承受得住。她會倒數還有幾個月，就像在學校時那樣。

她很訝異自己多想念學校裡的母親和娃娃。她想跟羅珊說梅若發生了什麼事，她想知道在儲藏室裡的娃娃有沒有受到照顧。艾曼紐一定很孤單，她的藍色液體得換了。如果她的記憶還沒抹除，會不會正在想念母親？會不會期待斐莉妲回來？

直到現在，斐莉妲才發現自己多依賴艾曼紐每天給她一劑愛的力量。以後，如果父母失去真正的孩子，或許該給他們娃娃。有母親說，想把娃娃帶回家。

她覺得沒人發明嫁接或移植法，實在太可惜。學校應該要能把她們的性格缺失部位，以母親的直覺、理智與心靈來替代。

◎

斐莉妲漸漸更常到外頭去，不再整天穿著睡衣。她會在巴爾的摩大道走走，看著母親帶著孩子，或全家出動到克拉克公園。但少了女兒，她覺得無論時空或身體，都很不真實。

她過了三個星期無事可做的日子，這時一通電話響起。十二月中的星期六早晨，威爾接到葛斯特的來電。斐莉妲從威爾說的話中拼湊資訊。葛斯特和哈莉葉剛從急診室回來，蘇珊娜仍陪亨利在急診室。亨利無法吃喝任何東西，整夜嘔吐，只得送急診。幾小時前，醫生幫他做腹部超音波，發現他幽門狹窄，下午得動手術。葛斯特必須回醫院，今晚得和蘇珊娜一起在醫院過夜。他問威爾能不能來照顧哈莉葉。以前威爾從來沒有陪寶寶就寢過，但葛斯特認為他做得到，還會留下詳細指示，告訴威爾該怎麼做。哈莉葉和威爾已經很熟了。他們不能把哈莉葉交給不認識的人看顧，葛斯特的母親已回加州，蘇珊娜的母親也回維吉尼亞州，他們從沒理由找固定的保母。

威爾說「好」，斐莉妲開始夢想。等威爾掛上電話，她問威爾能不能幫哈莉葉拍些照片。但威爾認為，這樣會讓她情況更糟。

「我得看看她。」

「我懂，但我以為妳不應該——」

「就一兩張照片，或許一段視訊影片。拜託，別告訴她是我要看的。」

◎

她大半個早上都在忙。威爾出門辦事，必須在中午前到葛斯特家。斐莉妲打電話和芮妮說再見，也因為週末打擾她而道歉。芮妮認同她回家的決定。

「或許等哈莉葉大一點……」芮妮說。她的聲音愈來愈小，讓斐莉妲以希望和幻想填補靜默。

她問斐莉妲想不想要最後一次探視的影片，社工隔天寄給她了。斐莉妲還沒準備好。她們說好一月再聯絡，也預先祝彼此佳節愉快。芮妮建議她去培養些療癒的嗜好，例如編織或烘焙。

「我現在沒辦法思考興趣。」

「妳會好好的，斐莉妲。妳比自己想像的還堅強。」

斐莉妲咕噥小小聲的感謝。她不敢相信自己能騙任何人，讓人以為她好好的。她可能沒有任何部分依然維持著純真、無私與充滿母性。如果她們現在掃描她的大腦，就只會發現危險的思緒。第一，哈莉葉睡覺時睡得很沉。第二，威爾可以讓她進門。

◎

威爾出門前，斐莉妲又請他幫忙。今天晚上，等哈莉葉睡著之後，她想要過來。「我不會叫醒、碰觸她，跟她說話，只想看看她。」

「斐莉妲，拜託。」他想幫忙，不認為過去發生的事情是公平的，也不認為那不知道究竟是什麼東西的學程公平，對她或任何人都不公平。但她可能被逮，也可能讓葛斯特惹上麻煩。

「他們現在已經夠忙了。」威爾說。

「我會傳簡訊給你，你可以幫我用遙控開門。他們那棟房子都是老人，沒有人會醒來。我再也不會有這樣的機會了。沒有其他人會幫我。我必須見她，我沒能好好與她道別，你知道他們只給了我們半小時。」

「斐莉妲，妳不該讓我處於這境地。妳知道我不擅長對妳說不。」他擁抱她，在她耳邊悄悄說：「妳自己一個人沒問題吧？我得走了。」

她請他想想看。如果同意，就只要傳簡訊說好就行。

那天下午，她在等待威爾回答時設法整理思緒。她想起找到梅若的那天，她後來的模樣。梅若說，她在地下室從沒睡著，她認為如果睡著，就會有人進來攻擊她。她就像動物，一有風吹草動就跳起來。她嚇得魂飛魄散。那比大腦掃描或任何評鑑還可怕。那份恐慌從未離去，她說，沒有任何事物的價值能彌補在地下室的那個星期，食物、性愛、自由都不行，但是斐莉妲不知道還有什麼事情有價值。

她的銀行戶頭還開著。她開車到三十六街的分行，提領八千元。銀行經理問，為什麼需要這麼一大筆錢，她得回答。他說，她該先打電話過來。她點點頭，知道超過一萬元的交易都需要通報。她在來銀行之前已先研究，之後把搜尋歷史紀錄刪除。

她道歉，說今天晚上得參加家族婚宴，而中國傳統是要包紅包，裡面要有現金。她表妹要結婚，父母要她準備紅包。

她領了一疊百元鈔現金，把裝著鈔票的信封放到手提包底層，就開車到 Target，以現金購買汽車座椅，還準備好前向式座椅，讓更高更重的哈莉葉使用。她買了雜貨，哈莉葉可能會愛吃零嘴、保久型食物、盒裝果汁、袋裝蔬果泥、瓶裝水。威爾或許會幫她做決定。他或許會拒絕，就算答應，她也可能會害怕。但前幾天晚上，他說他愛她，一直都愛著她，會為她付出一切。威爾說，或許等斐莉妲準備好，如果她也有相同的感覺，那麼他們可以重來。

她在威爾的公寓打包好衣服與文件。她把行李裝上車，並打電話給父母，盼聽見他們的聲音就能阻止她。她列出許多紐澤西州的旅店名單，之後打包電腦。到時候會有安珀警報，也就是兒童綁架警訊發布，新聞會公布她的姓名和照片，還有哈莉葉的。他們會追蹤她的移動路線。她不知道如何偷車、更改車牌或取得新身分。她沒有槍，之後也不能搭飛機。她不能讓哈莉葉置身危險。在這國家，沒有任何長得像她們的母女可以隱形。她不確定自己是否願意在地下室度過很多年，但如果另一個選項是一無所有，這樣的懲罰又算什麼呢？

她整個晚上都在整理公寓。她幫威爾洗衣服、更換床單與毛巾。晚上十點二十三分，他傳簡訊來了。**好**。

斐莉妲雙手發抖，穿上大衣，關燈鎖門。在開車過程中，她告訴自己可以不必去地下室。梅若曾說，在黑暗中，她想著歐珊，為了歐珊活下去。

「我知道她希望我試試看。」梅若說。

等她抵達後，威爾說不定會改變心意。哈莉葉可能醒來，但她會和女兒在地下室待幾個小時、一夜、幾天、一週。

斐莉妲在每個紅綠燈都想著要折返。

今天晚上停車位很好找。她停好車，距離葛斯特與蘇珊娜家門口僅有幾步之遙。她傳簡訊給威爾，要他按下開關開門。梅若到鐘塔頂端時，大概就是這種感覺吧。無論發生什麼，都會有安慰與喜悅。能和女兒在一起的片刻，規矩由她決定，結局也不同。

斐莉妲走上二樓樓梯時，想起雙親。他們從來沒這麼久沒見到她，等不及要見她。父親仍說她是他的寶貝。他們已經為她準備好房間，房子也打點好了。她可以進屋裡看一下哈莉葉，之後依照計畫，搭機返家。雖然自己犯過錯誤，但每個人都好期待在平安夜的家族聚會中見到她。

威爾讓門開著。哈莉葉的玩具在客廳散落一地。牆上有幾張一家三口的新照片，粉紅色膠帶黏貼著哈莉葉在幼兒園畫的水彩畫，冰箱上有亨利的照片，走廊上有嬰兒提籃、幾箱新生兒尿布，還有一堆寶寶連身衣的衣架。

斐莉妲從來沒見過他們的房子凌亂。她拒絕思考剛誕生的寶寶、手術或葛斯特與蘇珊娜在醫院。她坐到威爾旁，握住他的手。她還需要他再幫個忙。她想和哈莉葉獨處一小時。幾個街區外有一間酒吧，他可以在那邊等。等她好了，就會傳簡訊給他。

「我覺得妳不該這樣做，要是她醒來怎麼辦？」

「她不會。葛斯特說她現在睡得很好。在我開庭日他們還強調呢，說她現在睡得多好呀，只有生病時才會有睡眠問題。拜託，我需要與她獨處，只有一小時而已。我不是要求停留一整夜，也不會再這樣要求你了。」她保證會安安靜靜，不會開燈。她只想看寶寶睡覺。

「沒有人會發現的。」她跟威爾說社工怎麼計時、要她們擺姿勢拍照，她被拖出建築。他不是說，發生在她身上的事好野蠻？他不是說，希望她們有更多時間相處？母女倆分離一年，最後只能相聚三十分鐘。「你不知道在那個地方，他們對我們做了什麼。要是說出來，你也難以置信。」

他們又爭執了十分鐘。威爾再度問她究竟發生什麼事時，斐莉妲看了時鐘。究竟她出了什麼事？其他母親出了什麼事？為什麼不能告訴他？

「我保證之後會告訴你。但我需要你幫我做這件事，拜託。你說會為我付出一切，這就是一切。如果我必須向她道別，我希望有點隱私。他們不給我任何隱私。我只想要多一點時間。」

威爾不再拒絕。「好吧。」他去拿夾克。

斐莉妲跟過去。她踮起腳，吻了他的嘴唇，那是原本會給塔克的吻。威爾是個好男人。總有一天，他會成為好丈夫、好父親。

「這個吻是什麼意思？」他試著再吻她一次。

「沒什麼。」她抽身，「我愛你。謝謝你。」

「我也愛妳，小心點，好嗎？如果需要什麼，就打電話給我。」

他一離開，斐莉妲就快速行動。她在前門邊的櫃子找到一個旅行袋，也找到哈莉葉的冬大衣、帽子與連指手套，還有鞋子。她到浴室抓起哈莉葉的牙刷牙膏，一瓶嬰兒洗髮精，一條連帽浴巾和幾條小毛巾。她到兒童房打開哈莉葉的衣櫃，抓了幾件毛衣、長褲、T恤、襪子、內衣褲、睡衣和毛毯。

哈莉葉睡得很沉。斐莉妲從搖椅上抓幾個絨毛娃娃。她還沒好好看著哈莉葉，知道如果停下來，思考自己做了什麼，她就會解開行囊，讓房間恢復原狀。她會想想雙親與威爾、葛斯特、蘇珊娜和亨利，每一個她在傷害的人。

一個小時的時間，她至少會離開這座城市將近一百公里。她不知道接下來會如何，只知道得動作快，靜靜讓哈莉葉離開床鋪。她跪地，在地毯上磕頭，悄聲說：「對不起。」

講師會很驕傲的，她今晚的動作比在學校都快。她控制恐懼，發揮力量與速度。她抱起哈莉葉時，克制親吻女兒的衝動。她把貝蒂寶寶塞進手提包，並以自己的冬大衣蓋住哈莉葉。她把旅行包掛到肩上。

她還有四十分鐘可以恢復一切，尊重州法律，讓自己不必躲到地下室，也讓雙親不要失去女兒。但當她下樓梯、試著不要吵醒哈莉葉時，覺得自己好幸福，好完滿。她們在一起了，本來就該在一起。

沒有人看到她們離開房子，沒有人看見她把哈莉葉固定到新的汽車座椅上，或是把毯子拉到哈莉葉的下巴。她打開暖氣，小心的把車子從人行道邊緣駛離。她開上公路，往北離去，這時哈莉葉醒來了。

「媽咪。」

哈莉葉的聲音嚇著她了。哈莉葉以前不會醒來說話。那一瞬間，斐莉妲覺得很驕傲，後來明白哈莉葉是在找蘇珊娜。

她把車停到公路路肩，冒著風險到後座陪哈莉葉。「是我，」她說，把娃娃交給哈莉葉。她親吻哈莉葉的額頭，以完美的媽媽語說話。「不用怕，寶寶。我在這。媽咪在這。」

哈莉葉的眼睛依然是半閉著。「為什麼？妳怎麼在這？」

「我回來找妳。我們要去旅行，度個假。」

她花了幾分鐘安撫哈莉葉，告訴她別擔心爸爸、蘇蘇媽咪、威爾叔叔和亨利寶貝，跟她解釋她會和媽咪共度一小段時間，這段時間永遠不嫌多。

「我沒辦法讓妳那樣離開。不要在那壞女人面前，不要在那樣的辦公室。我不要讓妳走。」

哈莉葉揉揉眼睛，望出窗外。「媽咪，外面黑黑的。我怕怕、怕怕。媽咪，我們要去哪裡？」

斐莉妲握著哈莉葉的手，親吻她的指節與指尖。「我還不知道。」

「我們能看月亮嗎？」

斐莉妲笑了。「當然，我們等一下可以看月亮。說不定今天晚上還能看到星星。妳沒有這麼晚還醒著過吧？寶寶，我們會過得很快樂喔，能多久就多久。回去睡覺好嗎？別怕。我會照顧妳。我好愛妳。我回來了，看到沒？我要和妳在一起。」

她開始哼歌，撫撫哈莉葉的臉頰。哈莉葉抓著斐莉妲的手，把手放到臉旁邊貼上去，好像那是枕頭。

「媽咪，陪我。妳會帶我去睡覺嗎？」

「會呀。我們會找個很舒服的地方睡覺。妳可以睡我旁邊，好嗎？還記得嗎，妳習慣睡我旁邊。我們可以每一晚都這樣，我會抱抱妳。」斐莉妲想起在草地上的艾曼紐。娃娃盯著太陽。她的另一名女兒，承載著她的希望、她的愛。

「我們可以來個家人抱抱。」

她等待哈莉葉閉上雙眼。要是去年秋天能這樣安撫哈莉葉就好了。要是她是個更好的母親就好了。

她回到駕駛座，想起在倉庫上的課，看著哈莉葉的生日影片，同時艾曼紐在尖叫。她開回公路上，看看後照鏡。哈莉葉很平靜。不久之後，或許幾個小時，幸運的話是幾天，會聽見警車鳴笛聲大作。會有更多警衛，更多女人，不一樣制服的人。

斐莉妲的手提包裡有照片。等抵達第一個休息站，她會把自己和艾曼紐的拍立得照片塞進哈莉葉大衣內側的口袋，只有葛斯特與蘇珊娜會看見。等他們發現，就會提問。他們會把照片交給芮妮。芮妮會提問。等哈莉葉長大，也會提問。斐莉妲也會給她最後一次探視的照片。

哈莉葉會知道不同的故事。終有一天，斐莉妲會親自告訴哈莉葉這個故事，關於艾曼紐和藍色液體的故事。哈莉葉曾有個姊妹，她的母親曾如何想要拯救那個姊妹，她的母親多麼愛這兩個女孩。她會告訴哈莉葉關於羅珊和梅若的故事。她會告訴哈莉葉自己是什麼樣的母親，犯過什麼樣的錯。她會告訴哈莉葉在身體裡創造出一個新的人是怎麼一回事，創造這個人怎麼違反語言與邏輯。她會告訴哈莉葉，這連結是無法衡量的。這份愛是無法衡量的。她想知道哈莉葉會不會創造出一個新的人，屆時她是否能回到哈莉葉的人生。她想告訴哈莉葉，她可以幫忙養育那個人。她可以小心。她會說服女兒，要信賴她。**我是個差勁的母親**，她會說，**但我已學會當個好母親**。

致謝

在寫這本小說、夢想有朝一日能出版的過程中，我一直期盼能表達感謝。要獻上至高謝意給諸多人員與組織，他們對本書的誕生與維繫我的寫作生活而言，重要性不言而喻。

先說斐莉妲團隊。謝謝活力四射的優秀經紀人 Meredith Kaffel Simonoff，讓我們能合作，成為經紀公司夥伴。感謝卓越無比的編輯，能了解這本書的核心與目的，為我指出一條路。Dawn Davisu 給予關愛，發揮細緻講究的問題解決能力引導著我，讓書稿更能精簡巧妙，並在書本寫作、職業與母職上擔任良師益友。Jocasta Hamilton 有充分的智慧，經常神來一筆，展現幽默。Marysue Rucci、Charlotte Cray 與 Ailah Ahmed 能以溫暖與神氣活躍的姿態，駕馭著這本書，和你們合作是美夢成真。

感謝西蒙與舒斯特（Simon Schuster）出版團隊。謝謝 Jonathan Karp、Dana Canedy 與 Richard Rhorer 對這本書的厚愛，以及 Brittany Adames、Hana Park 與 Chelcee Johns 掌舵前進。Morgan Hart、Erica Ferguson 與 Andrea Monagle 糾正我的時間表，善加修補。Jackie Seow、Grace Han 與 Carly Loman 為我的文字設計華美之屋。Julia Prosser、Anne Pearce、Elizabeth Breeden、Kassandra Rhoads 與 Chonise Bass 把這本書與讀者連接起來。

謝謝哈金森海尼曼（Hutchinson Heinemann）出版團隊：Laura Brooke、Sarah

Ridley、Olivia Allen、Henry Petrides、Linda Mohamed、Claire Bush、Rose Waddilove、Emma Grey Gelder、Mat Watterson 與 Cara Conquest，謝謝你們的熱情與遠見。

深深感謝創作者經紀公司（CAA）與迪菲奧雷公司（DeFiore Company）的 Michelle Weiner 與 Jiah Shin、助理 Zachary Roberge 與 Kellyn Morris、Jacey Mitziga、Dana Bryan、Emma Haviland-Blunk，以及 Linda Kaplan 毫不厭倦的為我出馬。

Diane Cook 與 Catherine Chung 是啟蒙我寫小說的良師益友，她們閱讀草稿，並在談話中激勵我。在 Diane 備受讚譽的短篇故事集《人與自然的對抗》（*Man V. Nature*）中，〈前進〉（Moving On）這篇故事是本書學校的早期靈感來源。

謝謝 Keith S. Wilson 與 Yvonne Woon 熱忱閱讀，針對每一個修正過的章節討論，且不斷要求看下一份。另外要特別感謝 Keith 擔任非正式的技術顧問。

許多朋友慷慨閱讀整本或部分書稿：Naomi Jackson、Annie Liontas、Sarah Marshall、Lizzy Seitel、Chaney Kwak、Sean Casey 與 Lindsay Sproul。特別感謝 Lydia Conklin 與 Hilary Leichter 在每個階段的閱讀與鼓勵。

以下機構給予我時間、空間與財務支援，宛如贈送禮物，改變我的人生：伊莉莎白·喬治基金會（Elizabeth George Foundation）、安德森中心（Anderson Center）、詹特基金會（Jentel Foundation）、基默·哈定·尼爾森中心（Kimmel Harding Nelson Center）、海蓮·伍里茲基金會（Wurlitzer Foundation）與維吉尼亞創作藝術中心（Virginia Center for the Creative Arts）。特別感謝雷格戴爾基金會（Ragdale Foundation），在二〇〇七年最先給我機會。

對我來說，布雷德洛夫作家創作班（Bread Loaf Writers' Conference）意義非凡。這本書原本可能會是複雜的短篇故事，幸而遇上 Percival Everett 深具關鍵性的推動。謝謝你，Percival，當初在你的工作坊交了幾頁，你就看出這是一部小說。謝謝張嵐與 Helena Maria Viramontes 提供絕佳的建議與遠大的夢想。謝謝 Michael Collier、Jennifer Grotz 與 Noreen Cargill 早早就投下信任票。

感謝布朗大學與哥倫比亞大學的老師：Robert Coover、Robert Arellao、Ben Marcus、Rebecca Curtis、Victor Lavalle、David Ebershoff（又驚又喜！）、Sam Lipsyte、Stacey D'Erasmo 與 Gary Shteyngart。謝謝你們教我寫作技巧、文學與堅毅。我是一九九七年在 Jane Unrue 於布朗大學開設的小說新手寫作坊，開始寫故事。謝謝 Jane 讓我走上這條路。

謝謝《錫屋》（*Tin House*）的 Thomas Ross 與 Rob Spillman，還有《新時代》（*Epoch*）的 Michael Koch，也要感謝他們的同事，讓我早期寫下的故事出版。

謝謝《出版人週刊》（*Publishers Weekly*）的大家庭，讓我有機會學習產業知識，同時又和能想像得到的最佳書蟲一起工作。

Beowulf Sheehan，謝謝你的良善與攝影專長。

Carmen Maria Machado、Diane Cook（再度感謝）、Robert Jones, Jr.、Leni Zumas 與 Liz Moore，謝謝你們為這本書寫下的評語。

謝謝 Erin Hadley 的情感支援與重要的背景故事，還有 Erin O'Brien、Brieanna

Wheeland、Samuel Loren與Bridget Sullivan給予家事法庭及兒科醫學的建議。

記者與學者的文章也以具體和無形的方式，影響書中虛構世界的發展。在《紐約客》（*The New Yorker*）中，Rachel Aviv的〈你媽媽呢？〉（Where Is Your Mother?），及Margaret Talbot的〈談話治療〉（The Talking Cure），讓我開始注意到這主題。Talbot女士的文章給了我靈感，在書中寫下娃娃會計算說話字數，也讓我知道有媽媽語這回事。其他值得注意的閱讀材料包括《紐約時報》刊登Stephanie Clifford與Jessica Silver-Greenberg的〈以寄養照顧來懲罰：「珍・克勞」的新現實〉（Foster Care as Punishment: The New Reality of 'Jane Crow'）；Martin Guggenheim的《兒童權利有何錯誤？》（*What's Wrong with Children's Rights*）；Elizabeth Bartholet的《無人之子》（*Nobody's Children*）、Joseph Goldstein、Anna Freud與Albert J的《超越兒童的最佳利益》（*Beyond the Best Interests of the Child*）、Kim Brooks的《小動物》（*Small Animals*）、Cris Beam的《到六月底》（*To the End of June*）、Judith Warner的《完美瘋狂》（*Perfect Madness*）、Jennifer Senior的《你教育孩子？還是孩子教育你？》（*All Joy and No Fun*）。

謝謝西費城兒童社區學校（Children's Community School）的教職員與關愛著我女兒的保母：Pica、Alex、Angel、Madeleine、Daniella，還有Alex老師——有他們辛勞照料，我才能寫完這本書。

感激摯友Bridget Potter在二〇一四年二月，讓我住在她充滿田園風情的木屋，開始寫下斐莉妲的故事。

謝謝傾聽與鼓勵我的朋友：Sara Faye Green、Emma Copley Eisenberg、Jamey Hatley、Meghan Dunn、Crystal Hana Kim、Vanessa Hartmann、Steven Kleinman、Gabrielle Mandel、Shane Scott、Rui Dong-Scott、CLAW 與 GPP 夥伴、布魯克林寫作團體、駐地筆友，以及二〇一三到一五年的布雷德洛夫服務人員與社工，還有已離世的 Jane Juska。謝謝我西費城的媽媽夥伴 Dorit Avganim、Ellen Moscoe 與 Jordan Foley。也要感謝 Muriel Jean-Jacques、Kristin Awsumb Liu、Maya Bradstreet、Nellie Hermann 與 Jenny Tromski 相信我二十多年。

謝謝我的乾媽 Joyce Fecske，以及陳家、宋家、王家、高家、Diller、Hodges 與 Sethbhakdi 家族，謝謝你們的愛與支持。我親愛的妹妹陳濬文與妹婿 Jason Pierre，謝謝你們的團結與陳家的動力。謝謝祖父母留下充滿愛的珍貴記憶，尤其是祖母與外祖母胡琴棣與林如心。

感激我的父母陳立齊與宋國屏給予永不枯竭的愛，讓我的童年充滿書籍與藝術，並以耐心、慷慨相待，還全心全意當父母與祖父母，樹立著良好典範。你們的付出讓這本書、我的寫作生涯與家庭能成為可能，我永遠感激不盡。謝謝你們總是信任我。

謝謝我先生 Adam Diller 付出愛、關懷與扛起重責，帶來幸福、家庭與小丫頭。我之所以能寫作，正是因為我們共創的人生。

謝謝我的女兒陳寶璐。妳三歲半的時候，曾要我把妳的名字寫進書中。好，在這囉。我熱愛當妳的母親，也會努力當個好母親。

藍小說 348

失格媽媽特訓班

作　者—陳濬明（Jessamine Chan）
譯　者—呂奕欣
主　編—何秉修
特約編輯—朗慧
企　劃—陳玉笈
封面設計—謝佳穎

總 編 輯—胡金倫
董 事 長—趙政岷
出 版 者—時報文化出版企業股份有限公司
一〇八〇一九台北市和平西路三段二四〇號七樓
發行專線—（〇二）二三〇六六八四二
讀者服務專線—〇八〇〇二三一七〇五
（〇二）二三〇四七一〇三
讀者服務傳真—（〇二）二三〇四六八五八
郵撥—一九三四四七二四時報文化出版公司
信箱—一〇八九九臺北華江橋郵局第九九信箱

時報悅讀網—http://www.readingtimes.com.tw
時報文化臉書—https://www.facebook.com/readingtimes.fans
法律顧問—理律法律事務所　陳長文律師、李念祖律師
印　刷—勁達印刷有限公司
初版一刷—二〇二三年八月十八日
定　價—新台幣四八〇元

時報文化出版公司成立於一九七五年，
並於一九九九年股票上櫃公開發行，二〇〇八年脫離中時集團非屬旺中，
以「尊重智慧與創意的文化事業」為信念。

失格媽媽特訓班 / 陳濬明 (Jessamine Chan) 著 ; 呂奕欣譯 .
-- 初版 . -- 臺北市 : 時報文化出版企業股份有限公司,
2023.08　面；　公分 . -- (藍小說 ; 348)
譯自 : The school for good mothers
ISBN 978-626-374-093-8(平裝)

874.57　　　　112011088

The School for Good Mothers by Jessamine Chan

This edition arranged with DeFiore and Company Literary Management, Inc.
through Andrew Nurnberg Associates International Limited.

ISBN 978-626-374-093-8
Printed in Taiwan